アマンダ、マーガレット、バーバラへ

あなたたちに献げる
あなたたちに出会わなければ
あなたたちと知り合うこともなかった
あなたたちに出会い
知り合い
愛した
それは永遠に変わらない

火の見櫓
バークリー・コーヴ
カラード・タウン
ガス&ベイト
ポイント・ビーチ
読書小屋
カイアの小屋
N
E
S
W

ザリガニの鳴くところ

登場人物

キャサリン（カイア）・クラーク……湿地のほとりの小屋に住む女性
ジェイク……カイアの父
マリア……カイアの母
ジョディ……カイアの兄
テイト・ウォーカー……村の青年。ジョディの友人
スカッパー……テイトの父。エビ漁師
チェイス・アンドルーズ……村の青年
サム……チェイスの父。〈ウェスタン・オート〉店主
パティ・ラヴ……チェイスの母
サリー・カルペッパー……無断欠席補導員
エド・ジャクソン……保安官
ジョー・パーデュ……保安官補
ヴァーン・マーフィー……村の医師
ベンジー・メイスン
スティーヴ・ロング｝……村の少年
サラ・シングルタリー……村の食料品店〈ピグリー・ウィグリー〉店員
ジョニー・レーン……村のガソリンスタンド〈シング・オイル〉店主
パンジー・プライス……村の雑貨店〈クレスのファイブ＆ダイム〉店主
ジャンピン……船着き場の燃料店〈ガス＆ベイト〉店主
メイベル……ジャンピンの妻
トム・ミルトン……弁護士
シムズ……判事
エリック・チャステイン……検察官
ロバート・フォスター……書籍編集者

I
湿地

プロローグ　一九六九年

湿地は、沼地とは違う。湿地には光が溢れ、水が草を育み、水蒸気が空に立ち昇っていく。緩やかに流れる川は曲がりくねって進み、その水面（みなも）に陽光の輝きを乗せて海へと至（いた）る。いっせいに鳴きだした無数のハクガンの声に驚いて、脚の長い鳥たちが――まるで飛ぶことは苦手だとでもいうように――ゆったりとした優雅な動きで舞い上がる。

そして、その湿地のあちこちに、本当に沼地と呼べるものがある。じめじめした木立に覆い隠され、低地に流れ込んだ水が泥沼を作っている。泥だらけの口が日差しを丸呑みにするせいで、沼地の水は暗く淀（よど）んでいる。夜に活動する大ミミズでさえ、この隠れ家では昼のあいだも動きまわる。もちろん無音というわけではないが、沼地は湿地と比べて静かでもある。分解は細胞レベルの現象だからだ。生命が朽ち、悪臭を放ち、腐った土くれに還っていく。そこは再生へとつながる死に満ちた、酸鼻(さんび)なる泥の世界なのだ。

一九六九年十月三十日の朝、その沼地に、チェイス・アンドルーズの死体が横たわっていた。沼地はひっそりと、だが着実に死体を引きずり込み、それを永遠に包み隠してしまうはずだった。沼は死というものをよく知っていて、それを悲劇と決めつけることも、むろんそこに罪を見出すこともない。しかし、この日の朝は村の少年が二人、自転車を走らせて古い火の見櫓(やぐら)にやって来た。そして三つめの踊り場まで階段を上ったところで、アンドルーズのデニムの上着に目を留めたのだった。

1　母さん　一九五二年

　八月の暑さに焼かれた朝、湿地が吐き出す湿り気を含んだ息で、オークやマツの木々には霧がかかっていた。パルメットヤシの木立はいつになく静まり返り、ただわずかに、潟湖を飛び立つサギのゆったりした低い羽音だけが漂っていた。と、そのとき、当時まだ六歳だったカイアの耳に、力まかせに玄関の網戸を閉める音が聞こえてきた。スツールに立って鍋にこびりついた粥をこすっていたカイアは、はたとその手を止め、盥に溜めた使い古しの石けん水にそっと鍋を下ろした。もう、自分の息遣いのほかは何も聞こえなかった。誰が小屋から出ていったのだろう？　母さんではないはずだ。母さんは、一度だってドアを乱暴に閉めたことはない。

　しかし、ポーチに駆け出たカイアが目にしたのは、茶色いロングスカートを穿いた母親の姿だった。足首にまとわりつくプリーツを蹴り上げるようにして、ハイヒールで砂の小道を進んでいく。それはつま先がずんぐりとした、ワニ革風の靴だった。母さんが一足しかもっていない、よそ行きの靴だ。大声で呼びたかったが、父さんを起こしてはいけないので、カイアは網戸を開けて煉瓦と板切れの階段に降り立った。そこからだと、母さんが青い旅行鞄を手にしているのも見て取れた。いつもなら、カイアも子犬のような無邪気さで、母親はそのうち戻ってくるはずだと信じることができた。油の染みた肉の包みを抱えたり、あるいは頭がだらんとしたニワトリを手にぶら下げたりして帰ってくるだろうと。でも、そんなときはワニの靴は履いていないし、旅行鞄ももっていなかった。

母さんは、小屋から延びる小道が通りにぶつかるところで、決まってこちらを振り返った。片腕を高く上げて白い手をひらひらさせ、また歩きはじめる。通りは湿地の林やガマの生えた潟湖のあいだをくねって延び、たぶん――潮の具合さえよければ――そのうち村にたどり着く。けれど、今日の母さんは立ち止まらなかった。轍にふらつきながらどんどん歩いていった。ときおり、背の高いその姿が林の切れ目から見えていたが、ほどなくして白いスカーフが木の葉のすき間にちらりと覗くだけになった。カイアは大急ぎで通りが見通せる場所へと走った。母さんもそこでならきっと手を振ってくれるだろう。だが、駆けつけたカイアの目が捉えたのは、青い色の旅行鞄だけで――森とはぜんぜん合っていない色だった――それもすぐに消えてしまった。ずっしりとした、黒い粘土のような重しが胸を押してくるのを感じながら、カイアは階段に戻って待つことにした。

カイアは五人きょうだいの末っ子で、もう年齢もよく思い出せないが、兄や姉は自分よりずっと歳が上だった。五人は母さんや父さんと、飼育小舎のウサギみたいにぎゅう詰めになって暮らしていた。家は粗末な造りの掘っ建て小屋で、虫除け網で覆われた玄関ポーチが、まるでぎょろりと見開かれた目のようにオークの木の下から外をうかがっていた。

いちばん年齢の近い兄であるジョディが、と言っても七つほど上だが、家から出てきてカイアのうしろに立った。カイアと同じ黒い目と黒い髪をもつジョディは、鳥の鳴き声や星の名前や、ススキを避けてボートを進める方法を教えてくれる兄だった。

「母さんは戻ってくるよ」ジョディが言った。

「どうかな。ワニの靴を履いてったよ」

「母親は子どもを置き去りにしたりしない。そういうものなんだ」

「赤ん坊を捨てたキツネの話をしてたじゃない」

「ああ、でもあの雌ギツネは脚にひどい怪我を負っていたんだよ。子ギツネのぶんまで獲物を獲ろうとしたら、自分も飢え死にしていただろう。置き去りにしたほうがましだったのさ。自分の傷を治して、ちゃんと育てられるようになってからもっと産むほうがよかったんだ。だけど、母さんは飢えてなんかいない。だから戻ってくるよ」本当はジョディにもまるで確信などなかったが、カイアのためにそう言ったのだった。

喉がきゅっと締めつけられ、カイアは小さな声でささやいた。「でも、母さんはあの青い鞄をもってたの。どこか大きな町へ行くみたいに」

小屋の前にはパルメットヤシの木立があり、ヤシは砂地にも緑豊かな潟湖の周りにも、その先にも、湿地のありとあらゆる場所に生えていた。何キロにもわたって茂る剣のような草は、塩水でも育つ丈夫さを備え、それが途切れるのは風の形に歪んだ樹木が立っているところだけだった。小屋の裏手に広がるオークの林は、いちばん近くの潟湖をも鬱蒼と取り囲んでおり、湖面ではたくさんの生き物が波に揺られていた。そして、その林の向こうの海からは潮風とカモメの声が流れてきた。

このあたりの土地所有の形態は、一五〇〇年代からほとんど変わっていなかった。湿地に散らばる所有地は法的に境界が定められているわけではなく、たんに自然の状態――ここは小川が境になっているとか、あそこには枯れたオークの木があるとか――に従って、無法者たちの手で線引きされていた。というのも、こうした泥だらけの土地にヤシの木の小屋をかけて暮らそうなどという人間は、誰かから逃げてきたとか、人生そのものがどん詰まりに至ってしまったような者ばかりだったからだ。

湿地は入り江の多い複雑な海岸線に護られていて、初期の調査隊はこの海岸を〝大西洋岸の墓場〟と呼んだ。のちにノース・カロライナ州の海岸となるこの一帯では、潮衝（ちょうしょう）や暴風、浅瀬などが原因で、船がまるで紙の帽子のようにあっけなく難破したからだった。ある船員は日誌にこう記している。〝海岸線に沿って探したが――接近できる場所は発見できなかった――。猛烈な嵐に巻き込まれ――我々と船の安全を考えると外海に逃れるしかなく、また、急激に潮に流されたため――。

その土地は――湿地帯で沼が多く、我々は船に引き返した――。このような失望は、この地域に入植するならば今後も味わうことになるだろう〟

まともな土地を求める調査活動はその後も続けられ、一方、評判の悪い湿地はというと、反逆した水夫や追放者や債務者のほか、意に染まない戦争や徴税、法律から逃げてきた者たちなど、種々雑多な人間をすくい上げる網になった。マラリアにかかったり沼に呑まれたりせずにどうにか生き延びた者たちは、やがて複数の人種や文化が混在する森の部族を形成した。彼らはちょっとした林なら手斧ひとつで伐（き）り拓くことができたし、シカを背負って何キロも移動することができた。そしてそれぞれが川に棲むネズミのように縄張りをもっていた。と言っても、あくまで目立たぬように生きねばならなかったし、そうでなくとも、いつかは沼底に消えるしかない運命だったのだが。それから二百年ほど経つと、そこに逃亡した奴隷が加わり、湿地に逃げ込んだ彼らは〝マルーン〟と呼ばれるようになった。解放後の奴隷もやはりこの水浸しの土地のあちこちに住みついたが、それは彼らが無一文で生活に行き詰まっており、選択肢がほとんどないからだった。

たぶん、そこはみすぼらしい不毛の地に見えたのだろう。だが、本当は痩せた土地などただの一片もなかった。実のところ、陸地にも水中にも、多様な生き物——砂にうごめくカニ、泥のなかを歩きまわるザリガニ、水鳥、魚、エビ、カキ、肥ったシカ、丸々としたガン——が、幾重にも積み重なっていたのだから。自力で食糧をかき集めることをいとわなければ、この地で飢える者などひとりもいなかっただろう。

そして一九五二年のいま、湿地の所有地のなかには、記録に残らない人々によって途切れ途切れに、四世紀もの年月を越えて受け継がれた土地があるのだった。また大半の所有地は、南北戦争以前まで起源を遡ることができた。それ以外はもっと最近になって人が住みついた土地で、とりわけ二つの大戦後に、戦地から帰還した人々が困窮し、打ちひしがれてそこに流れ着いた例が多かった。湿地は彼らを閉じ込めはしないが、彼らと一体化し、ほかの神聖な土地と同様に彼らの秘密を深いところに隠してくれた。彼らが勝手に住みついたことを気にする者もいなかった。なぜなら、その土地を欲しがる人間などほかにはいなかったからだ。結局のところ、そこは不毛の泥沼でしかなかったのである。

湿地の住人は、彼らが造るウィスキーのように自分たちの法を密造した——石板に焼きつけられた戒律でも、文書に書き記された法典でもないが、それはもっと深く、彼らの遺伝子に刻み込まれていた。タカやハトの卵からかえったかのような、古(いにしえ)より伝わる自然の法則とでも言うべきものだ。追い詰められ、窮地に陥り、あるいは孤立無援になったとき、人はただ生き延びることを目指して本能を呼び覚ます。素早く正確に。彼らにとって、その本能は常に切り札となる。安穏(あんのん)と生きてきた遺伝子に比べ、彼らはより頻繁(ひんぱん)に本能を次の世代へと受け渡してきたからだ。これは道徳レベルを問うような話ではなく、単純に頻度の問題だと言えるだろう。彼らが生きる世界では、ハトであってもタカと同じように戦わねばならないことが多いのだ。

その日、母さんは帰ってこなかった。誰もそのことに触れようとはしなかった。とくに父さんは。魚とお酒の臭いをぷんぷんさせて、鍋の蓋を乱暴に開けた。「メシはどうした？」

兄さんも姉さんも目を伏せて肩をすくめた。父さんはひとしきりわめき散らし、それからまた小屋を出て、足を引きずりながら林の向こうへ去っていった。喧嘩ならこれまでにもあったのだ。母さんが飛び出していったことも一度か二度はあった。けれど、そんなときでも母さんは必ず帰ってきて、誰かを抱え上げてきつく抱き締めたものだった。

二人の姉が赤インゲン豆とコーンブレッドの夕食を作ったが、母さんがいるときのようにきちんとテーブルに着いて食べる者はひとりもいなかった。みんな自分で鍋から豆をすくい、その上にコーンブレッドを載せ、床のマットレスやすり切れたソファに散らばって食事をとった。

カイアは食べる気になれなかった。ポーチの階段に坐って小道を見つめつづけた。カイアは六歳にしては背が高く、がりがりに痩せた体は褐色に焼けており、まっすぐな髪はカラスの羽のように黒くて豊かだった。

いつしか夜の闇が視界を遮るようになった。足音を聞き取ろうにも、にぎやかなカエルの声がそれを呑み込んでしまう。それでも、ポーチにある自分の寝どこに横たわりながら、カイアは耳を澄ましていた。その日の朝、カイアは鉄のフライパンの上ではぜる背脂(せあぶら)の音と、薪(まき)のオーブンでこんがり焼かれるビスケットの匂いで目を覚ましたのだった。オーバーオールを穿き、キッチンに駆け込んで皿やフォークを取り出した。トウモロコシ粉からゾウムシもつまみ出した。夜明けのひととき、母さんはたいていにっこり笑ってカイアを抱き締め、「おはよう、私の大切なお嬢ちゃん」と挨拶した。それから二人でくるくると、ダンスを踊るように朝の用事を済ませるのだ。母さんはときどきフォークソングや童謡を口ずさむ――〝この子ブタちゃん、市場へ出かけた〟。カイアの手を取ってジルバを踊ることもある。そんなときは、ラジオの電池がなくなり、流れる音楽が樽の底から漏れる鼻歌のようになるまで、二人で薄い床板を踏み鳴らす。母さんが大人の話をする朝もあった。内容はよくわからないが、きっと母さんはそれを口に出さなければならないのだと思い、カイアは調理ストーブに薪を足しながらその言葉が肌に染み込んでくるままにした。そして、理解しているかのように頷いてみせた。

それから、いよいよみんなを起こして食事が始まる。ただしそこに父さんはいない。父さんには、二つの姿しかない。むっつりしているか怒鳴っているかのどちらかだ。だから、父さんが寝てばかりいても、まったく家に帰らなくても、ちっともかまわなかった。

けれど、この日の朝、母さんは押し黙っていた。笑顔が消えて目も赤かった。海賊みたいに頭に白いスカーフを巻きつけ、おでこをすっぽり隠していたが、端から紫と黄色のあざが覗いていた。そして朝食が終わったとたん、まだ皿洗いも済ませないうちに、母さんは旅行鞄にわずかな身の回りのものを詰め、通りを歩き去ったのだった。

翌朝、カイアはまた階段に腰を据え、列車を待つトンネルのような黒い瞳を小道に向けた。遠くの湿地には霧が低く垂れ込め、柔らかなベールのようなその裾が泥に触れていた。カイアは裸足のつま先をぱたぱたさせたり、草の茎でアリジゴクの巣をかきまわしたりしていたが、やはり六歳の子どもがいつまでもじっとしているのは難しかった。ほどなくして、カイアは足の裏にぴたぴたと泥の吸いつく音を立てながら干潟を散歩しはじめた。澄んだ水のへりにしゃがみ込むと、すばしこい小魚たちが日なたから日陰へと泳ぎまわっていた。

ヤシの木立からジョディの呼ぶ声がした。カイアはそちらに目を凝らした。もしかしたら、知らせを届けにくるのかもしれない。しかし、尖った葉のあいだから現われたジョディがいつもと変わらぬ様子なのを目にし、カイアはすぐに悟った。母さんは家に戻っていないのだ。

「探検ごっこをしないか？」ジョディが訊いた。

「言ってたじゃない。おれはもうそんな遊びをする歳じゃないって」

「言ってみただけさ。まだまだそんな歳だよ。さあ、競争だ！」

二人は干潟を突っ切り、林の先にある海岸へと向かった。カイアはジョディに追いつかれて悲鳴を上げ、笑い転げながらオークの大木まで駆けていった。大木は砂浜に巨大な枝を伸ばしていた。かつてジョディと上の兄のマーフが、その枝に何枚か板を渡して打ちつけ、見張台にもなる樹上の基地を作ったことがあった。もっとも、その基地もいまではほとんど崩れ落ち、錆びた釘からぶら下がっているだけになっていたが。

そのころカイアが探検隊に加えてもらえるとすれば、たいていは奴隷の少女役としてだった。兄さんたちに、母さんの鍋から失敬した焼きたてのビスケットを届ける役だ。だが、今日のジョディはこう告げた。「おまえが隊長になっていいよ」

カイアは指令を出すべく右手を掲げた。「スペイン人を追い払え！」二人は折り取った小枝の剣で藪を払いのけ、雄叫びを上げて敵を突き刺した。

それから間もなくして――ごっこ遊びは始まるのも終わるのも早いのだ――カイアは苔むした丸太のところへ行って腰を下ろした。ジョディもそっと隣に坐った。妹に何か母親のことを忘れられるような話をしてやりたかったが、何も浮かばなかったので、二人でアメンボが描く波紋を見つめた。

やがてカイアはポーチの階段に戻り、それから長いこと待ちつづけた。小道の先を見やっても泣きはしなかった。表情を変えず、口を一文字に結んでただ目だけを動かした。けれど、その日も母さんは帰ってこなかった。

2 ジョディ 一九五二年

母さんが出ていって数週間が経ったころには、いちばん上の兄と二人の姉たちも、まるで先例にならうようにいつの間にか姿を消していた。みんなしばらくは顔を真っ赤にした父さんの怒りに耐えていたのだが、初めは怒鳴り声だけだった癇癪（かんしゃく）が、次第に拳（こぶし）を振るったり手の甲で殴ったりするまでになったので、ひとり、またひとりと立ち去ってしまったのだ。と言っても、三人ともすでに大人に近い年齢だったはずだ。のちにカイアは、きょうだいの歳を忘れてしまったのと同じように、彼らの本当の名前も思い出せなくなった。覚えているのはミッシー、マーフ、マンディと呼ばれていたことだけだった。姉さんたちは、ポーチにあるカイアのマットレスにわずかばかりの靴下を置いていった。

残されたきょうだいがジョディだけになった日の朝、カイアは鍋ががちゃがちゃ鳴る音や、朝食の脂の匂いで目を覚ました。カイアはキッチンへと走った。母さんが帰ってきてトウモロコシのフリッターか薄焼きパンを作っていると思ったのだ。でも、そこにいたのは薪ストーブの前で粥をかき混ぜているジョディだった。カイアががっかりした気持ちを隠すように微笑むと、ジョディはカイアの頭に手を置き、静かにするよう優しく合図した。父さんを起こさなければ二人で食事をとれるからだ。ジョディはビスケットの作り方を知らなかったし、ベーコンもなかったので、トウモロコシ粥と、ラードで炒めたスクランブルエッグの朝食を用意していた。二人はテーブルに着き、無言で視線を交わしてにんまりした。

食べ終えると手早く皿を洗い、ジョディが先に立って家から湿地へと駆けだした。だが、ちょうどそのとき叫び声が聞こえ、父さんが足を引きずりながら追いかけてきた。その体は不自然なほど痩せていて、ほんのわずかな重力にも引き倒されてしまいそうだった。奥歯は年老いた犬のように黄ばんでいる。

カイアはジョディを見上げた。「走ろう。あの苔だらけの場所に隠れればいいよ」

「大丈夫だよ。きっと何とかなる」ジョディはそう答えた。

そのあと、日も傾きはじめたころ、浜辺に坐って海を眺めるカイアのもとにジョディがやって来た。ジョディが隣に立ってもカイアは視線を上げず、大きくうねる波を見つめていた。目を向けなくても、ジョディの話し方で父さんに顔を殴られたことがわかった。

「おれも行かなくちゃならない、カイア。これ以上ここで暮らしてはいけないんだ」

思わず振り向きそうになるのをぐっとこらえた。父さんと二人きりにしないでと頼みたかったが、言葉が詰まって出てこなかった。

「もう少し大きくなれば、おまえもわかってくれるだろう」ジョディが言った。カイアは叫びたかった。自分は幼いかもしれないが、馬鹿じゃない。みんなが去っていくのは父さんのせいだとわかっている。わからないのは、なぜ誰も、いっしょに行こうと言ってくれないのかということだった。カイアも出ていくことを考えなかったわけではない。でも、自分だけでは行く当てもないし、バス代さえなかった。

「カイア、これからは気をつけるんだぞ。もし誰かが来たら家に入っちゃいけない。捕まってしまうからな。湿地の奥まで逃げ込んで、茂みに隠れるんだ。足跡にも気づかれないようにしろ。方法は教えただろう。それで父さんからも隠れられるはずだ」カイアがそれでも黙っていると、ジョディはさよならを言い、まっすぐ林に向かって浜辺を進んでいった。その足音が林のなかに入る直前、カイアはようやく振り返り、去っていくジョディの姿を見送った。

「この子ブタちゃん、おうちに残った」カイアは波にささやいた。

不意にこらえきれなくなり、小屋に向かって駆けだした。玄関から大声で呼びかけたが、ジョディの持ち物はもうどこにも見当たらず、ジョディが使っていた床のマットレスからもシーツが剝がされていた。

そのマットレスに身を沈め、最後の日の光が壁を滑り落ちていくのを見つめた。太陽はいつもと変わらず沈んだあともしばらく明るさを残し、室内に光のプールを作った。そしてほんの短いあいだ、でこぼこのマットレスや、そこかしこに積まれた着古しの服に、外の木立よりも鮮やかな輪郭と色を与えた。

驚いたのは、自分がひどい空腹を――そんな普段どおりの感覚を――覚えていることだった。カイアはキッチンへ行って戸口に立った。パンを焼き、ライ豆を茹で、魚のシチューを煮込んだこの部屋は、いつも自分の生活を暖めてくれた。その場所がいまはカビ臭い空気の底で暗く静まり返っていた。「いったい誰が料理をしてくれるの？」カイアは声に出して訊いてみた。本当は、〝誰がここで踊ってくれるの？〟と訊いてもよかったのだが。

蠟燭（ろうそく）に火をともし、まだ熱をもっている薪ストーブの灰をつついて焚きつけを放り込んだ。それからふいごで風を送り、火が大きくなったところでさらに薪を加えた。小屋のある一帯には電気が通っていないので、冷蔵庫は食器棚として使われていた。その扉はカビが生えるのを防ぐためにハエ叩きを挟んで開け放してあった。それでもカビの菌は、ありとあらゆるすき間に増えて緑と黒の線を走らせていた。

残った食料を探し出すと、カイアは自分に言った。「ラードにトウモロコシ粉をどさっと入れて、火にかければいいだけよ」そのとおりに作ったものを鍋から食べるあいだ、窓に目をやって父さんの姿を捜した。父さんは現われなかった。

そのうち半月（はんげつ）が小屋に光を投げかけるようになり、カイアはポーチのベッドに這い込んだ――ベッドと言っても床に置いただけのでこぼこのマットレスだが、シーツは母さんが不用品セールで買ってきた本物で、一面に青い小バラの模様が入っていた。ひとりきりで夜を過ごすのは、生まれて初めてのことだった。

最初のうちは数分おきに体を起こし、虫除け網の向こうを覗いては、林のなかに足音を聞き取ろうとした。このあたりの木の形ならみんな頭に入っていたが、ちょっと目を離したすきに、なぜか木も月もあっちへこっちへと動いているように見えた。しばらくのあいだ、カイアは唾（つば）も飲み込めないほど身を硬くしていた。が、ちょうどそのとき、タイミングを見計らったようにアマガエルやキリギリスが耳慣れた鳴き声を夜空に響かせるようになった。それは、尻尾を切られた盲目ネズミの歌なんかより、ずっと安心できる子守唄だった。暗闇には甘い香りが漂っていた。きっと、むせ返るような暑さを今日も一日乗り切ったカエルやサンショウウオが、土の匂いのするため息をついているのだろう。湿地は低く垂れた霧にいっそう深く包まれて休んでおり、カイアもまた、眠りに落ちていった。

父さんは三日経っても帰らず、そのあいだカイアは朝食にも昼食にも、夕食にも、母さんの菜園から摘んできたカブの葉を茹でて食べた。卵はないかとニワトリ小舎にも行ってみたが、なかは空っぽだった。ニワトリも卵もどこを捜しても見つからなかった。

「糞しかない！　トリの糞ばっかりじゃない！」母さんが去ってから小舎のことはずっと気になっていたのだが、とくに何もせずにきてしまったのだ。どうやらニワトリたちはがやがやと足並みを揃えて脱走し、林の奥に消えてしまったようだった。トウモロコシ粉をまけばまた戻ってくるか、そのうち試してみなければならなかった。

四日目の夜、父さんが酒瓶を手に戻ってきて、そのまま自分の寝どこで大の字になった。翌朝、キッチンに入ってきた父さんはこうわめいた。「みんなどこへ消えたんだ？」

「知らない」カイアは目を合わさずに答えた。

「おまえは野良犬みたいに何も知らねえな。雄ブタの乳なみに役立たずだ」

カイアはそっとポーチのドアから滑り出たが、貝殻を探して海岸を歩いているうちに、ふと煙の臭いに気づいて顔を上げた。小屋の方角でひと筋の煙が昇っていた。慌てて走りだし、飛ぶように林を駆け抜けると、庭先で燃えている大きな炎が目に入った。父さんが、母さんの絵やドレスや、本を火に放り込んでいた。

「やめて！」カイアは叫び声を上げた。父さんは振り向きもせず、今度は古い電池式のラジオを投げ入れた。絵を掴み出そうと、カイアは顔や腕をあぶってくる炎に手を伸ばしたが、あまりの熱さに押し戻されてしまった。

急いで小屋に戻り、もっと運び出そうとしている父さんの行く手をふさいだ。そして、その目をまっすぐ見据えた。父さんが腕を上げて手の甲をこちらに向けたが、それでも動かなかった。と、不意に父さんは顔を背け、足を引きずりながら自分のボートの方へ歩きだした。

カイアは煉瓦と板切れの階段に坐り込み、湿地を描いた母さんの水彩画がチリチリと縮んで灰になっていくのを見つめた。いつしか夕闇が訪れ、ラジオのボタンがひとつ残らず熾火のような赤い光をこもらせるようになり、母さんとジルバを踊った思い出も火のなかに溶けて消えてしまうまで、ずっとそこに坐っていた。

それから数日のあいだに、カイアはみんなの失敗からあることを学び取った。いや、小魚から学んだと言うべきかもしれない。それはどうやって父さんと暮らしていくかということだ。とにかく関わらないようにし、姿も見られないように気をつけて、日なたから日陰へと泳ぎまわるしかない。カイアは父親より先に起きて家を離れ、林や水辺で一日を過ごした。そして、夜になると忍び足で家に戻り、いちばん湿地の近くにいられるポーチのベッドで眠った。

父さんは第二次世界大戦でドイツ軍と戦い、爆弾で左の太腿をやられて一生治らない怪我を負った。そのとき、最後のプライドも粉々にされてしまった。家族の収入源は父さんに週ごとに与えられる障害者手当だけだった。ジョディが去って一週間後、もう冷蔵庫には食べ物がなく、菜園からもカブの葉はほとんど消えていた。その月曜日の朝、カイアがキッチンに入っていくと、父さんがテーブルに転がったくしゃくしゃの一ドル札と数枚のコインを指差した。

「これで一週間ぶんの食べ物を買え。タダで恵んでやるわけじゃねえぞ」父さんが言った。「どんなものもタダじゃ手に入らねえ。おまえはこのカネのお返しに家のことをしろ。ストーブの薪を集めて、洗濯物も洗うんだ」

カイアは初めてたったひとりで、バークリー・コーヴの村へ買い物に出かけた――〝この子ブタちゃん、市場へ出かけた〟の歌のとおりに。重い足取りで深い砂や黒い泥のなかを長いこと歩きつづけると、ようやく前方にきらきら輝く湾が現われ、岸辺に集落が見えた。

その村は湿原に囲まれており、塩っぽい靄が海からやって来る靄と混じり合い、満潮時には嵩を増した海水がメイン・ストリートのすぐそばまで流れ込んだ。村は湿地と海によって外界から隔絶されているようなもので、唯一、外との通路となっているのは、どうにか一車線ぶんだけ町なかまで敷かれた亀裂と穴だらけのコンクリート道路だった。

村には大通りが二本あった。一本は海沿いを走るメイン・ストリートで、そこに商店が建ち並んでいた。端に建つのが〈ピグリー・ウィグリー食料品店〉で、反対の端には〈ウエスタン・オート〉があり、ちょうど中間に食堂があった。そのあいだを埋めているのは〈クレスのファイブ&ダイム〉、カタログ販売だけの〈ペニーズ〉、〈パーカーズ・ベーカリー〉、〈バスター・ブラウン靴店〉などだった。また、食料品店の隣には〈ドッグゴーン・ビアホール〉があって、そこでは直火焼きホットドッグやチリビーンズ、舟形に折った紙に盛られた小エビのフライなどが売られていた。その店には、不適切だという理由で女性や子どもは立ち入らないのが慣例だったが、壁に持ち帰り用の窓が設けられており、そこでなら通りからでもホットドッグやニーハイ・コーラを注文することができた。ただし、有色人種はドアからであれ窓からであれ、店を利用することは許されなかった。

もう一本の通りは、傷んだコンクリート道路からまっすぐ海に向かって延び、最後にメイン・ストリートにぶつかるブロード・ストリートだった。つまり、村にある交差点はメイン・ストリートとブロード・ストリート、それに大西洋が交わるところのひとつだけというわけだった。村の店舗や会社は、一般的な町のように棟続きにはなっておらず、建物を隔てる小さな空き地にはワイルドオーツやパルメットヤシが、さながら一夜にして侵食してきた湿地という風情で茂みを作っていた。もう二百年以上ものあいだ厳しい潮風に吹かれてきたこの村では、スギの屋根板を載せた建物もすっかり錆色に染まり、白や青に塗られた窓枠はペンキが剝がれてひび割れていた。概して言えば、村は厳しい自然に立ち向かうことに疲れ果て、いまやがっくりうなだれているだけといった印象だった。

村にはほころびたロープと古ぼけたペリカンで飾られた埠頭があり、それが突き出している小さな湾は、波が穏やかなときにはエビ漁船の赤や黄色をその水面に映した。沿道にはスギ材の小さな家が並ぶ砂利道は、林のなかを曲がりくねって進んだり、潟湖の周囲を巡ったり、海沿いを走ったりして商店の方へと延びていた。要するに、バークリー・コーヴは文字どおりの片田舎であり、入り江や葦のあいだに、まるで風に飛ばされたシラサギの巣のような細々としたものが散らばっているだけの村だったのだ。

裸足に丈が短すぎるオーバーオールという格好をしたカイアは、湿地のなかの小道が通りにぶつかるところで立ち止まった。唇を嚙み、家に逃げ帰りたい衝動と闘った。相手に何を言えばいいのかも、食料品店でどれだけお金を渡せばいいのかもわからなかった。けれど、いまは何よりも空腹に耐えられず、やむなくメイン・ストリートに足を踏み入れた。

そして〈ピグリー・ウィグリー〉を目指し、顔を下に向けたまま、伸び放題の草の陰に見え隠れする崩れかけの歩道を歩いていった。ようやく〈ファイブ&ダイム〉のそばまでやって来たとき、カイアは背後の騒ぎに気づいて脇に飛びのいた。その瞬間、彼女より少し年上の少年三人が、自転車で勢いよく目の前を走り抜けていった。先頭の少年が危うくぶつかりかけたカイアの方を振り返って笑い、今度はちょうど店から出てきた女の人に衝突しそうになった。

「チェイス・アンドルーズ、戻ってきなさい！　三人ともよ」少年たちはさらに何メートルかペダルを漕いだが、やはりまずいと考え直して彼女のもとへ引き返した。その女性はミス・パンジー・プライスといって、布地や小間物を扱う店で働いていた。彼女の家はかつて湿地のはずれで大農園を営んでおり、農園自体はとうのむかしに手放さざるを得なかったものの、いまでも彼女は名家の地主としての務めを果たそうとしていた。そんな人物にとって、食堂の上階の狭いアパートメントで暮らしていくのは大変なことだった。ミス・パンジーはたいていいつもシルクのターバン型の帽子をかぶっていて、今朝はピンク色の帽子に合わせて赤い口紅と頬紅をさしていた。

彼女が少年たちを叱りつけた。「この件をあなたたちのお母様に報告してもいいのよ。それともお父様に言うべきかしら。あんなにスピードを出して歩道を走って、私を轢（ひ）きかけたんですからね。何か言うことはあるかしら、チェイス？」

彼はほかの誰よりも美しい自転車——サドルが赤く、高く上がったクロムめっきのハンドルがついている——に乗っていた。「すみません、ミス・パンジー。あの女の子が邪魔になってあなたが見えなかったんです」日焼けした黒髪の少年、チェイスが、避けたはずみでギンバイカの低木に突っ込んでしまったカイアを指差した。

「あの子のことはいいの。自分の罪を他人のせいにしてはいけません。たとえ相手が沼地の貧乏人（トラッシュ）でもよ。では、あなたたちには償いとしてよい行ないをしてもらいます。ほら、あそこに買い物を終えたミス・エリアルがいるでしょう。彼女の荷物をトラックまで運んであげなさい。それから、シャツの裾はちゃんとズボンのなかにしまうこと」

「わかりました」そう答えると、三人は彼らが二年生のときにクラス担任をしていたミス・エリアルに自転車を向けた。

カイアは、黒髪の少年の親が〈ウェスタン・オート〉の経営者で、だからあんなに洒落た自転車に乗っているのだということを知っていた。彼が商品の入った大きな段ボール箱をトラックから下ろしたり、片づけたりするのを見かけたことがあったのだ。だが、彼ともほかの少年たちとも、口をきいたことは一度もなかった。

何分か待ってから、カイアはまたうつむいて食料品店の方へ歩きだした。〈ピグリー・

ウィグリー〉に入ると、並んだトウモロコシ粉に視線を巡らせ、袋のてっぺんに赤い札が下がっている一ポンド入りの粗挽き黄トウモロコシを手に取った。〝今週の特売品〟を選ぶのは、母さんから教わったことだった。カイアはどきどきしながら通路に立ち、レジのそばに客がひとりもいなくなってから、レジ係のミセス・シングルタリーの前に進み出た。彼女が訊いた。「ママはどこにいるの？」ミセス・シングルタリーの髪は短く切ってきつくカールさせてあり、日光に照らされたアヤメのような紫色をしていた。

「家のことをしてるんです」

「じゃあ、買い物代はちゃんともらってきたの？」

「はい」お金の数え方を知らなかったので、カイアは一ドル札のほうをカウンターに置いた。

ミセス・シングルタリーも、この子どもにコインの違いがわかるのか疑問だったようで、釣り銭をゆっくりとカイアの手に載せながら金額を数えた。「二十五、五十、六十、七十、八十、八十五と、三ペニーよ。このトウモロコシ粉は十二セントだから」

カイアは胃のあたりが気持ち悪くなった。自分も何かを数えて答えなければいけないのだろうか？　そう思いながら、手の上にあるコインのパズルをじっと見つめた。

ミセス・シングルタリーの顔つきが柔らかくなったようだった。「はい、じゃあね。またどうぞ」

大急ぎで店をあとにすると、カイアは湿地の小道を目指して精いっぱい速く歩いた。母さんからはいつも口を酸っぱくしてこう言われていた。「町なかでは絶対に走っちゃだめよ。何か盗んだと思われてしまうから」それでも、砂の小道に着いたとたんにカイアはたっぷり一キロ近くも走り、残りの帰り道も早歩きで進んだ。

家に戻ったあと、トウモロコシ粥の作り方なら知っていると思ったカイアは、さっそく母さんを真似てぐらぐらと沸いた湯に粉を注ぎ入れた。けれど、なぜか粉は大きなひとつの固まりになり、底は焦げて真ん中は生煮えになってしまった。何口かは試したものの、それはまるでゴムのように硬く、結局はまた菜園に行ってみることにした。よく探すとアワダチソウの陰にまだ数枚、カブの葉が残っていたので、それをぜんぶ茹でて食べ、茹で汁もすっかり飲み干した。

何日かすると、だんだん粥作りのコツが摑めてきた。もっとも、どんなに必死にかき混ぜてもまだいくらか団子状になってしまったが。次の週にはブタの背骨を買い——赤い札が下がっていたのだ——トウモロコシ粉といっしょに煮てアフリカキャベツも加え、とろとろの粥を作った。これは上出来だった。

何度も母さんといっしょにしていたので、洗濯は庭の蛇口の下で洗い物にライ・ソープをこすりつけ、洗濯板でごしごしやればいいと知っていた。水を吸った父さんのオーバーオールはとても重く、カイアの小さな手ではしっかり絞ることができなかった。それに、物干しロープに干そうにも手が届かなかった。そこでカイアは、びしょ濡れのままのそれを林の隅に立つヤシの木の葉に広げて乾かすことにした。

カイアと父親には、二とおりの暮らし方しかなかった。同じ小屋のなかでべつべつに生活するか、ときに何日も顔を合わさずに過ごすかだ。口をきくこともめったにない。カイアは幼いながらも大人の女のように、自分のものも、父親のものも片づけた。料理に関して言えば、父親の食事まで支度できるような腕はなかったものの——どのみち食事どきに父がいることなどほとんどなかったが——たいていはきちんと父親のベッドを整え、拾い集め、掃き清め、皿を洗った。命じられたからではなく、そうしなければ戻ってくる母さんのために小屋をきれいにしておけないからだった。

母さんはいつも、カイアの誕生日には秋の満月がお祝いにやって来ると言っていた。だから、自分が生まれた日付は思い出せなくても、潟湖から真ん丸に膨らんだ金色の月が昇ったある晩、カイアはこうつぶやいた。「わたしは七歳になったはず」父さんはまったくそのことに触れなかった。もちろんケーキもなかった。学校に通うことについても、何かを口にする気配はなかった。学校のことはよく知らなかったが、カイアはその話題が出ることを恐れていた。

母さんもカイアの誕生日にはきっと戻ってくるはずなので、収穫期のその月が出た翌朝、カイアはキャラコの生地のワンピースをまとい、家の小道に視線を定めた。心のなかでは懸命にこう願っていた。母さんが小屋に向かって歩いてきますように。ロングスカートにワニの靴を履いたあの姿が、また現われますように。やがて、誰もやって来ないと悟ったころ、カイアはトウモロコシ粉の入った鍋を手にして林の先の海岸へ行った。口に両手をあて、頭をのけぞらせて呼びかけた。「キーヨ、キーヨ、キーヨ」頭上高く、浜辺の空に、波の向こうに、銀色に輝く小さな点が現われた。

「ほら来た。あんなに高く、あんなにたくさん飛んでたんじゃとても数えられないけど」カイアはひとりつぶやいた。

高く低く鳴き声を響かせ、カモメたちが輪を描くように降下してきた。そして、カイアの目の前を飛び交い、トウモロコシ粉を放ってやると浜に降り立った。それからしばらくすると、鳥たちは静かにその場で羽を繕(つくろ)うようになった。カイアも膝を横に崩して砂浜に坐った。傍らに大きなカモメが寄ってきて、そこに居場所を定めた。

「今日はわたしの誕生日なの」カイアは鳥にささやきかけた。

3　チェイス　一九六九年

　古くなって捨て置かれた火の見櫓は、靄が渦巻く沼をまたぐようにして、その腐りかけの脚を伸ばしていた。あたりにはカラスの声のほかに音はなく、まるで林全体がじっと息を潜めて何かを待っているかのようだった。一九六九年十月三十日の朝、そこを訪れた二人の少年――ともに十歳で金髪のベンジー・メイスンとスティーヴ・ロング――は、じっとりと湿った階段を上りはじめた。

「秋なのに暑いな」スティーヴがうしろのベンジーに叫んだ。

「ああ。それにやけに静かだ。カラスの声しかしない」

　階段のすき間に視線を下げたスティーヴが言った。「あれ、あそこにあるのは何だ？」

「どこだよ？」

「ほら、あそこさ。青い服が見えるだろ。誰か泥のなかで寝てるみたいだ」

　ベンジーが声を張り上げた。「ねえ、そこの人！　何してるのさ？」

「顔が見えるけど、ぜんぜん動かないぞ」

二人は大急ぎで地上に駆け下り、草をかき分け、緑っぽい泥にブーツを埋めながら、階段とは反対側の櫓の足元に向かった。そこに、男が横たわっていた。仰向けで、左脚は異様な角度で膝から前に折れており、その目や口は大きく開かれていた。

「大変だ！」ベンジーが叫んだ。

「おい、これはチェイス・アンドルーズだぞ」

「保安官を呼んでこなくちゃ」

「だけど、本当はここに来ちゃいけないだろ」

「いまはそれどころじゃない。それに、ぼやぼやしてるとカラスが嗅ぎつけてくる」

二人は同時にカラスの声がする方向を見上げた。スティーヴが口を開いた。「どっちかは残ったほうがいいかもな。やつらを近づけないようにしないと」

「おい、おれがひとりでこんな場所に残ると思ったら大間違いだぞ。おまえだって、地球がひっくり返ってもひとりじゃここにはいられないはずだ」

そんなわけで、彼らは揃って自転車に飛び乗り、必死にペダルを漕いで粘つく砂の道を引き返した。そして、メイン・ストリートに着くとそのまま町なかを走り抜け、一軒の平屋の建物に駆け込んだ。なかではエド・ジャクソン保安官が、裸の電球がぶら下がる自分のオフィスでデスクに向かっていた。中背だが屈強な体つきで、髪の毛は赤みを帯び、顔や腕に薄い斑点が散ったその人物は、ぱらぱらとハンティング雑誌を眺めているところだった。

開け放したドアから少年たちがノックもせずに飛び込んできた。

「保安官――」

「やあ、スティーヴとベンジーか。また櫓に行ってたんじゃないだろうな？」

「チェイス・アンドルーズを見つけたんです。火の見櫓の下の沼に倒れてて。死んでるみたいでした。ぜんぜん動かないんです」

一七五一年にバークリー・コーヴの村ができて以降、保安官であれ警官であれ、かつて、ススキに埋もれたあちら側の地にまで取り締まりの手を広げた者はひとりもいなかった。一九四〇年代から五〇年代には、内陸から来て湿地へ逃げ込んだ囚人に猟犬を放った保安官がいて、保安官事務所にはいまでも万一に備えて数匹の犬がいた。だが、ジャクソンはたいていの場合、沼地で起きた犯罪は無視することにしていた。ならず者がならず者を殺したからといって、わざわざ首を突っ込む必要があるとは思わなかったのだ。

しかし、今回はチェイスが関わっていた。保安官は腰を上げ、ラックから帽子を取った。

「案内しろ」

オークやヒイラギの枝にこすられた車体がキーキーと音を立てるのを聞きながら、保安官はパトロールトラックで砂の道を進んでいった。隣には、白髪頭で細く引き締まった体をしている、村で唯一の医師のドクタ・ヴァーン・マーフィーが坐っていた。二人は深い轍が生み出すリズムに合わせて揺さぶられ、あわやヴァーンの頭が窓に激突しかける場面もあった。同じ年代の彼らは古くからの付き合いで、ときどき二人で釣りに行くし、事件が起きればたいていいっしょに駆り出される仲だった。そんな彼らも、いまから確定されるであろう沼の遺体の身元を思うと、自然と口が重たくなった。

スティーヴとベンジーは自転車ごと荷台に乗せられていて、トラックが停まるまでその状況は変わらなかった。

「あそこだよ、ミスタ・ジャクソン。あの草むらの奥だ」

エドはトラックを降りた。「おまえたちはここで待ってろ」そう言い置くと、彼はドクタ・マーフィーとともに泥に足を踏み入れ、チェイスが倒れている場所に向かった。カラスはトラックに気づいてすでに去っていたが、ほかの鳥や虫が忙しなく飛びまわっていた。礼儀を知らぬ生き物たちが遺体に群がっているのだ。

「これは、たしかにチェイスだ。サムとパティ・ラヴはさぞかし力を落とすだろう」〈ウエスタン・オート〉を営むアンドルーズ夫妻が、日々こつこつと点火プラグを発注し、売り上げを数え、値札を下げて店を守ってきたのは、すべて、このひとり息子のチェイスのためだというのに。

遺体の傍らにしゃがみ、聴診器で心音を確かめたヴァーンが、死亡を宣告した。

「いつごろ死んだと思う」

「そうだな、少なくとも死後十時間は経っていそうだ。検死にまわせばもっと正確な時間がわかるだろう」

「じゃあ、昨夜ここに上ったってことか。そして頂上から落ちた」

遺体を動かさずにざっとチェイスの様子を確認すると、ヴァーンもエドの隣に立った。どちらの男も、むくんだ顔でいまだに空を見上げているチェイスの目を見つめ、ぽっかりと開かれた口にもちらりと目をやった。

「こういうことになるから、おれは何度も村の連中に忠告したんだ」保安官が言った。

二人は、チェイスが誕生したときから彼を知っていた。かわいい子どもだった彼はすくすくと育って魅力的な若者に成長し、やがて両親の仕事を手伝いはじめた。そして、ついにこの村でも一目置かれる存在になり、クォーターバックのスター選手として村でもハンサムな男は村いちばんの美人と結婚したのだった。その彼がいま、たったひとり、泥沼よりもまだ無惨な姿をさらして横たわっていた。死はいつも、乱暴なやり方でうわべの美しさをむしり取ってしまう。

エドは口を開いた。「わからないのは、なぜ誰も彼を助けなかったかだ。連中はいつも集団でここに来ているし、たとえデートが目的でも、少なくとも相手はいるはずだろう」保安官と医師はそこで短く頷きを交わした。互いに言いたいことはわかっていた。二人とも、チェイスなら結婚していても妻以外の女を櫓に連れてくる可能性があることを知っていたのだ。「ひとまずここを離れよう。一からよく調べてみる必要がある」そう言うと、エドは大げさなぐらい高く足を上げて歩きだした。「おまえたち、そこを動くんじゃないぞ。これ以上、足跡を増やされると困るからな」

階段を出発点に、沼を横切り、チェイスから半径二メートルほどの位置まで続く足跡を指差して、エドは少年たちに訊いた。「これは今朝おまえたちがつけた跡か？」

「はい、ぼくたちが行ったのはそこまでです」ベンジーが答えた。「チェイスだとわかってすぐに引き返したんです。ほら、そこにぼくたちが戻った跡があるでしょう」

「そうか」エドは振り返った。「ヴァーン、こいつはどうも妙だぞ。遺体のそばには足跡がまったくないんだ。もし友人か誰かと来たなら、彼が落ちた時点ですぐに下りてきて駆け寄るものだろう。あちこち動きまわったり、傍らに膝を突いたりするはずだ。生きてるかどうか確かめるためにな。見ろ、我々の足跡はこんなに深く泥にめり込んでいる。それなのに、ほかに新しい足跡はどこにも見当たらない。階段に向かった跡も、離れた跡も、遺体に近づいた跡もないんだよ」

「彼はひとりで来たのかもしれない。それならすべて納得できるだろう」

「いや、それでもまだ説明のつかない点がある。彼の足跡はどこへいった？　チェイス・アンドルーズは道を歩いてきて、このぬかるみを越えて階段に行き、てっぺんまで上ったんだろ。いったいどうすれば足跡をひとつも残さずにそんな真似ができるんだ？」

4　学校　一九五二年

誕生日から幾日か経ったある日、裸足のままひとり泥のなかで身を屈め、足の生えかけたオタマジャクシを眺めていたカイアは、はっとして体を起こした。小道の先の方で、車のタイアが深い砂をかき分けている音がしたのだ。このあたりで車に乗っている人はひとりもいないのに。続いて、木立のあいだから誰かの話し声が――男の人と女の人だ――聞こえてきた。カイアは素早くその場を離れて茂みに潜り込んだ。相手の姿は見えるが逃げ道もちゃんとある、ジョディに教わったとおりの場所だった。

車から背の高い女の人が降りてきた。彼女はハイヒールを履いていて、母さんと同じように足元をぐらつかせながら砂の小道を歩いていた。彼らはきっと孤児院の人で、カイアを捕まえにきたに違いなかった。

〝あの人からなら絶対に逃げられる。あの靴じゃ、あっという間にばたんと倒れてしまうもの〟カイアはその場に留まり、女の人がポーチのドアに近づくのを見つめた。

「ごめんください、どなたかいますか？　無断欠席補導員です。キャサリン・クラークを学校へ連れていくために来ました」

これは大変なことになった。カイアは物音を立てないようにじっとした。本当なら自分も六歳から学校に通わねばならなかったはずだ。それが、一年遅れたいまになって人がやって来るなんて。

カイアはほかの子どもに何を話せばいいのかわからなかったし、もちろん教師が相手でもそれは同じだった。けれど、文字の読み方や、二十九の次の数字は何かを学んでみたい気持ちもあった。

「キャサリン、もし聞こえているなら出てきてくれないかしら。これは規則なのよ。あなたは学校へ行かなくちゃいけないの。でもね、あなた自身もきっと気に入るはずよ。毎日無料で温かい昼食が食べられるのよ。今日はみんなサクサクのチキンパイを食べると思うわ」

これまた重要な問題だった。お腹はぺこぺこだったのだ。朝食はお湯で煮ただけのトウモロコシ粉で、塩がなかったので塩味のクラッカーを混ぜて食べていた。カイアはすでに人生の教訓をひとつ学んでいた。トウモロコシ粥は塩抜きでは食べられない。チキンパイはこれまでに数回しか食べたことがなかったが、いまでもこんがり焼けたパイ皮や、サクサクの外側と柔らかい中身を鮮やかに思い出すことができた。それに、あのグレイビーソースの味も、まるですぐそこにあるように蘇ってきた。カイアがパルメットヤシの茂みのなかで立ち上がったのは、胃袋の勝手な意思によるものだった。

「こんにちは。ミセス・カルペッパーよ。あなたはもう学校へ行ける年齢よね？」

「はい」カイアはうつむいたまま答えた。

「大丈夫、裸足で行ってもいいの。ほかにもそうしてる子はいるから。でも、あなたは女の子だから、スカートは穿かなくちゃいけないわ。ワンピースかスカートはもってる？」

「はい」

「よかった、それじゃあさっそく着替えにいきましょう」

ミセス・カルペッパーはカイアのあとに続いてポーチの戸口を抜けたが、まずは階段にカイアが並べた鳥の巣をまたいで越えなければならなかった。寝室に行くと、カイアは片方の肩紐を安全ピンで留めた、格子縞のジャンパースカートを穿いた。学校に着ていけそうな服はそれしかもっていなかった。

「いいわ。それならまったく問題ないわよ」

ミセス・カルペッパーが手を差し出した。カイアはじっとその手を見つめた。もう何週間も誰かに触れたことはなかったし、ましてや知らない人に触れたことなど生まれてこのかた一度もなかったのだ。それでも、そっとミセス・カルペッパーの手に自分の小さな手を差し入れると、彼女に引かれるまま小道を進み、車の方へと向かった。フォード・クレストライナーの運転席には灰色のフェドーラ帽をかぶった無口な男がいた。カイアはうしろの座席に乗り込んだが、思わず笑みがこぼれることも、母親の翼に抱かれたひな鳥のような心地よさを感じることもなかった。

バークリー・コーヴには白人用の学校がひとつしかなかった。メイン・ストリートの保安官事務所とは反対の端に、煉瓦造りの二階建ての校舎があり、そこに小学校一年生から高校三年生までが通っていた。黒人の子どもが通う学校もあったが、そちらは有色人種居住区（カラード・タウン）のそばに建っていて、校舎はコンクリートブロックで造られた平屋だった。

カイアが学校の事務室に通されたあと、職員たちは郡の出生記録を調べたが、名前はあっても誕生年月日が記載されていなかったため、とりあえず彼女を二年生のクラスに入れることにした。カイアはまだ一日も学校へ来たことがなかったのだが。そもそも、と彼らは話し合った。一年生のクラスは生徒数が多すぎるし、たぶん湿地の子どもは何カ月かすれば学校に来なくなるので、たいした違いはないだろう。校長に連れられ、足音が響く広い廊下を歩くあいだ、カイアの眉には大粒の汗が浮かんでいた。校長が教室のドアを開け、カイアの背中を軽く押した。

格子縞のシャツ、ふんわりしたスカート、靴、たくさんの靴と、一部の裸足、そして目――そのすべてがこちらを向いていた。カイアはこんなに大勢の人間を見たことがなかった。一ダースはいるだろうか。先生は、あのとき少年たちが手伝いをしていたミス・エリアルで、彼女はうしろの方にある席へカイアを案内した。荷物は戸棚に入れていいと言われたが、カイアには自分の持ち物など何ひとつなかった。

先生が前に戻って言った。「キャサリン、立って教室のみんなに自分の氏名を教えてあげて」

とたんに胃が波打った。

「さあ、恥ずかしがらずに」

カイアは立ち上がり、「ミス・キャサリン・ダニエル・クラークです」と口にした。まえに母さんからそれが正式な名前だと聞かされたからだ。

「じゃあ、〝犬(DOG)〟の綴(つづ)りは言えるかしら？」

その場に突っ立ったまま、黙って床を見つめた。ジョディや母さんから文字はいくつか教わっていた。でも、人前で単語の綴りを口にしたことなど一度もなかった。

胃の揺れはますます大きくなっていた。それでも、どうにか声を出してみた。「G、O、D」

笑い声が漏れはじめ、それが教室じゅうに広がっていった。

「静かに！　みんな静かにして！」ミス・エリアルが呼びかけた。「笑ってはいけません。いいですね、人のことを笑ったりしてはいけないの。あなたたちならわかるはずよ」

カイアは教室のうしろで素早く腰を下ろし、キクイムシがオークの幹のシワに姿を溶け込ませるように、自分の存在を消そうとした。相変わらず緊張は解けなかったが、先生が授業を続けたので、少し身を乗り出して二十九の次の数字を教えてもらえるのを待った。いまのところ、ミス・エリアルがしているのは〝フォニックス〟とかいう発音練習法の話だけで、一様に口をOの字の形にした生徒たちが、先生に続いてアー、アア、オー、ウーなどと唸っていた。みんなハトの鳴き真似をしているみたいだった。

十一時ごろになると、ロールパンやパイ生地を焼く温かなバターの香りが廊下に満ち、それが教室にも忍び込んできた。たちまちカイアの胃がきりきりと痛みだし、ようやくクラスの全員が一列になってカフェテリアへ行進しはじめたころには、口いっぱいに唾が溢れていた。カイアはみんなにならってトレイをもち、緑色のプラスチックの皿と、フォークやスプーンを取った。厨房には大きな窓とカウンターがあり、目の前の巨大な琺瑯の皿には香ばしくふっくらと焼けた格子模様のチキンパイが載っていて、グレイビーソースもぐつぐつと沸いていた。ほかの子たちに笑顔で名前を呼びかけている背の高い黒人女性が、カイアの皿にも大きく切ったパイを置き、バターで炒めたササゲ豆とロールパンも載せた。トレイにはさらに、自分で取ったバナナ・プディングと、赤と白のパックに入ったひとり用の小さな牛乳も加わった。

席が並んだ場所へ行くと、ほとんどのテーブルが笑ったりお喋りしたりする生徒たちで埋まっていた。ふと見ると、そこにチェイス・アンドルーズと友人たちの姿があった。あのとき、歩道にいるカイアを自転車で弾き飛ばしそうになった少年だ。カイアはそちらから顔を背け、誰もいないテーブルに着いた。意思に反して目は何度も、唯一見知っている少年たちの方へ向いてしまったが、彼らもほかの子たちと同じでカイアのことなど気にも留めていなかった。

カイアはチキンやニンジン、ジャガイモ、小さな豆がたっぷり詰まったパイを見つめた。きれいな黄金色に焼けた表面も。そのとき、数人の女の子がペチコートで大きく膨らんだスカートをひらひらさせてこちらへ向かってきた。ひとりは痩せて背が高く、髪はブロンドで、べつのひとりは顔が真ん丸でぽっちゃりとしていた。カイアは、あんなにかさばるスカートでは木登りはもちろんのこと、ボートに乗ることだってできないのではないかと思った。当然、カエル獲りは無理だろうし、あれではきっと自分の足さえ見えないだろう。

彼女たちが近づいてくるあいだ、カイアはじっと皿に目を落としていた。もし隣に坐られたら何を話せばいいのだろう？　けれど、女の子たちは小鳥のようにさえずりながら脇を通り過ぎていき、ほかのテーブルにいる友人たちと合流した。お腹はぺこぺこのはずなのに、気づくとカイアの口は唾を飲むこともできないほど乾ききっていた。カイアはほんの二、三口だけ食事をし、牛乳を飲み干すと、誰にも気づかれないよう注意しながら空いたパックにできるだけたくさんパイを詰め込んだ。そして、ロールパンといっしょにそれをナプキンで包んだ。

そのあとは、学校が終わるまでずっと口を開かなかった。先生に何か訊かれたときでさえ無言を貫いた。カイアは、ここでは自分がみんなを見ならうべきで、その反対はないということに気づいていた。だからこそ、こうも思った。〝なぜわざわざ自分が笑い物になるようなことをしなくちゃいけないの？〟

終わりのベルが鳴ったあと、カイアは説明を受けた。砂が深すぎるので、学校のバスは家の小道から五キロほど離れたところまでしか行けない。だから毎朝そこまで歩いてくる必要がある、と。帰り道、バスが轍に揺れながら広大な草藪を抜けているころ、前の席でだしぬけにカイアをはやし立てる声が上がった。「ミス・キャサリン・ダニエル・クラーク！」昼食のときに見かけた痩せでのっぽのブロンドと、顔の丸いぽっちゃりが叫んでいるのだった。「湿地のメンドリ、どこから来たの？　沼地のネズミ、帽子はないの？」

目印も何もない、林から延びる細道がごちゃごちゃと入り乱れているだけの場所で、バスがようやく停まった。カイアは運転手がガタンとドアを開けるやいなや、転がるように外へ出て、そのまま一キロ近くも走りつづけた。そして、そこでひと息つくと、今度は小走りで家の小道へ向かった。けれど、小屋では立ち止まらずにヤシの木立を通って潟湖へ行き、そこからさらに、鬱蒼としたオークの林を抜けて海を目指した。開けた砂浜に飛び出すと、海が腕を広げてカイアを迎え入れ、波打ち際で立ち止まると、潮風がカイアの髪を梳(す)いて三つ編みをほどいた。今日一日ずっとそうだったように、また涙がこぼれそうになった。

カイアは打ち寄せる波の音に負けないよう、声を張り上げて鳥たちを呼んだ。海は低音を奏で、カモメはソプラノで歌っていた。高く、鋭く鳴きながら湿地や砂浜の上を旋回している彼らのため、浜辺にパイ皮やロールパンの欠片(かけら)を放った。脚を垂らし、小首をかしげてカモメたちが降りてきた。

そのうちの二、三羽が、カイアの足の指のあいだをそっとつついた。くすぐったさに声を上げて笑ううち、頬に涙が垂れてきて、しまいには喉の奥の狭い場所から次々と引きつったような音が溢れはじめた。牛乳のパックが空になってしまうと、カイアはたまらない気持ちになった。鳥たちもみんなと同じように去ってしまうことが恐かったのだ。けれど、カモメたちはカイアの周りでうずくまり、灰色の翼を開いてせっせと羽を繕いはじめた。それを見て、カイアも砂浜に腰を下ろした。このカモメたちを集めて連れ帰り、ポーチでいっしょに眠れたらどんなにいいだろうと思った。みんなでベッドのカバーの下に潜り込み、羽毛に覆われた、ふわふわで温かい体に囲まれて眠れたらどんなにいいだろうと。

その二日後、フォード・クレストライナーが砂をかき分けている音に気づいたカイアは、すぐさま湿地に駆け込んだ。一歩一歩、踏みしめるように砂州を横切ってくっきりした足跡を残すと、次は足跡がつかないようにつま先立ちで水辺へ行き、さらにそこから引き返して違う方向へ進んだ。泥がある場所では円を描いて走り、手がかりを掴みにくくした。そして、固い地面に出てからは静かにそこを横切り、草むらから枝に飛びついて痕跡を消した。

それから何週間かは二、三日おきに車がやって来て、フェドーラ帽の男が捜索や追跡にあたったが、彼はカイアの近くにたどり着くことさえできなかった。そして、翌週にはもう誰も来なくなった。聞こえるのはカラスの声ばかりだった。カイアは両手を脇に垂らし、空っぽの小道を見つめた。

その後、カイアが学校へ行くことは二度となかった。またサギを観察したり貝殻を集めたりする日々が戻ってきたが、そこでも学べることはあるとカイアは思っていた。「ハトの鳴き真似ならもうできるもの」と、カイアはひとりつぶやいた。「おまけにわたしのほうがずっと上手よ。きれいな靴なんかなくたってね」

学校へ行った日から数週間が過ぎたある朝、ぎらぎらと白い日差しが照りつける浜で兄さんたちの基地によじ上ったカイアは、どこかに髑髏(どくろ)の旗を垂らした帆船はないかと視線を巡らせた。想像力は孤独という土に育つと言うが、それを裏付けるかのように、カイアは大声で叫んだ。「おーい！　海賊が来たぞ、おーい！」それから剣を振りまわし、攻撃を仕掛けるべく木から飛び降りた。その瞬間、激痛がカイアの右足を撃ち抜き、燃え広がる火のように脚を駆け上がってきた。膝が崩れて横倒しになり、たまらずカイアは金切り声を上げた。見ると、足の裏に深々と錆びた長い釘が刺さっていた。「父さん！」カイアは叫んだ。昨夜は父親が帰ってきたかどうか、よく覚えていなかった。「助けて、父さん！」声を振り絞って呼んでみたが、返事はなかった。カイアは手を伸ばし、ひと思いに釘を引き抜いた。痛みは悲鳴で紛らわした。

砂の上で意味もなく両腕をくねらせ、しばらくめそめそと泣きつづけた。そうして泣くだけ泣いてから、体を起こし、足の裏を確かめた。出血はほとんどなく、小さな深い穴が空いているだけだった。だが、そのときふと〝破傷風(はしょうふう)〟の話を思い出した。きゅっと胃が縮み、背筋が寒くなった。まえにジョディから、錆びた釘を踏んだのに破傷風の注射を打たなかった少年の話を聞かされていたのだ。その少年の顎はがっちりと固まって、口を開けたくても開けられなくなってしまったという。そのうち背骨も弓のように反りはじめたが、誰にもどうにもできず、少年がねじ曲がって死ぬのを黙って見ていることしかできなかったそうだ。

ジョディが言いたいことははっきりしていた。釘を踏んだら二日以内に注射を打ってもらわねばならない、さもなければ死んでしまう、ということだ。けれど、どうすればそんな注射を打ってもらえるのか、カイアには見当がつかなかった。

〝どうにかしなくちゃ。黙って父さんを待っていたんじゃ、絶対に口が固まっちゃう〟顔に大粒の汗をかきながらよろよろと浜辺を横切り、小屋の裏手にあるオークの林に入ると、いくらか暑さが和らいだ。

母さんはいつも傷口を塩水に浸し、薬になるものを色々と混ぜ込んだ泥でそこを覆っていた。だが、キッチンには塩がなかったので、そのまま足を引きずって林を進み、海水と淡水が混じった泥の小川があるところへ行った。そこの水は干潮時にはとても塩辛くなり、川べりには白い結晶がきらきらと光った。地面に腰を下ろすと、カイアはその水に足を浸けた。そのあいだも口は始終動かし、開けたり閉じたり、あくびの真似をしたり、もぐもぐ噛んだりと、とにかく顎が固まらないようありとあらゆることをした。一時間ほどすると潮がだいぶ引いてきて、川底の黒い泥に手で穴を掘れるようになったので、滑らかなその土にそっと足を差し入れた。あたりの空気は涼しく、ワシの鳴き声が気持ちを鎮めてくれた。

午後も遅くなったころ、カイアはひどい空腹を感じて小屋に戻った。父さんの部屋は相変わらず空っぽで、とうぶんは帰ってこないと思われた。男の人は、夜遅くまでポーカーをしたりウィスキーを飲んだりするからだ。トウモロコシ粉は尽きていたが、あちこち引っかきまわすと脂でぬるぬるした古いショートニングの缶が見つかったので、その白い脂をほんの少しすくい取り、塩味のクラッカーに塗った。初めの一枚は恐る恐るかじっていたものの、気づくとさらに五枚を胃袋に収めていた。

ポーチのベッドに身を沈めたあとは、父さんのボートの音を待って耳を澄ました。夕暮れはまたたく間に夜に替わり、眠りが途切れ途切れにやって来たが、明け方近くにはぐっすりと寝入ったようだった。目を覚ますと高く昇った日が顔を照らしていた。カイアはすぐさま口を開けた。まだ動いていた。それからは、痛めた足を引きずって汽水の小川と小屋を行ったり来たりしつづけ、太陽の動きから見て二日経ったとわかるまでそれを続けた。また口を開け、閉じてみた。たぶん、もう大丈夫かもしれない。

その夜、泥で覆った足をぼろ布で包み、床のマットレスでシーツにくるまったカイアは、次に目覚めたときは死んでいるのだろうかと考えた。いや、違う、とそこで思い出した。そんなに簡単には死なない。背中が弓のように曲がり、手脚がねじれてしまうはずだ。

それから何分かしたころ、カイアは背中の下方にうずきを感じて起き上がった。「そんな、まさか。母さん、母さん」繰り返し現われる背中の感覚にじっと注意を向けてみた。そして、「かゆいだけね」と低くつぶやいた。いよいよ本当にくたびれ果て、カイアは眠りに落ちていった。次に目を開けたときには、オークの林でハトがのどかに鳴いていた。

その後も一週間は、泥の小川に一日二回は通い、塩味のクラッカーとショートニングを食べて過ごした。父さんはそのあいだも一度も家に帰らなかった。八日目には、どこにも引っかかりなく足首をまわせるようになり、痛みも肌の表面にしか感じなくなっていた。怪我した足をかばいつつ、カイアは軽く跳ねるように踊って歓声を上げた。「やったわ、助かった！」

翌朝、カイアはまた海賊を見つけるために海岸へ行った。

「でもまずは、隊員に命令して釘を一本残らず拾わせなくちゃね」

いまだにカイアは、毎朝早い時間に目を覚ましては、母さんがせっせと朝ごはんの支度をする音がしないかと聞き耳を立てていた。母さんのお気に入りの朝食は、家のニワトリが産んだ卵で作るスクランブルエッグと、真っ赤に熟したトマトのスライス、それに、コーンミールに水と塩を混ぜて作る薄焼きパンだった。薄焼きパンは、タネが泡立つぐらいに熱した脂で揚げ焼きにするので、縁にかりかりのレースができていた。母さんはいつもこう言っていた。脂の跳ねる音が隣の部屋まで聞こえるぐらいじゃないと、本当の揚げ焼きとは呼べないのよ。そのパチパチという音を、カイアは生まれてからずっと、ベッドで目を覚ますたびに聞いてきたのだった。白く立ち昇る煙や、香ばしいトウモロコシ粉の匂いを嗅ぎながら。けれど、いまはキッチンから聞こえてくる音も、ぬくもりもなかった。カイアはそっとポーチのベッドを離れ、潟湖へと向かった。

それから数カ月が過ぎると、冬が南部らしく穏やかに近づいてきた。太陽は毛布のように暖かな日差しでカイアの肩を包み、湿地の奥深くへと彼女をいざなった。ときおり、夜中に正体のわからない音を聞いたり、近すぎる稲妻に跳び上がったりすることはあったが、身がすくんでしまったカイアをいつも抱き留めてくれるのも、やはり湿地だった。そのうちに、いつしか心の痛みは砂に滲み込む水のように薄れていった。消えはしなくても、深いところに沈んでいったのだ。カイアは水を含んで息づく大地に手を置いた。湿地は、彼女の母親になった。

5　捜査　一九六九年

頭上では、意地悪な太陽に挑むようにセミたちが濁った羽音を響かせていた。ほかの生き物たちは、みな暑さに怖じ気づいたのか、草藪の下でかさこそと虚しい音を立てるばかりだったが。

ジャクソン保安官が眉の汗を拭いて言った。「ヴァーン、ここですることはまだあるが、順番が間違っている気がする。チェイスの妻や身内は彼が死んだことをまだ知らないんだ」

「私が知らせにいくよ、エド」ドクタ・ヴァーン・マーフィーが答えた。

「そうしてくれると助かる。トラックを使ってくれ。ついでにチェイスを運ぶための救急車を寄こしてくれないか。それから、ジョーにもそのトラックでここへ来るように言ってくれ。ただし、この件はほかの誰にも話さないでくれよ。村の連中がこぞって押しかけてくると困るし、もし話が漏れれば確実にそうなるからな」

動きだすまえに、ヴァーンは改めてチェイスを眺めまわした。何かを見落としているような気がしていた。医師として、それを突き止めねばならない。沼地の淀んだ空気がのっそりと背後に立ち、答えが明かされるときをじっと待っているようだった。

エドが少年たちに顔を向けた。「おまえたちはここにいろ。村に戻ってぺちゃくちゃやられちゃかなわんからな。だが、この辺のものに触ったり、泥の足跡を増やしたりはしないでくれよ」

「わかりました」ベンジーが言った。「チェイスは殺されたと考えているんですか？　足跡がないから。もしかして、誰かに突き落とされたとか？」

「誰がそんなことを言った。これはごく当たり前の現場確認だ。わかったら、邪魔にならない場所で大人しくしてろ。ここで聞いたことは何ひとつ村で口にするんじゃないぞ」

それから十五分とせずに、背が低くてもみ上げの濃い、ジョー・パーデュ保安官補がパトロールトラックに乗って現われた。

「こんなことがあるか。チェイスが死ぬなんて。村じゃ歴代最高のクォーターバックだったんだぞ。絶対におかしいじゃないか」

「ああ、そのとおりだな。とにかく仕事にかかろう」

「これまでに摑んだことは？」

エドは少年たちからもう少し遠ざかった。「まあ、一見すると明らかに事故なんだ。櫓から落ちて死んだと思われる。ただ、いまのところ彼が階段へ向かった足跡が見つかっていないんだ。我々の足跡以外は誰のものも見当たらない。念のため、隠蔽された形跡がないかどうか調べてみよう」

二人の官憲（かんけん）はたっぷり十分ほどかけ、あたりをくまなく調べてまわった。「たしかに、あの坊主たちの足跡しかないな」ジョーが言った。

「ああ、それに誰かが消し去ったような跡もない。わけがわからないが、とにかくいまは作業を進めるしかないだろう。この件についてはあとで考えることにする」エドは言った。

二人はカメラを出し、遺体、遺体と階段の位置関係、頭部の傷のクローズアップ、折れた脚などを写真に収めた。そのあいだも、ジョーはエドが口にする所見を書き留めていった。二人が遺体から階段までの距離を測っているとき、道沿いの鬱蒼とした茂みに救急車が横腹をこすりつけている音がした。運転手は年老いた黒人男性で、もう何十年ものあいだ、怪我人、病人、危篤患者、そして死人を運ぶ役目を引き受けていた。彼がお辞儀をし、小さな声で意見を述べた。「わかりました。もう腕を曲げるのは難しいでしょうから、転がして麻布に乗せるという手は使えません。持ち上げるしかないですが、彼はかなり重いでしょう。ですから、保安官、あなたがミスタ・チェイスの頭を抱えて下さい。はい、それでけっこうです。おっとっと」昼近くになったころ、彼らはすっかり泥まみれになってどうにか遺体を車に乗せ終えた。

もうドクタ・マーフィーはチェイスの両親に息子の死を伝えたはずなので、エドは少年たちに家へ帰っていいと告げた。そして、ジョーとともに櫓の階段に足をかけた。振り仰ぐと、踊り場で折り返しながら頂上へと延びる階段は、階が上がるにつれて横幅が狭くなっていた。上りはじめた二人の周りで、世界が徐々に大きくなっていった。青々と茂る森も、水をたたえた湿地も、その果ての果てまで広がっていくようだった。

階段の最後のステップにたどり着いたところで、エドは両手で鉄格子を押し上げた。そして見張台によじ上ると、また格子を静かに下ろした。というのも、それも床の一部だったからだ。見張台は、中央部分にはささくれて白ばんだ古い木の板が敷かれていたが、四辺の床はぐるりと並んだ正方形の鉄格子でできており、その一枚一枚が開閉できるようになっていた。もちろん、格子が閉じてさえいればその上を歩いても問題はない。だが、もし開いていればおよそ二十メートル下の地面に落ちてしまうのだった。

「おい、あれを見ろ」エドが向かい側の床を指差した。そこに、一枚だけ開いている鉄格子があった。

「どういうことだ?」そう言うと、ジョーもエドとともにそちらへ向かった。覗き込んでみると、ちょうど真下の泥に、チェイスの歪んだ体がすっぽりと収まる輪郭線が見えた。周りには絵の具を飛ばしたように黄色い汚泥や浮き草が飛び散っている。

「いよいよおかしいな」エドは首をひねった。「階段の上の格子なら、ときたま閉め忘れるやつがいる。ほら、下りたときにそのままにしていくだろう。実際に何度か開いているのを目にしている。だが、ほかの格子が開いてることなんてまずないじゃないか」

「そもそも、なぜチェイスはこの格子を開けたんだ？　開けたのが誰であろうと理由がわからないな」

「誰かが誰かを突き落とそうと画策したなら、話はべつだろう」エドは言った。

「じゃあ、なぜ落としたあとに閉めなかった？」

「もしチェイスが自分で落ちたなら、閉めることはできないだろう。だからだよ。事故に見せかけるためには開けておく必要があったんだ」

「下の梁を見てくれ。木がへこんで割れてる箇所がある」

「ああ、見えるよ。おそらくチェイスが落ちるときにあそこに頭をぶつけたんだろう」

「あとであそこまでよじ上って、血痕や毛髪がないか捜してみるよ。割れた木片も採取したほうがいいな」

「助かるよ、ジョー。アップの写真も撮ってくれ。車からおまえの体を固定するロープを取ってこよう。こんな泥沼で一日に二つも死体を出したくないからな。それから、指紋も採る必要がある。この格子と階段の上の格子、欄干、階段の手すり。とにかく人が触れそうな場所はぜんぶだ。毛髪や糸くずがあればそれも採取するぞ」

その後、腰を屈めたり身を乗り出したりして作業を続けた二人は、二時間ほど経ったころにようやく背筋を伸ばした。エドが言った。「ここで犯罪があったとは断言できないな。結論を出すのはまだまだ無理だ。それに、おれにはやはり、チェイスを殺そうとするような者がいるとは思えない」

「いや、そういう人間は山ほどいるんじゃないか」保安官補が異論を唱えた。

「たとえば誰だ？　何の話をしている？」

「わかるだろ、エド。チェイスのことはあんたもよく知ってるじゃないか。年がら年じゅう発情して、女の尻を追いかけまわす。まるで檻から放たれた雄牛みたいだった。結婚するまえもしたあとも、相手が独身だろうが人妻だろうが、おかまいなしさ。雌犬に囲まれたさかりのついた犬だって、もうちょっとお行儀がいいぞ」

「おい、そこまでひどくはないだろう。まったく。たしかに女好きだったという話は聞いてる。だがな、それが原因で殺人を犯すような者がこの村にいるとは思えないんだ」

「おれは、やつのような人間に好感をもってない者もいると言ってるだけさ。嫉妬に駆られた夫とかな。いずれにしろ、相手はチェイスの顔見知りだろう。おれたち全員が知ってる誰かだよ。彼がこんなところへ知らない人間と上るはずがないからな」ジョーが言った。

「たとえば、チェイスが借金にどっぷり浸かっていて、借りた相手が村の外の人間だったとしたらどうだ。そうでなくても、何か我々の知らない事情があったのかもしれない。相手は腕力のある男だろう。チェイス・アンドルーズを突き落とすなんて、そう簡単にできることじゃない」

ジョーが頷いた。「となると、何人か思い当たるやつがいるぞ」

6　ボートと少年　一九五二年

ある朝、ひげを剃ってシワだらけのボタンダウン・シャツを着込んだ父さんがキッチンにやって来て、これからバスでアシュヴィルへ行き、軍と話をしてくると告げた。父さんは、自分はもっと障害者手当をもらえるはずだと考えていて、それを確かめるために三、四日、家を離れるということだった。これまで父さんが、どこへ行くとか、いつ戻るとか、そんなふうに自分の予定を知らせることなどなかったので、カイアはただ黙ってその場に突っ立ち、丈の足りないオーバーオール姿で父親を見上げていることしかできなかった。

「まったく、おまえには耳も口もないようだな」そう言い捨てて、父さんはポーチのドアを乱暴に閉めていった。

カイアは、不自由な左脚をまわすようにして前へ出し、一歩ずつ小道を進んでいく父親の姿を見つめた。気づくと拳を固く握り締めていた。きっと、みんなこの家から消えてしまうのだ。ひとりずつこの小道を歩き去って。通りにぶつかるところで、思いがけず父さんがこちらを振り返った。カイアは力いっぱい手を振った。父親をつなぎ止めておきたい一心で。父さんは素っ気なく腕を上げ、もう行けというような仕草をした。けれど、カイアにはそれだけで意味があった。少なくとも母さんのときとは違う。

そのままカイアはぼんやりと潟湖へ向かった。早朝の日差しのなかでトンボの羽が小さく輝いていた。オークの木や厚く茂った草に囲まれ、洞窟のように薄暗くなった水辺を歩くうちに、カイアはふと、ロープの先で揺れている父親のボートに目を留めて立ち止まった。もし勝手にこれに乗り、湿地へ出かけたことがばれたら、父さんにベルトでぶたれるはずだった。あるいは、ジョディが〝歓迎のこん棒〟と呼んでいた、ポーチのドアの脇に置かれたパドルで殴られるかもしれない。

それでもボートに足が引き寄せられたのは、たぶん、自分も遠くへ行きたいという願いがあったからだろう。船底が平らで、両側面が立ち上がったその金属製の小型ボートは、父さんが釣りに使っているものだった。たいていはジョディがいっしょだったが、カイアも生まれたときからずっとそのボートに乗っていた。何度かジョディに舵を握らせてもらったこともある。それに、カイアはどこをどう進めば水から陸、陸から水へとパッチワークのように入れ替わる複雑な水路や入り江を通り抜け、海に出られるかということも知っていた。というのも、小屋裏の林のすぐ先には海岸があるのだが、ボートで海へ出るにはそれとは反対方向の、陸側を走る水路を通らなければならなかったのだ。くねくねと迷路のように何キロも続く水路は、最後に大きくUターンして海に出るようになっていた。

とはいえ、カイアはわずか七歳の少女であり、ひとりでボートに乗った経験はまだなかった。ボートは木綿のロープで杭につながれ、そこに浮かんでいた。床には一面、汚れた灰色のものや、ぼろぼろの釣り道具や、潰れたビールの缶などが散らばっていた。なかに足を踏み入れると、カイアはひとり声を張り上げた。「ジョディに言われたとおり、燃料を確かめておかないとね。使ったことが父さんにばれると大変だから」そして、折り取った葦を錆だらけのタンクに差し入れた。「たぶん、ちょっと乗るだけなら大丈夫」

いっぱしの泥棒のようにあたりに目を走らせると、カイアは素早く杭のロープを外し、パドルを使ってボートを押し出した。目の前を漂うトンボの群れが静かに道を開けた。

我慢ができずにスターターロープを引いたとたん、がくんと体がのけぞり、一発でかかったエンジンがブルブルと白い煙を吐き出した。すぐに舵のハンドルを掴んだが、どうやらスロットルグリップをまわしすぎたらしく、ボートは急角度で曲がってエンジンが悲鳴を上げた。慌ててハンドルを放して両手を上げた。ボートが徐々に前進をやめ、軽快な音を立てるようになった。

〝困ったときは何もしなければいいんだ。アイドリングに戻せばいい〟

今度はもっと緩やかにスピードを上げてボートを進ませ、パタパタパタパタと、朽ちて倒れたイトスギをまわり込み、枝が積み重なったビーバーの巣の先まで行った。そして、そこでぐっと息を詰め、イバラの枝に隠れかけている潟湖の出口へと船首を向けた。大木から低く垂れた枝をくぐり抜け、流木からのっそりと滑り下りるカメたちを横目に、さらに百メートルほど深い茂みのあいだを進んだ。一面に広がる浮き草の絨毯が、頭上を覆う木の葉の天井とともに水面を緑色に染め、エメラルドのトンネルができていた。やがて、木々のカーテンが開いたかと思うと、カイアは広々とした空が見える場所に滑り出ていた。草は空に向かってまっすぐに伸び、あたりにはカラスの鳴き声が響いていた。カイアは思った。きっとこれが、ようやく殻を破ったひな鳥が最初に目にする景色なのだろう。

ひとりでボートに乗ったちっぽけな少女は、目の前で枝分かれしたり合流したりしながらどこまでも続いていく水路を抜け、あちらへこちらへと動きまわった。〝いつも左に曲がっていれば海に出る〟ジョディはそう言っていた。カイアはスロットルグリップにはほとんど触れず、大きな音は立てずに流れに沿ってボートを進めた。と、葦の茂みをまわり込んだとたん、一頭のオジロジカが去年の春に生まれた子ジカを連れて水を舐めているのが目に入った。シカたちが弾かれたように頭を上げ、空に水滴を飛ばした。ここでボートを止めれば彼らは逃げてしまうだろう。それは、カイアが野生の七面鳥を観察して学んだことだった。こちらが襲う者のように振る舞えば、向こうも狙われた者として振る舞う。ただ無視をしてゆっくり動きつづけるのがいいのだ。そのままそばを通り過ぎると、シカはマツの木のようにじっと立ち尽くし、カイアの姿が草藪の陰に消えるまでそうしていた。

両岸にオーク林が迫る、薄暗い潟湖が連なる場所に来たところで、カイアはその先にある水路が広い入り江に通じていることを思い出した。何度か行き止まりにぶつかり、もとのところへ引き返して違う方向へ向かった。そのたびに、ちゃんと戻れるように目印になるものを頭に焼きつけていった。そうして進みつづけるうちに、ついにカイアの目の前に、空も雲もすべてを映し出しているかのような広大な入り江が現われた。

潮が引きはじめていることは岸の水位を見ればわかった。それがいつであろうと、潮が引きすぎれば底が浅くなる水路もあり、ボートは座礁して立ち往生してしまうはずだった。そうなるまえに帰らなければならない。

背の高い草藪をまわり込んだときだった。不意に海が——灰色に荒々しく波打って——不機嫌な顔をカイアに振り向けた。波は激しくぶつかり合い、白い唾を溢れさせ、重い音を轟かせて岸辺で砕け散っていた——まるで上陸場所を求めて突進するかのように。そして、舌に泡を溜めて引き下がり、静かに身を伏せて次のうねりを待った。

波はカイアをあざ笑い、波頭を破って海へ出てみろと挑発していた。けれど、ジョディ抜きではカイアの勇気はすっかりしぼんでいた。どのみち帰る時間も迫っている。西の空では積乱雲が大きくなり、はち切れそうに膨らんだ巨大な灰色のキノコのようになっていた。

ずっと人の姿はなかったし、遠くの船さえ見かけなかったので、広い入り江に戻ってその少年を見つけたときは驚いた。湿地の草藪を背に、彼もまた古ぼけたボートに乗って釣りをしていた。このまま進むと、ボートは彼から六メートルほどの距離まで近づいてしまうはずだった。いまのカイアはどこからどう見ても沼地の子どもだった——風のせいで髪はぼさぼさにもつれ、目からこぼれた涙がほこりまみれの頬に筋を残しているはずだ。

燃料が減ってしまったことよりも、嵐が近づいていることよりも、人に出会ってしまったことのほうがカイアの神経をぴりぴりさせた。相手が男の子となればなおさらだった。母さんはよく姉さんたちに、男には注意しろと言い聞かせていた。すきを見せればすぐに襲ってくるからと。カイアはきつく唇を結んで考えを巡らせた。〝どうすればいい？ ボートはあの子のすぐそばを通ることになる〟

視界の隅で、その少年が痩せていて、赤い野球帽から金色の巻き毛が覗いているのを見て取った。歳はだいぶ上で、たぶん十一歳か十二歳ぐらいだろう。カイアは険しい表情のままそちらに近づいていった。ところが、彼のほうはカイアに温かで屈託のない笑顔を向け、まるで紳士がドレスにボンネット姿の淑女に挨拶するように、帽子のつばを軽くつまんでみせた。小さく頷き返すと、カイアはまたすぐに前を向き、徐々に速度を上げて彼のそばを通り過ぎた。

いまのカイアの関心事は、とにかく自分が見慣れた安全圏へ戻ることだった。が、どこかで方向を間違えたらしく、潟湖が連なる場所へ二度目に出てきたときには、どうしても帰り道の水路を見つけられなくなっていた。オークの盛り上がった根やギンバイカの低木のあいだを覗き、ぐるぐると水路を捜しまわった。少しずつパニックが膨らんでいった。草むした土手も、砂州も、水路のカーブも、いまや何もかもが同じに見えた。カイアはエンジンを切り、思いきってボートの真ん中で立ち上がった。それから脚を大きく開いてバランスをとり、首を伸ばして葦の向こうを見渡そうとした。だが、それもうまくはいかなかった。またボートに坐り込んだ。完全に道に迷ってしまった。燃料は減っているし、嵐も近づいているというのに。

父さんの言葉遣いを真似し、消えた兄をなじった。「ふざけるな、ジョディ！　あきれたやつだ。このろくでなしめ」

緩やかな流れに沿って漂うボートの上で、カイアは一度だけ鼻をすすって泣いた。太陽を打ち負かして勢力を伸ばしはじめた雲は、重く静まり返った上空をゆっくりと進み、空を押しのけ、澄んだ水面に影を引きずっていった。いつ強風が吹きはじめてもおかしくなかった。けれど、それ以上に悪いことがあった。あまりいつまでもボートに乗っていると、父さんに船を使ったことがばれてしまうのだ。カイアはそっとボートを進めた。あの少年を見つけられるかもしれない。

それから何分か経ち、水路のカーブをひとつ曲がったところで、広い入り江が現われた。反対の岸に、ボートに乗った少年の姿があった。舞い上がったシラサギたちが、黒くそびえる雲を背に、一直線に連なる白い旗のように飛んでいった。カイアは少年をひたと見据えた。近づくことも、近づかずにいることも不安だった。そうしてしばらくためらったすえ、カイアは船首の向きを変えて入り江を横切りはじめた。

そばまで行くと、少年が顔を上げた。

「やあ」彼が言った。

「こんにちは」カイアは少年の肩越しに葦の茂みを見つめていた。

「ところでどこへ行ってたの？」彼が訊いた。「海に出たんじゃないかと心配したよ。嵐が近づいているからね」

「出てない」視線を水面に落として答えた。

「大丈夫？」

泣きたい衝動が喉にこみ上げてきて、必死でそれを抑えた。黙って頷くことしかできなかった。

「迷ったの？」

また首を縦に振った。女の子ぶって涙を見せるつもりはなかった。

「そうか。ぼくもしょっちゅう迷うんだよ」そう口にして、彼が微笑んだ。「ねえ、きみのことを知ってるよ。ジョディ・クラークの妹だろ」

「まえはね。兄さんは出てったの」

「それでも、きみはジョディの……」彼はその先を続けるのをやめたようだった。

「なぜわたしのことを知ってるの？」カイアはちらりと目を動かし、少年に鋭い視線を向けた。

「ジョディと釣りをしたことがあるからね。きみにも何度か会ったことがあるよ。まだ小さかったけど。きみはカイアだろ？」

自分の名前を知っている人がいる。カイアはあっけに取られた。何かにつなぎ止められたような、何かから解き放たれたような感じがした。

「そうよ。わたしの家は？　ここからどう行けばいいかわかる？」

「わかると思うよ。とにかく、そろそろ出発しなくちゃ」少年が雲の方へ顎をしゃくった。

「ぼくについてきて」釣り糸を引き上げて道具を箱にしまうと、彼は自分の小型ボートのエンジンをかけた。入り江を進みはじめた彼が手を振ったので、カイアもあとに続いた。少年はゆっくりボートを走らせながら迷うことなく正しい水路を行き、振り返ってカイアも追ってきているのを確かめてから、さらに先へと向かった。そして、カーブを曲がってオークの茂る潟湖に出るたびに、同じことをした。やがて、彼が家へと通じる暗い水路に入っていき、そこでカイアも自分がどこで道を誤ったかに気がついた。もう同じ間違いはしないと心に決めた。

少年はカイアを導き――もう道がわかったと手を振ったあとも――馴染みの潟湖を横切って、小屋がある林の岸に到着した。カイアは水に洗われた古いマツの杭にボートを近づけ、ロープで結びつけた。少年がゆっくり後退し、上下に揺れながらいま来た航路を少し引き返した。

「もう大丈夫かい？」

「ええ」

「じゃあ、嵐が来るからぼくも行かなくちゃ」

カイアは頷いたが、ふと母さんの教えを思い出した。「ありがとう」

「うん、それじゃあ。ぼくはテイトっていうんだ。また会ったときはそう呼んでよ」

カイアが何も答えずにいると、彼が言った。「さよなら」

彼が出発したとたん、潟湖の岸にぽつぽつと雨粒が落ちてきた。カイアは口を開いた。

「これは土砂降りになるわね。あの子はずぶ濡れになっちゃう」

燃料タンクの上に屈み込み、即席の油量計である葦の茎を差し込んだ。雨が入らないように注入口を手で覆うことも忘れなかった。コインは数えられないかもしれないが、これについては自信があった。ガソリンに水を混ぜてはいけないのだ。

〝だいぶ減ってる。これじゃ父さんにばれちゃう。帰ってくるまえに缶をもって〈シング・オイル〉へ行かなくちゃ〟

経営者のミスタ・ジョニー・レーンが、いつもカイアの家族を沼地の貧乏人（トラッシュ）と呼んでいることは知っていた。けれど、たとえ彼の店へ行かねばならなくても、たとえ嵐や干潮に怯（おび）える経験をしても、自分がしたことに後悔はなかった。その証拠に、カイアはいま、草と空と水が広がるあの場所に戻りたいという気持ちでいっぱいだった。たったひとりで恐い思いをしたとはいえ、心はすでにハミングが出るほどの昂（たか）ぶりを覚えていた。理由はほかにもあった。あの少年の穏やかさだ。話し方も身のこなしも、あんなに落ち着いた人をカイアは見たことがなかった。しっかりしていて、安らぎを感じさせる。彼のそばにいるだけで、それほど近づいていなくても、カイアの緊張はほぐれていった。母さんとジョディが去ってから初めて、カイアは苦しみを忘れて息をしていた。痛み以外の何かを感じていた。このボートとあの少年が、カイアには必要だった。

同じ日の夕刻、テイト・ウォーカーは自転車を押して町なかを歩き、〈ファイブ&ダイム〉のミス・パンジーに会釈して、〈ウェスタン・オート〉を通り過ぎ、村の埠頭の突端までやって来た。海を見渡して父親のエビ漁船〝チェリーパイ号〟を探すと、遠くに船の鮮やかな赤い塗装と、波間で揺れている翼のように広がった漁網が見えた。やがて、船がカモメの群れを引き連れて近づいてきたので、テイトはそちらに手を振った。大柄で両の肩が盛り上がり、頭も顎もふさふさの赤毛で覆われた父親が空に手を振り上げた。村のみながらスカッパーと呼ばれている父が舫い綱を投げて寄こすと、テイトはそれをくくりつけてから船に跳び乗り、獲物を降ろしている乗組員たちを手伝った。

スカッパーがテイトの髪をくしゃくしゃにした。「どうしてた？　来てくれて助かるよ」

テイトは笑みを浮かべて頷いた。「うん」親子と乗組員たちはせっせとエビを金属カゴに入れて埠頭へ降ろし、このあと〈ドッグゴーン〉で一杯やろうと声をかけ合ったり、テイトに学校のことを訊いたりした。ほかの男たちより手の平ひとつぶん背が高いスカッパーは、一度に三箱もカゴを抱え上げて桟橋の先へそれを運び、すぐに戻ってきてはまたカゴを抱えた。その拳はクマのように大きく、指の関節はあかぎれになって裂けていた。それから四十分としないうちに、甲板はホースの水で洗われ、網はまとめてくくられ、ロープもしっかりと固定されていた。

スカッパーは、ビールはまた今度にすると乗組員たちに告げた。家に帰るまえに少し調整したいところがあるからと。操舵室で、彼はカウンターに縛りつけたプレイヤーにミリツァ・コージャスのSPレコードを載せ、音量を上げた。それからテイトとともに下へ行き、エンジンがある場所に体を押し込めた。テイトは、薄暗い電球の下で部品に油を差したりボルトを締めたりする父親に工具を渡していった。オペラのレコードはそのあいだも、高く舞い昇るような甘やかな歌声を空に響かせていた。

スカッパーの高祖父はスコットランドから渡ってきた移民だった。一七六〇年代に、彼の乗る船がノース・カロライナ沖で難破し、そのときただひとり生き残ったのだという。彼は岸まで泳いでアウターバンクスにたどり着き、妻と出会い、十三人の子どもをもうけた。いまでもこのあたりには、ルーツを遡ればひとりのミスタ・ウォーカーに行き着く者が大勢いる。しかし、スカッパーとテイトはたいてい二人きりで過ごしていた。親族が日曜日に集まり、チキンサラダやデビルドエッグを並べてピクニックをしても、あまりその輪には交じらなかった。テイトの母や妹がいたころのようには。

灰色のほこりが立ち込めるなか、スカッパーがテイトの肩をはたいた。「終わったぞ。さあ、帰って晩飯の支度をしよう」

二人は埠頭を歩き、メイン・ストリートを抜け、曲がりくねった道を進んで自宅に戻った。一八〇〇年代に建てられた二階建てのその家は、風雨で色褪せたスギ板がうろこのように壁を覆っていた。窓の枠は新たに白く塗り直され、海のそばまで広がる芝生もきれいに刈り揃えられていた。ただ、家の脇にあるアザレアとバラの茂みだけは例外で、それらは伸びきった雑草の陰にむっつりとうずくまっていた。

玄関の間で黄色い長靴を引き抜くと、スカッパーが訊いた。「ハンバーガーはもう飽きたか？」

「ハンバーガーならいつだって食べられるよ」

テイトはキッチンのカウンターに立って挽き肉を掴み取り、それを円く整えて皿に並べていった。揃って野球帽をかぶった母親と妹のキャリアンが、窓の横にかけられた写真のなかで彼に笑顔を見せていた。キャリアンはそのアトランタ・クラッカーズの帽子が大のお気に入りで、どこへ行くにもそれをかぶって出かけたものだった。

テイトは二人から顔を背け、トマトを切り、鍋のインゲン豆をかき混ぜた。もし自分さえいなければ、二人がここに立っているはずだった。母親がチキンにたれを塗り、妹がビスケットを切っているはずだった。

いつものようにスカッパーは肉を少し焦がしたが、なかはジューシーで、厚みも小ぶりの電話帳ぐらいはあった。腹ぺこだった二人はしばらく無言でそれにかぶりつき、落ち着いたところでスカッパーがテイトに学校のことを訊いた。

「生物は面白かったよ、好きだからね。でも、国語の授業では詩をやっていて。あまり好きだとは言えないな。みんな詩をひとつ読み上げることになってるんだけど。むかし父さんも朗読してくれたはずだけど、もう忘れてしまったよ」

「おまえに聞かせたい詩があるぞ」スカッパーが言った。「おれの気に入りの詩だ——ロバート・サーヴィスの『サム・マギーの火葬』。以前はおまえたちによく読んでやったものさ。母さんも大好きだった。何度読んでもそのたびに笑って、飽きることがなかった」

テイトは母親の話が出たとたんに下を向き、豆の皿を押しやった。

スカッパーは続けた。「詩は軟弱なものだなんて決めつけないほうがいい。もちろん甘ったるい愛の詩もあるが、笑える詩もあるし、自然を題材にしたものもたくさんある。戦争の詩だってあるんだ。肝心なのは——詩は人に何かを感じさせるという点だよ」テイトは幾度となく父から聞かされていた。本物の男とは、恥ずかしがらずに涙を見せ、詩を心で味わい、オペラを魂で感じ、必要なときには女性を守る行動ができる者のことを言うのだと。スカッパーがリビングへ行き、そこから叫んだ。「むかしはほとんど暗記していたが、もう無理だな。だがここにあるから読んでやろう」彼はまたテーブルに着き、その詩を朗読しはじめた。そして、最後にこの箇所を読み上げた。

サムはそこに坐っていた。澄ました穏やかな顔で、唸る炉の真ん中に。
そして一マイル先からでも見える笑みをたたえ、こう言った。
「その扉を閉めてくれ。
ここは快適だ。けれど気が気じゃないんだよ、
おまえが寒さと吹雪を入れてしまいやしないかと――
テネシーは南のプラムツリーを発って以来、
こんなに暖かい思いをしたのは初めてなんだ」

スカッパーとテイトは小さく笑いをこぼした。
「おまえの母さんもいつもここで笑っていた」
その姿を思い出し、二人で微笑んだ。しばらく無言で坐っていた。やがてスカッパーが、

皿は自分が洗うのでおまえは宿題をするようにと言った。部屋に戻ったテイトは、授業で読み上げるものを探そうと詩の本をめくり、トマス・ムーアの詩に目を留めた。

――彼女はディズマル湿地の湖へ行ったのだ
そこで夜通し　蛍の灯火に照らされて
白い小舟を漕いでいる

もうすぐ蛍の灯火が見えよう
もうすぐ櫂(かい)の音も聞こえよう
私たちは愛を抱いていつまでも生きるだろう
そして死の足音が近づいたなら
糸杉の木に乙女の姿を隠すのだ

そこにある言葉はジョディの幼い妹、カイアを思い起こさせた。湿地の大きな流れのなかで、彼女はとても小さく、寂しそうに見えた。テイトは自分の妹があそこで迷っている姿を想像した。父親は正しかった――詩は人に何かを感じさせる。

7 釣りの季節 一九五二年

その晩、釣りをしていた少年に湿地から連れて帰ってもらったあと、カイアはポーチのベッドであぐらをかいていた。土砂降りの雨から立ち昇る靄が、つぎだらけの虫除け網をすり抜けてそっと顔をなでていった。カイアは少年のことを考えていた。優しくて強くて、ジョディのような男の子。もう長いこと、カイアが話をする相手といえば、たまにしか口をきかない父さんと、それ以上にたまにしか口をきかない〈ピグリー・ウィグリー〉のミセス・シングルタリーだけだった。彼女は近ごろ、カイアに二十五セント硬貨と十セント硬貨と五セント硬貨の違いを――一セント硬貨のペニーはもう知っている――教えようと頑張っていた。もっとも、ミセス・シングルタリーはあれこれ詮索もしてきた。

「ところでお嬢ちゃん、名前は何ていうの？　ママはどうして来なくなったの？　カブの芽が出はじめたころから一度も見かけていないけど」

「母さんは家の用事で忙しくて、わたしがおつかいにきてるんです」

「そう、でも、いつも少ししか買わないでしょう。家族全員ぶんの買い物ではないわよね」

「あの、もう行かなくちゃ。母さんがこのトウモロコシ粉を待ってるんです」

だから、可能なときはミセス・シングルタリーのレジを避け、子どもが裸足で店に入るのを注意する以外、何の興味も示さないレジ係のもとへ行くようにしていた。ただ、その女性にこう言ってみようかと考えたことはある。べつに足でブドウをつまみ上げようなんて思ってない。そもそも、ブドウなんか高くて手も出せないんだから。

カモメを除けば、カイアはますます誰かと話すことが少なくなっていたのだ。ボートを使えるように父さんと交渉できるだろうか、とカイアは思った。ボートで湿地へ出られれば、鳥の羽根や貝殻を集められるし、ときどきあの少年にも会えるかもしれない。これまで友だちをもった経験はなかったが、その大事さや魅力はカイアにも感じ取ることができた。いっしょにボートで入り江を巡ったり、沼地を探検したりできるのだから。彼から見ればカイアは幼い子どもかもしれないが、それならそれで、湿地のことを色々と教えてくれるかもしれなかった。

父さんは車をもっていなかった。釣りをするにも村へ行くにも、沼地にある〈スワンプ・ギニー〉へ行くにも足はボートだった。〈スワンプ・ギニー〉は酒を飲んでポーカーをするための古ぼけた安酒場で、がたがたと揺れる木道が、固い地面からその店までガマの草藪を突っ切るように続いていた。切りっぱなしの下見板にブリキ屋根を載せただけの建物は、増築に次ぐ増築でとりとめもなく広がり、沼に積まれた煉瓦は高さが揃っていないため、それを脚にしている床も高さがばらばらだった。何にせよ、その店を含めて父さんはどこへ行くにもボートを使い、歩くことはめったになかった。そんな状況でボートを貸してもらうのは、かなり難しそうに思えた。

とはいえ、父さんも兄さんたちには、自分が乗らないときは使わせていた。たぶん、夕食の魚を獲ってくるからだろう。カイアは釣りに興味がなかったが、ほかにも何か取引に使えるものがあるはずだった。それを見つければ父さんを納得させられるかもしれない。たとえば料理をするとか、もっと家事をするとか。母さんが戻ってくるまでのあいだ。

雨がやみかけていた。あっちにこっちにと、ひと粒だけの雨滴が落ち、木の葉がネコの耳のようにぴくりと震えていた。カイアは意を決して立ち上がり、まずは食器棚代わりの冷蔵庫を片づけはじめた。そして、染みが飛び散ったキッチンの床板にモップをかけ、薪ストーブの天板にこびりついた数カ月ぶんの粥をこすり落とした。さらに翌日は朝早くから、汗とウィスキーの臭いが滲み込んだ父さんのシーツを洗い、それをヤシの葉に広げて乾かした。それが済むと、今度は兄さんたちの部屋――と言っても、クローゼットよりほんの少し広いだけだが――に行き、ほこりを払ったり掃いたりした。クローゼットの奥には汚れた靴下が積み重なっていて、黒ずんだ二枚のマットレスの脇には日に焼けたコミック本が散らばっていた。カイアは兄たちの顔や、靴下を履いた足を思い出そうとした。だが、浮かんでくるのはぼんやりとしたイメージだけだった。もはやジョディの顔さえかすんでいた。一瞬、彼の目が蘇っても、その目はすぐに閉じて消えてしまうのだった。

次の日の朝、カイアはガロン缶を手に砂の道を歩き、〈ピグリー・ウィグリー〉に行ってマッチとブタの背骨と塩を買った。ただし、十セント硬貨二枚はとっておいた。「牛乳は買えないけど、ガソリンを手に入れなくちゃ」

帰る途中で、バークリー・コーヴの外れにある〈シング・オイル〉に立ち寄った。そのガソリンスタンドはマツの木立のなかにあり、コンクリートブロックの敷地には店を取り囲むように錆びついたトラックやおんぼろ自動車が積み上げられていた。

ミスタ・レーンが店に近づいてくるカイアに気づいた。「さっさと出ていけ、文無しのガキめ。湿地の貧乏人(トラッシュ)が」

「お金はちゃんとあります、ミスタ・レーン。父さんのボート用にガソリンを買いたいんです」カイアは手を突き出し、十セント硬貨二枚と五セント硬貨二枚、それに一セント硬貨五枚を見せた。

「ふん、それっぽっちの量じゃ手間ばかりかかっちまう。だが仕方ない、そいつを寄こしな」そう言って、彼が四角い金属の缶に手を伸ばした。最後にカイアが礼を告げると、ミスタ・レーンはまたぶつぶつと不満をこぼした。食品とガソリンは歩けば歩くほど重くなっていき、家に着くまでにかなり時間がかかってしまった。ようやくたどり着いた潟湖の木陰で、カイアは燃料タンクに缶の中身を注いだ。そして、ぼろ布とクレンザー代わりの濡れた砂を使い、汚れの奥から金属の船体が見えてくるまでボートを磨いた。

父さんが出かけてから四日目には、カイアは頻繁に外へ目をやるようになっていた。午後も遅くになると冷たい恐怖が忍び寄ってきて、呼吸が浅く、速くなった。またもやカイアは小道を見つめねばならなかった。たとえ横暴な父親でも、戻ってきてもらう必要があるのだ。そうして日暮れが近くなったころ、ついに、砂の轍を踏んで父親が歩いてきた。カイアはキッチンに駆け込み、からし菜と背骨とトウモロコシ粉を煮込んだシチューをテーブルに置いた。グレイビーソースの作り方は知らなかったので、背骨の煮汁――白い脂が浮いていたが――をジャムの空き瓶に注ぎ入れた。皿はひびが入っていたし、揃ってもいなかったが、母さんに教わったとおりにフォークは左、ナイフは右に置いた。そしてすべての準備が整うと、まるで轢かれたコウノトリのようにぺったりと冷蔵庫に体を押しつけ、父さんを待った。

　壁に叩きつけるような勢いで玄関ドアを開けた父さんは、三歩でリビングを通り抜け、自分の寝室へ行った。カイアを呼ぶこともキッチンに目を向けることもなかったが、それはいつもの話だった。床に鞄を置き、引き出しを開ける音が聞こえた。間違いなく父さんは洗濯した寝具にもきれいになった床にも気づくはずだった。たとえ見た目でわからなくても、鼻が違いを嗅ぎ取るに決まっている。

　何分かして部屋から出てきた父さんは、まっすぐキッチンに入ってきて、支度の済んだ食卓や湯気が立ち昇る料理の皿に目をやった。その目が冷蔵庫の前に立つカイアの方へ向けられた。二人は、互いにかつて見せたことのないまなざしで相手を見つめた。

「こいつは驚いたな。どうしたんだ？　急にすっかり大人になったみたいじゃねぇか。料理も、何もかも」笑顔こそ見せなかったが、父さんは穏やかな表情をしていた。無精ひげが伸び、洗っていない黒髪が左のこめかみに貼りついていた。けれど、酔ってはいない。

カイアは見分け方を知っていた。

「コーンブレッドも焼いたんだけど、うまく膨らまなくて」

「そうか、まあ、助かるよ。なかなか頼もしいな。それにしても疲れた。まったく、泥ブタみたいに腹ぺこだ」父さんが椅子を引いて腰を下ろしたので、カイアもそれに続いた。二人とも黙々と自分の皿に料理を取り、背骨にわずかに残った筋だらけの肉をつついて食べた。父さんが骨を持ち上げて骨髄を吸うと、ひげの生えた頬にぬらぬらと光る脂の汁が垂れた。骨はシルクのリボンのように滑らかになるまでしゃぶり尽くされた。

「キャベツの冷たいサンドウィッチよりずっといい」父さんが言った。

「コーンブレッドも膨らめばよかったんだけど。卵を減らしてふくらし粉を増やしたほうがいいのかも」自分がこんなにお喋りをするなんて信じられなかったが、口は勝手に動きつづけていた。「母さんはとても上手に焼いてたのに。もっとよく見ていれば――」そこまで言って、母さんの話を持ち出すのはまずいと気がついた。カイアは慌てて言葉を呑み込んだ。

父さんが皿をこちらに押した。「お代わりはできるか?」

「うん、まだたくさんあるよ」

「そうだ、コーンブレッドもシチューの皿に載せてくれ。煮汁に浸して食べるものが欲しかったんだ。そいつでも問題ないはずさ。粥みたいにスプーンですくって食べられるだろう」

皿に料理をよそいながら、カイアはひとり微笑んだ。まさかコーンブレッドが二人のあいだを取り持つなんて、想像もしなかったことだ。

けれど、そう思った次の瞬間には胸に不安が広がりはじめていた。もしボートを使いたいと切り出したら、父さんは、料理も掃除もそれが狙いでしたことだと考えるだろう。もちろん最初はそれが目的だったが、いまは何かが変わっていた。こうして家族らしく食卓に着いていることがうれしかった。誰かと話をしたくてたまらなかった。

カイアは、ボートを使わせてほしいと頼む代わりにこう訊いた。「ときどきいっしょに釣りに行ってもいい？」

父さんは大声で笑いだしたが、意地悪な笑い方ではなかった。母さんやほかのみんなが去って以来、初めての笑い声だった。「釣りをしたいのか？」

「うん、したい」

「おまえは女の子だろう」父さんは皿に目を落とし、骨の肉を嚙みながら言った。

「そうだけど。でも父さんの娘だから」

「まあ、そうだな、たまには連れていってやれるかもしれない」

翌朝、カイアはひとりで砂の道を駆けていた。両腕を横一直線に広げて体を少し傾け、唇でプッププッと湿った音を鳴らして唾を飛ばしていた。これから空へ飛び立って湿地を巡り、巣を探し、さらに上昇してワシたちといっしょに羽ばたくつもりだった。カイアの指は長い羽で、空と反対の向きに広げたそれが下を流れる風を集めていた。と、そのとき突然カイアは地上に引き戻された。ボートでカイアを呼んでいる父さんの叫び声がしたからだ。たちまち翼がしおれ、胃ががくんと揺れた。きっと勝手に乗ったことがばれたのだ。早くもお尻や脚の裏側にパドルでぶたれる痛みを感じた。隠れる方法は知っていた。身を潜めて父さんが酔い潰れるのを待てば、絶対に見つからないはずだった。しかし、すでに見通しのいい道をだいぶ走ってきてしまったうえ、ボートでは棒や竿（さお）を手にして立つ父さんが、こっちへ来いと合図していた。カイアは息を詰め、びくびくしながらそちらへ向かった。ボートの床には雑然と釣り道具が積まれ、父さんの座席の下には袋に入ったコーン・ウィスキーが押し込まれていた。

「乗れ」誘いの言葉はそれだけだった。カイアはよろこびや感謝の気持ちを伝えようとしたが、父さんの無表情な顔を見て口をつぐんだ。そのまま黙って船首側の席に乗り込み、前を向いて坐った。エンジンがかけられ、二人は水路を遡りはじめた。頭上に茂る枝葉をくぐり、川を上ったり下ったりしながら、カイアは切り株に留められた古い標識や倒れた木を頭に刻んでいった。流れの淀んだ場所に出たところで、父さんが船の速度を落とし、中央の席へ来るようカイアに合図した。

「やってみろ、まずはその缶からミミズを取るんだ」父親が、口の端に手巻きのタバコをくわえたまま言った。そして、餌の引っかけ方や、仕掛けを投げてリールを巻く動作を教えはじめた。彼は無理な姿勢をしてでもカイアと体が触れないように気をつけているようだった。二人はもっぱら釣りの話をした。会話がほかの話題に発展することはなく、笑みを浮かべる機会もほとんどなかったが、親子はいっしょにひとつの目的に取り組んでいた。父親は何度かウィスキーを口にしたものの、だんだんそれどころではなくなって飲むのをやめた。やがて日が傾き、太陽がため息をついてバター色に溶けはじめたころ、二人は自分でもそうとは知らずにぐったりと背中を丸めてうなだれていた。

カイアは心密かに魚が釣れなければいいと思っていた。けれど、手に引きを感じてとっさに竿を動かすと、水中から銀と青に輝く丸々としたブリームが上がってきた。身を乗り出して素早く網で魚をすくった父さんは、またどさりと腰を下ろし、膝を叩いて歓声を上げた。父さんのそんな姿を見るのは初めてだった。カイアも満面に笑みを浮かべ、何もかも忘れて二人で顔を見合わせた。

父さんが釣り糸の先にぶら下げて掲げるまで、魚はボートの床で跳ねまわった。そのあいだカイアは遠くで一列に飛んでいるペリカンを眺めたり、雲の形を観察したり、とにかく魚以外のものに視線を向けていた。水のない世界を見つめて死んでいくその目や、虚しく空気を吸い込む大きな口を、どうしても見ていられなかったのだ。しかし、カイアの苦痛も魚の犠牲も、この小さな切れ端のような家族を守るためだと思えば意味があった。もっとも、魚自身の意見は違うだろうが。

二人は翌日もボートで出かけた。とある薄暗い潟湖にやって来たとき、カイアは湖面にアメリカワシミミズクの胸の羽根が浮いているのを見つけた。羽根は一本一本、両端がカールしていて、まるで小さなオレンジ色の舟が漂っているようだった。カイアはそれを手ですくってポケットに入れた。その後、突き出た枝に空っぽのハチドリの巣がかかっているのを見つけたので、それもそっと船首のすき間に押し込んだ。

その日の晩、父さんは夕食に魚のフライを作り――コーンミールと黒コショウがまぶされていた――トウモロコシ粥とカブの葉もテーブルに載せた。食後にカイアが皿を洗っていると、父さんが、第二次大戦のときに支給された古いリュックサックをもってキッチンに現われた。そしてドアのそばに立ったまま、ぞんざいな手つきでそれを椅子に放った。床に滑り落ちたリュックが大きな音を立てたため、カイアはぎょっとしてそちらに向き直った。

「これを使えばいいと思ってな。羽根だの鳥の巣だの、おまえが集めたものを入れられるだろう」

「えっ」カイアは口を開けた。「うん、ありがとう」だがそのときはもう、父さんはポーチのドアを通り抜けていた。色褪せたリュックサックを拾い上げた。一生使えそうなほど丈夫なキャンバスで作られたそれは、至るところに小さなポケットや隠しポケットがあり、ファスナーも頑丈そのものだった。カイアは窓の向こうに目をやった。父さんに何かをもらうなんて、初めてのことだった。

冬の暖かい日にはいつも、やがて春になると毎日、父親とカイアはボートに乗って出かけ、海岸沿いを南へ北へと進み、釣り糸を曳（ひ）いたり投げたり、リールを巻いたりした。そして、入り江にいるときも水路にいるときも、カイアはボートに乗るテイトの姿を探した。もう一度彼に会いたかった。ときどき彼のことを考え、友だちになりたいと願ったりもした。けれど、カイアには声をかける方法どころか彼を見つける手立てすらわからなかった。ところが、そのときは何の前ぶれもなく訪れた。ある日の午後、父さんと水路のカーブをまわり込んだとたん、目の前に釣りをしているテイトが現われたのだ。それは最初に彼を見たのとほぼ同じ場所だった。彼がすぐにこちらに気づいて笑顔で手を振った。カイアも反射的に手を振り返し、小さな微笑みさえ浮かべてみせたが、そこではっとして手を引っ込めた。父さんが驚いた顔でこちらを見ていた。

「ジョディの友だちなの。出ていくまえの話だけど」カイアは説明した。

「この辺の連中には気をつけろ」父さんが言った。「森じゅう、貧乏白人(ホワイト・トラッシュ)だらけだからな。ここにいるやつの大半が役立たずなんだ」

カイアは頷いた。少年を振り返りたいという思いも我慢したが、そのあとで、彼に無愛想と思われたのではないかと不安になった。

父さんは、ちょうどタカが縄張りの草原を知り尽くしているように、湿地をよく知っていた。そこでどう狩りをし、隠れ、侵入者を威嚇するべきか。そして、好奇心に駆られたカイアの質問に促されるように、ガンが渡ってくる時期や魚の習性、雲から天候を予測する方法、波の様子で潮衝を見抜く術などを教えてくれた。

ときどき、カイアがピクニック用の食事をリュックに詰めていく日もあった。そんなときは、二人で湿地に美しい姿を見せている夕陽を眺め、ようやく焼けるようになったほろほろのコーンブレッドやタマネギのスライスを食べた。父さんはときおり密造ウィスキーをもってくるのを忘れたので、その場合は二人ともジャムの空き瓶からお茶を飲んだ。

「知ってるか、おれの家はむかしから貧しかったわけじゃないんだ」ある日、オークの木陰に坐り、羽虫が低く飛びまわる茶色い潟湖に釣り糸を投げながら、ぽつりと父さんが言った。

「土地をもっていたんだ。豊かな土地でな、タバコや綿花なんかを育てていた。アシュヴィルのそばだよ。おまえのお祖母さんは荷車の車輪ぐらいもあるボンネットをかぶって、長いスカートを穿いていたんだぞ。家は二階建てで、ぐるっとベランダで囲まれていた。いい暮らしだったよ。本当に」

〝お祖母さん〟カイアの口が小さく開いた。むかしの話だとしても、どこかに自分のお祖母さんがいたのだ。いまはどこにいるのだろう？　家族がどうなったのか訊きたくてたまらなかったが、恐いような気もした。

父さんは話しつづけた。「ところが、急に何もかもおかしくなったんだ。おれはまだ若かったから当時のことはよくわからねえ。だが、大恐慌が起きて、綿花もゾウムシにやられちまった。詳しいことは知らないが、それですべてが消えたのさ。残ったのは借金だけだった。莫大な借金だ」

その大ざっぱな説明を頼りに、カイアはどうにか父親の過去を想像しようとした。むかしの母さんの話はひとつも出てこなかった。でも、もしカイアが生まれるまえの暮らしに話が及べば、父さんの機嫌はたちまち悪くなるだろう。少なくともカイアは、湿地へ来るまえに自分の家族がどこか遠いところで暮らしていたことを知った。きっとその近くには母方の祖父母もいて、そこで母さんは、ちゃんと店で買った、小さなパールボタンやサテンのリボンや、レースの縁飾りがついたドレスを着ていたのだ。家族が小屋に移ってきたあとは、母さんは自分のドレスをトランクにしまい込み、何年かに一度そのなかの一枚を切り裂いて作業用のスモックを作っていた。新しいものを買うお金がなかったからだ。しかし、その素敵なドレスも、ジョディが去ったあとに父さんに焼かれてしまい、家族の過去とともに消えてしまった。

カイアと父親はさらに何度か釣り糸を投げた。柔らかな黄色い花粉が浮かぶ静かな湖面の上を、糸が鋭い音を立てて飛んでいった。もう話は終わったのだと思ったころ、父さんが口を開いた。「いつかおまえをアシュヴィルに連れていってやろう。かつておれたちのもので、いずれおまえのものになるはずだった土地を見せてやる」

ほどなくして、父さんが素早く糸を引き上げた。「見ろ、やったぞ、ハニー。こいつはでかい、アラバマなみの大物だ！」

小屋に戻ると、二人は魚をフライにし、「ガチョウの卵ぐらいでっかい」トウモロコシ粉のドーナッツも揚げた。食事のあとで、カイアは自分が集めたものを飾りはじめた。慎重にピンを刺して虫を段ボール紙に留め、羽根は奥の寝室の壁に留めて、ひらひらと柔らかに揺れるコラージュを作った。その後、マツの葉ずれの音を聞きながらポーチの寝どこに横たわっていたカイアは、一度閉じた目をまた大きく見開いた。父さんから〝ハニー〟と呼ばれたことに気づいたのだ。

8　見つからない痕跡　一九六九年

　午前中に火の見櫓での調査を終えたエド・ジャクソン保安官とジョー・パーデュ保安官補は、村に戻ったあと、チェイスの妻のパール、両親のパティ・ラヴとサムを連れ、死体安置所代わりにしている診療所の検査室に行った。チェイスは冷たい室内のスチール台にシーツをかぶって横たわっていた。三人を彼に会わせ、別れを告げてもらうために案内したのだが、それは母親にとってあまりに残酷で、妻にとってあまりに耐えがたい現実だった。女性はどちらも体を支えられて部屋を出ることになった。

　保安官事務所に戻ると、ジョーが言った。「やはり、ひどいショックを受けていたな……」

「ああ。こんな悲劇に耐えられる者はいない」

「サムはひと言も喋らなかったな。もともと口数は少なかったが、これで完全にふさぎ込んじまうだろう」

世間には〝塩水を含んだ湿地は朝食にコンクリートブロックを食べる〟という言い方があるが、村の砦である保安官事務所もまたその侵攻を食い止めることはできなかった。床近くの壁には塩の結晶で縁取られた水染みがうねるように走っており、そこから天井に向かって黒いカビが血管のように広がっていた。おまけに、部屋の隅には黒っぽい小さなキノコまで生えていた。

保安官はデスクのいちばん下の引き出しからボトルを取り出し、二つのマグカップに指二本ぶんの酒を注ぎ入れた。そして、バーボンのように濃密な黄金色の太陽が海に沈むまで、二人でちびちびやりつづけた。

四日後、高く掲げた書類を振りながらジョーが保安官のオフィスに入ってきた。「調査報告の第一弾が届いたぞ」

「さっそく見てみよう」

二人は保安官のデスクを挟んで椅子に腰かけ、書類に目を走らせた。その合間にジョーは何度か同じハエを叩いた。

エドが声に出して読み上げた。「死亡推定日時は、一九六九年十月二十九日から三十日にかけて、深夜零時から午前二時のあいだ。予想どおりだな」

彼はまたしばし報告書に目を通し、こう続けた。「何も見つからないという報告ばかりだ」

「そうらしいな。この報告書を見てても意味はないんじゃないか、保安官」

「三つめの踊り場まで上った少年たちのもの以外、手すりにも鉄格子にも、どこにも新しい指紋は発見されなかったようだ。チェイスの指紋も含めて、ただのひとつもないらしい」午後になって目立ちはじめたひげが、血色のいい保安官の顔に陰を作り出していた。

「つまり、誰かが拭き取ったというわけか。きれいさっぱりと。事故であれば、少なくともチェイスの指紋は手すりや格子になければおかしいからな」

「そのとおりだ。当日も足跡は見つからなかったが――指紋も出ないとはな。彼が泥の上を歩いて階段に行った痕跡も、階段を上った痕跡も、頂上の鉄格子二枚――階段の真上の格子と落ちた格子――を開けた痕跡も、いっさいないというわけだ。ほかの人間の痕跡も。だが、何も見つからないという情報も情報のうちだ。誰かが徹底的に現場をきれいにしたか、あるいは、ほかの場所で殺して遺体を櫓に運んだのかもしれない」

「しかし、もし遺体を運んだのならタイアの跡が残るはずだろう」

「たしかにな。もう一度あそこへ行って、我々の車や救急車以外のタイア痕がないか調べてみよう。ほかにも何か見落としてることがあるかもしれない」

ふたたびじっくり報告書を確かめると、エドは言った。「いずれにしても、これで確信したよ。こいつは事故なんかじゃない」

ジョーが頷いた。「同感だ。それに、ここまできれいに痕跡がないとなると、たまたま消えたとも考えられない」

「腹が減ったな。現場へ向かう途中で食堂に寄ろう」

「それなら待ち伏せを覚悟したほうがいいぞ。村じゅうがぴりぴりしてるからな。何しろチェイス・アンドルーズが殺されたんだ。この近辺じゃかつてない大事件さ。まるでのろいでも上げそうな勢いで噂が飛び交ってるよ」

「それじゃあ、片耳だけで聞くことにしよう。ちょっと聞きかじる程度で充分だ。暇な連中は好き勝手なことを喋るからな」

〈バークリー・コーヴ・ダイナー〉は入り江を一望する場所にあり、店の正面にはハリケーン除けの鎧戸(よろいど)を左右に従えた窓がずらりと並んでいた。一八八九年に建てられたその建物は、埠頭へ延びる水浸しの階段とは一本の狭い道で隔てられているだけだった。窓の下には使わなくなったエビ漁のカゴや丸まった漁網が連なり、歩道には点々と貝殻が落ちていた。そして、あたり一帯に海鳥の鳴き声と糞があった。もっとも、桟橋に並んだ魚の樽の強烈な臭いは、ありがたいことに、ソーセージやビスケット、茹でたカブの葉、フライドチキンなどの香りでごまかされていたが。

保安官がドアを開けると、店内でくぐもったざわめきが起きた。ブース席——背もたれが高いクッション張りの赤い椅子——に空きはなく、テーブルも大半が埋まっていた。ジョーが、ソーダ・サーバーのあるカウンターに空席を見つけて指差したので、二人でそちらへ向かった。

途中、〈シング・オイル〉のミスタ・レーンが自分の店の屈強な整備士に話しているのが聞こえた。「おれはラマー・サンズの仕業だと思うぞ。覚えてるだろ、やつはチェイスと裏切り行為をしていた女房をとっ捕まえたんだ。チェイスの洒落たモーターボートの甲板でな。動機はあるし、それに、ラマーは以前にも法に触れるような揉め事を起こしたことがある」

「揉め事？」

「やつは、保安官の星条旗を切り裂いた連中といっしょにいたんだ」

「ガキのころの話じゃないか」

「ほかにもあるぞ。すぐには思い出せないが」

カウンターの向こうでは店主で料理人のジム・ボー・スウィーニーがてきぱきと動きまわっており、鉄板の上のクラブケーキをひっくり返したかと思うとすぐにコンロの鍋のクリームコーンをかき混ぜにいき、さらにフライヤーで揚げているチキンのモモ肉をついてからまた同じ作業を繰り返した。その合間に、料理を山盛りにした皿を客の目の前に置いたりもした。聞いた話では、彼は片手でビスケットの生地を混ぜながらもう一方の手でナマズを切り開けるのだそうだ。彼は年に数回だけ、評判の特別メニュー――エビを詰めたカレイのグリルとピメントチーズ入りのトウモロコシ粥――を提供した。まれにしか出さないメニューにもかかわらず、それを宣伝する必要はなかった。すぐに噂が広まるからだ。

保安官と保安官補がカウンターを目指してテーブルのあいだを抜けていると、今度は〈クレスのファイブ&ダイム〉のミス・パンジー・プライスの声がした。彼女は友人にこう言っていた。「湿地に住んでるあの女性かもしれないわよ。だって、精神病院に入ってもいいほどおかしいのよ。彼女ならこういうことを企んでも意外じゃないわね……」

「どういうこと？　彼女がどこでどう絡んでくるの？」

「それはほら、いっとき彼女はあそこで――」

カウンターの足置きに上ったところで、エドは言った。「サンドウィッチを持ち帰るだけにして、さっさと店を出よう。ここのばか騒ぎに巻き込まれちゃかなわない」

9　ジャンピン　一九五三年

カイアは船首の座席に坐り、低く垂れ込めた霧がボートに指を伸ばしてくるのを見つめていた。初めは細く裂けた雲が頭上を流れていくだけだったが、そのうちに周囲がすっぽりと灰色の靄に呑み込まれ、あたりにはエンジンが立てるカチカチという音だけが漂うようになった。何分か経ったころ、場違いな色をした小さな点々が徐々に像を結びはじめ、船着き場の古びた給油所がゆっくりと視界に入ってきた。まるで、ボートではなく給油所のほうが動いているかのようだった。父さんが船着き場にボートを入れ、桟橋にそっと船体をぶつけた。カイアは一度しか来たことのない場所だった。店主である年老いた黒人男性が、ジャンプするように椅子から立ち上がって二人を手伝った――彼が〝ジャンピン〟と呼ばれているのはその動きのためだ。ごま塩の髪と白い頬ひげが、丸くておおらかそうな顔とフクロウのような目を取り囲んでいた。長身でほっそりした体つきの彼は、休むことを知らぬかのように絶えず喋ったり微笑んだり頭をのけぞらせたりし、笑うときは唇をぎゅっと閉じたまま音を出す、独特の笑い方をした。この辺の労働者には珍しく、彼はオーバーオールを穿かず、アイロンをかけた青いボタンダウン・シャツに丈が足りない黒いズボン、それにワークブーツという格好をしていた。まれに、どうしても暑さに耐えられない夏の日などには、すり切れた麦わら帽子をかぶることもあった。

燃料や釣り餌を扱う〈ガス&ベイト〉は、店の敷地である船着き場の上に建っており、船着き場も店もぐらぐらと揺れていた。岸のへりに立つオークにはケーブルが結びつけられ、それが十二メートルほど水面を横切って懸命にそれらを引っ張っている。ジャンピンの曾祖父がイトスギの板を使ってこの船着き場と小屋を建てたのは大むかしのことで、誰も覚えてはいないが、たぶん南北戦争以前まで遡るはずだった。

以来、彼らは三世代にわたって小屋の至るところに色鮮やかな金属看板を打ちつけてきた――〝ニーハイ・グレープ・ソーダ〟、〝ロイヤル・クラウン・コーラ〟、〝キャメル・フィルターズ〟。それに、二十年で期限が切れるノース・カロライナ州の自動車のナンバープレート。それらが色の爆発を起こしているおかげで、よほど濃い霧さえ出ていなければ、客は海からでも容易に店を見つけられるのだった。

「こんにちは、ミスタ・ジェイク。調子はどうです?」

「相変わらずだな。逆立ちしたって鼻血も出ねえ、ってところさ」父さんが答えた。

ジャンピンは、まるでその使い古された言いまわしを初めて聞いたかのように愉快そうに笑った。「かわいい娘さんといっしょなんですね。大変けっこうなことで」

父さんが頷いた。そして、ふと思いついたように付け加えた。「ああ、これがおれの娘さ。ミス・カイア・クラークだ」

「それはそれは。お目にかかれて光栄です、ミス・カイア」

カイアは自分の裸足を見つめたが、いくら眺めても言葉は見つからなかった。

ジャンピンはとくに気にする様子もなく、最近釣った大物の話をし、それから父さんに訊いた。「満タンでいいですか、ミスタ・ジェイク？」

「ああ、縁までたっぷり入れてくれ」

タンクがいっぱいになるまで、男たちは天気や釣りについて話し、もう一度天気の話題を口にした。

「それでは、お二人ともよい一日を」そう挨拶すると、ジャンピンはボートにロープを放り込んだ。

父さんはゆったりとボートを進ませて明るい海に戻った——太陽が霧を食べ尽くすほうが、ジャンピンが給油を終えるよりも早かったようだ。ボートは軽快な音を立ててマツが茂る半島をまわり込み、数キロ先のバークリー・コーヴに向かった。そして村の埠頭に着いたところで、父さんがすっかり腐食の進んだ栈橋の横木にロープをくくりつけた。周囲には魚を詰めたりロープを結んだりして忙しく立ち働く漁師たちの姿があった。

「レストランでちょっと腹ごしらえでもしよう」そう言うと、父親はカイアを連れて栈橋を進み、〈バークリー・コーヴ・ダイナー〉に向かった。カイアはこれまでレストランで食事をしたことがなかった。それどころか、店に足を踏み入れたことさえなかった。心臓がどきどきするのを感じながら、一段と丈が短くなったオーバーオールから乾いた泥を払い、もつれた髪をなでつけた。父さんがドアを開けたとたん、客がいっせいに食べる手を止めた。男性の何人かが父さんにかすかに頷いてみせ、女性たちは眉をひそめて顔を背けた。誰かが鼻を鳴らして言った。「きっと〝シャツと靴を着用のこと〟って文字が読めないのよ」

父さんは埠頭が見える小さなテーブルを示してそこに坐るよう合図した。カイアにはメニューの文字が読めなかったが、父さんがだいたい教えてくれたので、フライドチキンとグレイビーソースのかかったマッシュドポテト、白ササゲ豆、摘みたての綿花のようにふわふわのビスケットを頼んだ。父さんのほうは、エビのフライ、チーズ入りトウモロコシ粥、〝オクラ〟のフライ、それに青トマトのフライを選んだ。ウェイトレスが氷を敷いたお皿いっぱいにバターを載せてもってきて、カゴに入ったコーンブレッドやビスケットといっしょにテーブルに置いた。ぜんぶ飲んでもいいという甘いアイスティーも運ばれてきた。食後には二人とも、アイスクリームを添えた黒イチゴのパイを食べた。カイアのお腹ははち切れそうだった。あとで具合が悪くなるかもしれないと思ったが、それでもかまわない気がした。

父さんがレジでお金を払うあいだに、カイアは店の前の歩道へ出た。湾には漁船のむっとする臭いが満ちていた。カイアの手には残ったチキンとビスケットを包んだ油っぽいナプキンがあり、オーバーオールのポケットには、自由に取れるようになっていた袋入りの塩味クラッカーが詰まっていた。

「こんにちは」背後で聞こえた小さな声に振り返ると、四歳ぐらいの、ブロンドの巻き毛の女の子がカイアを見上げていた。淡いブルーのワンピースをまとったその子が、こちらに手を差し出してきた。カイアは彼女のちっちゃな手をじっと見つめた。ふっくらと柔らかそうで、これまで見たどんなものよりも清潔だった。ごわごわのライ・ソープをこすりつけたことなど一度もなさそうで、もちろん、爪のあいだに貝を掘った泥が入っているようなこともなかった。女の子の目を覗いてみた。その目に映るカイアは、彼女と同じただの子どもにすぎなかった。

ナプキンを左手に持ち替え、右手をそろそろと女の子の方へ伸ばしていった。

「何してるの、離れなさい！」突然、叫び声が響き、メソジスト教会の伝道師の妻、ミセス・テレサ・ホワイトが〈バスター・ブラウン靴店〉から飛び出してきた。

バークリー・コーヴは厳格な信仰が深く根付いた土地だった。ちっぽけな集落にもかかわらず、村が支援する教会は四つあり、そのすべてが白人専用のものだった。さらに黒人の教会も三つあった。

当然ながら、牧師も伝道師も、むろんその妻たちも村では非常に尊敬される立場にあり、彼ら自身もそれにふさわしい身なりや振る舞いをした。そして、テレサ・ホワイトも日頃からよく、淡い色調のスカートと白いブラウス、それに合わせたパンプスとハンドバッグという格好をしていた。

その彼女がいま、娘のもとへと一目散に駆けつけ、我が子を抱え上げていた。彼女はカイアから何歩か離れ、娘を歩道に下ろして傍らにしゃがみ込んだ。

「メリル・リン、あの子に近づいちゃだめじゃない。わかった？　あの子は汚いのよ」

カイアは娘の巻き毛をかき上げる母親に、見つめ合う二人のその姿にじっと見入っていた。

〈ピグリー・ウィグリー〉から出てきた女性が足早にこちらへ近づいてきた。「大丈夫、テレサ？　どうしたの？　あの子がメリル・リンに何かしたの？」

「ぎりぎり間に合ったわ。ありがとう、ジェニー。あの人たちが村に来ないでくれるといいんだけど。ほら、あの子を見てよ。不潔じゃない。本当に汚らしいわ。胃腸炎が流行ったことがあったけど、あれは間違いなく彼らが持ち込んだのよ。去年はしかを持ち込んだけど、あれも質が悪かったわ」テレサは娘の手をしっかり握って去っていった。

ちょうどそのとき、ビールの入った紙袋を手にした父親が背後からカイアを呼んだ。「何してるんだ？　行くぞ、ここを出よう。潮が引いちまう」カイアは踵を返して父親についていった。ボートで湿地を進むあいだも、あの母娘の巻き毛と目がずっと頭から離れなかった。

父さんはいまだにときどき姿を消し、何日か戻らないことがあったが、以前ほど頻繁ではなくなっていた。それに、帰ってきても酔い潰れて倒れ込むようなことはなく、食事をしていくらか会話もできるようになった。ある晩などは、トランプでジン・ラミーをして遊んだ。カイアが勝つと父さんはゲラゲラ笑い、カイアも、普通の女の子のように口に両手をあててクスクス笑った。

ポーチの階段を下りるたび、カイアは小道の先に目をやった。たとえフジの花が春の終わりとともに枯れはじめていても、たとえ母さんの去った日が去年の夏の終わりでも、ひょっとしたら砂の道を戻ってくる母さんが見えるのではないかと期待してしまうのだ。あのワニの靴を履いて。いまでは父さんもいっしょに釣りをしたりお喋りしたりできるのだから、もしかしたらまた家族に戻れるのではないだろうか。父さんはみんなを殴ったが、たいていは酔っているときだった。何日か平和が続いたこともあった――そんなときは家族揃ってチキンのシチューを食べたし、みんなで砂浜へ行って凧を揚げたりもした。でも、それからまたお酒を飲み、わめき、暴力を振るう日々が始まった。数々の嫌な出来事のなかで、いまだに頭に焼きついている場面がある。父さんがキッチンの壁に母さんを押しつけ、床に崩れ落ちるまで母さんをぶったのだ。それを止めたくて、カイアは泣きじゃくりながら父さんの腕に触れた。すると父さんはいきなり肩を摑んできて、ジーンズも下着も下ろせと怒鳴りつけ、カイアをキッチンのテーブルに屈み込ませた。そして、慣れた手つきで自分のベルトをするりと抜き、それでカイアを打った。もちろん、剝き出しの尻に走った熱い痛みは覚えている。でもそれ以上に鮮明に蘇るのは、不思議なことに、自分の細い足首の周りに溜まったジーンズだった。それに、部屋の隅の薪ストーブの陰で小さく丸まり、泣き叫んでいる母さんの姿も。そのときの喧嘩の原因が何だったのかは、いまもわからない。

けれどももし母さんが、父さんがまともになっているこのときに戻ってくれれば、またみんなでやり直せるかもしれなかった。カイアは、まさか母さんが去って父さんが残ることになるとは思っていなかった。しかし、それでもやはり信じていた。自分の母親は永遠に娘を置き去りにするような真似はしない。もしこの世界のどこかにいるなら、必ず戻ってくるはずだと。いまでもカイアは、ラジオに合わせて歌う母さんの赤い唇をありありと思い出すことができた。母さんがこう言う声も。「ほら、ミスタ・オーソン・ウェルズの話し方をよく聞いてごらんなさい。紳士のような正しい言葉遣いでしょう。決して〝じゃねえ〟なんて言わないわ。そんなの言葉とも呼べないけど」

母さんは油絵や水彩画も描けて、入り江や夕陽の風景を、まるで本物の自然から剝がしてきたみたいに活き活きと描いた。絵の道具はむかしから使っているもので、〈クレスのファイブ&ダイム〉でもほんの少しずつ買い足すことができた。ときおりカイアにも、食料品店の茶色い紙袋に絵を描かせてくれることがあった。

釣りによく出かけたその夏の九月初旬、予想外の暑さが訪れたある日の午後、カイアは小道の端にある郵便受けを見にいった。そして、食料品の広告の束をめくっていた手をぴたりと止めた。一通の青い封筒に、母さんの几帳面な文字で宛先が書かれているのを見つけたからだ。ちょうど母さんが去ったときと同じように、プラタナスの葉がちらほらと黄色に染まりはじめていた。そのあいだ何の手がかりもなかったのが、ここにきて一通の手紙が届いたのだ。カイアはそれを見つめ、光にかざし、少しの乱れもなく斜めに傾いている文字を指先でなぞった。心臓が激しく胸を叩いていた。

「母さんは生きてる。どこかで暮らしてる。じゃあ、なぜ帰ってこないの？」封を破って開けることも考えたが、きっと読める文字は自分の名前だけだろうし、封筒にその文字は見当たらなかった。

小屋に駆け戻ったが、父さんはボートでどこかへ出かけていた。仕方なく、すぐに父さんの目につくように手紙をテーブルの塩入れに立てかけた。それからササゲ豆とタマネギを煮はじめたが、そのあいだも、手紙が消えてしまうような気がしてずっとそれを見つめていた。

カイアは数秒おきに首をすくめてキッチンの窓を覗き、ボートのエンジンの音が聞こえないかと耳をそばだてた。と、そのとき不意に、父さんが足を引きずって階段を上ってくる音がした。一瞬ですべての勇気が吹き飛んでしまい、「トイレに行ってくる、すぐに夕飯ができるから」と大声で言い残して父さんの横を走り抜けた。臭いのする屋外トイレのなかにじっと立っていたが、心臓は胃に突っ込んでしまいそうなほど猛スピードで駆けまわっていた。板切れの便座の上に慎重に立ち、何を確かめたいのか自分でもわからないまま、扉にある半月形の穴から外の様子をうかがった。

ほどなくしてポーチのドアが開く大きな音が響き、潟湖の方へ急ぐ父さんの姿が見えた。父さんは、手に紙袋をもってまっすぐボートへ行き、すぐにエンジンをかけて去っていった。急いで家に戻ってキッチンへ行ってみると、手紙はなくなっていた。父さんの箪笥の引き出しを次々と開け、クローゼットのなかもくまなく捜しまわった。「わたしの手紙でもあるのに！　父さんが独り占めしていいはずないじゃない」またキッチンに行き、ゴミ箱を覗いたところで、端の方にまだ青い色を留めている燃やされた手紙を発見した。カイアはスプーンでそれをすくってテーブルに置いていった。卓上に黒と青が交ざった燃え残りの小さな山ができた。ひと欠片ずつ、ゴミに紛れてしまったものも丹念に拾い上げた。たぶん、いくつかの言葉は底の方に落ちてしまったはずだった。けれど、そこにあるのはタマネギの皮に貼りついた燃えかすばかりだった。

カイアは椅子に坐り、テーブルにできた小さな山を見つめた。鍋のなかではまだ豆がコトコトと音を立てていた。「母さんがこれに触れたんだ。あとで父さんが、何が書かれていたか教えてくれるかもしれない。いや、そんなはずはない——そんなの、沼に雪が降るぐらいあり得ないことだよね」

そこには消印すら残されていなかった。もう、母さんがどこにいるのか知る術はなくなってしまったのだ。カイアは小さな瓶に燃え残りを入れ、自分のベッドの脇にある葉巻の箱にそれをしまった。

父さんはその夜も翌日も戻ってこなかった。ようやくドアから入ってきたときにはひどくふらついていて、どこからどう見ても年寄りの酔っ払いだった。カイアが勇気を振り絞って手紙のことを訊いたときには、父さんは声を荒らげて吐き捨てた。「おまえには関係ない話だ」そしてこう続けた。「あいつは帰ってこねえぞ。おまえもいつまでもこだわってるんじゃねえ」父さんはまた紙袋を摑み、足を引きずってボートの方へ歩いていった。

「そんなの嘘だよ」カイアは父親の背中に向かって叫んだ。脇に垂らした両手を固く握り締めていた。そうして父親が去ってしまうのを見送ったあと、空っぽの潟湖に声を響かせた。「〝じゃねえ〟なんて、言葉とも呼べないんだから！」

あとになってカイアは、やはり手紙は自分で開けるべきで、そもそも父さんに見せたことが間違いだったのかもしれないと後悔した。手元にあればいつか読めるようになるまで言葉をとっておけたし、きっと父さんだって知らないほうが幸せだったのだ。

父さんは二度とカイアを釣りに連れていかなかった。穏やかな陽気が続くその季節は、無駄に過ぎるだけの日々に変わった。垂れ込めた雲が途切れ、太陽がほんのいっときカイアの世界をにぎやかにしたが、ふたたび彼女は窮屈な暗がりに閉じ込められてしまったのだった。

カイアはもう、お祈りの仕方もよく思い出せなかった。手を組む形が大事なのだったか、それともどれだけ強く目をつむるかが大切なのだったか。「お祈りをすれば母さんやジョディが帰ってくるかもしれない。怒鳴り声や喧嘩はあったけど、それでも、だまだらけのお粥を食べるいまの生活よりはよかったもの」

カイアは間違いだらけの賛美歌を少し歌ってみた――〝バラの露、いまだ消えずにあるとき、主はわれとともに歩き……〟。母さんが何度か連れていってくれた小さな白い教会で覚えたのは、その歌だけだった。最後に行ったのは母さんが去るまえの復活の主日だったはずだ。だが、その祝日の思い出といえば、叫び声と血と、誰かが倒れたことと、母さんといっしょに逃げたことぐらいしかなかったので、やはり記憶を掘り起こすのはやめることにした。

木立の向こうにある、母さんがトウモロコシやカブを育てていた菜園に目をやった。いまではすっかり雑草がはびこっていて、もちろんバラなどは一輪も見当たらなかった。

「忘れよう。こんな庭に来てくれる神様なんているはずがないもん」

10　枯れ尾花　一九六九年

砂は泥よりも隠し事をするのに向いている。保安官は、殺人が疑われる晩に残された車の痕跡を消さないよう、火の見櫓へ続く道の入口でトラックを駐めた。だが、自分たちのもの以外のタイア痕を捜してその道を歩いても、一歩進むたびに砂の粒子が動き、足跡をただのいびつな穴に変えていった。

やがて泥の溜まりや沼が広がる櫓近くの場所に出ると、今度は多すぎて手に余るほど、そこで繰り広げられた出来事の跡が残されていた。子どもを四匹連れたアライグマは泥山に潜ってまた出ていったし、レースのような這い跡を描いていたカタツムリは一頭のクマが現われたことで作業を中断させられた。冷たい泥に寝そべっていた小さなカメは、自分の腹でそこに滑らかな浅い窪(くぼ)みを掘っていった。

「すべて一目瞭然だが、やはり我々のもの以外、人間の痕跡はないようだな」

「どうかな」ジョーが言った。「ほら、このへりは直線的だし、小さな三角形もある。タイアの跡かもしれないぞ」

「いや、これは七面鳥の足跡の一部だろう。その上をシカが歩いたんでこんなふうに幾何学的な模様ができたんだ」

さらに十五分ほど調べたあと、保安官が提案した。「向こうの入り江まで行ってみよう。もしかすると、車ではなくボートでここへ来た者がいるかもしれない」彼らはチクチクと顔に刺さるギンバイカをかき分け、その小さな入り江まで歩いていった。濡れた砂にはカニやサギやひな鳥の足跡があったが、人間のものは見当たらなかった。

「だが、これを見てくれ」ジョーは砂粒が乱れてできた大きな模様を指差した。扇形に広がるそれは、ほぼ完璧な半円を描いていた。「こいつは舳先の丸いボートで着岸した跡なんじゃないか」

「違うな。見てみろ、倒れた草が風に吹かれて動いてるだろ。これが砂を払って半円を描いただけさ。まさに、正体見たり枯れ尾花、ってやつだな」

二人はあたりを見まわした。その小さな半月状の砂地を除けば、岸は厚く積もった貝殻や欠けた甲羅やカニの爪などで覆われていた。隠し事をするなら、貝殻がいちばんだと言えるかもしれない。

11　満杯の麻袋　一九五六年

一九五六年、カイアが十歳になった年の冬。このころには、父さんが小屋に戻ってくる回数はますます少なくなっていた。もう何週間ものあいだ、カイアは床に転がるウィスキーのボトルも、マットにひっくり返る父親の姿も見かけておらず、月曜日のお金も受け取っていなかった。それでも、いまに紙袋を握った父さんが林のなかから現われるはずだという期待は捨てられなかった。父さんを最後に見たあと、満月が昇り、それからまた満月の時期が巡ってきた。

プラタナスやヒッコリーは鉛色の空に向かって剝き出しの枝を伸ばし、絶えず吹きつけてくる風は、荒涼とした冬景色に太陽が振りまいてくれるはずのよろこびまで奪い去っていった。それは乾きようのない海辺の土地を乾かそうとする、何の役にも立たない風だった。

カイアはポーチの階段に坐り、あれこれ考えを巡らせていた。もしかするとポーカーが原因で喧嘩になり、父さんはひどく殴られたのかもしれない。そして、冷たい雨の晩に沼に捨てられたのかもしれない。それとも、たんにふらふらになるほど酒を飲み、そのまま林に入って沼地の淀みにばったりと倒れ込んだのだろうか。

「たぶん、父さんはもう帰ってこないんだ」

カイアは表面が白くなるほどきつく唇を噛んだ。それは、母さんが去ったときの痛みとは違っていた――実のところ、努力しなければ父さんの不幸を悲しむこともできなかったのだ。ただ、完全にひとりになったという現実は、どこまでもがらんとした広大な空間に放り込まれたような感覚をもたらした。それに、役所の人間がカイアを連れ去りにくることも確実だった。たとえ相手がジャンピンでも、父さんがまだいるように見せかけなければならないだろう。

今後は月曜日のお金が手に入らないという問題もあった。それまでカイアは何週間も、最後に受け取ったわずかなお金を節約して使い、トウモロコシ粉や茹でたムール貝や、近くをうろつくメンドリがたまに産んでいく卵を食べて食いつないできたのだった。しかし、生活に必要なものはもう、わずかなマッチと小さくなった石けんと、ひと握りのトウモロコシ粉のほかは何も残っていなかった。そんな数えるほどしかないマッチで、いったいどうやって冬を乗り切ればいいのか。それがなければトウモロコシ粉を煮ることだってできないし、そうなればカイア自身も、カモメも、ニワトリも食事にありつけないというのに。

「トウモロコシ粉のない生活なんて想像できない」

でも、とカイアは思った。父さんがどこへ消えたにせよ、今回は歩いていった。少なくともボートは使えるのだ。

もちろん食べ物を手に入れる方法はまた考えなければならないが、ひとまずその問題は頭の隅に押しやることにした。最近、貝を茹でて潰してクラッカーに塗ることを覚えたので、それで夕食を済ませると、カイアは母さんが好きだった本をぱらぱらとめくった。そして、おとぎ話を読んでいる真似をした。十歳になってもまだ、カイアは文字を読めなかった。

ほどなくして、灯油ランプの火が揺れはじめた。火は徐々に小さくなっていき、ついには見えなくなった。それでもしばらくはぼんやりとした明かりの輪が部屋に広がっていたのだが、一分ほど経ったころ、ふっと暗闇が訪れた。カイアの口から「あっ」という音が漏れた。灯油を買ってランプに入れるのはいつも父さんだったので、カイアは明かりについて深く考えたことがなかった。こうして闇に包まれるまでは。

しばしそこに坐ったまま、どうにか残った灯油で火を絞り出そうとしたが、油はほとんど燃え尽きてしまったようだった。何秒かすると、冷蔵庫のずんぐりした輪郭や窓枠がうっすらと見えるようになった。カイアは調理台まで行き、指を這わせて蠟燭の燃えさしを探り当てた。火を点けるにはマッチが必要で、残りは五本しかなかったが、いまは何よりも暗闇が問題だった。

シュッという音とともにマッチをすり、蠟燭をともすと、暗闇が部屋の隅に退いた。けれどカイアはいま味わった闇だけで充分に、明かりは欠かせないと痛感し、灯油を買うためにはお金がいることにも気がついた。カイアは口を開けて浅い呼吸を繰り返した。「村まで行って、自分から役所の人に話すべきかも。少なくとも食べ物はもらえるし、学校にも行かせてくれるもの」

けれど、また少し考えてからこう言った。「だめよ。カモメやサギや、この小屋を置き去りになんてできない。わたしの家族はこの湿地だけなんだから」

最後の蠟燭に照らされながら、しばらくじっと坐っていた。頭にはある考えが浮かんでいた。

翌朝、カイアはまだ潮が引いている、いつも以上に早い時間帯に起きだした。オーバーオールを穿いて小屋を出たときは、バケツと鉤爪（かぎづめ）のように曲がったナイフと、空の麻袋をもっていた。泥のなかにしゃがみ込むと、カイアは母さんに教わったとおりに沢に沿ってムール貝を掘りはじめた。そうして四時間ほど腰を屈めたり膝を突いたりして、麻袋二つを貝でいっぱいにした。

太陽がのろのろと海から昇ってきたころには、カイアは濃い霧を突っ切ってジャンピンの〈ガス＆ベイト〉へとボートを走らせていた。近づいてくるカイアに気づき、彼が立ち上がった。

「いらっしゃい、ミス・カイア。ガソリンですか？」

カイアはわずかに身を退いた。最後に〈ピグリー・ウィグリー〉へ行ってから、誰とも ひと言も口をきいていなかったのだ。出てきた言葉はいくらか早口になっていた。「ガソリンは入れてほしいの。でもまだわからない。貝を買ってほしくて来たの。ここにあるわ。これと交換でお金とガソリンをもらえる？」カイアは袋を指差した。

「もちろんかまいませんよ。新鮮ですか？」

「夜明けまえに掘ってきたの。たったいま」

「ふむ、それではひと袋を五十セントで買って、もうひと袋でタンクを満タンにしましょう」

カイアの顔にかすかに笑みが浮かんだ。自分の力で手に入れた、本物のお金だった。

「ありがとう」カイアはひと言、そう告げた。

ジャンピンが燃料を入れているあいだ、船着き場にあるこぢんまりとした彼の店に足を踏み入れた。買い物はずっと〈ピグリー・ウィグリー〉でしていたため、これまでその店にはあまり注意を向けたことがなかった。けれど、店内には釣り餌やタバコのほかにも、マッチ、ラード、石けん、イワシのオイル漬け、ウィンナーソーセージ、トウモロコシ粉、塩味クラッカー、トイレットペーパー、それに灯油も売られていた。カイアが必要とする、およそありとあらゆるものがここにはちゃんと揃っていた。カウンターには広口ガラス瓶が五つ並んでいて、そのすべてに量り売りのキャンディーが詰まっていた――レッドホット、ジョーブレイカー、シュガーダディー。世界のどこにあるものよりも、それはキャンディーらしいキャンディーだった。

カイアは貝を売ったお金でマッチと蠟燭とトウモロコシ粉を買った。灯油と石けんは麻袋がもうひとつ満杯になるまで待つことにした。蠟燭をやめてシュガーダディーを買いたいという衝動を抑えるには、かなりの精神力が必要だった。

「一週間に何袋まで買ってもらえるの？」カイアは訊いた。

「おやおや、商売の交渉が始まるんですか？」そう言うと、彼は例の独特な笑い方をした――口を閉じたまま、頭をのけぞらせて笑い声を立てるのだ。「二、三日ごとに十八キロほど買いますよ。ただし覚えておいて下さい、ほかにも売りにくる人はいます。あなたが売りにきても、すでに買っていたら諦めてもらうことになるでしょう。早い者勝ちなんです。この決まりは変えられません」

「わかったわ。ありがとう、それでかまわない。それじゃあね、ジャンピン」カイアはそこで付け加えた。「ああ、そうだ、父さんがあなたによろしく伝えて下さいって」

「そうですか。では、よければ私からもよろしく言って下さい。さようなら、ミス・カイア」彼は満面に笑みを浮かべ、走り去るカイアを見送った。カイアはついつい頬が緩んでくるのを感じた。自力でガソリンや雑貨を買うなんて、自分の成長を実感せずにはいられなかった。その後、小屋に戻ってささやかな購入品を取り出していると、紙袋の底に黄色と赤色の模様のプレゼントがあることに気がついた。やはりまだ、それほど大人にはなっていなかったようだ。ジャンピンがそっと入れてくれたシュガーダディーがうれしくてならなかったのだから。

ほかの貝掘り人に先を越されぬよう、カイアは蠟燭や月の光を頼りに湿地に出るようになった。きらきら光る砂の上に影を揺らして動きまわり、まだ夜も深いころから貝を掘って集めた。獲物にはカキも加えることにし、ときには星空を見ながら沢のそばで眠ってでも、夜明けと同時にジャンピンのところへ行くようにした。いつしか貝を売って得るお金は月曜日に入ってきたお金よりも信頼できるようになっていた。それに、カイアはたいていライバルたちに勝つことができた。

〈ピグリー・ウィグリー〉には寄りつかなくなった。行けば決まってミセス・シングルタリーからなぜ学校へ行かないのか訊かれるのだ。そのままでは遅かれ早かれ捕まって、学校へ引きずっていかれそうだった。必要なものはジャンピンのところで買えたし、貝も食べきれないほど獲れるようになっていた。貝だって、トウモロコシ粥に放り込んでそれと気づかぬうちに押し潰してしまえば、それほど悪くはなかった。何より、貝には魚と違ってカイアを見つめる目がなかった。

12　ペニーとトウモロコシ粉　一九五六年

父さんが消えてから何週間かは、カラスが鳴くたびにそちらを見上げていた。その鳥たちが、脚をまわすようにして林を歩いてくる父さんを見つけたのではないかと思ったからだ。風のなかに少しでも耳慣れない音を聞けば、首をかしげ、誰かの足音がしないかと耳をそばだてもした。誰であろうとかまわなかった。もし無断欠席補導員の女性だったら、大急ぎで逃げ出さなければならないが、それならそれでいい運動になるはずだった。

けれど、たいていカイアが探しているのはあの釣りの少年だった。ここ何年かのあいだに二、三度、遠くから彼を見かけたことがあったが、七歳のときから一度も話はしていなかった。三年まえ、湿地で帰り道を教えてもらったときのことだ。ジャンピンや数人の女性店員を除けば、彼はカイアがこの世界で知っているただひとりの人間だった。どの水路を走っていようと、カイアの目はいつも彼の姿を求めていた。

そんなある朝のこと、草が茂る入り江に船を差し入れたカイアは、葦のあいだに彼のボートが浮かんでいるのを発見した。テイトがかぶる野球帽は替わり、背も伸びていたが、五十メートル近く離れたその位置からでも彼の金色の巻き毛は見て取ることができた。エンジンをアイドリングにし、高い草の陰に静かにボートを進めると、カイアはそこから彼の様子をうかがった。唇を動かして口をほぐしながら、あそこまで行って魚が釣れたかどうか訊いてみようかと思案した。父さんを含め、湿地にいる人はみんな誰かに出会うとこう口にしていた気がする。「あたりはあるかい？　食いつきはどうだ？」

しかし、カイアはひたすら見ているだけで動かなかった。彼に引き寄せられる力も、押し戻される力も同じぐらい強く、結局はその場に釘付けにされてしまうのだ。迷ったすえ、ゆっくりとボートを家の方角に向かわせた。心臓があばら骨を叩いていた。

彼を見かけるといつもそうだった。黙ってその姿を眺めるばかりで、サギを観察しているのとどこも変わらなかった。

羽根や貝殻集めはまだ続けていたが、それらは砂や塩にまみれたまま、ポーチの階段の周りに転がっていた。シンクに皿が溜まっていても何もする気がせず、だらだらと過ごす日もあった。なぜ、またすぐに泥だらけになるオーバーオールを洗わねばならないのかわからなかった。だいぶまえからカイアは、姉たちが残していった古いオーバーオールを使い捨てのようにして穿いていた。シャツはどれも穴だらけで、履ける靴は一足もなかった。

ある夜、カイアは針金のハンガーからそっとワンピースを取った。それは緑とピンクの花模様が入った夏用のドレスで、母さんが教会へ行くときに着ていたものだった。もう何年も、カイアはその美しい服——父さんが燃やさなかった一枚きりのドレスだ——に指を這わせ、ピンク色の小さな花に触れてきた。胸のところには染みがあった。肩紐の下あたりに薄茶色の大きな点があるのだ。たぶん、血の痕なのだろう。けれどその染みもいまはほかの辛い記憶とともにこすり落とされて、だいぶ薄くなっていた。

ワンピースを頭からかぶり、痩せた体に引き下ろした。裾がつま先近くまで届いてしまった。これでは着られそうにない。それを脱ぎ、あと何年かとっておくためにまたハンガーに吊るした。わざわざ切って丈を詰めるのはもったいなかった。どのみち、貝掘りぐらいしか着ていくところはないのだから。

数日後、カイアはボートに乗ってジャンピンの店よりも数キロ南にあるポイント・ビーチへ行った。白い砂が堆積してできたその砂丘は、時間と、波と、風の作用で突端が海に長く張り出していて、ほかの浜よりもたくさん貝殻を集めることができた。一度そこで珍しい貝を見つけたこともあった。ボートを南の端に固定すると、カイアは貝殻を探しながらゆっくり北に向かって歩きはじめた。不意に、遠くの方から人の声——甲高い騒ぎ声——が流れてきた。

カイアはすぐさま走りだし、砂浜を横切って林へ向かった。そこには高さが二十五メートルほどもあるオークの巨木が、膝まで熱帯のシダ植物に覆われて立っていた。その木のうしろに隠れ、様子をうかがっていると、子どもたちのグループが砂浜をやって来るのが見えた。波打ち際を駆けまわったり、水を蹴ってしぶきを飛ばしたりしている。ひとりの少年が先頭に走り出て、もうひとりがフットボールのボールを投げた。白い砂に映える明るい柄の短パンは、まるで色鮮やかな鳥のようで、季節が変わりはじめていることの証でもあった。夏が、砂浜を歩いてこちらに近づいてくるかのようだった。

彼らがそばまで来ると、カイアはオークの幹にぴったりと背中を押しつけ、首だけ伸ばしてそちらを覗いた。少女五人と少年四人の集団で、少し年上の十二歳ぐらいだった。カイアは、そのうちのひとりがチェイス・アンドルーズだということに気づいた。彼はいつもいっしょにいる少年たちにボールを投げていた。

少女たち——痩せでのっぽのブロンド、ポニーテールのそばかす、黒いショートヘア、パールのネックレス、顔の丸いぽっちゃり——は、ひとつにまとまって後方をのんびりと歩き、お喋りしたりクスクス笑ったりしていた。高く響いてくるその声は、カイアの耳にはまるで鐘の音のように聞こえた。男の子が気になるほどカイアはまだ大人ではなく、視線はずっと女の子の一群に引き寄せられていた。彼女たちは揃って砂浜にしゃがみ込み、すばしこく横歩きをしてみせるカニを眺めていた。そして、どっと笑い声を上げて互いの肩に寄りかかり、いっせいにバランスを崩して尻もちをついた。

その様子を覗き見しながら、カイアは下唇を噛んだ。あの輪に入ったら、いったいどんな気持ちがするのだろう。彼女たちは一段と色を濃くした青空を背に、目に見えそうなほど活き活きとしたよろこびのオーラを放っていた。母さんは、女には男の相手以上に女の仲間が必要だと言っていた。でも、どうすればその群れに入れるのかは教えてくれなかった。カイアはそっと林のさらに奥へと潜り込み、大きなシダの陰に身を隠した。そして、来たときと同じようににぎやかに彼らが砂浜を引き返し、やがて小さな点になってしまうまで、その姿を見つめつづけた。


灰色の雲で太陽がくすぶったようなある日の明け方、カイアはジャンピンの船着き場にボートを差し入れた。彼が小さな店から出てきて首を振った。

「本当に残念ですが、ミス・カイア」彼は言った。「ひと足遅かった。今週ぶんの貝はもうあるので、これ以上は買えません」

カイアがエンジンを切ると、ボートが杭にぶつかった。これで二週連続、カイアは先を越されていた。お金は底をついて、もう買えるものはひとつもなかった。ペニーすらなく、トウモロコシ粉さえ買えない状況だった。

「ミス・カイア、ほかにもお金を手に入れる方法を見つけるべきですよ。一本の木からすべてを得ることはできませんから」

小屋に戻ると、カイアは煉瓦と板切れの階段に坐り込み、あれこれと頭を絞った。またひとつ、アイディアが浮かんだ。カイアはそれから八時間、休みもとらずに魚を釣りつづけ、獲れた二十四を塩水に浸けてひと晩置いた。夜が明けると、今度はそれを父さんが使っていた古い燻製(くんせい)小屋——大きさも形も屋外トイレと同じだ——に運び、棚に並べた。そして、穴の底で火を焚き、父さんがしていたように生木も何本かくべた。青白い煙が渦を巻いて大きく膨らみ、煙突からも壁のすき間からも溢れ出た。小屋全体が煙を噴き出しているようだった。

翌日、カイアはまたジャンピンの店に行き、ボートに立ったままバケツを掲げてみせた。入っているのは小さなブリームやコイばかりの貧相な品で、身は裂けてばらばらになっていた。「魚の燻製は買ってもらえる、ジャンピン？　少しもってきたんだけど」

「そうですね、もちろんいいですよ、ミス・カイア。ただ、これは委託販売という形で引き受けましょう。もし売れればお金を渡します。でも、売れなければあなたに品を返すということです。それでかまいませんか？」

「いいわ。ありがとう、ジャンピン」

その晩、ジャンピンはカラード・タウンに続く砂の道を歩いていた。その居住区には淀んだ沼や泥地のそばに寄り集まるようにして掘っ建て小屋や差し掛け小屋が建っており、二、三軒ではあるが、本物の家と呼べる建物もあった。ぽつぽつとテントの住まいも見られたが、それらは林を奥深く入った、海から離れていて風のない場所に作られていた。ただし、そこには〝ジョージア州のをぜんぶ集めても敵わないぐらいたくさんの蚊〟がいたのだが。

五キロほど歩くと、マツの木立の先から食事の支度をする煙の匂いと孫たちの声が流れてきた。カラード・タウンには道路はなく、林を縫うように走る細い道だけがあちらこちらの家へと延びていた。ジャンピンの家は、彼と父親がマツの材木を使って建てた本物の家屋で、原木で作った柵が硬い土の庭を取り囲んでいた。恰幅のいい妻のメイベルは、まるで屋内の床を掃除するようにその庭を隅々まで掃き清めた。おかげで、どんなにこっそりと忍び込んだヘビでも、彼女の鍬に見つからずに階段の三十メートル以内へ近づくことはできなかった。

メイベルはたいていいつも、にっこり笑って外まで夫を出迎えにくる。この日も同じように家から出てきた彼女に、ジャンピンはカイアの魚の燻製が入ったバケツを手渡した。

「何です?」彼女が訊いた。「何だか、犬でも食いつかないような代物だけど」

「またあの娘さんだよ。ミス・カイアがもってきたんだ。ときどき貝を売りにくるのが遅れるんで、魚の燻製を作ることにしたらしい。これを売ってほしいそうだよ」

「おやまあ。まったく、その子のことは何とかしなくちゃいけないわね。この魚じゃ誰も買わないでしょうから、私が煮込んでみるわ。うちの教会で服やなんかを集められるはずよ。まあ、その子にはコイと服を交換してくれる家族がいると説明すればいいでしょう。サイズはわかる?」

「私に訊いてるのか? 痩せてるよ。旗竿みたいにがりがりだってことしかわからない。あの子は明日の朝いちばんにまた来るはずだ。かなりお金に困ってる様子だからな」

温め直したムール貝入りのトウモロコシ粥で朝食を済ませると、燻製が売れたかどうか確かめるため、カイアはジャンピンの店にボートを走らせた。そこではいつも彼か客の姿しか見かけたことがなかったが、その日、店にゆっくり近づいていくと、ひとりの大きな黒人女性がいるのが見えた。まるでキッチンの床みたいに船着き場を箒で掃いている。ジャンピンは椅子に坐って店の壁に背中をもたせかけ、帳簿の計算をしているようだった。

こちらに気づいた彼が跳ねるように立ち上がって手を振った。

「おはよう」慣れた動きで桟橋にボートを近づけながら、カイアは遠慮がちに声を出した。

「いらっしゃい、ミス・カイア。実はあなたに会わせたい人がいましてね。妻のメイベルなんですが」メイベルが近づいてきてジャンピンの隣に立ち、船着き場に降りたカイアを出迎えた。

メイベルは腕を伸ばしてカイアの手を取り、優しく握り締めた。「お会いできて本当にうれしいわ、ミス・カイア。ジャンピンから素晴らしいお嬢さんだと聞いてたのよ。カキを獲る名人だそうね」

日々庭に鍬を振るい、一日の半分は料理をし、白人のためにこすったり繕ったりしていても、メイベルの手はしなやかだった。カイアはそのヴェルヴェットのような手の平に自分の手を預けたが、何を言うべきかわからず、ひたすら無言でその場に立っていた。

「さて、ミス・カイア、あなたの魚の燻製だけど、それと交換で服や必要なものを提供すると言ってる家族がいるのよ」

カイアは頷き、自分の足に微笑んだ。それからこう訊いた。「ボートの燃料はどうなるの？」

メイベルが目顔でジャンピンに問いかけた。

「そうですね」彼が言った。「今日はいくらか差し上げます。そろそろ切れるころでしょう。ですが、可能なときはまた貝や何かをもってきて下さい」

メイベルが声を大きくした。「おやまあ。お嬢さん、細かいことを気にするのはやめましょう。それよりよく見せて。あなたのサイズを伝えなくちゃならないの」彼女はカイアを小さな店に連れていった。「さあ、ここに坐って。あなたが欲しい服や、必要なものをぜんぶ教えてちょうだい」

二人でリストを作り終わったあと、メイベルは茶色い紙袋にカイアの足を乗せてペンで形をなぞった。「さて、それじゃあ明日またここに来てちょうだいね。あなたのものが届いてるはずよ」

「どうもありがとう、メイベル」カイアはそこで声を低くした。「ほかにも困ってることがあるの。古い種の袋を見つけたんだけど、畑のことはよくわからなくて」

「おやおや」メイベルは背筋を反らせ、豊かな胸の奥から湧き出すような笑い声を上げた。「畑仕事のことなら任せて下さいな」彼女はひとつひとつの作業についてとても丁寧に説明し、それから棚の缶に手を入れて、ウリとトマトと、カボチャの種を取り出した。それぞれの種を紙に包むと、彼女は表に野菜の絵を描いた。そうするのはメイベルが文字を書けないからなのか、それともこちらが読めないことを知っているからなのか、カイアには判断がつかなかった。が、どちらにしてもいい方法だった。

カイアは二人に礼を告げてボートに乗り込んだ。

「力になれてよかったわ、ミス・カイア。明日また荷物を受け取りにきてね」メイベルが言った。

その日の午後遅く、さっそく母さんの菜園があった場所に鍬を入れた。カチンカチンと音を立てながら筋状に並ぶ畑を掘っていくと、土の匂いが立ち昇り、ピンク色のミミズが姿を現わした。しばらくしたころ、鍬の先でこれまでとは違う音が鳴った。腰を屈めて土を払ってみると、そこには金属とプラスチックでできた母さんの古い髪留めがあった。カイアはオーバーオールにそれを優しくこすりつけ、ぴかぴかになるまで土ぼこりを拭き取った。ふと、母さんの赤い唇と黒い瞳が見えた。その安物のアクセサリーに映っているのではないかと思うほど、それはこれまでの長い日々でいちばん鮮明な像だった。カイアは周囲に目をやった。きっと母さんはいまごろ小道を歩いていて、もうすぐ土を耕すのを手伝いにきてくれるのだ。ようやく母さんが帰ってきた。あたりはいつになく静まり返っていた。そこにはカラスの声さえなく、耳に届くのは自分の息遣いばかりだった。

髪の束をかき上げ、左耳の上に髪留めを挿した。たぶん、母さんはもう帰ってこない。たぶん、夢は叶わずに消えていくだけなのだろう。カイアは鍬を振り上げ、硬い粘土の固まりが粉々になるまでそれを砕いた。

翌朝、ジャンピンの船着き場に行ってみると、そこには彼の姿しかなかった。もしかすると、体の大きな奥さんも、彼女の素敵な提案も、ただの幻だったのかもしれない。けれど、ジャンピンが満面の笑みを浮かべて指差す先には、交換の品が詰まった二つの箱が置かれていた。

「おはようございます、ミス・カイア。これはあなたにですよ」

カイアは船着き場に跳び降り、溢れんばかりに満たされた箱を見つめた。

「さあ、どうぞ」ジャンピンが促した。「みんなあなたのものです」

そっと箱に手を伸ばし、オーバーオールやジーンズを引っ張り出した。Tシャツだけでなく、ちゃんとしたブラウスも入っていた。それに、紐付きの紺色のスニーカー。茶色と白の二色使いのサドルシューズは、何度も磨かれて革がつやつやと光っていた。カイアは白いブラウスを持ち上げた。レースの襟があり、首の周りに青いサテンのリボンが巻かれている。気づくとうっすら口が開いていた。

もうひとつの箱には、マッチ、トウモロコシ粉、カップ入りのマーガリン、乾燥豆、それに自家製ラードが一リットルも入っていた。いちばん上に載っている新聞紙には、新鮮なカブとその葉、ルタバガ、オクラが包まれていた。

「ジャンピン」カイアはささやくように言った。「あの魚じゃ、こんなにはもらえない。ひと月ぶんの魚と交換するぐらいの価値があるはずよ」

「いえいえ、着ない服を家に寝かせておいたって何の役にも立たないでしょう？　彼らには余分なものがあなたには必要で、あなたが獲った魚が彼らにとって必要なら、それで取引成立です。さあ、どうぞもっていって下さい。ここには置いておく場所なんてないですからね」

たしかにジャンピンの言うとおりだった。ここに余分な空間はないだろう。それなら、この荷物を船着き場から持ち帰ったほうが彼にとってもありがたいはずだった。

「それじゃあ、もらっていく。でも、あなたからその人たちにお礼を言ってもらえる？　それから、なるべく早くまた燻製を作ってもってくるわ」

「わかりました、ミス・カイア。けっこうですよ。魚が釣れたときでかまいませんからね」

カイアはバタバタとエンジンの音を鳴らして海へ引き返した。半島をまわり込んでジャンピンの視界から外れると、エンジンをアイドリングにし、箱に手を入れてレースの襟のブラウスを取り出した。そして、膝に継ぎのあるごわごわのオーバーオールの上からそれを羽織り、細いサテンのリボンを襟元で蝶結びにした。海を走り、家に向かって入り江を進むあいだも、カイアはずっと片手を舵のハンドルに、もう片方の手を襟のレースにあてていた。

13 羽根　一九六〇年

十四歳にしては細すぎるものの、骨格や筋肉は平均以上にしっかり発育したカイアは、午後の海岸に立ってカモメにパンくずを放っていた。いまだに彼らの数を数えることはできなかったし、文字を読むこともできなかった。ただ、ワシといっしょに羽ばたく空想からはもう卒業していた──泥をかいて食糧を得るような暮らしをしていると、想像力が大人の水準までしぼんでしまうのかもしれない。母さんの夏のドレスは胸まわりがぴったり合うようになり、裾も膝のすぐ下で止まるようになった。追いついたし、それ以上かもしれないと思った。カイアは小屋に戻って竿と釣り糸を手にし、魚を獲るため、裏の潟湖の対岸にある低木の茂みに向かった。

ちょうど糸を投げ入れたときだった。背後で小枝の折れる音がした。カイアは素早く振り返り、視線を巡らせた。茂みのなかで足音がする。クマではない。彼らの大きな足は地表にあるものをまとめて踏み潰すが、いま聞こえているのはもっと硬い、ピシリと低木を踏み折る音なのだ。続いてカラスが鳴いた。カラスは泥に負けず劣らず、何かを秘密にするということが苦手だった。林のなかにひとたび変わったものを見つけたら、大声でみんなに知らせずにはいられないのだ。その声に耳を傾ける者には見返りがある。彼らは敵が接近していると警告しているか、食事があることを教えているからだ。カイアは何かが近づいていると確信した。

すぐさま釣り糸を引き上げた。それを竿に巻きつけはじめたときにはもう、肩で枝を押し分けてそっと茂みを進んでいた。ふたたび立ち止まり、耳を澄ました。目の前には洞窟のように薄暗い空き地――カイアのお気に入りの場所だ――が広がっていた。周囲には鬱蒼と葉を茂らすオークの木が五本あり、梢からかろうじて差し込むおぼろな光の帯が、エンレイソウや白いスミレの咲く小さな草原を照らしていた。空き地に目を走らせたが、人の気配はなかった。

と、向かいの木立のなかにこそこそと動く影があった。はっとして視線を振り向けると、影が動きを止めた。カイアの鼓動が一段と速くなった。腰を屈め、上体を低くしたまま素早く走って空き地を囲む下生えに潜り込んだ。振り返って枝の向こうを見やると、年上の男の子が足早に木のあいだを歩いているのが見えた。彼の頭が行ったり来たりしている。カイアに気づいて彼が立ち止まった。

カイアはイバラの茂みの陰で首をすくめ、とっさにウサギの通り道に体をねじ込んだ。道は、要塞の壁のように分厚い茂みのなかを曲がりくねって延びていた。腰を屈めたまま身をよじるようにして進むと、イバラの棘が腕を引っかいた。足を止め、また聞き耳を立てた。焼けるような暑さのなか、じっとそこに隠れていると、たまらない喉の渇きを覚えた。それでも十分ほどそうしていたが、誰かが追ってくる気配はなかったので、カイアはそっとそこから這い出して苔むした泉へ行った。そして、シカのような姿勢で水を飲んだ。いったいあの男の子は誰で、何の目的でここへ来たのか。ジャンピンの店へ行っていることと関係があるのかもしれなかった——あそこは人目につくからだ。あそこではヤマアラシのお腹のように、自分の姿がさらけ出されてしまう。

夕方と夜のあいだの、影がぼんやりして見えづらくなるころに、ようやくカイアは空き地を抜けて小屋に帰ることにした。

「あの男の子がこそこそ嗅ぎまわるせいで、燻製用の魚が一匹も釣れなかったじゃない」

空き地の真ん中には朽ちて倒れた木の株があり、苔に厚く覆われたその姿は、マントの下に隠れているお爺さんを連想させた。カイアはそちらに近づいていったが、途中ではたと足を止めた。株のなかに、長さ十五センチほどの黒くて細い羽根がまっすぐ立っていたからだ。たいていの人にとって、それはありふれたカラスの羽根か何かに見えるだろう。

けれどカイアは、その羽根がとても素晴らしいもので、オオアオサギの〝眉〟だということに気がついた。目の上で緩やかな曲線を描いて立ち上がり、優雅な頭部のうしろまですらりと伸びている羽根だ。この海岸湿地で見つかる落とし物のなかで、いちばん魅力的なものと言ってもいい。カイアはまだ一度も発見したことがなかったが、それでもひと目で正体がわかったのは、これまでずっとサギたちに目線を合わせて生きてきたからだった。

オオアオサギは、青い水面に映る灰色の靄のような色をしている。だから、靄のように景色に溶け込み、射的の的のような目だけを残して姿を消すことができる。彼女は忍耐強い孤独なハンターで、どんなに時間がかかろうと、素早く魚をくわえるその瞬間までひとりでじっと立ちつづける。あるいは、標的を目で追いながら、あたかも獲物を狙う花嫁付添人のごとく、ゆっくり脚を上げて慎重に一歩を踏み出す。ごくまれにだが飛びながら狩りをすることもあり、そんなときは体を矢のようにして急降下し、剣状のくちばしから一気に水中へと突っ込んでいく。

「なぜ羽根が木の株にまっすぐ立ってるの？」そうささやきながら、カイアはあたりを見渡した。「きっとあの男の子が置いたんだ。いまもこっちを見てるのかも」息を詰めて立っていると、また鼓動が大きくなってきた。羽根には手も触れずにその場を離れ、小屋まで走って帰った。そして、たいして身を守る効果はないと知りつつも、久しぶりにポーチの網戸に鍵をかけた。

けれど、木々のあいだに夜明けの気配が漂いはじめたころには、カイアの頭は羽根のことでいっぱいになっていた。せめてもう一度見てみたい。カイアは朝日が出るのを待って空き地に走り、周囲をじっくり確かめたところで、木の株に近づいて羽根を手に取った。すべすべとして、ヴェルヴェットのように滑らかだった。小屋に戻ったあと、カイアはそれを飾るべき特別な場所を見つけた。翼のように広げて壁に留めてある羽根のコレクション――小さなハチドリの羽根から大きなワシの尾羽まである――その真ん中がふさわしい。ただ、なぜ男の子が自分に羽根をもってくるのかはよくわからなかった。

翌朝もカイアは、また羽根が置かれていないかどうか確かめるため、木の株のところへ駆けつけたくなった。けれど、その気持ちを抑えて待つことにした。彼と鉢合わせるような危険は冒せない。どうにか昼近くまで我慢したすえ、カイアはついに空き地まで歩いていった。ゆっくりと株に近づき、耳をそばだてた。足音はしないし人影も見当たらなかった。さらに足を踏み出したところで、一瞬、カイアの顔が珍しくほころんだ。株の上にほっそりとした白い羽根が見えたのだ。指先から肘まで届くほどの長さがあり、細い先端に向かって美しくカーブしている。カイアは羽根を拾い上げ、笑い声を響かせた。それはネッタイチョウの見事な尾羽だった。この地域には生息していないため、カイアは実物を見たことがなかったが、その海鳥はごくまれにハリケーンに流されて陸地の上空を飛ぶことがあった。

カイアはあっけに取られてしまった。こんなものを手放せるほど、彼はたくさんの珍しい羽根をもっているのだ。

母親の古いガイドブックの文字は読めないので、カイアは鳥や虫の名前をあまり知らなかったが、自分で考えた呼び名をつけていた。それに、たとえ文字が書けなくても、集めた標本にラベルをつける方法も見つけていた。成長とともに腕前が上がったおかげで、いまやカイアはどんなものでも描き、塗り、スケッチすることができた。〈ファイブ&ダイム〉のチョークや水彩絵の具を使い、買い物でもらった紙袋に鳥や虫や貝殻の絵を描いて標本に添える。それがカイアのやり方だった。

その晩、カイアは贅沢をして蠟燭を二本ともし、キッチンのテーブルに置いた皿にそれを立てた。ネッタイチョウの羽根をじっくり眺め、その白に含まれる色をすべて描き出すためだった。

それから一週間以上、木の株に羽根が置かれることはなかった。カイアは日に何度もそこへ行き、注意深くシダのすき間から覗いてみたが、そのたびに何もない株が見えた。カイアは昼間から小屋のなかで坐り込んだ。いつもはあまりないことだった。

「夕食の豆を水に浸けなきゃいけなかったんだ。もう間に合わないよね」キッチンへ行き、戸棚のなかをあちこち引っかきまわし、コツコツとテーブルを指先で叩いた。絵を描こうかとも思ったが、気分が乗らなかった。結局はまた、株のところへ歩いていった。

それほど近づいていないうちから、カイアの目が、七面鳥の縞模様のある長い尾羽を捉えた。たちまちカイアの足が固まった。カイアも以前は七面鳥が大好きだった。母親の翼の下に十二羽ものひな鳥が潜り込んでいくのをずっと眺めていたこともある。ひな鳥たちは母親が歩きはじめてもそこにいて、ときどき背中から転げ落ちると必死でまたよじ上っていた。

けれど、一年ほどまえ、マツの木立を歩いていたカイアは空を切り裂くような鳴き声を耳にした。見ると、十五羽の七面鳥の群れ――大半が雌で、大人の雄と若い雄も何羽か交じっていた――が、地面に転がるぼろ布のようなものに襲いかかり、それをつついていた。蹴散らされた土ぼこりが木立に立ち込め、空に舞い上がって枝にからめとられていた。そっと近づいたところで、地面に倒れているのが雌の七面鳥で、群れの仲間が彼女の頭や首をつついたり引っかいたりしているのだとわかった。何があったのか、その雌鳥の翼にはイバラの蔓が巻きつき、羽毛はおかしな方向に逆立っていた。あれではもう飛べないはずだった。むかし、ジョディから聞いたことがあった。原因が怪我であれ何であれ、もし見た目がほかの鳥たちと違ってしまったら、捕食者の注意を惹きやすくなるので群れはその鳥を殺そうとすると。ワシを引き寄せてしまえばついでにほかの鳥も襲われてしまうから、そのほうがましなのだと。

一羽の大きな雌がごつごつした太い脚を泥まみれの雌に振り下ろし、爪を突き立てて地面に押さえつけた。すると、ほかの雌たちがいっせいに彼女の剝き出しの首や頭を攻撃しはじめた。襲われた雌は悲鳴を上げ、自分を殺そうとする仲間たちを血走った目で見まわした。

カイアは腕を振りまわしてその場に駆け寄った。「ちょっと、何してるの？　あっちへ行って。やめなさい！」鳥たちがバタバタと羽ばたいて土煙を巻き上げながら茂みに散り、二羽が重そうな体でオークの梢まで飛んでいった。しかし、もう手遅れだった。雌鳥は目を見開いたままぐったりと転がっていた。シワだらけの首から血が流れ出し、地面に歪んだ曲線を描いていた。

「シッ、行きなさい！」大きな鳥たちが仕事を終え、一羽残らずもぞもぞとその場を立ち去るまで、カイアは彼らを追い立てた。それから死んだ雌鳥の傍らにひざまずき、プラタナスの葉でその目を覆った。

そんなことがあった日の夜、コーンブレッドと豆の残り物で夕食を済ませたあと、カイアはポーチのベッドに入って潟湖にかかる月を眺めていた。そのときふと、林の方から人の声がした。小屋に向かってくるようだ。落ち着きのない甲高い声で、大人ではなく少年のものだと思われた。カイアは体を起こした。小屋に裏口はない。いますぐ逃げなければ、彼らが来てもこのベッドに坐っているしかなくなる。すぐさまネズミのように敏捷にドアに向かった。が、ちょうどそのとき、暗闇を上がったり下がったりしながら近づいてくる蠟燭の火が見えた。炎を囲む光の輪がゆらゆらと揺れている。逃げ遅れてしまった。

声が大きくなってきた。「出てこいよ、〝湿地の少女〟！」

「おい――いるんだろ？　謎の原始人！」

「どんな歯か見せてみろ！　おまえに生えてる沼の草を見せてくれよ！」ゲラゲラと馬鹿笑いが響いた。

首をすくめてポーチの低い壁のうしろに隠れていると、足音がどんどん近くなってきた。炎が狂ったように揺れ動き、次の瞬間にはその光がすべて消えた。歳は十三、四と思われる少年五人が、いきなり庭を走りだしたからだった。彼らは喋るのをやめて全速力でポーチに突進し、手の平で激しくドアを叩きはじめた。

その一打一打が、七面鳥の雌鳥の心臓に突き刺さった。

壁に背を押しつけたまま、カイアはぐっと涙をこらえて息を殺した。こんなドアなど簡単に破れるはずだった。一度強く引っ張りさえすれば、彼らはここに入ってこられるのだ。だが、少年たちはそのまま階段を下り、ふたたび林のなかへ走っていった。安堵の叫びやわめき声を上げながら。何しろ、彼らは〝湿地の少女〟のもとから、オオカミの子どもで、〝犬〟の綴りもわからない少女のもとから、無事に生きて帰ることができたのだ。カイアのもとまで届く笑い声や言葉を残し、彼らは夜の林のなかへ、安全な世界へと帰っていった。カイアは、また火をともされた蠟燭が木々のあいだを弾むようにして去っていくのを見届けた。そして、完全な静寂が戻ってきた闇を見つめた。悔しくてならなかった。

それ以来、カイアは七面鳥を目にするたびに、その日の昼に見たことも夜に起きたことも思い出すようになったのだった。けれど、株に置かれたその尾羽は、カイアの心を昂ぶらせた。何はともあれ、ゲームはまだ終わっていなかったのだ。

14 赤い繊維 一九六九年

ひどい蒸し暑さのせいで、その朝は海も空も見えないほどにすべてが靄にかすんでいた。ジョーは保安官事務所を出て、パトロールトラックから降りてきたエドを迎えた。「ちょっとあっちへ行こう、保安官。チェイス・アンドルーズの件でまた報告書が届いたんだが、なかは雄ブタの息みたいにひどい暑さなんだ」そう言うと、彼はこぶだらけの古い根が拳のように土を穿(うが)っているオークの大木に向かった。保安官も、ドングリを踏み潰しながらそのあとを追った。二人は木陰に立って潮風に吹かれた。

保安官が報告書を読み上げた。「"全身の打撲傷や体内の損傷は、高い位置からの落下によって受ける傷と一致する"チェイスは後頭部をあの梁に打ちつけたと見て間違いないようだな。採取した毛髪と血液が彼のものと一致したらしい。直接の死因ではないが、そのせいで重度の打撲傷と脳の損傷を負ったとある。

やはりそうなのか。彼が死んだのはあの現場で、ほかから運ばれてきたわけではないようだ。梁に残った血液と毛髪がその証拠だろう。〝死因――大脳皮質の後頭葉及び頭頂葉に急激に外圧が加わり、また、脊椎が断裂したため〟つまり、あの櫓から落ちたせいで死んだというわけだな」

「ということは、誰かが足跡も指紋もすべて消し去ったってわけか。ほかには？」

「こいつは興味深いぞ。彼の上着から他者のものと見られる繊維が多数発見されたとある。赤い羊毛繊維で、彼の衣服でそれに一致するものはないそうだ。サンプルも入っている」

保安官は小さなビニール袋を振った。

二人は、ビニールに蜘蛛の巣のように貼りついている赤い毛羽立った糸を覗き込んだ。

「羊毛って話だよな。それならセーターか、マフラーか、帽子か」ジョーがつぶやいた。

「シャツ、スカート、靴下、ケープ。何でもあり得るぞ。とにかく、どうにかして正体を突き止めるしかないだろう」

15　ゲーム　一九六〇年

翌日の昼、カイアは頬に両手をあて、祈るような気持ちでゆっくり木の株に近づいていった。けれど、そこに羽根は見当たらなかった。カイアは口をまっすぐに結んだ。

「そりゃそうだよね。わたしからも何かお返しをしないと」

ポケットには、今朝見つけたハクトウワシの幼鳥の尾羽が入っていた。鳥のことをよく知らなければ、そのまだら模様の地味な羽根を目にしてもワシのものだとは思わないかもしれない。三歳ぐらいの、まだ頭も白くなっていない若いワシの尾羽だった。ネッタイチョウの尾羽ほど貴重ではなくても、魅力的であることは間違いない。カイアはそれを優しく株の上に置き、風で飛ばされないように小石で押さえた。

その晩、手を頭の下で組んでポーチに横たわっていたカイアは、顔にかすかな笑みを浮かべた。カイアの家族は彼女を捨て、ひとりで沼地に生きることを強いたが、いまは自分のほうからやって来て林に贈り物を置いていく人がいる。怪しむ気持ちはまだ残っていたものの、考えれば考えるほど、あの男の子がカイアを傷つけるとは思えなくなった。鳥の好きな人が意地悪だなんて、想像ができない。

夜が明けるとカイアはベッドから跳び起き、母さんが〝大掃除〟と呼んでいたものを始めることにした。母さんのドレッサーは引き出しの整理だけで済ませるつもりだったが、そこにある真鍮と鋼鉄でできたハサミ――指を入れる部分が精巧なユリのレリーフで縁取られている――を手にしたとき、気づくと自分の髪も摑んでいた。カイアは、母さんが去ってから七年以上も伸ばし放題だった髪を、ばっさり二十センチ近くも切った。髪は肩のすぐ下ぐらいの長さになった。カイアは自分の姿を鏡に映し、頭を軽く振り、にっこりと笑ってみた。指の爪をこすって汚れを落としたあと、光沢が出るまで髪をブラシで梳かした。

ブラシとハサミをしまいながら、母さんの古い化粧品に目を落とした。液体のファンデーションや頰紅は乾いてひび割れていたが、口紅の使用期限は数十年単位なのか、キャップを外してみるとまだ新しそうに見えた。少女らしいおしゃれごっこなどしたことがなかったので、口紅を塗るのは初めての経験だった。唇を一度パッと鳴らし、また鏡に向かって微笑みかけた。自分でも少しだけきれいになった気がした。母さんのようにはなれないが、なかなか素敵に見える。小さく笑い声を漏らし、カイアは口紅を拭き取った。引き出しを閉めようとして、ふと、乾いたレヴロンのマニキュアの瓶が目に留まった——ベビーピンクだ。

その小さな瓶を持ち上げて眺めるうちに、母さんがこのマニキュアを買って村から戻ってきた日の記憶が蘇ってきた。母さんは、褐色の肌にはこの淡いピンク色がとてもよく似合うのだと言った。そして、カイアと二人の姉を色褪せたソファに並んで坐らせると、裸足を突き出させ、全員の足指と手指の爪にマニキュアを塗っていった。母さんが自分の爪にも塗り終えたところで、みんなで声を立てて笑った。それから庭に飛び出し、ピンク色の爪をきらきらさせて駆けまわり、そのひとときを楽しんだ。父さんはどこかへ出かけていたが、ボートは潟湖につながれていた。すると母さんが、女だけでボートに乗って出かけてみないかと言いだした。何か経験したことのないことをしてみようというのだ。

おんぼろの小型ボートに乗り込んだときもまだ、みんなお酒に酔ったようにはしゃいでいた。エンジンがかかるまで何度もロープを引き、ようやく動きだしたところで出航した。母さんが舵を取るボートは潟湖を横切り、湿地へ続く狭い水路に入っていった。船は流れに沿って滑らかに進んだ。けれど、母さんはよく知らなかったのだ。ある浅い潟湖に出たとたん、ボートは黒くてべとべとした、まるでタールのように濃い泥にはまってしまったのだった。棒を使ってあちこち押してみたが、船はびくともしなかった。こうなってはもう、みんなでボートのへりを乗り越え、スカート姿だろうと何だろうと膝までぬかるみに埋まるしかなかった。

　母さんはずっと叫んでいた。「ひっくり返しちゃだめよ、みんな。ひっくり返さないようにね」やっとのことでボートを脱出させると、四人は泥だらけの顔を見合わせて歓声を上げた。ところが、船上に戻るのがまたひと苦労で、みんないっぺんに釣り上げられた魚のようにバタバタと跳ねながらへりを越えなければならなかった。そのあとはもう座席には坐らなかった。四人は一列になってボートの床に体を押し込み、足を空に向かって伸ばした。つま先をぶらぶらさせると、泥のすき間でピンク色の爪が輝いた。

　仰向けになったまま、母さんが言った。「みんなよく聞いて、これは人生の教訓よ。私たちはぬかるみにはまったわ。でも、そんなときに女の私たちはどうした？　楽しんで、笑ったでしょう。これこそが姉妹や女の仲間がするべきことなの。泥のなかでも、いえ、泥のなかでこそ、そばにいて団結するのよ」

　母さんは除光液を買っていなかったので、マニキュアは剝げたり削れたりして徐々に減っていき、四人の足にも手にも継ぎはぎのピンク色の爪が残された。それを見るたびに、みんな楽しかったあの時間と、人生の教訓を思い出した。

　古くなったその小瓶を見つめながら、カイアは姉たちの顔を思い浮かべようとした。そして、大声で言った。「いまどこにいるの、母さん？　どうしてそばにいてくれなかったの？」

翌日の午後、オークの空き地に着くと、控えめな緑色と茶色ばかりの林のなかで不自然に目立っている鮮やかな色が目に入った。いつもの株の上に、赤と白の小さな牛乳パックが置かれていたのだ。その隣には羽根もあった。どうやら彼は、交換品の数を増やしてきたらしい。カイアはそこへ行き、先に羽根を拾い上げた。

銀色の柔らかいその羽根は、湿地でも一、二を争う美しい鳥、ゴイサギの頭の飾り羽だった。カイアは牛乳パックも覗いてみた。細く丸めて押し込まれていたのは種の袋――カブとニンジン、それにサヤインゲンも――で、底の方にあった茶色い紙の包みには、ボートのエンジン用の点火プラグが入っていた。カイアは微笑み、その小さな筒状の部品を眺めまわした。最小限のものだけで生きる術を学んできたカイアだが、それでもときどき点火プラグは必要になった。エンジンの修理は簡単なことならジャンピンが教えてくれるものの、部品となると、どうしても村まで歩いていってお金を出さなければ手に入らなかった。

それなのに、いまは予備の点火プラグがあり、必要なときまでとっておけるのだった。

余分がある。それだけでカイアの心の空洞は埋まっていった。まるで燃料タンクが満タンになったときのような、まるで、絵画を思わせる空の下で夕陽を眺めているときのような、そんな感覚だった。カイアはほかのいっさいを忘れてそこに立ち、自分の感情を確かめ、理解しようとした。カイアも、雄の鳥が雌に贈り物をして求愛するのを目にしたことはあった。けれど、巣作りをするにはカイアはまだまだ若すぎた。

牛乳パックの底にはメモが入っていた。カイアはそれを開いて文字を眺めた。そこには注意深く、子どもでも読める簡単な言葉が書かれていた。潮の干潮時間は感覚でわかったし、星を見て帰り道を見つけることもできた。ワシに生える羽根もすべて知っていた。だが、十四歳になってもまだ、カイアはそこにある文字を読めなかった。

お返しの品をもってくるのを忘れていた。ポケットを探っても、ありふれた羽根や貝殻や種子の莢（さや）しか出てこなかった。急いで小屋へ帰り、羽根を飾った壁の前に立って品定めをした。いちばん優雅に思えるのはコハクチョウの尾羽だった。次に株のそばを通りかかったときに置いておくため、カイアはそのうちの一本を壁から外した。

日没が近づいてきたころ、カイアは毛布を抱えて湿地へ行った。そして、月の光と貝に満たされた泥地の沢の近くで眠り、夜明けまでに麻袋二つを満杯にした。ガソリン代にするためだった。抱えて運ぶには重すぎたので、まずはひと袋だけ引きずって潟湖の方へ引き返した。最短の道ではなかったが、カイアはハクチョウの羽根を置くためにオークの空き地を通ることにした。そうしてよく前を見ずに木立を抜け、視線を上げたところで、その姿が目に入った。木の株に羽根の男の子が寄りかかっていたのだ。カイアにはそれがテイトだとわかった。カイアがまだ幼かったころに、湿地で帰り道を教えてくれた少年。長いあいだ近づく勇気がもてずに遠くから見ているだけだった、あのテイト。当然だが、彼はさらに背が伸びて、年齢もたぶん十八歳ぐらいになっていると思われた。野球帽からはみ出した金色の髪はカールしたりほつれたりしていて、顔はよく日焼けし、そして感じがよかった。穏やかで、にっこり笑みを浮かべていて、満面に晴れやかな表情をたたえている。けれど、カイアの心を捉えたのはその目だった。琥珀色に緑の斑点が散った目が、小魚を狙うサギのようなまなざしでカイアの目を見つめているのだ。

カイアは動けなくなった。だしぬけに暗黙のルールが破られたことに動揺していた。それを楽しんでいたはずなのに。言葉を交わすことはなく、互いを見ることさえないままに続けられるゲームではなかったのか。頬が熱くなっていくのがわかった。

「ねえ、カイア、どうか……逃げないで。ほら……ぼくだよ……テイトだ」彼は静かな声で、ひどくゆっくりと話しかけてきた。まるでカイアは口がきけないとでも思っているように。たぶん、村の人々はカイアのことをそう噂しているのだろう。彼女はほとんど人間の言葉を話せないと。

テイトもまた、カイアから目を離せなくなっていた。彼女は十三、四のはずだ、と彼は思った。だが、たとえそんな年齢でも、彼女ほど印象的な顔立ちをした女性はほかにはいないと思えた。大きな瞳は漆黒に近く、細い鼻の下には形のいい唇があって、エキゾチックな魅力に彩られている。長身で痩せた体は華奢だがしなやかな印象で、あたかも風が作り出した自然の造形物のようだった。まだ幼くても、強靱な筋肉とそこに秘められた静かな力が透けて見えていた。

カイアが感じた衝動は、いつものように〝逃げたい〟だった。けれど、もうひとつの感覚もあった。それは久しく忘れていた、充足感だった。心に何か温かいものを注ぎ込まれたような感覚。羽根や、点火プラグや、種のことを思った。ここで逃げればすべてが終わりになるかもしれない。カイアは無言のまま腕を上げ、彼に優雅なハクチョウの羽根を差し出した。しかし、驚かすと子ジカのように跳んで逃げてしまうとでも思ったのか、彼はそろりそろりと近づいてきて、こちらの手のなかに目を凝らした。カイアは黙って眺めていた。目は羽根だけに向けて彼の顔は見ず、とりわけその瞳には視線を近づけないようにした。

「コハクチョウだね？　すごいよ、カイア。ありがとう」彼が言った。そして、カイアよりずっと長身の体を軽く曲げ、羽根を手に取った。自分もここで贈り物の礼を言うべきだということはよくわかっていた。けれど、カイアは何も言わなかった。彼がこのまま立ち去ってくれることを、これまでどおりにゲームを続けられることをひたすら願っていた。沈黙を埋めようとするように、彼が続けた。「ぼくに鳥のことを教えてくれたのは父さんなんだ」

カイアはとうとう彼に目を向け、口を開いた。「わたしにはあのメモは読めないわ」

「ああ、そうか。無理もないな、きみは学校に行ってないんだったね。うっかりしてたよ。こう書いただけなんだ。二、三度、釣りをしてるときにきみを見かけた。それで、種や点火プラグが役に立つかもしれないと思った。余っているプラグがあったし、村まで行く手間が省けるだろうから。羽根も気に入ってくれるはずだと思う、と」

また顔を伏せ、カイアは言った。「贈り物をどうもありがとう。とても感謝しているわ」

テイトはそこで気がついた。カイアの顔や体には大人の女性の兆しがかすかに現われ、胸の膨らみも見えはじめているのに、身振りや言葉遣いにはどこか幼さが感じられると。村の女の子たちの言動――派手な化粧をしたり、毒舌を振るったり、タバコを吸ったり――が、その膨らみ以上に大人びているのとは対照的だった。

「どういたしまして。さて、そろそろ行かないと遅刻だな。きみがかまわなければ、またときどき顔を出すよ」

カイアは何も答えなかった。きっと、ゲームは終わってしまったのだ。もう口を開かなそうだと気づくと、彼はカイアに頷いて帽子に軽く触れ、背中を向けて歩きはじめた。けれど、首をすくめてイバラの茂みに足を踏み入れたところで、彼がまたカイアの方を振り返った。

「よかったら、ぼくが読み書きを教えてあげるよ」

16　読み書き　一九六〇年

それから何日経っても、テイトが読み書きを教えにくることはなかった。羽根のゲームが始まるまえは、孤独はもはやカイアとは切り離せないものになっていて、体にくっついた腕とどこも変わらなかった。ところがいまは、それが体内にまで長く根を伸ばし、胸を内側から押しはじめていた。

ある日の夕暮れ近く、カイアはボートに跳び乗った。「ここでただじっと待ってるなんて、もう無理」

人目にさらされるジャンピンの船着き場は避け、その少し南にある小さな入り江に船を隠すと、麻袋をもってカラード・タウンに続く薄暗い道を歩きだした。その日はほとんど一日じゅう小雨が降っており、太陽が地平線に近づいたいまは、林から生まれる霧が水浸しの地面を這うようにして広がりはじめていた。カイアがカラード・タウンを訪れるのはこれが初めてだったが、場所は知っていたし、そこまで行けばジャンピンとメイベルの家もわかると思われた。

カイアはメイベルにもらったジーンズとピンクのブラウスを身につけていた。手にした麻袋には、ジャンピンとメイベルの親切に対するお礼として、少し水っぽいお手製のブラックベリージャムの瓶が二つ入っていた。カイアは、誰かのそばにいたい、女友だちと話がしたいという思いに駆り立てられて二人のもとへ急いだ。もしジャンピンがまだ戻っていなくても、少しお邪魔してメイベルとお喋りできるかもしれない。

しばらく歩いていくと、道がカーブに差しかかるあたりで、こちらに近づいてくる人の声がした。カイアは足を止めて耳をそばだてた。それから素早く沿道の林に入り、ギンバイカの茂みのうしろに身を隠した。一分ほどしたころ、ぼろぼろのオーバーオールを穿いた白人の少年が二人、カーブを曲がってやって来るのが見えた。釣り道具と、カイアの腕ぐらいの長さがあるナマズを運んでいる。カイアは茂みの陰でじっと息を凝らして彼らが通り過ぎるのを待った。

少年のひとりが前方を指差した。「おい、見ろよ」

「ついてねえな。ニガー・タウンに向かってニガーがやって来るぞ」カイアも道の先へ目をやると、そこには仕事を終えて家に帰ってくるジャンピンの姿があった。すぐそこにいるので彼にも少年たちの声は聞こえたはずだが、ジャンピンはただうつむいただけで、林に逸れて二人に道を譲るとまた黙々と足を動かしはじめた。

〝どうしたってのよ、なんで黙ってるの?〟カイアはひとり怒りに震えた。〝ニガー〟がどれほど悪い言葉か知っていた——父さんがそれを使うときは、相手を口汚く罵るような口調になるからだ。ジャンピンは少年たちを叱って正しいことを教えるべきではないか。けれど、彼は何も言わずに歩調を速めるばかりだった。

「ニガーの爺さんが家に帰ろうとしてるだけだ。おい、ニガー、転ばねえように気をつけろよ」二人はひたすら足元に目を落としているジャンピンをあざけった。と、ひとりが下方に手を伸ばして石を拾い、ジャンピンの背中めがけてそれを投げつけた。鈍い音とともに石が彼の肩甲骨のあたりにぶつかった。ジャンピンは一瞬ふらついたが、それでも歩くのをやめず、二人の笑い声を背中に浴びながらカーブの先へと消えていった。すると少年たちは、今度はもっと大きい石をいくつも拾って彼のあとを追いはじめた。

カイアはそっと茂みのなかを進んで二人を追い越した。そのあいだも視線は常に、枝の上を弾んでいく彼らの野球帽を捉えていた。こんもりした低木が道の際までせり出している場所に来ると、カイアはそこにしゃがみ込んだ。あと数秒もすれば、少年たちがほんの三十センチほど先の路面を通るはずだ。ジャンピンは前方にいて視界には入らなかった。そしてジャムが入った麻袋をねじり、なかで瓶が動かないようにきつく口を絞って結んだ。そして、二人が充分に低木に近づいたのを見て取ると、立ち上がって力いっぱい硬い袋を振った。袋は手前の少年の後頭部に命中し、彼がつんのめって顔面から倒れ込んだ。カイアは叫んだりわめいたりしながらもうひとりに襲いかかり、そっちの頭も殴り飛ばそうとしたが、彼はあっという間に逃げてしまった。カイアもすぐさま林の奥へ五十メートルほど引き返した。そこから見ているると、ようやく立ち上がった少年が頭を抱えてわめき散らした。

カイアはジャムの瓶が入った袋を手に、ボートへ引き返して家路についた。たぶん、もう二度とタウンを訪れることはないだろうと思った。

翌日、バタバタと水路を進むテイトのボートの音を聞き取ったカイアは、すぐさま潟湖へ走っていった。茂みのなかに立って見ているると、リュックサックを手にした彼がボートから降りてきた。あたりを見まわして名前を呼ぶので、カイアはゆっくり茂みから出ていった。カイアが身につけているのはぴったりしたジーンズと、ばらばらのボタンがついた白いブラウスだった。

「やあ、カイア。なかなか来られなくて悪かったね。父親の手伝いがあったんだ。だけどきっとすぐに読めるようになるよ」

「こんにちは、テイト」

「ここに坐って」彼が日陰に立つオークの足元の、盛り上がった根を指差した。そして、リュックサックから色の褪せた薄いアルファベットの本と横線のあるメモ帳を引っ張り出した。彼は、その横線のあいだにゆっくりと丁寧な手つきで〝aAbB〟と書き、カイアにも同じ文字を書いてみるように言った。カイアが軽く舌を出して作業に専念しているあいだも、辛抱強く見守っていた。カイアが書き終えたところで、今度はその文字を読み上げた。優しい声で、ゆっくりと。

カイアもジョディや母さんから教わった文字はいくつか覚えていたが、その文字をちゃんとした単語に並べ直す方法はよくわからなかった。

始めてまだ数分だというのに、彼がこう言った。「ほら、もう単語をひとつ書けるようになったよ」

「どういうこと?」

「C-a-b、もう〝Cab(タクシー)〟と書けるじゃないか」

「タクシーって?」カイアがそう訊いても、彼は決して笑わなかった。

「知らなくても平気だよ。先に進もう。きみが知ってる単語もすぐ書けるようになる」

やがて、彼が言った。「アルファベットの練習をたくさんすることだ。覚えるまでちょっと時間がかかるだろうけど、少しならもう読めるはずだよ。試してみよう」テイトは文法の読本をもっていなかったので、カイアが初めて読む本は、彼の父親の蔵書であるアルド・レオポルドの『野生のうたが聞こえる』になった。彼が冒頭の一文を指し示し、声に出して読んでみるように言った。最初の単語は〝There〟で、カイアは何度もアルファベットを確かめてそれぞれの音を練習しなければならなかった。それでも彼は根気強くそれに付き合い、〝th〟の発音は特殊だということを説明した。ついにその音を出せたとき、カイアは思わずばんざいをして声を立てて笑った。テイトもにこやかな顔でその様子を見守っていた。

少しずつではあるが、その文に含まれる言葉が明らかになっていった――「世のなかには野生から離れて生きられる者もいれば、生きられない者もいる」

「わぁ」カイアの口から驚きの声が漏れた。「すごい」

「ほら、読めるじゃないか、カイア。文字が読めないころのきみはもういないよ」

「それだけじゃないの」カイアの声はささやきに近かった。「気づかなかった。言葉がこんなにたくさんのことを表わせるなんて。ひとつの文に、こんなにいっぱい意味が詰まってるなんて」

テイトは微笑んだ。「この文章がいいんだ。それほど意味が込められていない言葉だってあるよ」

それから何日も、木陰にあるオークの根や日差しが降り注ぐ岸辺に坐り、彼はカイアに文字の読み方を教えた。そこに連なる言葉は、実際に二人の周りにいるガンやツルを讃えていた――「もしこの世界からガンの歌声が消えてしまったら？」。

父親の手伝いや友人との野球の合間を縫って、彼は週に数回、カイアのもとを訪れた。そして、カイアもいまでは何をしていても――菜園で草むしりをしていようと、ニワトリに餌をまいていようと、貝殻を探していようと――水路を軽やかに進んでくる彼のボートの音がしないかと耳を澄ますようになった。

ある日、海岸で、コガラは昼食に何を食べるかという話を読んでいるとき、カイアは彼に訊いてみた。「あなたは家族とバークリー・コーヴに住んでるの？」

「父さんとね。そう、バークリーに住んでるよ」

以前はもっと家族がいたのかどうか、それがどこかへ行ってしまったのか、カイアは訊かなかった。きっと彼の母親も彼を置いて出ていったのだろう。カイアの一部が、彼の手に触れたいという奇妙な欲求を感じていた。けれど、結局は指を動かさずにただ彼の手首だけを見つめ、その内側に走る、ハチの羽の模様にも似た入り組んだ青い血管を目に焼きつけた。

夜になるとカイアはキッチンのテーブルに向かい、灯油ランプのもとで勉強を続けた。柔らかな灯は小屋の窓から漏れ出して、低く垂れるオークの枝々にそっと手を伸ばした。その向こうには何キロにもわたって暗闇が広がっており、そこに見える光といえば、ホタルが放つ淡い輝きだけだった。

カイアは注意深く何度も単語を書き写しては読み上げるという作業を繰り返した。テイトは、難しそうな単語もたんに短い言葉がつながっているだけだと言った――だからカイアも恐れることなく、〝更新世〟という単語も〝坐った〟という単語もいっしょに練習した。読み書きを学ぶのはこの上なく楽しいことだった。ただ、いまだにわからないこともあった。なぜテイトはこんな貧乏白人（ホワイト・トラッシュ）に授業をする気になったのか。そもそも、なぜ彼はカイアのもとへ素晴らしい羽根をもってくるようになったのか。けれど、その疑問を口にするつもりはなかった。そこで彼が改めて理由を考えたりすれば、もう来なくなってしまう気がしたからだ。

いまではようやくカイアも、自分の大切な標本に正確なラベルをつけられるようになっていた。カイアは羽根や虫、貝殻、花のひとつひとつを手に取り、母さんの本で名前と綴りを調べ、それを紙袋の絵に丹念に書き加えていった。

「二十九の次の数字は何?」ある日カイアがテイトに訊いた。

テイトは彼女に目を向けた。潮の満ち引きやハクガン、ワシ、星などに関することなら、カイアは以前にも増して詳しくなっていた。だが、それでも彼女は三十以上の数字を数えられないのだった。彼女に恥をかかせぬよう、テイトは決して驚きを見せないようにした。カイアは目の動きひとつでたちどころに相手の考えを見抜いてしまうのだ。

「三十さ」テイトはさらりと答えた。「そうだ、ぼくが数字を書いてみせるから、次は基本的な算数を勉強してみよう。簡単だ。今度、何冊か本をもってくるよ」

カイアは手当たり次第に文字を読むようになった——トウモロコシ粉の袋にある説明書き、テイトのメモ、それに、ずっと読む真似だけをしていたおとぎ話の本。そんなある夜のこと、カイアは小さく「あっ」という声を漏らし、棚から古い聖書を抜き取った。テーブルの椅子に坐り、慎重に薄い紙のページをめくっていくと、家族の名前が書き記されたページが見つかった。いちばん下には自分の名前があり、そこに誕生日も載っていた。

〝ミス・キャサリン・ダニエル・クラーク　一九四五年十月十日〟リストをひとつずつ遡り、兄や姉の本当の名前も読んでみた。

〝マスター・ジェレミー・アンドルー・クラーク　一九三九年一月二日〟「ジェレミー」

カイアは思わず叫んだ。「ジョディ、あなたの名前がマスター・ジェレミーだなんて、想像したこともなかった」

〝ミス・アマンダ・マーガレット・クラーク　一九三七年五月十七日〟その名前を指でなぞり、何度かそれを繰り返した。

さらに読み進めていった。〝マスター・ネイピア・マーフィー・クラーク　一九三六年四月四日〟カイアは静かに言った。「マーフ、あなたの名前はネイピアだったんだ」

いちばん上に記された最年長のきょうだいは〝ミス・メアリ・ヘレン・クラーク　一九三四年九月十九日〟だった。それらの名前をまた指先でなでると、みんなの顔が蘇ってきた。おぼろげではあっても、彼らは押し合いへし合いしながらテーブルを囲み、シチューを食べ、コーンブレッドをまわし、ときに笑い声さえ上げていた。彼らの名前を忘れていたことを恥ずかしく思った。けれど、いまはこうして見つけ出したし、もう二度と手放したりはしない。

子どもたちの名前の上にはこう書かれていた。〝ミスタ・ジャクソン・ヘンリー・クラーク、一九三三年六月十二日にミス・ジュリアンヌ・マリア・ジャックと結婚〟いまこのときまで、カイアは両親の正しい名前を知らなかった。

テーブルに聖書を開いたまま、カイアはしばらくそこに坐っていた。目の前には自分の家族がいた。

時間の法則からして、子どもは決して若いころの両親と知り合うことができない。もちろんカイアも、一九三〇年の初めごろに、ハンサムなジェイクが自信たっぷりな足取りでアシュヴィルの食堂に入っていく姿を目にすることはなかった。しかし彼はそこで、ニューオーリンズから来ている黒い巻き髪と赤い唇が美しい女性、マリア・ジャックを見初めたのだった。ミルクシェイクを飲みながら、彼はマリアに、自分の家は農園をもっていて、高校を卒業したら弁護士になる勉強をし、ゆくゆくは柱が並ぶ大邸宅に住むのだと語った。

ところが、大恐慌が泥沼化してくると、銀行はクラーク家の足元の土地を奪って競売にかけ、父親はジェイクを学校から連れ戻した。路上に放り出された一家はやがてマツ材で造られた小さな小屋にたどり着いた。そこは、そう遠くないむかしに奴隷たちが住んでいた小屋だった。ジェイクはタバコ畑で働き、黒人の男や女や、色とりどりのショールで彼らの背中にくりつけられた赤ん坊に交じってタバコの葉を積み上げた。

二年ほど経ったある晩、ジェイクは別れも告げず、夜が明けるのも待たずに小屋を出た。運べる限りの上等な服や家宝――曾祖父の金の懐中時計や、祖母のダイアの指輪も含めて――を持ち出していた。彼はヒッチハイクでニューオーリンズまで行き、海のそばの瀟洒な家に家族と暮らしていたマリアを見つけた。マリアの家はフランス人の商人を祖先にもち、靴工場を経営していた。

ジェイクはクラーク家の家宝を質に入れ、赤いヴェルヴェットのカーテンが吊るされた高級レストランにマリアを連れていくと、例の柱が並ぶ大邸宅を彼女のために買うつもりだと言った。そして、モクレンの木の下でひざまずき、彼女に結婚を承諾してもらった。一九三三年に小さな教会で式を挙げたときは、彼女の家族はただ口を閉ざして二人を見守っていた。

とはいえ、そのころにはすっかりお金が底をついていたため、彼は義理の父親がもってきた靴工場の仕事の話を受けることにした。当初ジェイクは、自分は管理職に就けるものと思っていた。だが、ミスタ・ジャックは簡単に自説を曲げるような人物ではなかった。彼はジェイクもほかの従業員同様、下っ端から始めて仕事を覚えねばならないと言い張った。結局ジェイクは、靴の底革を切り出す仕事に就くことになった。

彼とマリアの住まいはガレージの上にある狭いアパートメントで、立派な花嫁道具とフリーマーケットで買ったテーブルや椅子がいっしょくたに置かれていた。彼は高校の卒業資格を得るために夜間学校に入ったが、たいていは授業をさぼってポーカーに興じ、ウィスキーの臭いをぷんぷんさせながら夜更けに新妻のもとへ帰った。わずか三週間で、教師は彼を退学にした。

マリアは夫に酒をやめるよう頼み、仕事への熱意を見せれば父も昇進させてくれるはずだと説得した。だが、赤ん坊が次々と産まれるようになっても彼は飲むのをやめなかった。一九三四年から一九四〇年までに、二人のあいだには四人の子どもが生まれたが、彼が昇進したのは一度きりだった。

しかし、ドイツとの戦争でゲームは仕切り直しとなった。何はどうあれ、みなが一様に軍服で身を固めているなかでは、彼も自分の醜態を覆い隠して自尊心を保つことができた。ところがある夜、フランスで泥の塹壕(ざんごう)に身を潜めているとき、誰かが叫ぶ声がした。何でも、隊の上官の軍曹が撃たれ、十八メートル先で血を流して倒れているという。普通の若者にすぎない彼らは、穴のなかに坐って打席を待てばいいはずだったので、思わぬ速球にたじろいだ。だが、それでも彼らはいっせいに壕を跳び出して負傷者の救出に向かった——ただひとりを除いて。

ジェイクは穴の隅で丸まっていた。恐怖で体が動かなかった。しかし、そのとき穴のすぐそばで白と黄色の光が炸裂し、迫撃砲弾の破片が彼の左脚を直撃して骨を粉々にした。軍曹を引きずって命からがら塹壕に戻ってきた兵士たちは、仲間の救出に向かった彼らを掩護(えんご)していたためにジェイクが傷を負ったのだと考えた。彼は英雄と称えられた。誰も真相を知ることはなかったが、ジェイクにだけはわかっていた。

勲章と、負傷による除隊の証明書を与えられ、彼は家に帰された。二度と靴工場で働かないと決意していた彼は、わずか数日しかニューオーリンズに留まらなかった。無言で立っているマリアの前で、彼女の上等な家具や銀器をすべて売り払ってしまうと、彼は家族をひとまとめにして列車に乗せ、ノース・カロライナへと向かった。そこでむかしの友人から自分の両親が他界したことを聞かされた。おかげで計画は進めやすくなった。

ジェイクは、マリアにこう言って説得していたのだった。ノース・カロライナの海岸に父親が建てた釣り用の別荘がある。そこで一からやり直したい。家賃はかからないから高校も卒業できるはずだ。彼はバークリー・コーヴで小さな釣り船を買い、自分の家族を乗せて湿地の水路を何キロも進んだ。ボートには家財道具一式がうずたかく積まれており、荷物のてっぺんには数個だけだが上質な帽子の箱も載っていた。しかし、ようやく潟湖にたどり着いた彼らが目にしたのは、オークの林に埋もれるようにして建つみすぼらしい小屋と、すっかり錆びついた虫除け網だった。マリアはいちばん下の子のジョディをきつく抱き締め、懸命に涙をこらえた。

子どもたちの父親は彼女に言った。「何も心配しなくていい。おれがすぐに直すから」

だが、ジェイクはいつまでも小屋に手を入れなかったし、高校も卒業しなかった。その地に着くやいなや、彼は〈スワンプ・ギニー〉で酒とポーカーに明け暮れるようになり、ショットグラスのなかに塹壕の記憶を捨て去ろうとした。

マリアは我が家を家らしくするために手を尽くした。床に直接置いたマットレスや、丸見えのブリキの風呂桶をどうにかしようと、不用品セールでシーツを買い求めた。庭の蛇口の下で洗濯物を洗い、見よう見まねで菜園を作ったりニワトリを飼ったりもした。移ってきてすぐに、彼女は子どもたちにいちばんいい服を着せ、バークリー・コーヴまで連れていって入学の手続きをした。しかし、ジェイクは教育という考えを鼻で笑い飛ばした。そしてことあるごとにマーフとジョディに学校をさぼらせ、夕食にリスや魚を獲ってくるよう言いつけた。

一度だけ、ジェイクが月夜の船遊びにマリアを連れ出したことがあった。その結果が、最後に生まれたキャサリン・ダニエルだった。その末娘はのちにカイアというニックネームで呼ばれるようになるが、きっかけは、初めて名前を訊かれて答えたときに彼女自身がそう発音したことだった。

ときどき、酔いが覚めていると、ジェイクの胸にも学校を卒業して家族にもっといい暮らしをさせたいという気持ちが蘇った。だがそのたびに、あの塹壕の影も心をよぎった。かつては生意気なほど自信に満ち、ハンサムで、健康体だった彼は、男としていまの己の姿をどうしても受け入れることができず、またもや紙袋で隠したボトルの中身をがぶ飲みすることになった。ジェイクにとって、湿地の敗残者たちに交じって喧嘩し、酒を飲み、悪態をつくことは、これまで経験したどんなことよりも簡単だった。

17　敷居を越える　一九六〇年

読むことに夢中になっていた夏のある日、カイアがジャンピンの店に行くと、彼が言った。「ミス・カイア、ちょっと知らせておきたいことがあるんです。あなたのことを探ってあれこれ訊きまわってる人たちがいるんですよ」

カイアはボートを桟橋に寄せるのも忘れて彼を見つめた。「誰なの？　いったい何の用？」

「たぶん社会福祉課の人間でしょう。根掘り葉掘り訊くんです。父親はまだいるのかとか、母親はどこへ行ったのかとか、あなたが秋学期には学校へ行くのかとか。それに、あなたがいつこの店に来るかも訊いてました。何時ぐらいに来るかを詳しく知りたがってましたよ」

「それで何て答えたの、ジャンピン？」

「彼らを追い払えるよう、最善を尽くしましたよ。父親はぴんぴんしてるし、いつも釣りに出てますよって言ってやったんです」彼が頭をのけぞらせて笑った。「それから、あなたが来る時間なんてまるでわからないとも答えておきました。なに、心配はありませんよ、ミス・カイア。もしまた来たら、このジャンピンがでたらめを教えて明後日の方向へ行かせてやりますから」

「ありがとう」タンクに燃料を入れてもらうと、カイアはまっすぐ家に帰った。今後はもっと用心する必要があるし、湿地のどこかに、彼らが諦めるまで隠れていられる場所も見つけなければならなかった。

その日の午後遅く、テイトのボートが静かに砂を踏んで岸に舳先を載せたところで、カイアは言った。「会う場所を変えられる？　この辺の、どっかほかの場所がいいんだけど」

「やあ、カイア。会えてうれしいよ」そう挨拶したテイトは、まだ操舵席に坐っていた。

「どう思う？」

「〝どっか〟じゃなくて、〝どこか〟だな。それと、何かを頼むまえにまずは挨拶するのが礼儀ってもんさ」

「あなただって、どっか、って言うじゃない」カイアの顔にはうっすら笑みが浮かんでいた。

「まあ、ぼくたちはみんな南部独特の喋り方をするからな。〝マグノリア・マウス〟ってやつさ。でも直す努力はしなくちゃ」

「こんにちは、ミスタ・テイト」カイアが軽くお辞儀をしてみせた。テイトは、彼女のどこかにある快活さとちょっとした生意気さを垣間見たような気がした。「それで、どこかほかの場所で会える？　かしら？」

「もちろんかまわないよ。でもなぜだい？」

「ジャンピンから、社会福祉課の人が私を捜してるって聞いたの。見つかったらきっと魚みたいに捕まえられて、里親の家かどこかに放り込まれちゃうわ」

「そういうことなら、ザリガニの鳴くところにでも隠れたほうがいいな。きみを引き取ることになる里親が気の毒だ」テイトはにんまり笑った。

「どういう意味なの？　〝ザリガニの鳴くところ〟って。母さんもよく言ってたけど」カイアは、母さんがいつもこう口にして湿地を探検するよう勧めていたことを思い出した。〝できるだけ遠くまで行ってごらんなさい――ずっと向こうの、ザリガニの鳴くところまで〟

「そんなに難しい意味はないよ。茂みの奥深く、生き物たちが自然のままの姿で生きてる場所ってことさ。それで、どこか候補はあるのかい？」

「まえに見つけたんだけど、崩れかけた古い丸太小屋があるの。道さえわかればボートでも行ける。ここからも歩いていける場所よ」

「なるほど、それじゃあきみも乗って。今日は場所を教えてもらって、次からはそこで落ち合おう」

「私がそっちに行ってるときは、この杭のそばに小石を積んでおくわ」カイアは潟湖の岸のボートをつないでいる場所を指差した。「小石がなければこの辺にいるから、あなたのボートの音がしたら出ていく」

二人はのんびり湿地のなかを走り、海に出たところで村とは反対方向の南に針路をとった。船首にいるカイアの体が波に合わせて弾み、風で溢れた涙が頬を横切り、耳は冷えてちくちくした。小さな入り江に着くと、カイアの案内でボートは低くイバラが垂れる淡水の小川を遡っていった。流れが細くなって途絶えそうな場所が何ヵ所かあったが、そのたびにカイアは大丈夫だと合図をし、さらに上流へと茂みを押し分けて船を進ませた。

やがて開けた草地に到達し、小川のそばに建っている古い丸太小屋が視界に入った。ひと部屋だけの小屋は壁の一端が崩れていた。落ちた丸太が、周囲の地面にまるで爪楊枝のように散らばっている。屋根は半分だけになった壁にかろうじて載っていて、高い壁から低い壁へと傾いたそれは、あたかも斜めにかぶった帽子のように見えた。テイトが泥の川べりに舳先を差し入れ、それから二人で開け放たれたドアの方へそっと近づいた。なかは暗く、ネズミの尿の臭いが漂っていた。「きみがここで暮らすなんて言いださないといいけど——これじゃあ、いつ頭の上に小屋が崩れてきてもおかしくない」テイトは壁を押してみた。充分しっかりしていそうな手応えではあった。

「隠れ家にするだけよ。しばらく逃げてなくちゃいけないときのために、少し食料を運んでおこうかな」

テイトは向き直り、暗がりに慣れてきた目でカイアを見つめた。

「カイア、無理せず学校に戻ろうと思ったことはないのかい？　べつに死ぬわけじゃないし、学校に行きさえすれば追いまわされることもないんだ」

「向こうは私がひとりだってことに勘づいてる。行けば捕まって、里親に預けられるに決まってるの。どのみち私は学校へ通いはじめるような年齢じゃないし。どの学年に入るの？　一年生？」カイアは思わず目を見開いた。単語も発音できるし五十まで数えることもできる幼い子どもたちに囲まれ、あの小さな椅子に腰かけている自分の姿を想像したのだ。

「それじゃあ、この先もずっと湿地でひとりで生きてくつもりかい？」

「里親の家よりはいいでしょ。父さんがよく言ってたの。悪いことをすると里子に出すって。里親はすごく意地悪だと聞かされたわ」

「そんなことはないよ。そういう里親もいるかもしれないけど、大半は子どもが好きな優しい人たちだよ」彼が言った。

「じゃああなたは、湿地で暮らすぐらいなら里親の家に行くほうがいいって言うの？」カイアは顎を突き出し、腰に手をあてて訊いた。

彼はしばし黙り込んだ。「そうだな、寒くなったときのために毛布やマッチももってきたほうがいいだろう。イワシの缶詰も。あれは長持ちするから。でも、生の食材は置いちゃだめだ。クマが寄ってくるからね」

「クマになんかビビんないわ」

「クマなんて恐くない、だよ」

その後、夏のあいだずっと、カイアとテイトは荒れ果てた丸太小屋で文字を読むレッスンをした。カイアは八月の中ごろには『野生のうたが聞こえる』を読み終えていて、わからない単語はあったものの、内容はほとんど理解できていた。著者のアルド・レオポルドによれば、氾濫原（はんらんげん）は自由に動きまわる河の一部で、河は好きなときにその土地を取り戻すことができるという話だった。つまり、氾濫原に生きるものはすべて、河の翼の上でそのときを待っているだけなのだ。カイアはガンたちが冬にどこへ行くかや、その歌声にどんな意味があるかも学んだ。彼が書く、まるで歌のように柔らかな言葉は、土が命の宝庫であり、地球上でもっとも貴重な富のひとつであることも教えてくれた。湿地を干拓してしまえば広大な範囲の土地が乾き、水の消滅とともに植物も動物も死んでしまう。ただ、一部の種子は乾燥した土のなかで何十年も眠り、待ちわび、水がふたたび戻ってきたときにいっせいに土を破ってその顔を見せるのだという。それらは、学校では決して習えなかったであろう、驚きに満ちた生きた知識だった。誰もが知るべきで、見渡せばどこにでも発見できるはずなのに、どういうわけかまるで種子のように覆い隠されたままの真実だ。

カイアは週に数回、丸太小屋でテイトと会ったが、夜は自分の小屋かカモメのいる海岸で眠った。冬が来るまえに薪を集めねばならなかったので、それを自分の当面の仕事と定め、近場からも遠方からもせっせと運んできては二本のマツのあいだになるべくきっちりと積み上げた。カイアの菜園のカブは、周りのアワダチソウからかろうじて頭を覗かせるほどの大きさにしかならなかった。それでも、そこにはカイアやシカが食べてもまだ余るほどの野菜ができていた。カイアは夏の終わりに最後の収穫を済ませ、日陰になっていて涼しいポーチの階段の下にウリやビートを蓄えた。

けれど、そうした作業のあいだもカイアの注意は常に音に向いていて、自分を連れ去ろうとする男たちが車体をガタガタ揺らしてやって来ないかといつも耳を澄ましていた。とはいえ、ときには聞き耳を立てることにうんざりしたり、嫌な予感に襲われたりすることもあったので、そんなときは丸太小屋まで歩いていき、備えておいた毛布にくるまって土の床で夜を過ごした。貝獲りや魚の燻製作りもテイトの都合に合わせて続けていた。というのも、それをジャンピンの店に届けて生活用品を持ち帰る役目は彼が引き受けてくれたからだ。おかげでカイアの〝ヤマアラシのお腹〟はだいぶ人目にさらされずに済むようになった。

「初めて文章を読んだ日のことを覚えてるかい？　あのときみは、言葉はこんなにたくさんのことを表わせるのかと言ったんだ」ある日、小川のほとりに腰を下ろしてテイトが言った。

「うん、覚えてるわ。なぜ？」

「詩はとりわけそうなんだ。詩の言葉は、口で語るよりもずっと多くのことを表わせる。人の感情を目覚めさせるし、笑わせることだってできるんだよ」

「むかし母さんが詩を読んでくれたけど、もう覚えてないな」

「読んであげるよ。エドワード・リアの詩だ」彼が折り畳んだ封筒を取り出し、こう読み上げた。

そこで　あしながおやじと
ぱたぱた蠅は
ヨットひと声しぼり出し
泡立つ海へひとっ飛び
そこで見つけた小さなお舟
桃色灰色の帆がいいね
二匹で波間に旅立った
どんぶらこっこ　どんぶらこ

カイアはにっこり笑って言った。「まるで岸に打ちつける波みたいなリズムがあるのね」

それからは、勉強は詩作の段階に入り、湿地にボートを走らせるときも貝殻を探すときも、カイアは詩を考えるようになった――率直な言葉の連なりで、リズムの変化も飾り気もなかったが。「アオカケスの母さん、枝から飛び立った。もしそれができるなら、私も飛んでいくのに」ときに詩作はカイアを笑わせ、たとえ長い一日のほんの数分であっても、絶えずつきまとってくる寂しさを忘れさせてくれた。
ある日の夕方、キッチンで文字を読む練習をしていたカイアは、ふと母さんの詩の本がどこかにあるはずだと気がついた。あちこち捜して見つけ出してみると、それはすっかり傷んで表紙もなくなり、ばらばらになりかけた紙がもろい二本のゴムで束ねられていた。カイアは慎重にゴムを外してページをめくり、余白にある母さんの書き込みを読んでいった。最後に書かれていたのは、気に入った詩のページ番号を書き留めたリストだった。
そのうちのひとつを見てみると、ジェイムズ・ライトの詩だった。

不意に途方に暮れ　寒さに震える
畑には剝き出しの土しかない
私はむしょうに触れたかった　抱きたかった
私の子ども　もの言う我が子
笑ったり　しょげたり　騒いだり――

木々の緑も日差しも消え

残されたのは私たちばかり
息子の母は家で歌い
夕食が冷めぬよう気を配り
私たちに愛をそそぐのに　ああ　いったい誰が知るだろう
この広い大地がこんなにも暗いわけを

ゴールウェイ・キネルの詩もあった。

気が気ではなかった――
思うところはすべて伝えた
知り得る限りの穏やかな言葉で。そしていま――
打ち明けねばならない、終わったことに安堵していると
最後には、貪欲な生の衝動に
同情しか覚えなかったのだから
――さようなら

カイアはその言葉に触れてみた。メッセージを受け取るかのように。いつか娘が暗い灯油ランプの下でこれを読み、理解してくれることを願って、母さんがその箇所に下線を引いたのではないかとさえ思えた。それはべつに、あえて抜き書きされて引き出しの奥にしまわれていたわけではなかったが、それでも何かの意図を感じずにはいられなかった。カイアにも、それらの言葉が何か力強い意味を抱え込んでいることは感じ取れた。だが、それを解き放つことができなかった。もし自分が詩人にでもなれば、すべて読み解けるのかもしれないが。

九月に入り、高校三年生になったテイトは、そう頻繁にはカイアのもとに来られなくなった。けれど、顔を見せたときはいつも学校で処分される教科書などをもってきてくれた。まだ難しすぎる生物の教科書も彼は何も言わずに渡すので、カイアも散々苦労しながら読み進めた。もし学校に通っていても、あと四年ほどは目にしないはずの教科書なのだが。「大丈夫だよ」彼ならきっとそう言うだろう。読んでいるうちに少しずつわかってくるからと。たしかにそのとおりだった。

日が短くなりはじめると、二人はまたカイアの小屋の近くで会うようになった。明るいうちに丸太小屋までたどり着けなくなったからだ。授業をするのはいつも外だったが、ある日、風が狂ったように吹き荒れた朝、カイアは薪ストーブに火を入れることにした。父さんが消えてからもう四年以上、誰かがこの小屋の敷居をまたいだことはなかった。もちろん、自分から誰かを招き入れるなどということも考えられなかった。だが、テイトはべつだった。

「うちでストーブにあたる？」彼が潟湖の岸にボートを引き入れているとき、カイアはそう口にした。

「いいね」テイトも、その誘いを大げさに受け止めるような真似はしなかった。ポーチに足を踏み入れた直後から、彼は二十分近くもカイアの羽根や貝殻や骨や巣を見てまわり、感嘆の声を上げた。ようやくテーブルにたどり着いたところで、カイアは彼の椅子に自分の椅子を寄せ、腕や肘が触れそうになるほど接近した。ただ彼を近くに感じていたかったのだ。

テイトが父親の手伝いで忙しくなってしまうと、一日一日がヘビのようにずるずると長くなった。ある日の夕暮れどきに、カイアは初めて小説を手に取った。母さんの本棚にあったダフネ・デュ・モーリアの『レベッカ』だ。それは愛の物語だった。しばらくして本を閉じたカイアは、クローゼットのところへ行った。そして、母さんの夏のドレスに体を滑り込ませ、部屋のなかをくるくる舞った。ふわりとスカートを翻（ひるがえ）し、鏡の前でまわってみると、髪やお尻が軽やかに揺れた。自分をダンスに誘うテイトの姿を想像した。彼の手が腰に触れてくる。マキシムがド・ウィンター夫人を抱き寄せるかのように。

ふとカイアは我に返り、体を二つに折ってくすくす笑った。それから、また静かに背筋を伸ばし、しばらくそこに立ち尽くしていた。


「さあさあ、こっちへいらっしゃい」ある日の午後、メイベルが大声で呼びかけてきた。「あなたに渡すものがあるのよ」カイアに渡す箱をもってくるのはいつもジャンピンで、メイベルが姿を見せるのはたいてい何か特別な品があるときだった。

「行って受け取っておいで。燃料は入れておきますから」ジャンピンも促すので、カイアは船着き場に跳び降りた。

「見てちょうだい、ミス・カイア」そう言ってメイベルが引き上げたのは、花柄のスカートにふわふわのシフォンがかぶせてあるピーチ色のドレスだった。かつて見たこともないような美しい服で、母さんの夏のドレスよりも素敵だった。「ほら、あなたみたいなお姫さまにぴったりの服よ」メイベルが体にドレスをあててくれたので、カイアもそれに触れて微笑んだ。と、彼女がジャンピンに背を見せるように体の向きを変え、少し苦しそうに腰を折って箱のなかへ手を伸ばした。出てきたのは白いブラだった。

カイアの全身がかっと熱くなった。

「さあ、ミス・カイア、恥ずかしがらないで。そろそろあなたにも必要よ。それからね、もし私に相談したいことがあれば、いつでもこのメイベルおばさんに言ってちょうだい。理解できないことがあれば何でもよ。いい？」

「わかったわ。ありがとう、メイベル」カイアはブラを丸め、箱に詰まったジーンズやTシャツや、ササゲ豆の袋や、桃の瓶詰めの下にそれを押し込んだ。

それから何週間かしたころ、波に合わせて上がっては下がるボートに坐り、ペリカンたちが海に浮かんで狩りをするのを眺めていたとき、カイアのお腹が急にきりきりと痛みだした。これまで船酔いなどはしたことがないし、おまけにそれはあまり経験したことのない種類の痛みだった。カイアはボートをポイント・ビーチの岸に着け、砂浜に坐って両脚を翼のように片側に折った。痛みは鋭くなっていき、思わず顔を歪めて小さくうめいた。お腹を下しそうだ。

そのとき不意に、軽快なモーター音が聞こえ、白い波頭を切り分けて走るテイトのボートが目に入った。彼がこちらに気づいてすぐに針路を変え、岸に近づいてきた。カイアは父さんが使う悪態を口にした。いつもなら、テイトを見れば決まって胸が躍るのだが、いまは違った。何しろ、いまにも下痢をもよおしてオークの林に駆け込もうかというときなのだ。カイアのボートの横に自分のボートを着けると、テイトは気楽な様子で隣に腰を下ろした。

「やあ、カイア。何してるんだい？　ちょうどきみのところへ行こうとしてたんだ」

「こんにちは、テイト。会えてうれしいわ」精いっぱいさりげない口調で言ったが、お腹はぎりぎりとねじれていた。

「どうかした？」彼が訊いた。

「何が？」

「様子がおかしいから。何かあったのかい？」

「ちょっと具合が悪いみたい。お腹がひどく引きつるの」

「え、そうなのか」テイトは海の方へ視線を向けた。彼の素足が砂を掘っていた。

「帰ってもらったほうがいいかも」カイアはうつむいて言った。

「具合がよくなるまでいたほうがいいんじゃないかな。ひとりじゃ家まで帰れないだろ？」

「林のなかに行くことになりそうだもの。きっとお腹を壊したのよ」

「そうかもね。でも、林に行っても治らないと思うよ」彼が声を小さくした。

「どういうこと？　どこが悪いか、あなたにはわからないでしょ」

「いつもの腹痛とは違う感じかい？」

「ええ」

「きみはもうすぐ十五歳だよね？」

「それとどんな関係があるの？」

彼はしばし黙り込み、砂に埋もれた足をもぞもぞさせてさらに深く穴を掘った。そして、カイアから顔を背けて言った。「きっとあれだよ、ほら、きみの年頃の女の子に起きることだよ。覚えてないかい、何カ月かまえにパンフレットを渡したんだけど。生物の本といっしょに」テイトは頬を赤らめてちらりとこちらに目を向け、またすぐに前を向いた。

カイアははっとして視線を下げた。体じゅうが真っ赤になるようだった。もちろんそれを教えてくれる母さんはいないが、たしかにテイトがもってきた学校のパンフレットに大まかな説明は書いてあった。つまり、自分にもそのときが来たということなのだ。しかも、砂浜に坐っているこのときに、男の子の前で女性になろうとしている。恥ずかしさと混乱で頭がいっぱいになった。どうすればいいのだろう？　具体的には何が起きるのだろう？　どれぐらい血が出るものなのだろう？　自分の周囲の砂が血に染まっていく光景が浮かんだ。腹部に激しい痛みを感じながら、カイアは無言で坐りつづけるしかなかった。

「ひとりで帰れそうかい？」彼が、相変わらず顔を背けたまま言った。

「ええ、たぶん」

「心配ないよ、カイア。女の子はみんな無事に通過してることだから。家に帰りなよ。ぼくもあとからついていって、きみがちゃんと帰れたか見届ける」

「そんな必要ないわ」

「ぼくのことなら気にしないで。さあ、行こう」彼が立ち上がり、やはりこちらから視線を逸らしたまま自分のボートに向かった。そして、岸からだいぶ離れた場所まで船を進め、カイアのボートが海岸沿いを走って正しい水路に向かうのを見守った。カイアから見ると、はるか後方にいる彼は小さな点でしかなかったが、その点は小屋のある潟湖に着くまであとをついてきた。カイアは岸に降り立って短く手を振った。うつむいていたので彼とは目も合わさなかった。

これまで、たいていのことは自力で答えを見つけてきたので、今回もカイアは女性になるのがどういうことか、自分なりに見当をつけていた。けれど、一夜が過ぎて朝日が差しはじめるころにはもう、カイアはジャンピンの店へとボートを走らせていた。青白い太陽をも閉じ込めてしまったかのような濃霧のなか、彼の船着き場にボートを寄せ、ほとんど期待はできないと知りながらもメイベルの姿を探した。案の定、出迎えてくれたのはジャンピンだけだった。

「いらっしゃい、ミス・カイア。もうガソリンが必要になったんですか?」

ボートに坐ったまま、カイアは小さな声で言った。「メイベルに会いたいの」

「それは申し訳ない。今日はメイベルは来てないんですよ。私じゃだめですか?」

カイアは深くうなだれて答えた。「どうしてもメイベルに会いたいの。いますぐに」

「そうですか」ジャンピンは小さな入り江を見渡し、ほかにやって来る船がいないことを確かめた。燃料が必要な者は、夜でなければそれが何時であろうと、何曜日であろうと、クリスマスも含めてジャンピンをあてにすることができた――五十年のあいだに彼が店を留守にした日は一日もなく、ただ一度の例外は彼らの赤ん坊のデイジーが死んだときだった。彼は自分の持ち場を離れられないのだ。「ここで待ってて下さい、ミス・カイア。ちょっとひとっ走りして、その辺にいる子どもにメイベルを呼びにいかせますから。もし船が来たら私はすぐに戻ると伝えて下さい」

「わかったわ、ありがとう」

ジャンピンは大急ぎで船着き場を離れてどこかへ去っていった。残されたカイアは、船が来たらどうしようかとはらはらしながら何度も入り江に目をやった。だが、彼はすぐに戻ってきて、子どもがメイベルを呼びにいったと教えてくれた。あとはもう〝呪文が効くのを待つだけ〟だった。

ジャンピンは噛みタバコの包みを開けて棚に並べたり、細々したものを補充したりと、忙しそうに働いていた。そのあいだもカイアはボートから降りなかった。ようやく現われたメイベルが船着き場を走ってくると、まるで小ぶりのピアノでも落ちてきたかのように、彼女の動きに合わせて床板が揺れた。紙袋を手にした彼女はいつものように大声で挨拶はせず、ただカイアの傍らまで来て静かに言った。「おはよう、ミス・カイア。いったいどうしたの？　何か困ってることがあるの？」

カイアはさらに深く頭を垂れ、メイベルが聞き取れないほど小さくぼそぼそと声を出した。

「ボートから降りられる？　それとも私が乗ったほうがいいかしら？」

カイアが何も答えずにいると、九十キロ近くあるメイベルが小さなボートに片足を乗せ、さらにもう一方の足も引き入れた。ボートが不満を表わすように杭にぶつかった。彼女は中央の席に腰を下ろし、船尾にいるカイアと向かい合った。

「さあ、何があったのか話してちょうだい」

二人は身を乗り出して頭を近づけた。メイベルはしばしカイアのささやきに耳を傾けていたが、やがて自分の豊かな胸に彼女を引き寄せ、その体をきつく抱き締めて前後に揺らした。初めのうち、カイアは身を硬くしていた。抱き寄せられることに慣れていなかったのだ。しかしそんなことでひるむようなメイベルではなく、とうとうカイアも全身の力を抜いて心地いい二つの枕に体を預けるようになった。しばらくすると、メイベルが体を離して茶色い紙袋を開けた。

「実は、こんなこともあろうかと思って、あなたに必要なものをもってきたのよ」ジャンピンの船着き場でボートに坐ったまま、メイベルはあれやこれやを詳しく教えてくれた。

「いい、ミス・カイア、ちっとも恥ずかしいことじゃないの。もちろん世に言われるような呪いでもない。ここから新たな人生が始まるのよ。これは女にしか経験できないことだわ。そして、あなたはいま女になったの」

翌日の午後、テイトのボートの音に気づいたカイアは、鬱蒼としたイバラの茂みに隠れて彼の様子をうかがった。自分のことを知っている人間がいるというだけでも奇妙な感じがするのに、いまや彼はカイアの人生に起きたいちばん個人的な、秘密の部分まで知っているのだ。それを思うとカイアの頬はまた熱くなった。彼が立ち去るまで隠れているつもりだった。

潟湖の岸に着いてボートから降りてきた彼は、紐で縛られた白い箱を手にしていた。

「おーい、カイア！　どこにいるんだい？」彼が叫んだ。〈パーカーズ・ベーカリー〉

のプチケーキをもってきたよ」

　ケーキのようなものは、もう何年も口にしていなかった。テイトがボートから本を拾い上げているあいだに、カイアは彼の背後の茂みからおずおずと出ていった。

「なんだ、そこにいたのか。見てごらん」彼が箱を開けると、そこにはかわいらしいケーキがずらりと並んでいた。一辺が二、三センチぐらいしかない小さなケーキで、表面はバニラのアイシングで覆われ、真ん中にちょこんとピンク色のバラが載っている。「さあ、こっちに来て食べよう」

　カイアはひとつつまみ上げ、テイトから顔を逸らしたままひと口かじってみた。そして、残りは一気に口に押し込み、指先もきれいに舐めた。

「ほら」テイトは、二人が坐っているオークの根の傍らに箱を置いた。「好きなだけ食べるといいよ。それじゃあ始めようか。新しい本をもってきたんだ」いつもどおりの時間が戻ってきた。二人はそのまま勉強に取りかかり、ほかの件についてはいっさい口にしなかった。

　秋が近づいていた。常緑樹はどうだかわからないが、プラタナスはちゃんとそのことを感じ取り、薄灰色の空に幾千もの金色の葉をきらめかせていた。ある日の夕暮れどき、授業が終わってもテイトはいつになく長居をし、林のなかの丸太にカイアと坐っていた。カイアは、もう何カ月も胸の内に留めてきた疑問をついに口にした。「テイト、あなたが読み書きを教えてくれたり、あれこれもってきてくれるのは本当にうれしいの。でも、なぜそこまでしてくれるの？　あなたには、恋人みたいな人はいないの？」

「いない――いや、ずっとじゃないな。これまでひとりだけいたけど、いまはいないよ。ぼくはここで静かに過ごすのが好きなんだよ。それに、湿地をとことん知ろうとするきみの姿も。たいていの人は、釣りに興味があっても湿地には関心をもたないからね。ここはただの不毛の地で、干拓して開発したほうがいいと思ってる。海の生物には――みんなが食べてる魚も含めて――湿地が必要だってことをわかってないのさ」

テイトは、たったひとりで生きている彼女を気の毒に思っていることは打ち明けなかった。長年、子どもたちがどんなふうに彼女を扱ってきたか、村の人々が彼女を〝湿地の少女〟と呼んでどんな話をでっち上げてきたか、彼は知っていた。彼女の小屋に忍び寄り、暗闇を駆け抜けてドアを叩くのはもはや恒例行事で、男になるための儀式にされていた。いったい、そこで言われる男とは何なのか。一部ではすでに、誰が彼女の処女を奪うかの賭けまで始まっている。そうしたことを見聞きするたび、テイトは激しい怒りと不安を覚えた。

もっとも、それが主な理由でカイアのために羽根を置いたり、彼女のもとへ通ったりしているわけではない。テイトには、彼女に打ち明けなかったもうひとつの気持ちがあった。それは、失った妹への甘い愛情と、女の子に抱く熱い想いが複雑に絡み合った感情だった。彼自身の力ではそのもつれは一向にほどけそうになかったが、かといって、彼はまだすべてを押し流すほどの心の昂ぶりを経験したこともなかった。よろこびと同時に苦しみをも与える感情がもつ、圧倒的な力を知らなかった。

草の茎でアリの穴をつつきながら、カイアは思いきって訊いた。「あなたのお母さんはどこにいるの？」

そよ風が林を吹き抜け、優しく梢を揺らした。テイトは口を開かなかった。

「何か答えなくていいよ」カイアは言った。

「何も、だよ」

「何も答えなくていいよ」

「ぼくの母親と妹は、アシュヴィルで自動車事故に遭って死んだんだ。妹はキャリアンという名前だった」

「そうだったの。ごめんなさい、テイト。あなたのお母さんは、きっときれいで優しい人だったんだろうね」

「ああ。二人ともね」彼は膝のあいだに視線を落とし、地面に向かって答えた。「いままでこの話をしたことはないんだ。誰にも」

〝私も同じだ〟とカイアは思った。そして、声を大きくして言った。「私の母さんはある日出ていって、それきり戻らなかったの。シカの母親は必ず戻ってくるのにね」

「そう、でも少なくとも希望をもつことはできるよ。ぼくの場合は何があっても戻らない」

しばしの沈黙が流れたあと、テイトが続けた。「きっと……」けれど、彼はそこでまた黙り込み、顔を背けてしまった。

カイアが目を向けても、彼は地面ばかりを見つめていた。口にしかけた言葉も呑み込んだままだった。

「どうしたの？　きっと？　私には何でも話して」

それでも彼は押し黙っていたが、事情を知ったいま、カイアは辛抱強く待つことにした。しばらくそうしていると、やがて彼がぽつりぽつりと話しはじめた。「きっと、二人はぼくの誕生日プレゼントを買うためにアシュヴィルへ行ったんだ。そのころ、どうしても欲しい自転車があってね。でも〈ウェスタン・オート〉には売っていなかった。だから、きっとその自転車を買おうとして、二人はアシュヴィルまで行ったんだ」

「だからって、あなたが悪いわけじゃない」

「わかってる。でも、どうしても自分のせいだと感じてしまうんだ」ティトが言った。「ぼくはもう、自分がどんな自転車を欲しかったのかも覚えていない」

カイアは彼の方へそっと体を傾けた。触れるほど近寄りはしなかったが、不意にある感覚が訪れた——二人の肩のあいだの空間が急に変化したような、そんな感覚だ。ティトも感じただろうか、と思った。もう少し体を寄せて、腕と腕がかすかに接するぐらいまで近づきたかった。彼に触れたかった。もしそうしたら、ティトは気づくだろうか。

その瞬間、一陣の風がどっと吹き、おびただしい数の黄色いプラタナスの葉が命の支えを断ち切って空に流れ出た。秋の葉は落ちるのではない。飛び立つのだ。飛翔できる一度きりのそのチャンスに、彼らは与えられた時間を精いっぱい使って空をさまよう。日の光を照り返して輝きながら、風の流れに乗ってくるくると舞い、滑り、翻る。

ティトが勢いよく立ち上がって叫んだ。「地面に落ちるまえに何枚摑めるか、競争だ!」カイアもすぐさま腰を上げ、二人で跳んだりスキップしたりしながら落ち葉のカーテンのあいだを駆けまわった。両腕を大きく広げ、大地に届くまえの葉を次々にキャッチした。大声で笑うティトが地面すれすれまで来ている葉に飛びつき、見事それを摑んで地面に転がった。突き上げた手には戦利品が握られていた。カイアもばんざいをし、落下から救い出した葉をすべて手から放して風に返した。ふたたびそのなかに駆け込むと、黄金のような葉がカイアの髪に絡みついてきた。

走りながらくるりと向きを変えたとたん、すでに立ち上がっていたテイトにぶつかった。二人ともはっとして身を硬くし、互いの目を覗き込んだ。どちらももう、笑っていなかった。彼がカイアの両肩をそっと摑み、一瞬のためらいのあと、キスをした。周りでは降りつづく落ち葉が雪のように静かに舞っていた。

キスについて何も知らないカイアは、ぎこちなく首を伸ばして唇をきつく結んでいた。二人は顔を離して見つめ合った。それがなぜ起きて、次に何をすればいいのかわからないという表情で。彼がカイアの髪から優しく葉をつまみ取り、地面に放った。カイアの心臓は暴れまわっていた。気まぐれな家族からもらった細切れの愛情は、カイアをこんな気持ちにさせたことはなかった。

「私はあなたの恋人になったの？」カイアは訊いた。

「ええ」

彼が微笑んだ。「なりたいの？」

「きみはまだ若すぎるかもしれない」彼が言った。

「でも羽根には詳しいわ。ほかの女の子は、羽根のことなんて何も知らないはずよ」

「たしかにそうだね」そう答えると、彼はまたキスをした。今度はカイアも首を少しかしげ、唇の力も抜いていた。そして、生まれて初めて心が満ち足りる感覚を味わった。

18　白い小舟　一九六〇年

いまや二人は、新しい単語をひとつ覚えるにも文章を一行読むにも、まずははしゃいだり駆けまわったりして戯れるようになった。ティトが逃げるカイアを捕まえて草の上に倒れ込むと、二人は子どもの名残と大人の気配を抱えたまま、赤く染まった秋のヒメスイバのなかを転がった。

「少しは真面目にやろう」彼が言った。「いいかい、掛け算表はとにかく暗記するしかないんだ」彼が砂の上に〝12×12＝144〟と書いたが、カイアはその横を駆け抜けて打ち寄せる波に突進し、その先の穏やかな海へと走った。そして、追ってくるティトとともに泳ぎだし、青灰色の日の光が幾筋も斜めに差し込んでいる場所まで行った。静かな空を貫いて差す光は、二人の陰影を際立たせ、肌をイルカのように艶やかに見せた。その後、砂と塩にまみれて浜辺に寝転んだ二人は、互いの背に腕をまわし、体をひとつにしようとするかのようにきつく抱き合った。

翌日の午後、潟湖にやって来たテイトは岸に着いてもボートを降りようとしなかった。彼の足元には、赤いチェックの布で覆われた大きなバスケットがあった。

「それは？　何をもってきたの？」カイアは訊いた。

「あとのお楽しみだ。さあ、きみも乗って」

ボートは緩やかに流れる水路に沿って海へ向かい、そこから南に進んで半月状の小さな入り江に入った。彼が砂浜にさっとブランケットを広げてバスケットを置いた。そして、そこにカイアも坐らせたところで、赤いチェックの布を取った。

「誕生日おめでとう、カイア」彼が言った。「今日で十五歳だね」バスケットから突き出ているのは、帽子の箱ぐらいも高さがある、ピンク色の砂糖の貝でデコレーションされた二段重ねのケーキだった。てっぺんにはカイアの名前が書いてある。その周りには、色鮮やかな紙とリボンで包装されたプレゼントまであった。

カイアは呆然と口を開けてバスケットを見つめた。母さんが去ってからは、カイアの誕生日におめでとうと言ってくれる人はひとりもいなくなった。お店で買った名前入りのケーキをくれた人など、生まれてからこれまでただのひとりもいなかった。ちゃんとした包装紙とリボンで包まれたプレゼントをもらったことも、かつて一度もなかった。

「どうして私の誕生日を知ってるの？」カレンダーがないので、カイアはそれが今日だとはまったく気づいていなかった。

「きみの家の聖書を見たんだ」

私の名前を切らないでと訴えるカイアの前で、テイトはケーキに大きく刃を入れ、それぞれの紙皿に巨大なひと切れを載せた。ほどなくして顔を見合わせた二人は、それを合図に行儀よくかじるのをやめ、口いっぱいにケーキを詰め込んだ。そして思う存分音を立てて味わい、指先もぺろぺろ舐めた。砂糖まみれになった口から笑い声がこぼれた。ケーキはこう食べるべきだし、本当は誰もがこう食べたいはずだった。

「プレゼントを開けてみるかい？」彼が微笑んだ。

ひとつめは小さな拡大鏡だった。「これを使えば昆虫の羽もしっかり観察できるだろ」

次に出てきたのは銀色に塗られたプラスチックの髪留めで、ラインストーンのカモメの飾りがついていた。「髪に留めてあげるよ」彼は少しぎくしゃくした動きでカイアの耳のうしろの髪をつまみ、髪留めをつけた。カイアはそこに触れてみた。母さんの髪留めよりも素敵だった。

最後のプレゼントは大きな箱に入っていた。開けてみると、なかには十色の油絵の具の瓶と缶に入った水彩絵の具、それに大小様々な筆が入っていた。「絵を描くときに使って」

カイアは絵の具をひとつひとつ拾い上げ、筆も一本ずつ手に取った。「足りなくなったらいつでも言って。シー・オークスまで行けばカンバスも手に入るからね」

カイアは小さく頷いた。「ありがとう、テイト」

「落ち着いてやれ。そう、ゆっくりだ」スカッパーが、漁網や油まみれのぼろ布や、羽を繕うペリカンに囲まれてウィンチを操作しているテイトに叫んだ。台車に載ったチェリーパイ号が船首を弾ませ、小刻みに揺れながら〈ピートズ・ボート・ヤード〉の引き揚げレールに滑り込んでいった。そこは、傾いた桟橋と錆だらけのボート小屋しかない、バークリー・コーヴで唯一の上架場だった。

「いいぞ、レールに載った。引き揚げてくれ」テイトがゆっくりウィンチの出力を上げると、船が少しずつスロープを上がって陸上のドックに入った。二人はケーブルで船を固定し、レコード・プレイヤーから立ち昇るミリツァ・コージャスの鋭く澄んだアリアを聴きながら、船体にへばりついたフジツボを削りはじめた。このあとプライマーを施し、毎年行なっている赤い塗料の塗り直しをしなければならないのだった。その赤を選んだのはテイトの母親で、以来、スカッパーは決して色を変えようとしなかった。彼はときおり作業の手を休め、音楽のしなやかな旋律に合わせて太い腕を振った。

季節が冬を迎えたこのころには、スカッパーは放課後や週末に働くテイトにも大人と同じ賃金をくれるようになっていた。ただ、そのぶんテイトはカイアのところへあまり行けなくなってしまった。それについて父親に相談しようとしたこともなかった。実のところ、彼は父親にカイアの話をいっさい聞かせていなかったのだ。

彼らはあたりが暗くなり、スカッパーの腕が痛くなるまでフジツボと格闘した。「くたくたで晩飯を作る気がしないな。おまえもだろう。帰りに食堂に寄って何か食べよう」

知らない顔はひとつも見当たらない店内で、二人はみなに頷きながら隅のテーブル席に着いた。二人とも特別メニュー――チキンフライドステーキ、グレイビーソースのかかったマッシュドポテト、カブ、コールスロー、それにビスケットと、ペカンナッツパイのアイスクリーム添え――を注文した。隣のテーブルでは四人連れの家族が、手をつないで頭を垂れ、父親の食前の祈りを聞いていた。彼らは「アーメン」の声とともに互いにキスする仕草をし、いまいちど固く手を握ってからコーンブレッドをまわしはじめた。

スカッパーが言った。「なあ、テイト。この仕事のせいで忙しいのはわかる。働くというのはそういうものだ。だが、この秋はホームカミングデーのダンスにもどこにも行かなかっただろう。高校最後の年なんだから、仕事ばかりで終わってしまうのはもったいない。たしか、もうすぐパビリオンで大きなダンス・パーティーがあったよな。誰か誘うつもりはないのか?」

「いや。パーティーには行くかもしれないけどね。でも、誘いたいような子はいないよ」

「いっしょに行きたい子が学校にひとりもいないのか?」

「ああ」

「そうか」スカッパーが体を退き、ウェイトレスが彼の前に料理を置いた。「ありがとう、ベティ。うまく積み上げて運ぶもんだな」ベティは席をまわり込み、さらに高いところに載せたテイトの皿をテーブルに下ろした。

「どんどん食べてね」彼女が言った。「向こうにまだたくさんあるから。特別メニューは食べ放題よ」ベティはテイトに微笑みかけ、お尻をひとつ余計に振って厨房に戻っていった。

テイトは言った。「学校にいる子はみんなくだらないんだ。髪型とかハイヒールの話しかしない」

「まあ、女の子はそういうものだろう。ありのままを受け入れることも必要だぞ」

「まあね」

「なあ。おれは暇人どものお喋りなんて気にしない。まともに受け取ったことは一度もない。だがな、最近、噂が広まってるんだ。おまえと、あの湿地の女の子とのあいだに何かあるってな」テイトは両手を上げた。「まあ、待て。聞いてくれ」スカッパーが続けた。「彼女に関する噂をすべて鵜呑みにしてるわけじゃないんだよ。きっといい子なんだろう。だが、気をつけなくちゃならない。おまえだって、あんまり早く家族を作りたくはないだろう。言ってる意味はわかるな？」

声こそ荒らげなかったものの、テイトは鋭く息を吐いた。「噂を鵜呑みにはしないと言っておいて、次は家族を作るなという話をするなんて。彼女をそういう女の子だと思ってる証拠じゃないか。はっきり言っておくよ。彼女はそんな子じゃない。父さんがダンスに誘わせたがってる子たちよりもはるかに純粋で清らかだ。いいかい、この村の女の子たちは――いや、群れで狩りをするし、なりふりかまわず食らいつくとだけ言っておくよ。そうさ、ぼくはカイアのところへ行ってる。なぜだかわかる？　彼女に読み書きを教えるためだよ。村の人間があんまりひどい態度をとるせいで、彼女は学校にも通えなかったんだ」

「わかった、テイト。おまえはいいことをしてる。だがどうかわかってくれ。こういう話をするのはおれの務めなんだ。こんな話題はおれにとってもおまえにとっても愉快じゃないだろう。しかしな、親は子どもに忠告しなきゃならない。おれの仕事なんだよ。だからそんなに腹を立てるな」

「わかってるよ」テイトはぼそりと答えてビスケットにバターを塗った。本当はひどく腹を立てていた。

「よし。気を取り直してお代わりをもらって、そのあとペカンパイを食べるとしよう」

パイが運ばれてきたあと、スカッパーが言った。「今夜は、ずっと触れずにきたことを話せたから、もうひとつだけおれの思いを伝えておきたい」

テイトはパイに向かって白目をむいた。

スカッパーが続けた。「これは知っておいてくれ。おれはおまえを誇りに思ってるんだ。親が何も言わなくてもおまえは湿地の生物について勉強し、学校でも優秀な成績を収めて、科学の学位を取るために大学に出願した。そして、見事に合格した。おれはそういう話にあまり口を出さないほうだ。だがな、心からおまえを誇らしく思っているよ。わかったか？」

「ああ。わかったよ」

その後、自分の部屋に戻ったテイトは、気に入りの詩の一節を朗読した。

ああ　いつになればほの暗い湖が見えるのか
愛しい人を乗せた白い小舟はどこなのだ

テイトは仕事の合間を縫ってできる限りカイアに会いにいったが、いつも時間に追われていた。ボートで四十分かけて出かけても、十分ほど手をつないで浜辺を歩けばそれで終わりという日もたびたびあった。一分も無駄にはせず、何度もキスをして、そしてまたボートで帰るのだ。彼女の胸に触れたかった。たぶん目にしただけで卒倒してしまうだろうが。眠れぬ夜に彼女の太腿を思い浮かべることもあった。柔らかで、それでいて固く引き締まっていることだろう。太腿の奥まで思いが及ぶと、テイトはたまらずシーツのあいだで寝返りを打った。しかし、彼女はまだ幼く、内気だった。もしテイトが接し方を誤れば、彼女に何か取り返しのつかない影響を与えてしまうかもしれなかった。そうなれば、ただ口先だけで彼女をものにするとうそぶいている連中よりも罪深い男になってしまう。テイトにとって、カイアを守りたいという思いはもうひとつの欲求と同じぐらい強かった。もっとも、常にそうだとは言えなかったが。

カイアのところへ来るときはいつも、テイトは学校や図書館の本をもってきた。とりわけ湿地の生き物や生物学の本が多かった。カイアはめきめきと成長していた。テイトが言うには、いまではカイアに読めない本はないし、読むことさえできれば学べないものも何ひとつないという話だった。あとは自分次第だと。「人間はまだ、脳の限界まで知識を蓄えたことがないんだ」彼は言った。「まるで、長い首があるのに高い枝の葉を食べないキリンみたいなものさ」

ひとりになると、カイアはランプの明かりのもとで何時間も本を読んだ。絶えず変化する地球環境に適応するため、植物や動物がいかに長い時間をかけて自分を変えてきたか。幹細胞と呼ばれる細胞は将来に備えて分化せずにいる一方で、ほかの細胞はどのように分化して肺や心臓といった特定の臓器になっていくか。鳥が早朝に鳴くことが多いのは、朝の冷たく湿った空気が彼らの声やメッセージをより遠くまで運ぶからだ、という話もあった。そうした不思議はずっと自分の目で見てきたので、自然界の仕組みはたやすく納得することができた。

カイアが生物学の本のなかに探しているのは、なぜ母親が子を置き去りにすることがあるのか、という疑問を解いてくれる言葉だった。

ある寒い日、プラタナスの葉もとっくに散ってしまったころ、テイトが赤と緑の紙で包んだプレゼントを手にボートから降りてきた。

「私は何も用意してない」カイアは、プレゼントを差し出してくる彼に言った。「クリスマスだなんて気づかなかったもの」

「クリスマスじゃないよ」ティトは微笑み、「ぜんぜん関係ない」と嘘をついた。「遠慮しないで、たいしたものじゃないんだ」

カイアが丁寧に包みを開いてみると、それは中古のウェブスター辞典だった。「わぁ、ティト。ありがとう」

「開いてみて」彼が促した。Pのところには、ペリカンの羽根が挟んであった。Fのページのあいだではわすれな草（forget-me-not）が押し花になっていて、Mの下にも乾燥したマッシュルームがあった。あいだにたくさんの宝物が隠れているせいで、辞典は閉じきらずに表紙が少し浮いていた。

「何とかしてクリスマスのあとにまた来るよ。七面鳥のディナーをもってこられるかもしれない」彼がさよならのキスをした。ティトが去ったあと、カイアは大声で自分を罵った。母さんが消えて以降、これが愛する人へ贈り物をする初めてのチャンスだったのに。それを逃してしまうなんて。

　それから二、三日後、袖のないピーチ色のシフォンのドレスをまとったカイアは、潟湖のほとりで震えながらティトを待っていた。うろうろと歩きまわるカイアの手には彼へのプレゼントが握られていた――雄のコウカンチョウの頭の房を、彼が使った包装紙で包んでおいたのだ。テイトがボートから降りるやいなや、カイアはその手にプレゼントを載せてすぐに開けるよう要求した。彼は言われたとおりにした。「ありがとう、カイア。これはまだもってないよ」

ようやくカイアのクリスマスが完成した。

「さあ、なかに入りなよ。そのドレスじゃ凍えてしまうだろ」薪ストーブのあるキッチンは暖かかったが、テイトはなおもセーターとジーンズに着替えるようカイアに勧めた。

二人で彼がもってきた料理を温めた。七面鳥、コーンブレッドのキッシュ、クランベリーソース、サツマイモのタルト、カボチャのパイ——すべて、テイトがクリスマスに父親と食べたご馳走の残りだった。カイアもあらかじめビスケットを作っておいたので、野生のヒイラギと貝殻で飾り付けをしたテーブルに着き、さっそく食事にした。

「お皿を洗うわ」薪ストーブで沸かしたお湯を盥に注ぎながら、カイアは言った。

「手伝うよ」テイトが背後に立ち、腰に両腕をまわしてきた。カイアは彼の胸に頭をもたせかけ、目を閉じた。彼の指がそっとセーターのなかに侵入し、カイアの滑らかな腹部を通ってゆっくり胸に近づいてきた。いつものようにカイアはブラを着けておらず、彼の指先がそのまま乳首の周りをなぞりはじめた。指が執拗に触れているのはそこのはずなのに、カイアの体の下方に熱が広がっていき、まるで彼の手が脚のあいだで動いているかのような錯覚を抱いた。カイアのなかで、どこかにぽっかりあいた空洞をいますぐ埋めてほしいという感覚が脈打った。けれど、何をどうすればいいのかも、何を言えばいいのかもわからず、ただ彼を押し返すことしかできなかった。

「いいんだ」そう言うと、テイトは黙ってカイアを抱き締めた。二人とも息が荒くなっていた。

太陽はいまだびくびくと冬の顔色をうかがい、気の荒い風や冷淡な雨の合間にときおりちらりと姿を覗かせていた。けれどある日の午後、唐突に、春が何食わぬ顔ですべてを押しのけ、それからはずっとその場に留まるようになった。日差しは暖かく、空は磨いたように光り輝いていた。カイアはテイトと静かに語らいながら、モミジバフウの高い木が連なる小川に沿って草むした岸を歩いていた。と、急にテイトがカイアの手を摑み、「しっ」と合図した。彼の視線を追って水際に目をやると、茂った葉の下に横幅十五センチほどのウシガエルがうずくまっていた。それ自体はよく見かける光景だが、珍しいのは、そのカエルが眩しいぐらいに真っ白なことだった。

カイアとテイトは顔を見合わせて小さく笑い、カエルが太い脚をひょいと蹴り出して音もなくどこかへ消え去るまで、その姿を眺めていた。二人とも無言のまま、また茂みのなかを引き返した。五メートルほど進んだところで、カイアは口に両手をあててクスクスと笑いはじめた。そして、少女のように身を翻し、少女とは言いきれない体であたりを軽やかに跳ねてまわった。

テイトはしばしその姿に見とれていた。もはやカエルのことなど頭から消えていた。彼はまっすぐカイアの方へ足を踏み出した。その表情を見て、カイアもオークの幹を背にして動きを止めた。彼がカイアの両肩を摑んで幹に押しつけた。そして、脇に垂らした腕ごとカイアを抱き締め、キスをした。彼の股間がカイアの脚のあいだに押しつけられていた。クリスマスの一件があってからは、二人はキスをするたびに慎重に相手の様子を探ってきた。リードするのはいつもテイトだったが、嫌がる気配がないかと必ずカイアの表情をうかがった。それが、いまは違った。

彼が顔を離した。目のなかの深い琥珀色の層がカイアの瞳を射貫いていた。彼はゆっくりとカイアのシャツのボタンを外し、それを剝ぎ取って胸をあらわにさせた。彼の目が時間をかけてそれを観察し、指先が乳首の周りをなぞってそこを確かめた。彼はカイアのショートパンツに手を伸ばし、ファスナーを開けてそれを地面に落とした。これまで、彼の前でこんなふうに裸同然の姿になったことはなかった。カイアは息を弾ませながらとっさに両手で体を覆った。テイトが優しくその手を外し、じっくりと全身に視線を巡らせた。

まるですべての血がそこに押し寄せてきたかのように、カイアの太腿の奥が脈打っていた。彼が自分の短パンを落として足を踏み出し、カイアを見つめながら自分の硬くなった股間を押しつけた。

恥ずかしさに顔を背けると、彼がカイアの顎を持ち上げて言った。「こっちを見て。ぼくの目を見るんだ、カイア」

「テイト」手を伸ばしてキスしようとしたが、彼はカイアを押し戻して自分の姿を視界に収めさせた。カイアは、直接目にする裸体がこんなにも欲求をかき立てるものだとは知らなかった。そっと太腿の内側をなでられたとき、自分でも気づかぬうちにわずかに脚を開いていた。彼の指が脚のあいだで動き、カイア自身はその存在さえ知らなかった部分をゆっくりとまさぐりはじめた。カイアは頭をのけぞらせ、すすり泣くような音を漏らした。と、いきなり彼が体を引き離し、何歩かあとずさった。「ああ、カイア。すまない、悪かった」

「テイト、お願い、やめないで」

「こんな形じゃだめだ、カイア」

「なぜ？　こんな形って、どういうこと？」

カイアは彼の肩に腕を伸ばして何とか引き戻そうとした。

「なぜだめなの？」またそう訊いた。

彼が服を拾ってカイアに着せはじめた。カイアが触れてほしい場所、いまだに脈打っている部分にはもう手を伸ばさなかった。ほどなく、彼はカイアを抱き上げて小川の土手まで運んでいき、そこに降ろして自分も隣に坐った。

「カイア、ぼくだってきみが欲しくてたまらないよ。それはずっと変わらない。でも、きみは若すぎるんだ。まだ十五歳だから」

「それがどうしたの？　あなたと四つしか違わないじゃない。どこかで急に、何もかも知ってる大人に変身するってわけじゃないでしょう？」

「それはそうだよ。だけど、妊娠させるわけにはいかないだろ。それで傷ついてしまうような事態も避けなきゃならない。そんな真似はしたくないんだよ、カイア。きみを愛しているから」愛している。その言葉にどんな意味が含まれるのか、カイアには見当がつかなかった。

「いまだに私を小さな子ども扱いするのね」カイアは鼻を鳴らした。

「カイア、どんどん小さな女の子みたいになってるぞ」そうたしなめながらも、テイトは微笑みを浮かべてカイアの肩を抱き寄せた。

「まだだめだって言うけど、じゃあ、いつならいいの？」

「とにかく、まだだよ」

しばしの沈黙のあと、カイアは訊いてみた。

「何をするか、どうやって知ったの？」恥ずかしさが戻っていて、顔は下を向いていた。

「きみと同じだよ」


五月のある午後、潟湖に着いたテイトと歩いていると、彼が言った。「わかってるだろうけど、ぼくはもうすぐ発たなきゃならない。大学に行く」

以前からノース・カロライナ大のチャペルヒル校に行くという話は聞かされていたが、少なくとも夏はいっしょに過ごせると思い、カイアはできるだけそのことを考えないようにしていた。

「いつ？　いますぐじゃないでしょ」

「じきに出発だ。数週間後だよ」

「どうして？　大学は秋に始まるんじゃないの？」

「生物学の研究室で仕事をさせてもらえることになったんだ。こんなチャンスは逃せない。だから、夏学期から通うことにしたんだよ」

これまで去った者のなかで、ちゃんとさよならを言ったのはジョディだけだった。ほかはみんなただ立ち去って戻らなくなったのだ。けれど、こうして別れを告げられたほうがましだと思える部分はひとつもなかった。カイアの胸が焼けるように痛んだ。

「できるだけ帰ってくるよ。そんなに遠くはないからね。バスを使っても丸一日はかからないんだ」

カイアは黙って坐っていたが、やがて言った。「なぜ行かなきゃならないの、テイト？お父さんみたいに、ここでエビ漁をするわけにはいかないの？」

「カイア、わかってるだろ。無理なんだよ。ぼくは湿地の研究がしたい、生物学の研究者になりたいんだ」二人は海岸に着いて砂浜に坐っていた。

「そのあとは？　そんな仕事、このあたりにはないでしょ。あなたは二度と戻ってこないわ」

「戻ってくるよ。きみを置き去りにはしない、カイア。約束だ。きみのために戻ってくる」

カイアが勢いよく立ち上がると、驚いたチドリがいっせいに飛び立って甲高い声を響かせた。カイアは浜を駆け抜けて林に飛び込んだ。テイトもあとを追ってきたが、木々のあいだに入ったとたんに足を止め、あたりをきょろきょろと見まわした。もはや彼からはカイアの姿が見えなくなっていた。

とはいえ、カイアは念のために声が届く場所に立っていた。彼が叫ぶのが聞こえた。

「カイア、何かあるたびに逃げてちゃだめだ。話し合うことだって必要なんだよ。問題に向き合わないと」そして、痺れを切らした声がした。「もういい、カイア。知るもんか！」

その一週間後、カイアは潟湖の向こうでテイトのボートの音がしているのに気づき、茂みの陰に身を潜めた。ボートが水路を進んでくると、サギが銀色の翼を広げてゆったりと舞い上がった。心のどこかでは逃げたいと感じながらも、カイアは茂みを出て岸に立ち、彼を待った。

「やあ」彼が言った。珍しく野球帽をかぶっておらず、ぼさぼさの金色の巻き毛が日焼けした顔の周りで揺れていた。彼の肩幅はこの数カ月で急に広くなり、大人の男の体つきになったように見えた。

「こんにちは」

ボートを降りた彼はカイアの手を取り、いつも授業をする丸太のところまで引いていった。そこに二人で腰を下ろした。

「思ったより早く出発することになりそうだ。卒業式にも出ないで仕事を始める。カイア、今日はさよならを言いにきたんだ」彼は声まで男っぽくなり、ここより真剣な世界に旅立つ準備をしているように聞こえた。

カイアは何も口にしなかったが、顔は彼から背けていた。喉が締まっていくのを感じた。彼がカイアの足元に、学校や図書館の不要図書が入ったバッグを二つ置いた。大半は自然科学系の本だった。

声が出るかどうかわからなかった。もう一度、あの白いカエルがいた場所に連れていってほしかった。二度と戻らないかもしれないのだから、いますぐ連れていってほしかった。

「きみを想いつづけるよ、カイア。毎日、一日じゅう」

「きっと私のことは忘れてしまうわ。大学のことで忙しくなって、きれいな女の子たちと会うようになれば」

「忘れないよ。絶対に。ぼくが戻ってくるまで湿地のことを頼むよ。いいかい？　それから、充分に気をつけて」

「ええ」

「本気で言ってるんだ、カイア。おかしな連中に注意するんだよ。知らない人間を近づけないようにして」

「誰が来たって、隠れたり逃げたりできるわ」

「そうだな、きみならできる。一カ月ほどでまた帰ってくるよ、約束する。七月四日の独立記念日に合わせて。きみが気づかないうちに戻ってるはずさ」

カイアが何も答えずにいると、彼は立ち上がってジーンズのポケットに手を押し込んだ。カイアも隣に立ったが、どちらも顔を合わせられずに木立に目をやった。

やがて、彼がカイアの両肩に手を置き、長いキスをした。

「さよなら、カイア」一瞬、彼の肩の向こうに視線を逸らしたものの、カイアもテイトの目を見つめた。彼女がよく知っている、底なしの深さをもつ隔たりがそこにあった。

「さよなら、テイト」

テイトはもうひと言も声を発さず、そのままボートに乗って潟湖を渡っていった。一度だけ、イバラの茂る水路の入口で振り返り、こちらに手を振った。カイアも頭の上まで高く手を上げたが、しばらくして腕を下げると、その手をそっと胸に押しあてた。

19　怪しい行動　一九六九年

沼地でチェイス・アンドルーズの死体が発見されてから八日目、二通目の報告書を読んだ日の午前、パーデュ保安官補は足を使って保安官のオフィスのドアを開けた。手にはコーヒーの紙コップを二つと、温かいドーナッツが入った袋をもっていた――揚げ油のなかから引き上げたばかりの熱々だ。

「お、〈パーカーズ・ベーカリー〉の匂いだな」ジョーがデスクに袋を置くのを見て、エドは言った。二人は油の滲んだ紙袋から巨大なドーナッツを取り出し、派手に舌鼓(したつづみ)を打ってそれを平らげた。ギトギトになった指先もきれいに舐めた。

互いに状況報告をすると、どちらにも新たな情報があった。「ちょっと気になる話を聞いたんだ」

「続けてくれ」エドは言った。

「複数の人間が言ってたんだが、チェイスは何やら湿地で怪しい行動をとっていたようだ」

「怪しい？　どんな行動だ？」

「はっきりしないが、〈ドッグゴーン〉の連中によれば、やつは四年ほどまえから頻繁にひとりで湿地へ通うようになったらしい。理由はひた隠しにしていたそうだ。友人と釣りやボート遊びに行くこともあったが、ひとりきりで出かけることが多かったって話だよ。もしかしたらやつは、マリワナ常習者やもっと質(たち)の悪いやつらと関わっていたのかもしれないな。やばい連中とつるんでるうちに深みにはまったのかもしれない。ほら、犬と寝れば目を覚ましたときにはノミがいる、ってやつさ。もっとも、今回は目を覚ませなかったわけだがな」

「どうかな。彼は運動選手だろ。ドラッグに手を出すとは考えにくいが」保安官は言った。

「もう引退してただろ。それに、ドラッグ絡みの問題に巻き込まれる選手はたくさんいる。栄光の日々が去ってしまったあと、何かほかのものでハイになりたくなるのさ。もしくは、あっちに女でもいたのかもしれないが」

「いや、あの辺には彼好みの女性はいないだろう。彼が付き合うのは、いわゆるバークリーの上流階級ばかりだった。貧乏人(トラッシュ)には興味がないはずだ」

「だが、もしスラム見物を気取っていたとしたらどうだ。だから頑(かたく)なに秘密にしてたのかもしれないぞ」

「たしかにな」保安官は頷いた。「とにかく、向こうで何をしていたにせよ、我々の知らない彼の裏の生活を明らかにする糸口にはなるだろう。ちょっと探ってみて、彼が何を企んでいたのか調べてみよう」

「あんたのほうも何か新しい情報があるんだろ?」

「まだ詳細はわからないがな。チェイスの母親から電話があって、事件に関して重要な話があると言ってきたんだ。彼がいつもつけていた貝のペンダントと関係があるらしい。彼女はそれが手がかりになると確信してるようだ。ここへ来て我々と話したいと言ってる」

「いつ来るんだ?」

「今日の午後だ。すぐにでも話したい様子だったよ」

「本当に手がかりになるならありがたいがな。赤い羊毛のセーターを着てて、おまけに動機も備わってるやつを捜しまわらないで済む。悔しいが、これがもし殺人なら、賢いやり口だと認めるしかない。もし証拠を残してしまったとしても、湿地がぜんぶ呑み込んでくれるんだ。ところで、パティ・ラヴが来るまえに昼食をとる暇はあるか?」

「ああ。今日の特別メニューはフライドポークチョップとブラックベリーパイだそうだ」

20　七月四日　一九六一年

七月四日、いまでは丈が少し足りなくなってしまったピーチ色のドレスをまとうと、カイアは裸足のまま潟湖へ行っていつもの丸太に腰かけた。灼熱の日差しはわずかに残った霧をやすやすとかわして降り注ぎ、大気は息苦しいほど濃密な湿気に満たされていた。ときおりカイアは湖岸に膝を突いて冷たい水を首にかけたが、そのあいだもテイトのボートの音は聞き逃さぬよう耳をそばだてていた。待っていても退屈はしなかった。彼にもらった本を読んでいればいいからだ。

その日は一分一分がのろのろと過ぎ、太陽は釘で打ちつけたように中天から動かなかった。丸太の硬さが辛(つら)くなってきたので、カイアは地面に坐って背中を木にもたせかけた。そのうち空腹に襲われると、小屋に駆け戻って残り物のソーセージとビスケットを口に押し込んだ。大急ぎで食べていても、持ち場を離れているあいだに彼が来てしまわないかと気が気ではなかった。

蒸し暑い午後には、活気を取り戻した蚊が続々と集まってきた。けれど、ボートは見えず、テイトも現われなかった。夕暮れになると、カイアは一羽のコウノトリのようにじっと立ち尽くして空っぽの水路を見つめた。息が苦しかった。ドレスを足元に落とし、そっと水に入って冷たい闇のなかを泳いだ。肌をなでる水が体の芯にある熱を解き放っていった。湖から上がったあとは岸辺の苔に腰を下ろし、全裸の肌が乾いて、いつしか月も大地に沈んでしまうまで、そこでそうしていた。それからようやく服を拾い上げ、小屋に引き返した。

翌日もカイアは待った。昼が近づくにつれて気温は上昇し、午後に入って水ぶくれができた肌は、日没を過ぎたころにはズキズキと痛むようになった。その後、湖にかかった月がかすかな希望をもたらしたが、それもやがては潰えてしまった。また日が昇り、また灼熱の昼が訪れ、ふたたび太陽が沈んだ。希望はいまやひとつ残らず無気力へと姿を変えていた。視線は物憂げに宙をさまよい、耳はボートの音を探しているものの、もはや心は怒りさえも感じられなかった。

潟湖には、生命と死のにおいが同時に漂っていた。成長する有機体と、腐敗する有機体が交じり合ったにおい。カエルが嗄れた声で鳴いていた。カイアはどんよりしたまなざしで、夜空に線を描いて飛びまわるホタルを眺めた。むかしから、その光る虫を瓶に集めようと思ったことはなかった。自由に飛ばせておくほうがたくさんのことを学べるからだ。

ジョディから聞いた話では、雌のホタルがお尻の下を光らせるのは、つがいになれる状態だと雄に信号を送るためだという。光らせ方もホタルの種類によってちゃんと違うのだそうだ。カイアが見ていると、ジグザグに飛びながらチカリ、チカリ、チカリ、ジーと光る雌がいる一方で、違う舞いをしながらジー、ジー、チカリと光っている雌もいた。雄たちはもちろん自分の仲間の信号をわかっていて、迷わず同種の雌のところへ飛んでいった。そして、ジョディが遠まわしに説明したように、たいていの生き物が子どもをつくるときにする、お腹をこすり合わせる動きをした。

ふとカイアは上体を起こし、そちらに注意を向けた。一匹の雌が信号を変えたのだ。その雌はさっきまで正しいチカリとジーの組み合わせを送り、仲間の雄を引き寄せて子づくりをしていた。ところが、今度はべつの信号を送り、違う種の雄を引き寄せている。二匹目の雄は彼女のメッセージを読み解き、交尾を希望している仲間だと納得してその上を飛びまわった。と、雌のホタルが不意に起き上がって彼をくわえたかと思うと、むしゃむしゃとその雄を食べはじめ、六本の脚も左右の羽もきれいに平らげてしまった。

カイアはほかのホタルにも目をやった。雌たちはお尻の光らせ方を変えるだけで、いとも簡単に望みのものを――最初は交尾で、次は食事を――手に入れていた。

ここには善悪の判断など無用だということを、カイアは知っていた。そこに悪意はなく、あるのはただ拍動する命だけなのだ。たとえ一部の者は犠牲になるとしても。生物学では、善と悪は基本的に同じであり、見る角度によって替わるものだと捉えられている。

もう一時間ほどテイトを待ったあと、カイアは小屋へと歩きだした。

翌朝、ズタズタになってもまだ失われない残酷な希望を恨みながら、カイアは潟湖に戻った。そして水際に腰を下ろし、水路を進むエンジンの音がしないか、もっと向こうの入り江にはそれが聞こえないかと耳を澄ました。

真昼になったとき、ついにカイアは立ち上がって叫んだ。「テイト！　いやよ！　なぜなの！」膝から崩れ落ち、泥に顔を埋めた。体の下で強い流れを感じた。カイアがよく知る、引き潮の流れだった。

21 クープ 一九六一年

熱風に吹かれ、パルメットヤシの葉がカサカサと乾いた小骨のような音を鳴らしていた。テイトを諦めてから三日のあいだ、カイアはベッドから出なかった。絶望と暑さにうなされて寝返りを打つと、べたつく肌に汗で湿った衣服とシーツがまとわりついた。冷えている場所を求めて足先でシーツをまさぐってみても、そんなところはどこにもなかった。

カイアは何時に月が出たかも、いつワシミミズクが昼のうちからアオカケスを襲ったかも記録しなかった。ムクドリモドキが飛び立つ音から湿地の異変を察しても、わざわざベッドを出て見にいこうとはしなかった。海岸の空でカモメたちが悲しげに鳴き、カイアを呼んでいるのに気づいたときは胸が痛んだ。しかしそれでも、生まれて初めて彼らのもとにも行かなかった。彼らを無視する痛みが、心を支配する悲しみに取って代われればいいと願っていた。だが、その願いは叶わなかった。

虚ろな頭で、自分の何が原因でみんな離れていってしまうのだろうと考えた。母親も、姉たちも、家族みんなが去った。ジョディも消え、今度はテイトまで。いちばん心に焼きついているのは、日付はわからなくとも、家族が小道の向こうに消えた日のことだった。木の葉のすき間に揺れていた白いスカーフ。ポーチのマットレスに置かれていたわずかな靴下。

テイトと生活と愛は、もはやひとつになっていた。けれど、そのテイトももういない。「どうしてなの、テイト？　なぜ？」カイアはシーツに顔を埋めてうめいた。「あなたは違うはずだったじゃない。そばにいてくれるはずだった。愛してると言ったのに。そんなものは存在しないのね。信用していい人なんて、この世にはひとりもいないんだ」カイアは心のどこかずっと奥のところで、もう二度と誰かを信じたり愛したりしないと自分に誓った。

これまでは、泥沼にはまったときはいつも、自分の筋肉や気力を奮い立たせてそこから抜け出してきた。どんなに足場が悪くても次の一歩を踏み出した。けれど、その努力がいったいどこへ自分を連れていってくれたというのだろう。カイアは、浅い眠りと覚醒のあいだをぼんやりと漂いつづけた。

だしぬけに、空高く昇ってぎらぎらと輝く太陽に顔を叩かれた。昼まで寝てしまうなど、これまで一度もないことだった。ふと、かさこそと物音がしているのに気がついた。肘を突いて体を起こすと、網戸の向こうにカラスほどの大きさのクーパーハイタカが立ち、こちらを覗いているのが目に入った。ここ何日かで初めてカイアは興味をかき立てられた。ベッドから立ち上がると、タカはすぐさま飛び去った。

ようやくカイアはお湯でトウモロコシ粉をふやかし、カモメに食事をやるために海岸へ向かった。林を抜けて浜辺に出たとたん、カモメたちがいっせいに旋回して降りてきた。膝を突いて砂の上に食事を放ってやると、周りに群がってきた彼らの羽が腕や太腿をくすぐった。カイアは天を仰ぎ、彼らといっしょに笑った。頬には涙まで伝っていた。

七月四日からひと月ほどは、カイアは小屋の近くを離れなかった。湿地の奥に入ることも、燃料や生活用品を仕入れるためにジャンピンの店を訪れることもなかった。食事は干した魚や貝やカキ、それにトウモロコシ粉やインゲン豆で済ませた。

棚が空っぽになってしまったところで、ようやくジャンピンのところへ向かったが、いつものようなお喋りはしなかった。必要なことだけ片づけると、じっと立ってこちらを見つめるジャンピンを残して店を去った。相手を傷つけて終わらせなくてはならなかったのだ。

数日後のある朝、クーパーハイタカが階段に戻ってきて、虫除け網の外からこちらを覗き込んだ。〝不思議なこともあるものね〟そう思い、カイアは彼に向かって首をかしげた。

「こんにちは、クープ」

彼は軽くひと跳ねしてから翼を広げ、そばをかすめるように飛ぶと、上空の雲まで舞い上がっていった。カイアはしばらくその様子を眺めていたが、やがて誰に言うともなくつぶやいた。「湿地に戻らなくちゃ」そして、テイトに捨てられてから初めてボートを出し、水路や細い支流をゆっくり進んで鳥の巣や羽根や貝殻を探しまわった。それでも、テイトのことを考えるのはいまだにやめられなかった。彼はきっと、チャペルヒル校の知的な魅力や、あるいはきれいな女の子の虜になってしまったのだろう。女子大学生がどんなものなのか、カイアには想像がつかなかった。けれど、たとえどんな姿をしていても、ぼさぼさの頭に裸足であばら屋に住み、貝を掘って暮らしている者などよりはずっといいはずだった。

八月が終わるころには、カイアもふたたび生活の軸となるものを見つけ出していた。ボートに乗り、標本を採集し、絵を描くのだ。そうして数カ月が過ぎた。ジャンピンの店には食料や生活用品が不足したときだけ出かけていき、行ってもほとんど会話はしなかった。

コレクションは洗練され、目、属、種など、一定の規則に従って分類されるようになった。骨のすり減り具合によって年齢が分けられ、羽根はミリ単位でサイズ別にまとめられ、葉はもっとも失われやすい色調に基づいて類別されたりもした。そこでは科学と芸術の力が絡み合っていた。色、光、種、命。知識と美が織り込まれた傑作が小屋の至るところに溢れていた。そこは彼女の世界だった。カイアはそれらに囲まれて――蔓に巻かれる木の幹のように――ひとりで暮らしたが、驚嘆すべき自然がいつもいっしょだった。

とはいえ、コレクションが増えるのと同様、カイアの寂しさもまた日ごとに増していった。胸には心と同じ大きさの痛みが巣くっていた。それを癒せるものは何もなかった。カモメも、目の覚めるような夕陽も、とびきり珍しい貝殻も、その痛みの前では無力だった。

月日が流れ、やがて一年が経った。

寂しさは、もはやカイアが抱えきれないほどに大きく膨らんでいた。誰かの声を聞きたい、そばにいたい、手で触れたい、そう願ったが、自分の心を守りたいという気持ちはそれ以上に強かった。

月日が過ぎ、年が明けた。そしてまた年が替わった。

II 沼地

22　変わらない潮　一九六五年

十九歳になり、脚が一段と長くなって、目もより大きく、黒くなったかのようなカイアは、ポイント・ビーチに坐ってスナホリガニがお尻から砂に潜り込むのを眺めていた。不意に南の方角から響いてきた声に、カイアははっとして立ち上がった。以前からときどき見かける子どもたちのグループ――と言っても、もう若者と呼ぶべき年頃だが――が、アメフトのボールを投げたり波を蹴ったりしながらのんびりこちらへやって来るのだった。このままでは見つかると思い、カイアは砂を蹴って林に飛び込み、太いオークの背後に身を潜めた。それが怪しく見える行動だということは自分でもよくわかっていた。

〝何も変わってないわね〟カイアは思った。〝あの子たちは笑って、私はスナホリガニみたいにこそこそ隠れてるんだから〟野生動物のような振る舞いをしながらも、カイアは自分の風変わりな態度を恥ずかしく感じていた。

痩せでのっぽのブロンド、ポニーテールのそばかす、パールのネックレス、それに顔の丸いぽっちゃりが、笑ったり抱き合ったりしながら海岸を駆けまわっていた。カイアもごくたまに村まで出かけるのだが、以前、そこで彼女たちがこんな悪口を言うのを耳にしたことがあった。「そうよ、あの〝湿地の少女〟は有色人種から服をもらってるの。トウモロコシ粉と交換するために貝まで掘ってるらしいわよ」

これだけ長い年月が経っても、彼女たちはいまだに仲良しグループのままだった。それはすごいことに思えた。こう言ってはなんだが、あの子たちは一見、馬鹿っぽく見える。けれどメイベルがたびたび口にしたように、彼女たちは本物の仲間だった。「あなたにも女の友だちが必要よ。女友だちは消えたりしないから。誓いなんてなくてもね。この世には、女の握手ほど優しくて強固なものはないの」

波を蹴って塩辛い水をかけ合うその姿を見て、カイアもいつの間にか小さな笑い声を漏らしていた。彼女たちが甲高い声を響かせ、駆けだしたひとりを追っていっせいにざぶざぶと海に入っていった。そして、海面に頭を突き出し、みんなで輪になって肩を抱き合った。その様子を眺めるうちに、カイアの顔から次第に笑みが消えていった。

彼女たちのはしゃぎ声はカイアの沈黙を際立たせ、仲のいい姿はカイアの孤独を増幅させた。けれどカイアは、自分がこうしてオークの陰に隠れているのは、湿地の貧乏人(トラッシュ)というレッテルを貼られたせいだということも理解していた。

カイアの視線が、いちばん背の高い若者の方へと動いた。彼はカーキ色のショートパンツに上半身は裸という格好でボールを投げていた。カイアは彼の背中の筋肉が大きく盛り上がってうねるのを見つめた。彼の日に焼けた肩も。それがチェイス・アンドルーズだということはわかっていた。何年もまえに自転車で轢かれそうになって以来、彼のことは何度か見かけていて、この友人たちと海岸に来たり、ミルクシェイクを飲みに食堂に入ったり、ジャンピンの店でガソリンを入れたりする姿を目にしていた。

いよいよグループが近づいてきたが、カイアはもう彼しか見ていなかった。彼は友人のひとりが投げたボールを追いかけ、カイアが隠れている木のそばまで来てそれをキャッチした。彼の裸足が熱い砂にめり込んでいた。また投げようと腕を上げた彼が、何かのはずみでちらりとうしろを振り返った。そして、そこにあるカイアの目に気がついた。彼はそのままボールをパスしたあと、仲間にはそれと悟られない動きでこちらに顔を向け、まっすぐカイアの視線を受け止めた。髪はカイアと同じで黒かったが、目は淡い青色で、表情には人を惹きつける力強さがあった。彼は唇の端にうっすらと笑みを浮かべた。そして、何ごともなかったかのように悠然と仲間のところへ戻っていった。

けれど、彼は間違いなくカイアに気づいていた。目と目が合っていた。カイアの呼吸は凍りつき、熱い血が全身を駆け巡った。

カイアは海岸を進む彼らのあとを追った。と言うより、ほとんど彼だけを追いかけていた。頭と欲求が違う方向を向いていた。チェイス・アンドルーズを見つめているのはカイアの体であり、心ではなかった。

翌日もカイアはその場所に戻った——潮の状態は昨日と変わらないが、違う時間帯に。しかしそこに人の姿はなく、騒々しく鳴き交わすシギや波乗りをするスナホリガニがいるだけだった。

無理にでもその海岸を忘れ、湿地で鳥の巣や羽根を集めることに専念しようとした。安全な地に留まり、カモメにトウモロコシ粉を食べさせていればいい。これまでの人生のおかげで、自分の感情をすり潰し、心の隅にしまい込めるサイズまで小さくすることには慣れっこだった。

だが、寂しさはそれ自体が意思をもっている。カイアは翌日も彼を求めて海岸に戻っていた。そして、その翌日も。

ある日の午後遅く、チェイス・アンドルーズ探しから戻ってきたあと、カイアは小屋の裏の海岸へ行って波打ち際に仰向けになった。砂は波に洗われて滑らかだった。その濡れた砂をそっと両腕でなでながら、頭の上に手を伸ばし、脚やつま先をまっすぐにした。それから目をつぶり、海に向かってゆっくりと体を転がした。きらめく砂にお尻や腕が小さな窪みを残し、カイアの動きに合わせて砂が輝いたり黒ずんだりした。波が近づくにつれ、全身に海の轟きが伝わってきた。それと同時に、カイアの胸に問いが湧いてきた。〝海はいつ私に触れるだろう？　最初に触るのはどこだろう？〟

泡立つ波が岸に押し寄せ、カイアの方へ手を伸ばしていた。期待に背筋が震え、カイアは深く息を吸った。転がる速度を徐々に落としていった。ひとつ回転し、顔が砂に触れそうになるたびに、そっと頭を上げて太陽と潮の匂いを吸い込んだ。〝もうすぐだ、すぐそこまで来ている。いつ感じるだろう？〟

熱が高まってきた。体の下の砂に含まれる水が増え、波の唸り声も大きくなりはじめた。カイアはさらに動きを抑え、じわじわとまわってそのときを待った。もうすぐ、もうすぐだ。触れられるまえからそれを感じるかのようだった。

あとどれぐらいか、目を開けて覗きたい衝動に駆られたが、それを我慢していっそう固くまぶたを閉じた。眩しく光る空のおかげで、まぶたを透かしてヒントが映るようなこともなかった。

その瞬間、カイアは悲鳴を上げた。体の下にどっと押し寄せる力を感じたかと思うと、それは太腿や脚のあいだをなでまわし、さらに背筋を這い上がって頭の下で渦を巻いてから、カイアの髪を引っ張ってインクを流したような筋を描いた。カイアは勢いよく体をまわし、流れる貝や小さな漂着物を押し潰しながら波を追いかけた。ほどなくして水がカイアを受け止めた。力強い海を押しやると、海はカイアを捕まえ、抱き締めた。もうひとりではなかった。

カイアは上体を起こして目を開け、自分を取り囲む海の泡を見まわした。それは絶えず変化しながら、柔らかな白い模様を描いていた。

海岸でチェイスと目が合ってから一週間ほど経ったが、そのあいだにカイアはすでに二回もジャンピンの店に来ていた。カイア自身は、チェイスに会えるのを期待して来ているわけではないと信じていた。世間とつながりをもつことに目覚めさせた者、その相手に気づいてほしがっているという自覚もなかった。そしていま、カイアはジャンピンに「ところで、メイベルは元気？ 最近あなたの孫は家に来ているの？」と、以前のように声をかけていた。ジャンピンは彼女の変化に気づいたが、それを口にするような真似はしなかった。

「ええ、いまは四人ほど来てますよ。もう大騒ぎで、目がまわりそうです」

しかし、数日後の朝にカイアがまた船着き場に来てみると、そこにジャンピンの姿はなかった。杭の上で背を丸めているカッショクペリカンだけが、まるで店番でもしているようにカイアを眺めていた。カイアはその鳥たちに微笑みかけた。

不意に肩を叩かれ、カイアは跳び上がった。

「やあ」振り返ると、背後にチェイスが立っていた。カイアの顔からたちまち笑みが消えた。

「チェイス・アンドルーズだ」彼のアイスブルーの瞳がじっとこちらを見つめていた。その目には、緊張の色はまったく見当たらなかった。

カイアは何も答えず、ただわずかに姿勢を変えた。

「たまにきみを見かけるよ。もうだいぶまえから、ほら、湿地へ行ったときなんかに。きみの名前は?」束の間、チェイスは彼女からの返答は望めないかもしれないと思った。誰かが言っていたように、口がきけないか、あるいは原始的な言語しか話さないのかもしれないと。さほど自分に自信がない男なら、きっとここで逃げ出していたことだろう。

「カイアよ」彼は明らかに自転車の一件を忘れていて、〝湿地の少女〟という以外には何ひとつカイアのことを知らないようだった。

「カイアか――変わった名前だな。でも素敵だよ。よければ今度ピクニックに行かないかい？　おれのボートで。次の日曜にでも」

カイアは彼の後方に視線をさまよわせ、その言葉をどう判断すべきか考えた。が、結局答えは出なかった。少なくとも、誰かと過ごすチャンスだということはたしかだった。迷ったすえに答えた。「いいわ」彼は、ポイント・ビーチの北側にある、オーク林の岬で正午に待ち合わせをしようと言った。そして、あらゆる金属部品がぴかぴかに輝いている青と白のモーターボートに乗り込み、颯爽と去っていった。

カイアはほかの足音がするのに気づいて振り返った。ジャンピンが小走りに桟橋をやって来るところだった。「いらっしゃい、ミス・カイア。すみません。空き箱を向こうに運んでたもので。燃料ですか？」

カイアは頷いた。

小屋に戻る途中、カイアは海岸が見えるところでエンジンを切り、波間にボートを漂わせた。そして、古いリュックにもたれて空を見上げ、ときおりするように詩を暗唱した。お気に入りのひとつ、ジョン・メイスフィールドの『海洋熱』だった。

——求めるのはただ　白雲の流れる風吹き渡る一日
叩きつけるしぶきと舞い散る泡沫

それにカモメの呼び声があればいい

カイアは、無名の詩人、アマンダ・ハミルトンの詩も思い出した。最近、〈ピグリー・ウィグリー〉で買った地元紙に掲載されていた詩だ。

閉じ込められてしまえば
愛は檻に捕らえられた獣となり
その身を食らう
愛は自由に漂うもの
思いのままに岸に着けば
そこで息を吹き返す

テイトのことが頭をよぎり、胸が詰まった。彼が求めたのはただ、もっといいものを見つけることだったのだ。だから去ってしまった。さよならを告げにくることもなく。

カイアは知らなかったが、テイトは彼女に会うために戻っていた。

バスで帰る予定だった独立記念日の数日まえのこと、原生動物学の研究室にいたテイトは、そこに入ってきた雇い主のブルーム教授にこう訊かれた。この週末に有名な生態学者のグループが野鳥観察に行くのだが、きみも参加したいかと。

「きみは鳥類学に関心をもっていそうだから、行きたいんじゃないかと思ってね。学生もひとりだけ同行させられるというんで、きみに声をかけてみたんだが」

「はい、行きたいです。ぼくもぜひ参加させて下さい」ブルーム教授が出ていったあと、研究室のテーブルや顕微鏡や、加圧滅菌器の低い振動音に囲まれて、テイトはひとり立ち尽くした。なぜ自分はこうもあっさりと屈してしまったのか、なぜあんなに即座に、教授にアピールできるチャンスに飛びついたのか、そう自問していた。自分が選ばれたことへの誇りが、誘われた学生はひとりだけだという優越感がきっとそうさせたのだろう。

次に帰省できる機会――一泊だけだが――が訪れたのは、それから一カ月ほど経ったころだった。彼は一刻も早くカイアに謝りたかった。必死で謝り、ブルーム教授の招待のことを話せば、彼女も理解してくれるはずだと思っていた。

海を離れて水路に入ると、彼はエンジンのスロットルを絞った。あたりの丸太には甲羅を輝かせて日光浴するカメが並んでいた。道のりを半分ほど進んだところで、細長い草の陰に慎重に隠されているカイアのボートを見つけた。テイトはとっさに速度を落とした。

前方に、広い砂州に膝を突いているカイアの姿があった。どうやら小さなカニか何かを夢中で観察しているらしい。

地面に顔がつきそうなぐらい頭を低くしている彼女は、こちらを見ていないし、ゆっくり進むボートの音にも気づいていないようだった。彼はそっと船を葦の茂みに入れ、彼女の視界から外れた。ずっとまえから、ときどきカイアが茂みに隠れて自分を覗いていたことは知っていた。ふと、それと同じことをしてみたいという衝動に駆られたのだ。

素足にデニムのショートパンツを穿き、白いTシャツを着た彼女が、立ち上がって両腕を高く伸ばした。細くくびれた腰があらわになった。彼女はまたひざまずくと、今度は両手ですくった砂を指のすき間からふるい落とし、手の平に残ってうごめいている生き物を眺めはじめた。何も気づかず、一心に観察を続けるその若き生物学者の様子に、テイトの頬が緩んだ。彼女が野鳥観察グループのいちばんうしろに立っているところを想像した。彼女は目立たぬようにしながらも、きっと誰よりも先に鳥を見つけてすべての名前を言い当てただろう。恥ずかしそうな小さな声で、巣に編み込まれた数々の貴重な植物の名前を挙げ、あるいは翼端に現われはじめた色を見て、その雌のひな鳥が何歳かを日齢単位で判じてみせただろう。きっと彼女は、どんなガイドブックよりも、高名な生態学者グループよりも、素晴らしく詳細な知識を口にする。それぞれの種がまとっているもっとも小さな特徴を、その本質を語るはずだ。

テイトはぎくりとした。急に彼女が立ち上がったからだ。指のあいだから砂をこぼし、上流の、テイトとは反対の方角に視線を向けている。彼の耳にもほんのかすかに、こちらへ進んでくる船外モーターの低い唸りが聞こえた。おそらく釣り人か湿地の住人が村へ向かっているのだと思われた。その機械音は、ハトの鳴き声のようにごくありふれた、のどかな音だった。しかし、カイアはすぐさまリュックを摑み、砂州を駆け抜けて高い草の茂みに潜り込んだ。そして、腰を屈めて姿勢を低く保ち、相手の船の位置を確かめるように何度も鋭い視線を投げながら、首をすくめてそろそろと自分のボートに近寄っていった。膝と顎がいまにもぶつかりそうな体勢で。こちらに近づいてくるので、テイトからは、彼女の暗く、血走った目が見えた。ボートにたどり着いた彼女は船体の陰にうずくまって頭を下げた。

やがて釣り人が――帽子をかぶった陽気な顔つきの老人だった――のんびりと姿を現わした。彼はカイアにもテイトにも気づかぬまま、カーブを曲がって消えていった。だが、カイアはそれでも動かず、モーターの音が遠く細くなったところでようやく立ち上がって眉を拭った。その目はいまだに船が去った方向を見つめていた。あたかも、ピューマが立ち去ったあとも草藪を見つめつづけるシカのように。

テイトもある程度は、彼女がこうした振る舞いをすることを知っていた。しかし、羽根のゲームのとき以来、じかにその様子を見たことはなかったし、ありのままの姿を目撃したこともなかった。それはあまりに痛々しく、孤独で、そして奇妙だった。

大学に入ってまだ二カ月ほどとはいえ、彼はすでに憧れの世界に身を置き、美しい対称性をもつDNA分子を解析していた。そこで彼は、原子が渦巻くきらびやかな聖堂に立ち入り、曲がりくねってらせんを描く核酸の階段を上っていた。あらゆる生命は、この精緻で複雑なコードがもろい有機物の紐に転写されることで形作られていて、そのコードは世界がほんの少しでも暑すぎたり寒すぎたりすれば滅んでしまうということを目の当たりにしていた。そして、膨大な謎と、彼と同じ好奇心を抱いてその謎を解き明かそうとする人々に囲まれていた。そこにある謎は、この研究室で生物学の研究者になるというゴールに向けて彼を駆り立て、そこにいる人々は、同じ科学者として影響を与えてくれるのだった。

カイアも、頭脳という面では何の問題もなくその仲間に入れるはずだった。しかし、彼女自身は無理だった。テイトは茂みに隠れたまま荒い呼吸を繰り返し、自分が下すべき決断と向き合った。カイアか、ほかのすべてか。

「カイア、ぼくには無理なんだ」彼はささやいた。「すまない」

彼女が去ったあと、彼は自分のボートに乗って海へと引き返した。心のなかでは、彼女に別れを告げられない自分の臆病さを罵っていた。

23　貝殻　一九六五年

　ジャンピンの船着き場でチェイス・アンドルーズに会ったあとのこと。その晩カイアは静かに揺れるランプの火のもとでキッチンのテーブルに向かっていた。また料理をするようになり、夕食にはバターミルクのビスケット、カブ、インゲン豆などが並んでいた。それを食べながら本を読んでいたのだが、明日に迫ったチェイスとのデートのことを考えると、いくら読んでも文章はばらばらにほどけてしまった。

　仕方なく立ち上がり、満月より少し小さい月が乳白色の光を投げている夜空の下に出た。そっと肩を包む湿地の空気はシルクのように柔らかだった。月の光は思いがけない道筋をマツの木立に走らせ、樹木が韻を踏むようにところどころに影を落としている。カイアが夢遊病者のようにさまようあいだ、月は裸の身を水から引き上げ、オークの枝から枝へと昇っていった。湖岸の滑らかな泥は濃い光を浴びて輝きを放ち、林には何百ものホタルの灯が散っていた。古着のゆったりした白いワンピースをまとったカイアは、腕をゆっくり揺らし、キリギリスやヒョウガエルが奏でる音楽に合わせてワルツを踊った。両手で体の側面をなで、それを首まで滑らせた。そして、チェイス・アンドルーズの顔を思い浮かべながら太腿に手を這わせた。彼にこんなふうに触ってほしかった。次第に息が深くなっていった。これまで、彼のようなまなざしでカイアを見つめた人はいなかった。テイトでさえあんな目をしたことはない。

カイアは月光が照り返す泥の上でステップを踏み、カゲロウの青白い羽に囲まれて舞った。

翌朝、カイアが岬をまわり込むと、岸のすぐそばに停まったボートにチェイスの姿があった。昼の日差しのもと、現実の彼がすぐ先で待っているのを目にすると、とたんに口のなかが乾きはじめた。船首を岸に向け、ボートを降りてそれを引き寄せた。船底ががりがりと砂を潰した。

チェイスが隣に自分のボートを寄せた。「やあ」

カイアは振り返って肩越しに頷いた。彼が降りてきて、こちらに手を差し出した——日焼けした長い指を広げて。一瞬、ためらった。誰かに触れるというのは自分の一部を手放すことであり、それはもう戻ってこないからだ。

それでも、カイアは彼の手の平にそっと手を置いた。そして、彼に支えられて船尾に乗り込み、クッション張りのベンチに坐った。よく晴れた暖かい日で、デニムのショートパンツに白いコットンのブラウスという服装——ほかの子たちのスタイルを真似たのだ——をしたカイアは、普通の女の子に見えるはずだった。隣に彼が腰を下ろすと、彼の服の袖がかすかに腕をなでていった。

チェイスはゆっくりボートを海に向かわせた。穏やかな湿地の水とは違って外海はボートを荒く揺さぶった。カイアの腕と彼の腕は、ひとたび縦揺れが来ればすぐさま触れ合うはずだった。いつそうなるかと気がかりで、カイアはじっと前ばかり見つめていたが、腰をずらして離れようともしなかった。

そうこうするうちに、波が大きくうねり、彼の硬く、温かな腕がカイアの腕をなでた。揺れに合わせてすぐに離れたものの、それは船が上下するたびに何度も触れてきた。一段と大きく盛り上がった波がボートの下に潜り込んできたときは、二人の太腿までがこすれ合った。一瞬、カイアの呼吸が止まった。

海岸に沿って南に進むと、その辺鄙（へんぴ）な海域にいる船は彼らのボートだけになった。彼はスピードを上げてさらに十分ほど船を走らせた。やがて海岸線に、数キロにわたって続く白い砂浜が現われた。周りを取り囲む鬱蒼とした林が、外の世界からその場所を守っているかのように見える。北側に目をやると、ポイント・ビーチが白く輝く扇子のように海に張り出していた。

チェイスは初めに挨拶して以来、ひと言も声を発しなかった。カイアも一度も話しかけなかった。浜辺にボートを滑り込ませたあと、彼は船の陰になった砂の上にピクニック用のバスケットを押し込んだ。

「少し歩こうか？」彼が訊いた。

「ええ」

二人で波打ち際を散歩した。浜辺に這い寄せる波が二人の足首の周りで小さく渦を巻き、まるで海に連れ戻そうとするように足に吸いついてきた。

彼は手をつながなかったが、ときおり、ごく自然な動きで指先が触れ合うことがあった。二人はたびたび膝を突き、貝殻を手に取ったり、複雑にもつれて芸術作品のようになった海藻を眺めたりした。チェイスの青い目はくるくるとよく動き、口元にもすぐに笑みが浮かんだ。彼の肌はカイアと同じぐらい黒く焼けていた。二人とも背が高く、しなやかで、どこか似たところがあった。

カイアは、チェイスが大学には行かずに父親を手伝う道を選んだことを知っていた。彼は村でも目立つ存在で、強い雄の七面鳥のようなものだった。カイアは心のどこかで、彼にとっては自分も浜辺に転がる変わった貝殻と同じなのではないかと思った。ちょっと興味を惹かれて手に取るが、ひととおり眺めたあとはまた放ってしまうようなものではないかと。けれど、カイアは歩きつづけた。愛はすでに試したのだ。今度はもっと単純に、空っぽの場所を埋めてみたかった。心は壁を巡らせて守りながらも、自分の寂しさを癒したかった。

一キロほど歩いたころ、彼がこちらを向いて深々とお辞儀をし、大げさに腕を振って流木の前に坐るよう促した。二人で白く輝く砂に腰を下ろし、背中を流木にもたせかけた。

チェイスがポケットからハーモニカを取り出した。

「まあ、吹けるの」カイアは口を開いたが、言葉が舌の上でもつれるようだった。

「あまり上手ではないけどね。でも、せっかく聴いてくれる人がいて、こうして浜で流木に寄りかかってるなら――」彼は目を閉じ、古い船乗りの歌『シェナンドー』を演奏しはじめた。彼の手が、まるで見えないガラスに閉じ込められた小鳥のように楽器に沿って羽ばたいた。それは美しく、憂いを帯びた音色で、遠い故郷から聞こえてくるような響きがあった。彼が曲の途中でふと演奏をやめ、一枚の貝殻を拾い上げた。五セント硬貨より少し大きく、クリーム色の地に鮮やかな赤と紫のまだら模様が入っていた。

「ほら、こんな貝が」彼が言った。

「まあ、イタヤガイね。〝ペクテン・オルナトゥス〟よ」カイアは言った。「めったに見かけないわ。属が同じ貝はこのあたりにもたくさんいるけど、この種はもっと緯度の低い南の地域にいるの。ここの海水はこの貝には冷たすぎるのよ」

チェイスはカイアを見つめた。色々な噂はあるが、〝犬(DOG)〟の綴りもわからない〝湿地の少女〟が、貝のラテン語の学名や生息域を——おまけに理由まで——知っているという話は、ただの一度も聞いたことがなかった。

「おれはよくわからないけど」彼は言った。「ほら、ここがよじれてる」その貝は、蝶番(ちょうつがい)から左右に広がる耳の部分が丸まっていて、根元のところにきれいな円い穴がひとつ空いていた。彼が手の上で貝をひっくり返した。「これはきみにあげるよ。きみは貝に詳しいからね」

「ありがとう」カイアはそれをポケットに入れた。

彼はもう何曲かハーモニカを演奏し、最後はにぎやかな『ディキシー』で締めくくった。それから、二人でまた歩いて籐編みのバスケットのところに戻り、格子縞のブランケットに座って、フライドチキンや塩漬けハム、ビスケット、ポテトサラダを食べた。ハーブが利いた甘いピクルスや、分厚いキャラメルクリームで覆われた四層のケーキもあった。そのどれもが手作りで、すべてがワックスペーパーで包まれていた。彼がロイヤル・クラウン・コーラの瓶を二本開け、紙コップに注いだ――カイアが炭酸飲料を飲むのはこれが初めてだった。目の前には驚くほどのご馳走がずらりと並び、布のナプキンや、プラスチックの皿とフォークもきちんと用意されていた。白目（しろめ）製のとても小さな塩とコショウの入れ物まであった。きっと彼の母親が準備したのだろう、とカイアは思った。まさか〝湿地の少女〟に会うとは考えもせずに。

　二人は静かに海の生き物の話をした――滑空するペリカンや、跳ねまわるシギを眺めながら。触れ合うことはなく、笑い声が少しあるだけだった。けれど、カイアがでこぼこと一列に並んだペリカンたちを指差したとき、彼が頷きながらさりげなく体を寄せてきた。肩と肩が軽く触れた。そちらに顔を向けると、彼はカイアの顎を持ち上げてキスをした。彼の手がそっと首筋に伸び、その手が羽根のようにかすかにブラウスをなでて胸に近づいていった。キスにも、カイアを抱く手にも力がこもりはじめた。彼がそのままうしろに倒れ、気づくと二人はブランケットに転がっていた。ゆっくりとカイアの上になった彼が、股間を脚のあいだに押しつけてきた。そして、何のためらいもなく一瞬でブラウスを剝ぎ取った。カイアは必死で顔を背け、彼の下から抜け出そうと激しく身をよじった。夜より黒い瞳が燃え上がり、手が自分の上にあるものを引きずり下ろしていた。

「わかった、わかったから。落ち着いて」

カイアはそこに横たわり――髪は砂の上で乱れ、顔は紅潮し、赤い唇はわずかに開いて――呆然としていた。彼はおそるおそる手を伸ばしてその顔に触れたが、とたんにカイアはネコのような素早さで身を翻し、すぐさま立ち上がった。

カイアは息を弾ませた。ゆうべ、潟湖の岸でひとり踊り、月光やカゲロウのなかで舞っていたときは、覚悟はできていると思った。交尾のことなどハトを観察してすべて知っていると考えていた。誰にもセックスについて教わったことはなく、実際に経験したのはテイトとの前戯だけだった。けれど、詳しいことは生物学の本で学んでいたし、動物たちの交わりを目にする機会も普通の人よりずっと多いはずだった――それはジョディが言ったような、ただの〝お腹をこすり合わせる動き〟ではなかった。

しかし、これはあまりに唐突だった。ピクニックに来てすぐに〝湿地の少女〟と交わるなんて。雄の鳥たちでさえ雌に求愛するときはもっと時間をかけ、きらびやかな羽を自慢したり、東屋を建てたり、見事なダンスや愛の歌を披露したりするものだ。たしかにチェイスは豪華な食事を振る舞った。でも、カイアはフライドチキンよりも価値があるはずだった。それに『ディキシー』は愛の歌には入らない。こうなることは予想するべきだった。

哺乳類の雄がつきまとってくるのは、発情しているときと決まっているのだから。

互いに見つめ合ううちに、沈黙はいっそう深まり、聞こえるのは二人の息遣いと遠くで砕ける波の音だけになった。体を起こしたチェイスが腕に手を伸ばしてきたが、カイアは乱暴にそれを振り払った。

「悪かったよ。気にしないでくれ」彼は立ち上がって言った。本当のところ、彼がここへ来たのはカイアを最初にものにした男になるためだった。だが、それを見つめるうちに、彼はいつしか彼女の燃えるような瞳に魅せられていた。

彼はもう一度、声をかけてみた。「頼むよ、カイア。悪かったと言っただろう。もう忘れよう。きみのボートまで送っていくよ」

彼のその言葉にも耳を貸さず、カイアはくるりと踵を返し、砂浜を横切って林の方へ歩きだした。彼女の背の高い体がふらふらと揺れていた。

「どうするつもりだ？　歩いて戻るのは無理だぞ。何キロもあるんだ」

しかし、カイアはすでに林に入っていた。まずは内陸を走り、それから岬を横切って、ひたすらまっすぐ自分のボートを目指すつもりだった。馴染みのない場所ではあったが、ムクドリモドキに導かれて湿地を駆け抜けた。沼地や沢があっても速度を緩めず、しぶきを飛ばして小川を渡り、倒木を跳び越えた。

ついにカイアは腰を屈め、肩で息をしながら地面に崩れ落ちた。陳腐な悪態が次々と口を衝いて出た。夢中でわめいていれば嗚咽を抑え込むことができた。けれど、焼けるような恥ずかしさや、刺すような悲しみは、何をしても食い止められなかった。誰かといっしょにいたい、求められたい、触れられたい。そんな単純な願いからカイアは誘いに乗ったのだった。だが、性急で強引な手はただ奪うだけで、分かち合うことも、与えてくれることもなかった。

彼が追ってくる音がしないか耳をそばだてた。もし彼が草藪から飛び出してきて、抱き締めて許しを請うてくれればうれしいのだろうか。自分でも自分の気持ちがわからず、そのことにまた怒りがこみ上げた。やがて、カイアはぐったりと立ち上がり、ボートまでの長い道のりを歩きはじめた。

24　火の見櫓　一九六五年

カイアが午後の海にボートを出してみると、積乱雲が空や水平線を押し広げんばかりに大きく膨らんでいた。十日まえに海岸でピクニックをして以来、チェイスには会っていなかった。けれど、砂に押さえつけられたときの彼の体の輪郭や硬さは、いまだに感覚として肌に残っていた。

目の届く範囲にボートは一隻もなかったので、カイアはポイント・ビーチよりも南にある入り江に船首を向けた。前に一度、そこで珍しい蝶を何頭か見かけたのだ——圧倒されるほどの白さで、たぶんアルビノだと思われた。だが、四十メートルほど進んだところで、カイアは急にスロットルグリップから手を離した。チェイスの友人が自分たちのボートにピクニック用のバスケットや派手なタオルを積み込んでいるのが見えたのだ。急いで走り去ろうと方向転換したが、意思に反し、目はうしろを振り返って彼の姿を探していた。彼を求めるのがどれほど馬鹿げたことか、自分でもよくわかっていた。虚しさを埋めるために愚かな真似をしたところで、満足感などほとんど得られはしない。孤独を忘れるためにどれだけの犠牲を払わされることか。

そのとき、カイアの目がチェイスの姿を捉えた。釣り竿を手に、彼がキスをしてきたあの場所のそばを歩いて、自分のボートに向かっていた。そのうしろにはクーラーボックスをもったパールのネックレスがいた。

と、チェイスが不意に振り向き、ボートの上で揺れているカイアに視線を定めた。カイアも顔を背けることなく彼を見つめ返した。だが、いつものように内気な心が出てきてしまい、結局は視線を逸らしてその場を離れ、薄暗い小さな入り江に船を入れることになった。彼らの船隊が立ち去るのをそこで待ってから浜に降りることにしたのだ。

十分ほど経ったころ、ふたたび海へ出て北上すると、チェイスがひとり波間に跳ねるボートに坐っているのが見えた。待っていたようだ。

かつて抱いていた願望がまた膨らみはじめた。彼はまだこちらに興味があるのだ。たしかにあのピクニックでは、彼は強引だった。とはいえ、拒否すればすぐにやめたし、謝りもした。もう一度だけチャンスを与えてもいいのかもしれない。

彼が手を振って呼びかけた。「やあ、カイア」

カイアはそちらに向かわなかったが、離れもしなかった。彼のほうが近づいてきた。

「カイア、このあいだは悪かったよ。もう許してくれるかい？　ところで、きみを火の見櫓に案内したいんだ」

カイアは何も答えず、相変わらず彼のそばにボートを浮かべていた。立ち去れないのは自分の弱さのせいだとわかっていた。

「まだ櫓に上ったことがなければ、ぜひ行ったほうがいいよ。湿地を眺めるには最高の場所なんだ。さあ、ついてきて」

カイアは徐々にスピードを上げて彼のボートを追った。そのあいだも、あたりに彼の友人がいないかとずっと海を見まわしていた。

チェイスがバークリー・コーヴ——村は遠くからだと色が溢れる穏やかな場所に見えた——よりも北の地点を指し示した。そして、鬱蒼とした林に潜り込んでいる小さな入り江の岸にボートを寄せた。二人とも船をつないだところで、彼はカイアを連れてヤマモモや棘だらけのヒイラギに覆われた小道を進みはじめた。この、水浸しで根がはびこる林には、カイアは一度も来たことがなかった。村のすぐ隣にあって人の目が多すぎるからだ。歩いていると、茂みのそこかしこで、潮に押し戻されて滲み出た水が細い流れを作っていた——人知れず、ここは海が支配する土地なのだと主張しているかのように。

やがて、大地を深くえぐって地の底とカビの臭いを放っている、正真正銘の沼地が現われた。奥まった暗い林に突如として口が開いたかのように、それは幽々と音もなくそこに横たわっていた。

梢の先に、古い火の見櫓の風雨にさらされた見張台が見え、さらに何分か歩いたところで、粗く切った材木で造られた脚のたもとに着いた。大股を広げたような脚は周囲を黒い泥で埋め尽くされており、湿気による腐敗が脚を上って梁まで広がっていた。階段は折り返しながら頂上まで続き、折り返すたびに櫓の幅が狭くなっていた。

ぬかるみを越えたあと、チェイスの先導で階段を上りはじめた。五つめの踊り場に着くころには、周りを囲んでいたオークの林が、まるで西側に溢れ出たように延々とそちらに広がるようになった。ほかの方角にも至るところに水路や潟湖や、小川や入り江が見え、鮮やかな緑のあいだを縫って水が海へと注いでいた。カイアはこんなに高い場所から湿地を眺めたことがなかった。ここではあらゆるものが眼下にあり、ここに来て初めて友人の全貌を目にしたような思いがした。

階段を上りきると、チェイスが頭上を覆う鉄格子を押し開けた。そして、見張台によじ上ったあとでまたそれを閉めた。その格子に乗るまえに、カイアはつま先で軽く叩いて落ちないかどうかを確かめた。チェイスが小さく笑った。「大丈夫、心配ないよ」彼に連れられて手すりの前に行き、そこから湿地を見渡した。アカオノスリが二羽、翼で風を切って二人の目の高さまで上昇してきた。彼らは、自分たちの空の世界に若い人間の男女がいることにびっくりした様子で、小首をかしげてこちらを眺めていた。

チェイスがカイアの方へ向き直って言った。「来てくれてありがとう、カイア。おかげでもう一度あの日のことを謝れるよ。本当にやり過ぎてしまったと思ってるんだ。もう二度とあんな真似はしない」

カイアは黙っていた。自分のなかのどこかに、いますぐ彼にキスしたいという思いがあった。自分にのしかかる彼の力を感じたいという欲求が。

ジーンズのポケットに手を入れ、カイアは言った。「あなたが見つけた貝殻でペンダントを作ったの。嫌なら無理につけなくてもいいけど」それは昨夜、例の貝殻に革紐を通して作ったものだった。自分で使う気だったのだが、本当のところは、その作業をしながらずっとチェイスにまた会いたいと願っていたし、チャンスがあれば彼にあげたいと思っていたのだった。しかし、その切ない夢想のなかでさえ、彼と火の見櫓に上って世界を一望する姿は思い描いていなかった。こんなふうに最高の場所に上ることは。

「ありがとう、カイア」そう言うと、彼はペンダントを眺めた。そして、頭からかぶるようにしてそれを首にぶら下げ、ちょうど喉のあたりに来た貝殻を指先でつまんだ。「もちろんつけるよ」

彼は、たとえば〝一生、肌身離さずつけるよ〟というような、よくある台詞はいっさい口にしなかった。

「きみの家に連れていってよ」チェイスが言った。カイアはオークの林にうずくまる自分の小屋を思い浮かべた。屋根の錆が垂れて染みだらけになった灰色の板壁や、網目よりも穴のほうが多い虫除け網を。継ぎ当てだらけの我が家を。

「遠いから」口から出たのはそれだけだった。

「カイア、いくら遠くても、どんな家でもかまわないよ。さあ、行こう」

いま断われば、彼を受け入れるチャンスも失われてしまうはずだった。

「わかった」二人は櫓を下り、彼の先導で入り江に戻った。彼は、そこからはカイアがボートで道案内をするよう合図した。カイアは南に下って入り江の迷路を進み、小屋へと続く、枝葉の低く垂れた水路に進入するところで首をすくめた。そのジャングルのような場所には彼のボートは大きすぎたし、青と白の塗装ももちろん浮いていたが、それでも彼は船体を枝にこすりながらどうにか前へ進んだ。

ようやく開けた潟湖に出ると、透き通った暗い水面には、苔むした枝や色鮮やかな葉のひとつひとつが細部までくっきりと映っていた。トンボや、雪のように白いサギたちは、見慣れないボートの出現に一度は飛び立ったものの、またすぐに優雅に羽ばたいて降りてきた。カイアがボートをつなぎ止めるあいだに、チェイスも湖岸に船を着けた。ほんの数メートル先ではオオアオサギが一羽、とうのむかしに野生以外のものも受け入れたという顔つきで身動きもせずに立っていた。

物干しロープには色褪せたオーバーオールやTシャツが干しっぱなしになっており、カブは林のなかまで野放図に広がって、どこまでが菜園でどこからが自然なのかもはっきりしなかった。

継ぎだらけの虫除け網に囲われたポーチを眺めながら、彼が訊いた。「いつからひとりでここに住んでるんだい？」

「父さんがいついなくなったのか、はっきりしないの。でも、だいたい十年まえだと思う」

「それはいいな。口うるさい親のいないところで暮らしてきたなんて」

カイアはそれには答えず、「なかには何も見せるようなものはないわ」とだけ言った。けれど、彼はすでに煉瓦と板切れの階段を上っていた。最初に彼の視界に入ったのは、手作りの棚に並んだカイアのコレクションだった。虫除け網のすぐ向こうに、きらきらと輝く生き物のコラージュがあったのだ。

「これはぜんぶきみが？」彼は訊いた。

「ええ」

束の間、一部の蝶に目をやったが、彼はすぐに興味を失った。内心では〝家から出ればいくらでも見られるものを、なぜわざわざ溜め込んでいるのだろう〟と思っていた。

ポーチの床に置かれた小さなマットレスには、まるで古いバスローブのようなすり切れたカバーがかかっていたが、ベッドとしてきちんと整えられていた。ほんの数歩で通り抜けられるリビングには座面がたわんだソファがあり、奥の寝室を覗いてみると、壁一面に、様々な色や形や大きさをした羽根が飾られていた。

カイアはキッチンへ来るよう彼に合図した。とはいえ、彼に出せるものはなさそうだった。コカ・コーラはもちろん、アイスティーやクッキーもないし、冷えたビスケットさえない。ストーブの天板に食べ残しのコーンブレッドがあり、その横の鍋には夕食に煮るササゲ豆が莢を剝かれて入っていたが、客に勧められるようなものは何ひとつ見当たらなかった。

いつもの習慣で、カイアはストーブの火室に薪を何本かくべた。火かき棒で丹念に灰をかき立てると、すぐに炎が燃え上がった。

「見てのとおりよ」カイアは彼に背を向けたまま、ポンプのクランクをまわし、あちこちがへこんだヤカンに水を入れた。それは六〇年代の世界に二〇年代の写真をはめ込んだかのような光景だった。水道もなければ、電気もバスルームもない。縁が曲がって錆びたブリキの風呂桶はキッチンの隅に置かれ、作りつけではない蠅帳(はいちょう)には布巾がかけられた残り物がしまわれている。ずんぐりした冷蔵庫は扉が開け放たれており、そこにハエ叩きが突っ込まれていた。こんな暮らしをチェイスは目にしたことがなかった。

彼はクランクをまわし、シンク代わりの琺瑯の盥に水が流れ落ちるのを眺めた。ストーブの脇にきちんと積まれた薪にも触れてみた。照明は灯油ランプがいくつかあるだけで、火屋(ほや)はすすけて灰色になっていた。

テイト以来、カイアが客を迎えるのはこれが初めてだった。テイトは、湿地の生き物と同じぐらい、ごく自然に受け入れることができた。けれどチェイスの場合、カイアは自分が丸裸にされるような居心地の悪さを覚えた。まるで、さばかれる魚になったような気分なのだ。恥ずかしさがこみ上げてきて、彼にずっと背中を向けていたが、彼がその辺を歩きまわる気配は感じたし、耳慣れた床のきしみが彼のあとを追っているのも聞こえていた。そのうち彼が背後に立った。そして、優しくカイアを向き直らせ、そっと抱擁した。髪に彼の唇が押しつけられたあと、耳元に彼の息を感じた。

「カイア、おれの知り合いのなかには、こんなふうにひとりで生きられるやつはいないよ。子どもはもちろん、大人の男だって恐いはずだ」

キスをされるのかと思ったが、彼はそのまま腕を下ろし、テーブルの方へ歩いていった。

「なぜ私に近づいたの？」カイアは訊いた。「本当のことを教えて」

「いいかい、おれは嘘をつくつもりはない。きみは魅力的だし、自由だし、竜巻みたいにワイルドだ。このあいだは、とにかくきみに近づきたい一心だったんだ。誰だってそう思うさ。だけど、あれは間違ってる。あんな形で事を進めるべきじゃなかった。おれはただきみといたいだけなんだ。わかってくれるかい？　きみと知り合いたいんだよ」

「それでどうなるの？」

「互いにどう感じるかわかるだろう。もうきみが望まないことはしないよ。それでどうかな？」

「いいわ」

「近くにビーチがあると言ってたね。連れていってよ」

カイアはカモメたちのために残り物のコーンブレッドを切り、彼の先に立って小道を歩いた。ほどなく空が開け、目の前に明るく光る砂浜と海が広がった。カイアが優しく呼びかけたとたん、カモメたちが姿を現わし、上空を旋回してから肩の周りを飛び交いはじめた。大きな雄の〝ビッグ・レッド〟が浜に降り立って、カイアの足元を行ったり来たりした。

　チェイスは少し離れたところから、カイアが鳥の渦に巻かれて覆い隠されるのを眺めていた。当初は、こんな風変わりで野蛮な裸足の娘を本気で相手にするつもりはなかった。だが、砂浜で戯れる彼女の様子や、彼女の指先をつつく鳥たちを見ているうちに、彼女の自立した姿にも、その美しさにも次第に惹きつけられていった。これまで彼の周囲にはカイアのような者はいなかった。胸の内に、好奇心と欲望が湧いてくるのを感じた。やがて近くに戻ってきたカイアに、彼は明日も来ていいかと訊いた。ただ近くにいるだけでいい、手も握らないからと約束して。カイアは黙って頷いた。テイトが去ってから初めて、カイアの心に希望が芽生えていた。

25　パティ・ラヴの訪問　一九六九年

保安官のオフィスのドアが小さくノックされた。ジョーとエドが顔を上げると、チェイスの母親のパティ・ラヴ・アンドルーズが磨りガラスの向こうに立っているのが、ぼんやりと細切れになって見えた。ガラス越しでも、彼女がまだ黒いドレスと帽子を身につけていることがわかった。白髪交じりの茶色い髪はうしろできつく縛って丸めてある。口紅はこういう場合にしかるべき色として、暗い色合いを選んでいた。

二人は立ち上がり、エドがドアを開けた。「パティ・ラヴ、こんにちは。さあ入って、そこに坐って下さい。コーヒーでも飲まれますか？」

彼女はちらりと飲みかけのマグカップに目をやった。唇をあてたところからコーヒーの滴が垂れていた。「けっこうよ。ありがとう、エド」そう答えると、彼女はジョーが引いた椅子に腰かけた。「まだ手がかりは見つかってないのかしら？　報告書が来たあと、何か新たな情報はありました？」

「いえ。まだ何も摑めていません。あらゆる角度から念入りに調べてはいますが。何かわかれば真っ先にあなたとサムに知らせますよ」

「でも、あれは事故なんかじゃありませんよ、エド。そうでしょう? 私にはわかるの。チェイスがうっかり櫓から落ちたりなんてするものですか。あの子がどんな選手だったかご存じでしょう。それに賢かったわ」

「もちろん、証拠から考えると犯罪行為があった可能性は充分にあります。しかしまだ捜査の途中ですからね、断定は避けねばならないんです。ところで、何か我々に話したいことがあると仰っていましたね?」

「ええ、これは重要なことだと思います」パティ・ラヴはエドからジョーに視線を移し、それをまたエドに戻した。「チェイスがいつもしていたペンダントがあったんです。もう何年もまえからさげてましたわ。櫓に行った晩もしていたのを知っています。以前もお話ししたように、あの日はサムと私があの子を夕食に招待していて――パールはブリッジの会があって来られなかったんですが――櫓に出かける直前もたしかにしていました。それが、あの子があんなふうに……とにかく、診療所で見たときには、ペンダントをしていませんでした。あのときは検死官が外したのだろうと思って何も言いませんでしたし、その後は、葬儀だの何だのですっかり忘れていたんですけど。でも、先日シー・オークスへ行って検死官に頼んだんです。チェイスのものを、あの子の私物を見せてもらえないかって。調査のために保管する必要があるんでしょうけど、触れさせてほしかったんですよ。最後の夜にあの子が身につけていたものを感じたかったんです。彼らはテーブルにあの子のものを並べて見せてくれました。ところがですよ、保安官、そこには貝殻のペンダントがなかったんです。検死官にどこかへやったのかと訊きましたけど、そんなことはしていないと言われました。ペンダントなんて初めからなかったと言うんですよ」

「それは実に興味深いですね」エドは言った。「どんな材質のペンダントですか？　落ちたときに外れた可能性もありますが」

「革紐に貝殻が一枚ぶら下がってるんです。あの子の頭がぎりぎり通るぐらいの長さでしたから、緩いなんてことはないし、紐も固く結んでありました。勝手に外れるなんて考えられませんわ」

「なるほど。革紐なら丈夫ですし、結び目が緩むこともないですね」エドは頷いた。「ところで、なぜ彼はいつもそのペンダントを？　誰か特別な相手が作ってくれたとか、プレゼントにもらったとか、そういう理由があったんですか？」

パティ・ラヴは何も答えず、保安官のデスクの端に視線をずらした。彼女はそこから先の話を打ち明けることを恐れていた。というのも、彼女はこれまで一度も息子が湿地の貧乏人（ラッシュ）と関係をもったことを認めていなかったからだ。もちろん、村にそういう噂があるのは知っていた。チェイスは結婚するまえに、一年以上も湿地の少女と付き合っていたという噂だ。実のところ、パティ・ラヴは結婚後も関係が続いているのではないかと睨んでいたが、友人たちから訊かれれば必ずあり得ないと否定してきたのだった。しかし、いまは事情が変わってしまった。こうなってはもう覚悟を決めるしかなかった。息子の死に、あのふしだらな女が関わっているのは間違いないのだから。

「ええ、誰がチェイスにあのペンダントを作ったのか知っています。あの、おんぼろのボートを乗りまわしてる女性ですわ。むかしからあのボートに乗ってる。しばらく二人で会ってる時期があって、そのころに作って息子に贈ったんですよ」

「あなたが言ってるのは、例の湿地の少女のことですか？」保安官は訊いた。

ジョーが口を挟んだ。「最近の彼女を見たことがあるか？　もう少女って歳じゃないぞ。たぶん二十代半ばで、かなりの美人だ」

「では、あのクラーク家の女性のことですか？　はっきりさせておきましょう」エドは眉根を寄せた。

パティ・ラヴが言った。「名前は知りません。名前があるのかどうかもわかりませんわ。みんな〝湿地の少女〟と呼んでいますから。むかしからジャンピンに貝を売ってる人ですよ」

「わかりました。間違いないようですね。では、話を続けて下さい」

「とにかく、検死官からチェイスがペンダントをしていなかったと聞いて、ショックを受けました。そして気づいたんです。あれを持ち去ろうとするのは彼女だけだって。チェイスは彼女との関係を終わらせてパールと結婚しました。彼女は手を出せなくなってしまったんですよ。だからあの子を殺して、首からペンダントも取っていったんです」

パティ・ラヴはかすかに身震いし、そこで息をついた。

「なるほど。ふむ、これは実に重要な情報ですよ、パティ・ラヴ。追う価値はありそうです。しかし、結論を急ぐのはやめましょう」エドは言った。「彼女が贈ったというのはたしかですか？」

「ええ、間違いありません。チェイスに訊いてもなかなか言いたがりませんでしたが、最後は認めましたから」

「ほかに、ペンダントや二人の関係について知っていることは？」

「いえ、あまりありません。どれぐらい付き合ってたかも知らないんです。きっと誰も知りませんわ。あの子はとにかく隠したがってましたから。いま言ったように、私も何カ月も聞き出せなかったんです。聞いたあとも、あの子がボートで向かう先が友だちのところなのか、彼女のところなのかわかりませんでした」

「わかりました。この件は我々で調べてみましょう。お約束します」

「よろしくお願いしますね。これは絶対に手がかりになります」彼女が立ち上がったので、エドはドアを開けた。

「話をしたくなったらいつでも来て下さい、パティ・ラヴ」

「それではね、エド、ジョー」


ドアを閉めてデスクに戻ったエドに、ジョーが訊いた。「それで、どう思う？」

「何者かがあの櫓でチェイスからペンダントを取ったのであれば、少なくともその者は現場にいたってことだな。それに、この件に湿地の人間が関わっている気がするのはたしかだ。連中は独自の掟(おきて)をもってる。だが、女の力で、チェイスのような体格のいい男を穴から突き落とせるかどうかは疑問だ」

「彼女はチェイスを櫓に誘い出したうえで、あらかじめ格子を開けておいたのかもしれないぞ。暗がりで待ち構えて、近づいてきたところを突き落とした。やつが彼女の姿に気づく間もなくな」ジョーが言った。

「あり得なくはない。簡単じゃないが、絶対に無理だとも言えないな。いずれにしろ、たいした手がかりにはならないだろう。貝のペンダントがないというだけじゃ」保安官はぼやいた。

「いまのところそれしか手がかりはないんだ。まあ、指紋や足跡がないという事実と、謎の赤い繊維はあるがな」

「そうだな」

「しかし、わからないのは」ジョーが言った。「なぜ彼女はわざわざペンダントを持ち帰るような真似をしたかだ。仮にあの女が恨みを抱いて、やつを殺そうとしたとしよう。まあ、そんな動機で殺したと考えるのも無理はあるが、仮にそうだとしても、なぜ自分に直接結びついてしまうペンダントを取るんだ？　すぐに疑われるじゃないか」

「そんなもんだろう。殺人なんて理屈の通らないことだらけだ。へまもやらかしてしまう。きっと、彼がまだペンダントをしてるのを見て頭に血が上ったのさ。殺したあとも、あまり深く考えずに首からひったくったんだ。ペンダントと自分のつながりを知ってる人間はいないと思ったのかもしれないが。おまえが手に入れた情報によると、チェイスは向こうで怪しい行動をとってたんだろ。おそらく、おまえも言ってたように、ドラッグではなく女だったんだ。あの女性だよ」

ジョーが頷いた。「そっちもドラッグみたいなもんだがな」

「それに、湿地の連中は痕跡の消し方も心得てる。日頃からよく罠を仕掛けたり追跡したり、網を張ったり、そんな感じのことをしてるからな。とにかく、あっちへ行って彼女から話を聞いてみても損はない。あの晩どこにいたのか訊いてみよう。ペンダントの話を出したらどんな反応をするかも見てみたい」

ジョーが訊いた。「彼女の家へ行く道はわかるのか？」

「ボートだと自信はないが、トラックで行けばわかるはずだ。あの曲がりくねった道を進むんだ。延々と潟湖が並んでる一帯を通る道さ。むかし何度か、彼女の父親を訪問しなきゃならないことがあってな。あいつはろくでもないやつだった」

「いつ行く？」

「夜明けがいいだろう、彼女が出かけてしまうまえに着きたい。明日にしよう。だが、まずは櫓へ行ってペンダントがないかどうか徹底的に捜すんだ。ひょっとしたらあそこに落ちてるだけなのかもしれない」

「徹底的と言ってもな。足跡やらタイア痕やら、証拠捜しですっかり調べたじゃないか」

「それでもやるんだ。さあ、行くぞ」

その後、熊手や指を使って櫓の下のぬかるみを隅々まで捜したあと、二人はそこに貝のペンダントはないという結論を出した。

青白い光がどんよりと重たい夜明けの底に滲みはじめたころ、エドとジョーは、湿地の少女がボートで消えてしまうまえに家に着くべく、湿地の道にトラックを走らせていた。何度か曲がる場所を間違え、行き止まりにぶつかったり、いまにも倒れそうな誰かの住居に出たりした。ある小屋では、「保安官だ！」という叫び声がし、ほとんど裸の住人たちがばらばらと飛び出してきてあちこちのイバラの茂みに逃げ込んでいった。「ヤク中どもが」保安官は吐き捨てた。「酒の密造屋だって服ぐらいは着ていたぞ」

それでも、二人はどうにかカイアの小屋に通じる長い小道にたどり着いた。「そう、ここだよ」エドは言った。

彼は特大サイズのピックアップ・トラックをその小道に差し入れ、静かに進んで小屋の十五メートルほど手前で車を止めた。どちらの男も音を立てずにトラックを降りた。エドが網戸の木枠をノックした。「ごめんください！　誰かいますか？」返事がないので、また同じことをし、それから二、三分待った。「裏にまわってボートがあるか見てみよう」

「ないな。たぶんあの杭につないでるんだろう。もうここにはいない、やられたよ」

「ああ。我々の車の音に気づいたんだろう。まったく、ウサギの寝息でさえ聞き取っちまいそうな耳だ」

翌日は夜明け前にやって来て、小道のだいぶ手前で車を降りた。今回は杭にボートがつながれていた。だが、ノックをしてもやはり応答はなかった。

ジョーがささやいた。「どうも、彼女が近くからこっちを見ているような気がする。感じないか？　あのヤシの木立のなかに身を潜めてるんだ。すぐそばだ。おれにはわかる」

彼はそちらに顔を振り向け、茂みに目を走らせた。

「これじゃあ、何度来ても無駄だな。ほかに何か出れば令状が取れるはずだ。ひとまずここは退散するとしよう」

26 岸を目指して 一九六五年

また二人で会うようになった最初の週は、チェイスはほぼ毎日のように〈ウェスタン・オート〉の仕事を終えたあとでカイアの潟湖にやって来て、二人でオークが並ぶ遠方の水路を探検した。土曜日には朝から彼がカイアを遠征に連れ出し、海岸沿いをかなり北上したところにある、カイアの小さなボートではたどり着けない場所まで出かけていった。そこでは――入り江と広大な草藪が広がる近所の湿地とは違い――澄んだ水が明るく開放的なイトスギの森を抜けてはるか遠くまで流れていた。静かにたたずむ真っ白なサギやコウノトリの周りには、スイレンや浮き草が漂い、その緑はまばゆい光を放つほどに色鮮やかだった。二人は安楽椅子ぐらいもある大きなイトスギの根に腰かけ、ピメントチーズのサンドウィッチとポテトチップスを食べた。足のすぐ下を滑るように泳いでいくガンを眺めて笑ったりもした。

大半の人と同じで、チェイスは湿地を、ボートで釣りをしたり農地用に干拓したりして利用するべき場所としか認識していなかった。そのため、カイアが湿地の生き物や川やガマに関する知識をもっていることには魅了された。だが、ゆっくりと水路を漂ったり、シカの前を静かに通過したり、鳥の巣のそばでは声を潜めたりするといった、カイアの繊細な振る舞いには馬鹿げたものを感じていた。自分でも貝殻や羽根について学ぼうという気持ちはさらさらなかったし、カイアが記録を取ったり標本を集めたりしていると、どうしても疑問を口にせずにはいられなかった。

「なぜ草の絵を描いてるんだ？」ある日、彼はカイアの小屋のキッチンで訊いた。

「草の花を描いてるの」

彼は声を立てて笑った。「草には花なんてないだろう」

「もちろんあるわよ。ここに咲いてるでしょう。とても小さいけど、きれいだわ。草も種によってそれぞれ違う花や花序をもっているの」

「それはそうと、こんなに色んなものを集めていったいどうするつもりなんだ？」

「湿地のことを学ぶために記録として残しているのよ」

「知っておくべきなのは、いつどこで魚が釣れるかってことだけさ。それならおれが教えてやれるよ」彼が言った。

カイアは彼のために笑った。以前なら絶対にしなかったことだ。誰かといっしょにいるために、カイアはまたひとつ、自分の一部を手放したのだった。

その日の午後、チェイスが帰ったあと、カイアはひとりで湿地にボートを出した。けれど、ひとりぼっちだという感覚はなかった。いつもより少しスピードを上げ、風に髪をなびかせた。カイアの口元にはかすかに笑みが浮かんでいた。またすぐに彼に会える、誰かと過ごせるとわかっているだけで、これまで知らなかった世界が見えるのだった。

そのときだった。高い草の茂るカーブを曲がった直後、カイアの目にテイトの姿が飛び込んできた。四十メートルほど前方にいるため、少し距離があり、こちらのボートの音にもまだ気づいていないようだった。カイアはすぐさま減速してエンジンを切った。そしてオールを掴み、ボートを漕いで草の陰にあとずさった。

「たぶん、大学から戻ってきてるのね」カイアはつぶやいた。彼の姿はここ数年のあいだに何度か見かけていたのだが、これほど接近したことはなかった。しかし、いまは彼がすぐそこにいて、相変わらずぼさぼさに乱れた髪を赤いキャップで押さえ込んでいた。顔もよく日焼けしている。

彼は胴付きの長靴を履いて潟湖のなかを歩きまわり、小さな容器で水のサンプルをすくい取っていた。裸足の子どもだったころとは違い、使っているのはジャムの空き瓶などではなく、専用のキャリーバッグのなかでカチャカチャと音を立てている細いガラス瓶だった。専門家が仕事をしているのだ。もはや、彼とカイアは別次元の世界に生きていた。

すぐには立ち去らず、しばらく彼を見つめていた。たぶん女の子はみんな初恋の相手をいつまでも忘れないのだろう、と思いながら。カイアは長いため息をつき、それから自分が来た道を引き返していった。

翌日、チェイスとカイアが北に向かって海岸沿いを走っていると、ネズミイルカが四頭、ボートの航跡のなかに現われてあとをついてきた。その日は曇り空で、霧が海面に指先を伸ばして波と戯れていた。エンジンを切ってボートを止めると、チェイスはハーモニカを取り出して『漕げよマイケル』を演奏しはじめた。その切なく美しい旋律をもつ古い曲は、一八六〇年代に、サウス・カロライナのシー諸島から大陸に向かってボートを漕いだ奴隷たちが歌ったものだった。母さんが洗い物をしながらよく口ずさんでいたので、カイアも何となく歌詞を覚えていた。その音楽に感銘を受けたのか、イルカたちが徐々に近寄ってきてボートを取り囲み、賢そうな目をカイアに向けた。ほどなく、そのうちの二頭がゆっくり船に体を寄せてきた。カイアは首を伸ばして彼らのすぐそばまで顔を近づけ、そっと歌いはじめた。

姉さん帆をまわせ　ハレルヤ
兄さん手を貸せ　ハレルヤ
父はいずこへ去った　ハレルヤ
マイケル漕げよ岸を目指して　ハレルヤ

ヨルダン川は深く広い
母が岸で待っている　ハレルヤ
ヨルダン川は寒く冷たい
身は凍えども心は凍らじ　ハレルヤ

ネズミイルカはもう少しだけカイアを見つめたあと、また海のなかへ滑り込んでいった。

それから何週間か、チェイスとカイアは夕方になると小屋の裏の海岸へ行き、まだ日差しの熱が残る砂浜に寝転んでカモメたちとのんびり時間を過ごした。チェイスがカイアを村に連れていくことはなく、いっしょに映画を見たりダンスを踊ったりすることもなかった。二人のそばにはいつも、湿地と海と空があった。彼はキスもしなかった。せいぜい手を握るか、冷えてきたときに軽く肩を抱くぐらいだった。

ある晩、彼は暗くなっても帰らなかった。二人は星空の海岸に坐り、小さな焚き火のそばで肩を寄せ合い、一枚の毛布にくるまっていた。炎は二人の顔を照らすと同時に、背後に広がる砂浜に濃い陰を作り出していた。まるでキャンプファイアでもしているようだった。彼がカイアの目を覗き込んで訊いた。「キスしてもいいかい？」カイアが頷くと、彼は身を屈めて優しくキスし、それから男を感じるキスをした。

毛布の上に仰向けになったあと、カイアはもぞもぞと背中をずらして彼にめいっぱい近づいた。力強い肉体を感じた。彼が両腕できつく抱き締めてきたが、その手が触れるのは肩だけだった。それ以上のことは起きなかった。カイアは深く息を吸い込んだ。温かな体温や、彼と海の匂いや、誰かといっしょにいる空気が肺を満たしていった。


そのわずか数日後、大学院から戻ってまだ実家に滞在していたテイトは、カイアが暮らす湿地の水路を目指してボートを急がせていた。実に五年ぶりのことだった。なぜもっと早く彼女のもとへ戻らなかったのか、彼自身もいまだによくわからなかった。たぶん、臆病さと自分を恥じる気持ちが大きな理由だったのだろう。しかし、彼はようやく彼女と会う覚悟を決めていた。彼女を見つけ、もう二度と愛することをやめないと約束して許しを請うつもりだった。

大学で過ごした四年のあいだ、彼はこの学術的な世界にカイアは馴染めないのだと、何度も自分に言い聞かせてきた。学部生時代を通してずっと彼女を忘れようと努めてきた。何はともあれ、チャペルヒル校には気を紛らわせてくれる女性がたくさんいた。何人かとは、実際にある程度付き合ってもみた。だが、彼女と比べられる人はいなかった。彼がDNAや同位体や原生動物に続いてすぐに学んだのは、彼女なしでは生きている実感がもてないということだった。たしかに、カイアは彼が追い求める大学の世界では生きていけないはずだった。けれどいまは、彼が彼女の世界で生きられるようになったのだ。テイトはすべてを解決する方法を手に入れていた。指導教授はこう言った。テイトは三年で大学院を修了できる。学部時代からすでに博士論文の執筆に必要な研究を続けてきて、ほとんど完了しているからだと。そして最近になり、テイトは連邦政府の研究所がシー・オークスのそばに建設される予定だということを知った。そこで彼が常勤の科学研究員として雇われる可能性はかなり高かった。彼ほどの適任者はいないからだ。何しろ、むかしからずっとその地域の湿地を研究してきたし、もうすぐ博士号まで取得する予定なのだから。あとほんの数年で、この湿地でカイアと生きながら、研究所でも働けるようになるはずだった。もし受け入れてくれるなら、カイアと結婚もできる。

テイトは彼女の水路を目指して威勢よく波を越えた。そのとき、不意に南の方角にカイアのボートが見え、それがみるみる大きくなっていった。テイトの航路と垂直に交わる方向に進んでいる。彼は舵を放して両腕を高く上げ、彼女に向かって必死に手を振った。大声で名前も呼んだ。しかし、彼女は東の方角ばかり見つめていた。テイトもそちらに視線を振ると、チェイスのモーターボートが彼女の方へ針路を変えているのが目に入った。テイトはボートを止めて少し後退した。彼が見つめていると、青灰色の波に囲まれたカイアとチェイスが、まるで飛びながら求愛する二羽のワシのように円を描いてまわりはじめた。次第に輪を縮めていく二人のうしろで、航跡が狂ったように渦を巻いていた。

泡立つ波を挟み、二人が近づいて指を触れ合わせた。テイトも、バークリー・コーヴの友人たちから噂は聞いていた。だが、それがデマであることを願っていた。カイアがなぜあの男に引っかかってしまったのか、理解はできた。ハンサムで、間違いなくロマンチックで、洒落たボートで颯爽とあちこちへ連れていってくれ、素敵なピクニックにも誘ってくれるのだろう。きっと彼女は彼が村でどんな生活をしているか知らないのだ――バークリーはもちろん、シー・オークスの若い女たちともデートし、口説いていることを。

〃でも〃とテイトは思った。〃自分に何を言う権利があるだろう。自分は彼女をどんなふうに扱ったか。約束を破ったうえに、きっぱりと別れを告げる根性さえなかったではないか〟

テイトはうなだれ、もう一度、ちらりと視線を上げて二人を盗み見た。ちょうどチェイスが身を乗り出してカイアにキスしたところだった。〝カイア、カイア〟彼は心のなかで呼びかけた。〝なぜきみを置き去りにするような真似ができたんだろう〟テイトはゆっくりとボートを加速させ、エビを箱詰めして運んでいる父を手伝うため、村の埠頭へ引き返した。

それから何日かしたころ、チェイスがいつ来るのかわからぬまま、気づくとカイアはまたもや彼のボートの音を探していた。テイトを待っていたころもそうだった。雑草を抜いていても、薪を割っていても、貝を掘っていても、どんなときでもその音を捉えようと首をかしげてばかりいるのだ。「耳を絞るんだ」という表現をジョディはよく使っていた。

重い期待を抱えつづけることに疲れてしまい、カイアはリュックサックに三日ぶんのビスケットと冷めた背ロース肉とイワシの缶詰を放り込んだ。そして、自分のなかで〝読書小屋〟と呼んでいる、朽ちかけた古い丸太小屋に向かった。この完全にひと気のない奥地にいると、何かを思い煩うことなく集中して本を読んだり自然を読み解いたりすることができた。誰かが来る音を待たなくてもいい。その状況はカイアの心を解き放ち、そして強さを与えてくれた。

丸太小屋を出て、ヒイラギガシの茂みを抜ける小道を曲がったところで、カイアは不意に声を漏らして笑った。アビの喉元に生える小さな羽根を見つけたからだ。その羽根は、もういつからだったか思い出せないほど長いあいだ探していたものだった。それが、こんな目と鼻の先にあったとは。

ここへ来たときは、カイアはたいてい本ばかり読んでいたのだ。ただ、数年まえにテイトが去ってからは本を運んでくれる人もいなくなってしまった。そこである朝、カイアはポイント・ビーチよりさらに十六キロほど先にある、シー・オークスの町へ出かけることにした。バークリー・コーヴと比べると規模は少し大きいぐらいだが、町並みはずっと洒落ていた。そこにある図書館に行けば誰でも本を借りられるという話は、ジャンピンから聞いたのだった。その話が沼地に住む人間にも当てはまるのかどうか、疑う気持ちはあったものの、一度は試してみるべきだと思っていた。

カイアは町の埠頭にボートをつなぐと、海を一望する街路樹に囲まれた広場を横切った。図書館を目指して歩いているあいだ、カイアをじろじろ見たり、背後で何かささやき合ったり、ショーウィンドウの前から追い払ったりする者はひとりもいなかった。ここではカイアは〝湿地の少女〟ではなかった。

カイアは図書館員のミセス・ハインズに大学の教科書のリストを渡した。「探している本があるんです。ガイスマンの『基礎有機化学』、ジョーンズの『海岸湿地における無脊椎動物学』、オーダムの『生態学の基本』——」それらの書名は、テイトが大学へ行くまえにくれた本の参考文献リストで知ったものだった。

「あらあら。わかりました。この本はみんな、ノース・カロライナ大のチャペルヒル校図書館から取り寄せなければなりませんね」

そんな経緯があって、カイアはいま、丸太小屋の外に坐って科学系のダイジェスト雑誌を手に取っていた。ある繁殖戦略についての記事は、タイトルが〝ちゃっかり野郎〟だった。カイアは思わず笑ってしまった。

よく知られているように、とその記事は始まった。自然界では、たとえば角が大きいとか声が低いとか肩幅が広いといった優れた第二次性徴や、高い知能を有する雄が最上の縄張りを確保することができる。彼らは自分よりも弱い雄を追い払えるからだ。雌は、このような秀でた〝アルファ雄〟を交尾の相手に選ぶことで、よりよい染色体DNAを子孫に残そうとする——これは、生物の適応や存続を可能にする非常に有効な手段である。また、それにより雌は自分の子どもに最上の縄張りを用意することもできる。

しかしながら、発育が不良で腕力や容姿が劣っていたり、あるいは知能が足りなかったりしてよい縄張りを得られない雄も、あの手この手で雌をだまそうとする。体が小さくても大きく膨らんで雌の前を歩きまわるし、たとえ声が高くても頻繁に叫び声を上げる。虚飾や偽りのメッセージを駆使してどうにか交尾の機会を摑むのだ。一方、ウシガエルの小形の雄は、と著者は続けた。魅力的な美声で交尾相手を呼んでいるアルファ雄の近くに身を潜める。そして、彼の力強い声に複数の雌が集まり、アルファ雄がそのうちの一匹と交尾をしているすきに、ほかの雌に飛びついてまんまと交尾を済ませてしまう。著者はこの詐欺師のような雄を〝ちゃっかり野郎〟と呼んでいるのだった。

カイアは、ずっとむかしに母さんが姉さんたちに忠告していたのを思い出した。錆だらけのトラックのエンジンを派手にふかしたり、ラジオの音をがんがんに響かせてぽんこつ車を乗りまわす若い男たちについて、母さんはこう言ったのだ。「つまらない男ほど騒がしい音を立てたがるものよ」

女性にとっては慰めになる言葉も書いてあった。自然の摂理とは不思議なもので、不誠実なメッセージを送ったり雌を渡り歩いたりする雄には、たいてい最後は相手がいなくなってしまう。

ほかに、自然界における精子競争を扱った記事もあった。大半の生物は、雌との生殖行為を巡って雄同士が競い合うのだという。雄ライオンはときに一方が死ぬまで戦いつづける。雄ゾウは牙を絡めて足元の地面を踏み荒らし、互いの肉を切り裂くほどに激しくぶつかり合う。かなり儀式化された行動ではあるが、それでも体の一部を失ってしまうことがあるそうだ。

そうした負傷を避けるため、より暴力性の低い、独創的な方法で受精を競う種もいる。とくに虫は創意に富んでいる。たとえばイトトンボは、雄の副生殖器に鉤状の付属器がついていて、ライバルの雄が残していった精子をそれでかき出してから自分の精子を注入するという。

カイアは雑誌を膝に置き、雲を眺めながら思いを巡らせた。ある昆虫の雌は交尾の相手を食べてしまうし、過度のストレスにさらされた哺乳類の母親は子どもを捨ててしまう。多くの雄たちは、危険な方法やずる賢い手で精子競争に勝とうとする。けれど、命の時計の針が動きつづけている限り、そこには醜いものなど何ひとつないように思えた。これは自然界の暗い側面などではなく、何としても困難を乗り越えるために編み出された方策なのだ。それが人間となれば、もっとたくさんの策を講じたとしても不思議はないだろう。

カイアが三日連続で家を留守にしたことを知ってから、チェイスはこの日には来ても大丈夫かとか、この時間に小屋や海岸やどこそこで会えるかといったことを訊くようになった。そして、いつも時間どおりに現われた。遠くからでも、波間に彼の明るい色のボート——雄鳥の生殖羽（せいしょくう）のように色鮮やかだった——が浮かんでいればすぐに気づいたし、彼が自分に会うためだけにやって来るのだと感じることができた。

カイアは次第に、彼の友人たちとのピクニックに自分も参加することを夢想するようになった。みんな声を上げて笑い、海に向かって走りだし、波を蹴る。彼がカイアを抱き上げてくるくるまわす。それからみんなで坐り、サンドウィッチやクーラーボックスから出した飲み物を分け合うのだ。やめようとしても、結婚や子どもという文字が頭にちらつくようにもなった。たぶん生物としての本能が繁殖を求めているだけだ、とカイアは思い込もうとした。でも、なぜ自分もみんなと同じように愛する家族をもってはいけないのだろう？　そんなことを誰が決めたのか。

けれど、友人や両親にいつ紹介してくれるのか彼に訊こうとするたびに、言葉はぺたりと舌に貼りついてしまった。

付き合いはじめて数カ月が経ったある暑い日のこと、二人で沖にボートを浮かべていると、チェイスが今日は泳ぐのにぴったりな天気だと言いだした。「見ないから」彼が言った。「服を脱いで飛び込みなよ。おれもすぐにあとを追う」カイアは彼の前で立ち上がり、バランスをとりながらTシャツを引き上げた。だが、頭の上まで引っ張り上げても彼はうしろを向かなかった。彼が手を伸ばしてきて、カイアの張りのある胸にそっと指を走らせた。カイアはそれを止めなかった。すると、彼がカイアを引き寄せてショートパンツに手をかけ、あっという間にファスナーを下げて薄いヒップからそれを落としてしまった。それから自分もシャツと短パンを脱ぎ、タオルの上に優しくカイアを押し倒した。

カイアの足元に膝を突いた彼は、無言のまま、まるでささやくような繊細なタッチで左の足首から膝の内側に指を滑らせ、そこから徐々に太腿の内側へと指先を這わせていった。カイアは思わず体をのけぞらせた。彼の指は太腿の付け根にしばらく留まり、ショーツをなでまわしていたが、やがて触れるか触れないかぐらいの指使いで腹部を越えていった。その指が胸に近づいてくるのを感じ、カイアは彼から逃れるように身をよじった。だが、彼はその体を押し戻して胸まで手を這わせ、一本の指で乳首の周囲をゆっくりとなぞった。そして、真剣なまなざしでカイアを見つめながら、腕を下に動かしてショーツに手をかけた。カイアも彼を求めていた。そのすべてが欲しくて、彼に体を押しつけた。が、次の瞬間には彼の手を押さえていた。

「どうしてだよ、カイア」彼が言った。「頼むよ。もうずいぶん待ったじゃないか。おれはかなり我慢したと思わないか？」

「チェイス、約束したじゃない」

「勘弁してくれよ、カイア。いったい何を待たなきゃならないんだ？」彼が体を起こした。「もう充分、きみを大事に思ってることはわかったはずだろ。なぜだめなんだ？」

カイアも起き上がってTシャツを引き下げた。「そのあとはどうなるの？　あなたが私を捨てないとは言いきれないでしょう？」

「先のことなんて誰にもわからないさ。だけどカイア、おれはどこにも行かないよ。きみを愛してしまったんだ。いつもきみのそばにいたい。これ以上、何をすればわかってもらえる？」

彼が愛という言葉を口にするのは初めてだった。本心かどうか確かめようと彼の目を覗いたが、そこには険しいまなざしがあるだけだった。何も読み取れない。自分自身がチェイスにどんな気持ちを抱いているのかも、はっきりしなかった。けれど、寂しさが消えたのはたしかで、それだけで充分だとも思えた。

「近いうちに。それでいい？」

彼はカイアを引き寄せた。「いいよ。さあ、こっちへおいで」彼に抱き寄せられ、二人で日差しのもとに横たわった。二人を揺らす波が規則的な音を立ててボートを洗っていた。

昼が押し流されて夜が腰を落ち着かせると、遠くの岸のあちこちで村の明かりが躍るようになった。二人がいる海と空の世界の上で、星が瞬（またた）いていた。

チェイスが口を開いた。「なんで星はちかちかするんだろう」

「大気の揺れのせいよ。ほら、高層の大気にも風は起きるから」

「それで？」

「ほとんどの星は肉眼では見えないぐらい遠くにあるわ。私たちが見ているのは光だけで、光は大気の影響で曲がってしまう。だから瞬いて見えるの。もちろん星は静止してるわけじゃなくて、高速で動いてるんだけど」

アルバート・アインシュタインの本を読んだので、カイアは時間も星と同様、固定されたものではないことを知っていた。時間は惑星や恒星の周りで速くなったり曲がったりするし、山頂と谷底でも時間の流れは違ってくる。時間はある部分において空間と同じ性質をもっていて、海のように湾曲したり膨らんだりするのだ。また物体は、それが惑星であれリンゴであれ、軌道を周回していようと落下していようと、その動きは重力に引っ張られるから起きるのではなく、より大きな質量が形成する時空の歪みに吸い込まれるから起きるのだという。まるで池の水面にできたさざ波に吸い込まれるかのように。

だが、カイアはそんな話はしなかった。残念ながら、重力には人の興味を引き寄せる力はないし、高校の教科書はいまだに、リンゴが落ちるのは地球がもつ強い力に引かれるからだと教えているのだ。

「ああ、そういえば」とチェイスが言った。「高校でアメフトチームの指導を手伝ってくれないかと頼まれたよ」

カイアは黙って微笑んだ。

そして思った。〝宇宙のあらゆるものと同じで、私たちも、より大きな質量の方へ転がっていくしかないのね〟

翌朝、ジャンピンが扱っていない日用品を買うために久しぶりに〈ピグリー・ウィグリー〉へ行ったカイアは、店を出たところでばったりチェイスの両親に会った――サムとパティ・ラヴだ。二人ともカイアのことは知っているはずだった。村の全員が知っているように。

たいてい遠くからではあったが、これまでも彼らの姿は村でときどき見かけていた。サムはいつも〈ウェスタン・オート〉のカウンターで客と話したりレジを開けたりしていた。まだ小さかったころ、窓のところに立っていると、ほかの客を怯えさせるなと言わんばかりに彼に追い払われたことがあった。パティ・ラヴはずっと店に出ているわけではなく、忙しそうに通りを歩きまわって〝定例キルト・コンテスト〟や〝ワタリガニ・クイーン祭り〟のパンフレットを配ったりもしていた。彼女はいつも高そうなドレスやハイヒール、ハンドバッグや帽子を身につけていて、しかも南部の季節にきちんと合った色を選んでいた。そして、どんな話題を口にしていても、チェイスは村で歴代最高のクォーターバックだという話を必ずどこかに挟んだ。

カイアは控えめな笑みを浮かべてパティ・ラヴの目を見つめた。彼らが内輪の雰囲気で声をかけてきて、自己紹介をしてくれるかもしれないと期待していた。たぶん、チェイスの恋人だと知っているはずだった。しかし、二人はぎょっとしたようにその場で立ち止まり、無言で脇へ――必要以上に距離をとって――移動すると、そのままカイアの横を通り過ぎていった。

その日の夕方、カイアはチェイスを乗せてオークの大木の下にボートを浮かべた。水面には巨大な根が張り出し、カワウソやカモが潜り込むための洞穴を作り出していた。マガモたちを驚かせたくないという思いと、不安のため、カイアは声を落として彼の両親に会ったことを報告した。そして、近いうちに紹介してもらえないかと訊いてみた。

チェイスの沈黙に、カイアの胃が硬く縮んでいった。

しばらくして、彼が口を開いた。「もちろんかまわないさ。近いうちにな、約束するよ」けれど、そう言った彼の目はこちらを見ていなかった。

「私のことは話したのよね？　私たちの関係は知ってるんでしょ？」カイアは確認した。

「もちろんだよ」

知らぬ間にオークに近づきすぎていたようだ。不意に一羽のワシミミズクが、羽根枕のようにふっくらした体で大木を飛び立ち、翼を広げてゆったりと潟湖の上を滑っていった。胸の羽毛の柔らかな模様が湖面に映っていた。

チェイスが腕を伸ばしてカイアの手を取り、そこにある疑いを絞り出そうとするかのように指先を揉んだ。

それから何週間も、チェイスとカイアは日没と月の出を見ながら静かに湿地を巡った。けれど、先へ進もうとする彼にカイアが待ったをかけるたび、彼はただ黙って引き下がった。カイアの心には、ひとり取り残された雌のシカや七面鳥のイメージが重くつきまとっていた。手のかかる子どもがいるのに、雄はほかの雌のもとへ去って二度と戻ってこないのだ。

裸に近い格好でボートに寝転がる関係は、村の人々に何をささやかれようと、ずるずると続いた。チェイスとカイアはいつも二人きりで過ごしたが、そこは小さな村で、二人がチェイスのボートや海岸にいる姿はたびたび誰かに目撃されることになった。それに、エビ漁師は海上にあるものをめったに見逃さなかった。噂が人から人へ、ひそひそと口の端に上って広まっていった。

27　ホッグ・マウンテン・ロード　一九六六年

冬の訪れとともに渡ってきたムクドリモドキの騒ぎをよそに、小屋はひっそりとそこに建っていた。着々と地面を伝う冬の霧は、壁際に溜まって大きな綿の塊のようになっている。貝を掘って得た数週間ぶんのお金を使って、カイアは特別な機会のための食材を買い、糖蜜ハムのスライスを焼いたり、肉汁とコーヒーを合わせたレッドアイ・グレイビーソースをかき混ぜたりし、サワークリームビスケットやブラックベリージャムといっしょにそれらをテーブルに並べた。チェイスは〝マックスウェル・ハウス〟のインスタントコーヒーを飲み、カイアは〝テトレー〟の温かい紅茶を飲んだ。二人が付き合いはじめてもうすぐ一年になるが、どちらもそのことに触れようとはしなかった。やがてチェイスが、自分の親が店をもっているのはいかに幸運なことかを語りはじめた。「おかげで、おれたちは結婚後にいい家に住める。きみのために、海岸に二階建ての家を建てるよ。ベランダで囲まれた家だ。きみが望むならどんな家でもかまわないよ、カイア」

カイアの呼吸が止まりかけた。彼はカイアといっしょに生きることを望んでいたのだ。しかも、ほのめかす程度ではなく、ほとんどプロポーズと思えるほどはっきりそれを口にした。自分が誰かのものになる。家族の一員になるということだった。カイアは椅子の上で背筋を伸ばした。

彼は続けた。「村の中心部に住むのはよしたほうがいいと思うんだ。きみにとって変化が大きすぎるからね。だけど、村のはずれに家を建てればいい。湿地に近いところにさ」

カイアも最近は漠然とチェイスとの結婚を思い描くようになっていたが、あえて掘り下げないようにしてきた。それがいま、彼のほうから大っぴらにそれを語りだしたのだった。カイアの息が浅くなり、頭はあっけに取られながらも、同時にあらゆる問題を検討しはじめていた。〝何とかなるわ〟とカイアは思った。〝人付き合いを避けられるなら、きっとやっていける〟

それからふと、顔をうつむけ、彼に訊いた。「あなたの両親は？　ちゃんと話したの？」

「カイア、うちの家族はそんな感じじゃないんだよ。親はおれのことを愛してる。おれがきみを選んだと言えば、黙って頷くのさ。二人もきみのことを知れば好きになるに決まってるよ」

カイアは唇を噛んだ。彼の言葉を信じたかった。

「きみが集めてるものを並べる部屋も造ろう」彼はさらに言った。「大きな窓をつけて、あの羽根やら何やらがよく見えるようにすればいい」

自分がチェイスに対し、妻なら当然抱くべき感情をもっているのかどうか、わからなかった。けれどいまこの瞬間は、愛と呼べそうな思いが高まっていた。もう貝だって掘らなくていい。

カイアは手を伸ばし、彼の喉元にある貝殻のペンダントに触れた。

「そうだ、ところで」チェイスが言った。「今度、商品の仕入れで二日ほどアシュヴィルへ行くことになったんだ。それで思ったんだけど、どうかな、きみもいっしょに行ってみないか？」

カイアは視線を下げた。「でも、大きな町なんでしょう？　人がたくさんいるのよね。そんなところへ着ていく服はないし、そもそもどんな服を着ればいいかわからないし、それに――」

「カイア、いいかい。おれがずっといっしょなんだ。おれがぜんぶわかってる。それに気取った場所へは行かないよ。そこまでドライブするだけでも、ノース・カロライナの景色がたっぷり見られるぞ――ピードモント高原とか、グレート・スモーキー山脈とか。向こうではドライブインでハンバーガーでも買えばいいさ。服なんていつも着てるものでかまわない。きみが嫌なら誰とも喋らなくたっていい、おれがすべて引き受けるから。おれは何度も行ってるし、アトランタにだって行ったことがあるんだ。アシュヴィルなんてたかが知れてるよ。考えてもごらん、もしおれたちが結婚したら、きみも少しずつ世のなかに出ていかなきゃならないんだ。きみのその長い翼を広げてね」

カイアは頷いた。ほかのことはともかく、山脈は見てみたかった。

彼が続けた。「仕事に二日かかるから、向こうで一泊しなきゃならない。と言っても、大げさなところには泊まらないよ。小さなモーテルだ。かまわないよな、おれたちはもう大人なんだから」

カイアは「そんな」としか言えなかった。それから、小さな声で「わかったわ」と答えた。

村を出るその道路を通ったことは一度もなかったので、数日後、チェイスのピックアップ・トラックでバークリーから西へ向かいはじめると、カイアは一心にウィンドウの外の景色に目を凝らした。両手できつくシートを握り締めて。道路はススキやヤシのあいだを縫って何キロも続き、後部ウィンドウの向こうで海がみるみる遠ざかっていった。

一時間ほどのあいだ、トラックの窓外を走り去るのは見慣れた草藪や水路ばかりだった。カイアは湿地に棲むミソサザイやシラサギを見つけ、その変わらぬ姿にほっとした。我が家を置き去りにしたわけではなく、それをいっしょに連れてきたような気持ちになったからだ。

ところが、ある地点で唐突に大地に境界線が現われたかと思うと、湿地の草原が途切れ、ほこりっぽい地面が——剝き出しに掘り返され、柵で四角く区切られ、筋状に耕されて——彼らの目の前に広がった。伐採された林にはあちこちに根の腐った枯れ木が立ち、電線でつながれた柱はまるで連行でもされるように地平線に向かって連なっていた。もちろんカイアも、海岸の湿地は地球全土を覆っているわけではないとわかっていた。けれど、そこから出たのは生まれて初めてだった。人々はこの土地にいったい何をしてしまったのだろう？　建ち並ぶ家々は一様に靴の箱のような形をしており、どの家も短く刈り込まれた芝生の上にうずくまっていた。と、ある庭先に餌をついばむピンクフラミンゴの群れを見つけ、カイアは驚いて振り返った。だが、改めて見るとそれはプラスチックでできた鳥だった。シカもコンクリート製だった。唯一カモだけが、郵便受けに描かれた絵のなかで空を飛んでいた。

「どうだい、すごいだろ？」チェイスが言った。

「え？」

「このあたりの家だよ。こんな風景は見たことないんじゃないか？」

「ええ、ないわ」

それから何時間か走ったころ、ピードモントの平原の向こうに、地平線に沿ってなだらかな青い線を引くアパラチア山脈が現われた。さらに近づいてみると、森に覆われた山脈はいくつかの尖った峰に囲まれて、カイアの目の届く限りどこまでもゆったりと続いていた。

雲は山々の胸に抱かれて休んだあと、大きく膨らみながら上昇して空を漂っていった。なかには蔓のようにきつく渦を巻き、気温の高い渓谷をたどって移動する雲もあった。湿地で見かける、湿度の高い沼地をたどって動く靄と同じように。自然環境は違っても、そこで働く物理法則は変わらないというわけだった。

カイアが暮らす低地帯は、土地が平らなので、太陽も月も予定どおりの時間に昇ってまた沈んだ。けれどここは地形がでこぼこなため、連なる山頂に沿ってぎりぎり姿を見せている太陽も、ときには尾根の背後に姿を隠し、坂を下ったトラックがまた斜面を上がるとふたたび顔を見せた。カイアはふと、山脈のなかでは自分がどの山にいるかによって日没の時間が変わるのだと気がついた。

カイアは、自分の祖父の土地はどこにあったのだろうと思った。もしかしたら自分の一族も、さっき小川の流れる草原で見かけたような、風雨にさらされて白茶けた納屋でブタを飼育していたのかもしれない。自分の家族になるはずだった人々。その人たちがかつてこの風景のなかで働き、笑い、泣いていたのだ。たぶんその一部はまだ残っていて、この地方に散らばっているのだろう。無名の一市民として。

道はやがて四車線の高速道路になった。カイアは、速度を上げたチェイスのトラックが、やはり猛スピードで走るほかの車に接近するのを見てきつくシートを摑んだ。彼が曲線を描く道路に入り、その道は魔法のように宙へ昇って二人を町まで運んでいった。「クローバー型インターチェンジだ」彼は得意そうに言った。

八階建てや十階建ての巨大な建物が、山脈の稜線を背にしてそびえていた。たくさんの車がスナホリガニのようにせかせかと走りまわり、歩道にも大勢、人が溢れていた。カイアはウィンドウに額を押しつけて道行く人々の顔を見た。このなかに母さんや父さんがいるに違いないと思った。見ると、日に焼けた黒髪の少年がひとり、歩道を駆けていた。ジョディによく似ている。その子を目で追いながら体をまわした。もちろん兄はもう大きくなっているはずだが、その少年が角を曲がって消えてしまうまで、カイアは彼を見つめつづけた。

町の反対側に出たところで、チェイスは〈ホッグ・マウンテン・ロード〉というモーテルに部屋をとった。茶色い小部屋が並んだ平屋のその建物は、よりにもよってヤシの木の形をしたネオンライトで照らされていた。

チェイスがドアの鍵を開けたので、それなりに清潔だが掃除用洗剤の臭いが漂う、いかにもアメリカ風の安物家具が並んだ室内に足を踏み入れた。偽物の壁面パネル、コインで動くマッサージ機が付いたくたびれたベッド、見たこともないほど太い鎖と南京錠でテーブルにつながれた白黒テレビ。ベッドカバーはライムグリーンで、毛足の長いカーペットはオレンジ色だった。カイアは、かつて二人で寝転んだ数々の場所に思いを馳せた——潮だまりの輝く砂、月に照らされて漂うボート。たとえベッドが真ん中に鎮座していても、ここは決して愛を感じさせる部屋ではなかった。

状況を悟ってカイアはドアのそばに立ち尽くした。「高級ホテルとは違うけどね」そう言うと、チェイスはダッフルバッグを椅子に置いた。

彼がこちらに向かってきた。「もういいだろう。きみもそう思うよな、カイア？　もう待つ必要はないはずだ」

もちろん、彼は初めからこれを狙っていたのだろう。しかしカイアも覚悟はできていた。体はずっとまえから彼を求めていたし、結婚の話が出てからは、気持ちのほうも抵抗をやめていた。カイアは頷いた。

ゆっくり近づいてきた彼が、ブラウスのボタンを外し、そっとうしろを向かせてブラの留め金を外した。彼の指が胸をまさぐり、徐々に高まる熱がそこから太腿へと広がっていった。ベッドには薄いカーテン越しにネオンライトが差し込んでおり、そのけばけばしい赤と緑の光のなかに彼がカイアを引き倒した。カイアは目を閉じた。これまで、カイアが途中までしか許さなかったときは、彼の指先はうっとりするほど繊細に動きまわり、カイアの体を目覚めさせ、のけぞらせ、身を焦がすほどの欲求をかき立ててきた。けれど、ようやく許しが出たいま、彼は焦りに取り憑かれていた。カイアの悦びなどそっちのけで自分のゴールだけを目指しているようだった。鋭い痛みに悲鳴を上げながら、カイアは何かが間違っていると感じた。

「大丈夫だよ。すぐによくなるから」彼はすべてを知り抜いているような口ぶりで言った。だが、いつまでもよくはならないまま、ほどなくして彼は隣に転がり、にんまりと笑みを浮かべた。

彼が眠りに落ちたあとも、カイアは窓の外で点滅する〝空室〟の看板を見つめていた。

それから数週間後、目玉焼きとハム入りトウモロコシ粥の朝食を済ませたあと、カイアとチェイスは小屋のキッチンでテーブルに向かっていた。彼と夜をともにしたあとで、カイアは毛布にくるまり小さくなっていた。モーテルで初めて試して以来、それがよくなる気配はほとんどなかった。毎回どこかに物足りなさが残ったが、そんな話題を切り出す方法など、カイアにはたとえ逆立ちしたって思いつかなかった。そもそも、どう感じれば正解なのかもわからないのだ。もしかしたらこれが普通なのかもしれない。

チェイスが立ち上がり、カイアの顎に指をかけてキスをした。「これから何日か、ここには来られないと思う。クリスマスが近いからね。行事やら何やらで忙しいし、親戚も来るんだ」

カイアは彼を見上げて言った。「私もできたら……その、パーティーにでも参加できればと思ってたんだけど。せめてクリスマスのディナーだけでもあなたの家族と食べたいわ」

チェイスがまた腰を下ろした。「カイア、おれもその話はしようと思ってたんだ。おれだってきみをエルクス・クラブのダンスや何かに誘いたいよ。でもきみは引っ込み思案だし、村でそんな行事に出たことはないだろ。引け目を感じてしまうに決まってる。知り合いもいないだろうし、着ていく服だってないじゃないか。ダンスは踊れるのかい？　きみには向かないことだらけだよ。わかるだろう？」

床を見つめたまま、カイアは言った。「そうね、ぜんぶあなたの言うとおりよ。でも、私もそろそろあなたの生活に馴染む努力をしたほうがいいと思うの。あなたも翼を広げろと言ったじゃない。私も、身なりを整えたり、あなたの友だちと会ったりしてみないと」

カイアは顔を上げた。「ダンスはあなたが教えてくれればいいわ」

「もちろん教えてあげるよ。だけどね、おれたちはこのままがいいと思うんだ。ここで、きみと二人だけで過ごす時間が好きなんだよ。正直に言うと、おれもいい加減くだらないダンスにはうんざりしてるのさ。むかしから同じことばかりしてる。高校の体育館で、年寄りも若者もいっしょになってな。音楽まで変わらないんだ。おれはそろそろ抜けたいと思ってるんだよ。ほら、どのみちおれたちが結婚したら、そんなことに関わるつもりはないだろ。それなのにいまここできみを引きずり込むなんて、馬鹿げてるよ。そう思わないか？」

カイアが床に視線を戻すと、彼がまた顎を持ち上げ、じっとこちらの目を見つめた。そして、にっこり笑って言った。「それに、うちの家族とディナーをしたいなんて言うけど、母さんの伯母がフロリダから来る予定でさ。すごい年寄りで、始終ぺちゃくちゃ喋ってるんだ。そんなことには誰も付き合わせたくないよ。とりわけきみにはね。信じてくれ、来たっておもしろくも何ともない」

カイアは何も答えなかった。

「なあ、カイア、このままでいいじゃないか。ここでおれたちが過ごす時間は最高だ。誰もが理想とするものだよ。ほかのものなんて――」彼は両腕を宙に振った。「何もかくだらないよ」

彼が腕を伸ばしてカイアを自分の膝の上へと導いた。カイアもそこに坐って彼の肩に頭をもたせかけた。

「大切なものはここにあるんだ、カイア。ほかの場所にはないよ」そう言うと、彼は温かで優しいキスをした。そして、立ち上がった。「さて、そろそろ行かないと」

カイアはひとり、カモメといっしょにクリスマスを過ごした。母さんが去ってからずっとそうだったように。

クリスマスが過ぎて二日経っても、チェイスはやって来なかった。もう二度と誰も待たないという自分への誓いを破り、カイアは潟湖の岸をうろうろと歩きまわった。髪はフレンチスタイルの三つ編みにして、唇には母さんの古い口紅を塗っていた。

遠くの湿地は茶と灰色が交じった冬色のマントを羽織り、一面に広がって種をまき散らす草は、周囲の水面に深く首を垂らしていた。吹きすさぶ風に鞭打たれ、硬く育った茎がざわざわと耳障りな音を鳴らした。カイアは乱暴に髪をほどき、手の甲で唇を拭った。

四日目の朝、カイアはひとりきりのテーブルで皿の上のビスケットや卵をつつきまわしていた。「〝大切なものはここにある〟なんて言ったくせに、自分はいまどこにいるの?」カイアは吐き捨てるように言った。チェイスが友人とタッチ・フットボールをしたりパーティーで踊ったりしている姿が目に浮かんだ。「そういうくだらないものには、もううんざりしてるはずだけど」

そのとき、ついにボートの音が聞こえた。カイアはすぐさまキッチンを飛び出し、うしろ手で力まかせにドアを閉め、小屋から潟湖までひと息に走った。バタバタとエンジンの音を響かせてボートが視界に入ってきた。だが、そこに現われたのはチェイスのボートでも、チェイスでもなく、金色の髪の若者だった。以前より短く切ってはいるが、ニット帽からどうしても髪がはみ出てしまうらしい。まだ走行中のおんぼろボートの上で立ち上がったテイトは、すっかり大人の男になっていた。顔にはもう少年の面影はなく、ハンサムで、落ち着いた雰囲気を漂わせている。彼の目はこちらを探るように動いていたが、口には遠慮がちな微笑みが浮かんでいた。

とっさにカイアは、逃げることを考えた。しかし心はこう叫んでいた。〝だめよ！　ここは私の湖なんだから。いつも逃げてばかりだったけど、今回は違うわ〟次に思いついたのは石を拾うことだった。カイアは六メートルほど先の、彼の顔面めがけてそれを投げつけた。彼が素早く首をすくめたので、石は額をかすめて飛んだだけだった。

「おい、カイア！　何するんだ。待ってくれ」彼は、またひとつ石を拾って狙いを定めているカイアに叫んだ。そして両手で顔を覆った。「カイア、頼むからやめてくれ。お願いだ。少しだけ話せないか？」

石が彼の肩に勢いよくぶつかった。

「私の湖から出ていって！　卑怯者の最低男！　よくも話がしたいなんて言えるわ！」口汚くわめきながら、カイアは無我夢中でまた石を探した。

「カイア、聞いてくれ。きみがチェイスと付き合ってることは知ってる。それは尊重するよ。ぼくはただ話がしたいだけなんだ。頼むよ、カイア」

「なぜ話さなきゃならないの？　あなたの顔なんて見たくないわ、もう二度とね！」カイアは小さめの石を手の平いっぱいに摑み、彼の顔に向かって次々とそれを投げた。

彼は横に逃げたり腰を屈めたりし、ボートが岸に突っ込んだ瞬間、船べりにしがみついた。

「聞こえたでしょ、ここから出ていって！」まだ声は荒らげていたものの、今度は少し口調を和らげて言った。「そうよ。いまはもう、ほかの人と付き合ってるの」

衝突の揺れが収まったところで体勢を立て直すと、テイトは船首の座席に腰を下ろした。

「カイア、聞いてほしい。彼について教えておきたいことがある」もともとテイトは、チェイスの話題には触れないつもりでいた。この突然の訪問は、何もかもが予想とは違う方向へ進んでいた。

「どういうつもり？　私が何をしようと、あなたに口を出す権利はないわ」いまや二メートルほどの距離まで近づいた彼に、カイアはぴしゃりと言った。

彼が硬い表情で続けた。「わかってる、権利なんてない。それでも黙ってはいられないんだ」

カイアはいよいよ背を向けてその場を去ろうとしたが、うしろでテイトが声を張り上げた。「きみは村にいないから知らないだろうけど、チェイスは色んな女と遊んでるんだ。つい先日も、やつがパーティーのあとで自分のトラックにブロンドの子を乗せてるのを見たよ。やつはきみに対してひどいことをしてる」

カイアはくるりと向き直った。「あらそう！　でも、私を捨てたのは彼じゃなくてあなたよ！　約束したくせに戻らないで、二度と姿を見せなかったのもあなただわ。手紙で理由を説明することもできたはずなのに、生きているのか死んでいるのかさえ知らせてこなかった。私ときっぱり別れる度胸がなくて、男らしく私と顔を合わせることもできなかった。あなたはただ姿を消したのよ。最低の腰抜けじゃない！　それなのに、何年も経ってからふらっとやって来て……あなたは彼よりひどいわ。彼には欠点があるかもしれないけど、あなたよりはずっとましよ」カイアはそこでぐっと息を吞み、テイトを見据えた。

彼が手の平を見せ、落ち着くように頼んでいた。「きみの言うとおりだよ、カイア。きみが言ったことはぜんぶ正しい。ぼくは最低の腰抜けだ。チェイスを責める資格なんてない。ぼくの出る幕じゃないし、もう余計な口出しはしないよ。ぼくはただ、きみに謝って説明したいだけなんだ。いままで本当にすまなかった、カイア。頼むから話をさせてくれ」

帆に吹きつける風が急にやんだかのように、カイアは黙り込んだ。テイトはただの初恋の相手などではなかった。湿地に対する情熱を共有してくれ、文字の読み方を教えてくれた人だった。それに、たとえささやかな縁であっても、カイアの消えた家族とつながりがある人だった。彼は人生の大切な一ページであり、すべて失ったカイアにとって、スクラップブックに貼ることのできる一枚きりの記録だった。怒りが鎮まるにつれ、鼓動が高まっていった。

「きみは――とてもきれいになった。すっかり大人の女性だ。無事でやってるのかい？　いまも貝を売ってるのかな」テイトは彼女の変わりように驚いていた。いまだに陰はあるものの、顔立ちはいっそう美しくなり、くっきりした頬骨とふくよかな唇が印象的だった。

「ええ、そうよ」

「実は、きみにあげたいものがあるんだ」彼は封筒からハシボソキツツキの赤い頬の羽根を出し、カイアに渡した。一瞬、カイアはそれを地面に放ろうかと思った。けれどその羽根はこれまで見つけたことがなかったし、もらってはいけない理由もないはずだった。礼は告げずに、それをポケットに押し込んだ。

彼が早口で話しはじめた。「カイア、きみのもとを去ったことは、ただの間違いなんかじゃない。将来も含めて人生最大の過ちだ。ずっと後悔してきたし、これからもするだろう。きみのことを思わない日はない。この先一生、置き去りにしたことを悔やみつづけるはずだ。あのころは、湿地を出てほかの世界で暮らすなんてきみには無理だと信じていたから、二人でいっしょに生きる道が見えなかったんだ。でも、それは間違いだった。きみのもとへ戻って気持ちを打ち明けなかったのも卑怯だ。きみがそれまで何度も置き去りにされてきたことを知っていたのに。ぼくは、自分がどれほどきみを傷つけるのか知りたくなかったんだ。本当に男らしくないよ。きみの言うとおりだ」彼はそこで口を閉じ、カイアを見つめた。

しばらくして、カイアは言った。「それで、いまさら私にどうしてほしいの、テイト？」

「できることなら、何とかして、きみに許してもらいたい」彼は深く息を吸い込み、答えを待った。

カイアは自分のつま先を見つめた。なぜ傷つけられた側が、いまだに血を流している側が、許す責任まで背負わされるのだろう？　とても答える気にはなれなかった。

「とにかく、きみに気持ちを伝えておきたかっただけだから」

それでも黙っていると、彼がまた口を開いた。「ぼくはいま、大学院で動物学を研究しているよ。主に原生動物を。きみもきっと気に入ると思う」

それがどんなものか想像もつかず、カイアは潟湖に目を向けてチェイスの姿がないか確かめた。テイトはその動きを見逃さなかった。カイアがここへ出てきたのはチェイスを待っているからだと、到着してすぐに察しがついていた。

テイトはつい先週、クリスマスの催しで、白いディナージャケットを着たチェイスが複数の女性と踊るのを見かけていた。バークリー・コーヴのイベントはたいてい高校の体育館で開かれるのだが、そのダンス・パーティーも例外ではなかった。バスケットボールのゴール下に置かれた小さいステレオセットが、頼りない音で『ウーリー・ブリー』を流し、それに合わせてチェイスがブルネットの女性をぐるぐるまわしていた。そして曲が『ミスター・タンブリン・マン』になると、彼はブルネットの彼女を残してダンスフロアを離れ、元アメフト部の仲間たちと携帯用ボトルをまわしてバーボンを飲みはじめた。テイトは彼らのそばで高校の恩師二人と話していたため、チェイスのその発言も自然と耳に入ってきた。「ああ、彼女は罠にかかった女ギツネみたいにワイルドさ。いかにも湿地のじゃじゃ馬って感じだよ。ちょっとぐらいガソリン代をかけても行く価値はあるぜ」

テイトは必死で自分を抑え、その場を去ったのだった。

冷たい風が潟湖を切り裂くように吹き抜けていった。チェイスだと思ったので、ジーンズに薄手のセーターという格好で飛び出してきてしまった。カイアは自分の肩をきつく抱いた。

「凍えてしまうよ。なかへ入ろう」テイトが、錆びた煙突から煙が昇っている小屋を指し示した。

「テイト、あなたはもう帰ったらどう」カイアは何度も水路に目をやっていた。テイトがいるあいだにチェイスが来たらどうなるのだろう？

「ほんの数分でかまわないから入れてくれないか。もう一度、きみのコレクションを見せてほしいんだ」

答える代わりにカイアは踵を返し、小屋の方へ駆けだした。テイトもあとを追った。ポーチに入ったとたん、彼は動きを止めた。カイアのコレクションが、子どもの趣味から湿地の自然史博物館へと変貌を遂げていたからだ。彼はホタテの貝殻を手に取った。ラベルにはそれを見つけた海岸の絵が描かれ、この貝がより小さな海洋生物を食べている図も描き加えられていた。ほかの標本——数百個、あるいは数千個あるかもしれない——にも、すべて同じようなラベルがあった。一部の標本は十代のころにも見ていたが、動物学の博士課程にいるいまは、テイトは科学者の目でそれらを眺めていた。

彼は、まだ戸口に立っているカイアの方を向いた。「カイア、これは素晴らしいよ。細部まで美しく記録されている。出版できるぐらいにね。これは本にするといい——何冊にもなるだろう」

「いえ、いいのよ、これは自分のための標本なの。たんに自分が学ぶためのものだから」

「いいかい、カイア。きみがいちばんよく知ってるだろうけど、この地域を扱った書籍はないに等しいんだ。こういう注記や専門的なデータや、見事な図が載っている本は、みんなが待ち望んでいるものなんだよ」たしかにそのとおりだ、とカイアは思った。母さんの古いガイドブックにはこの地域の貝や植物や鳥や、哺乳動物のことが載っているが、ほかにそういう本は出版されていなかったし、そのガイドブックにしてもだいぶ不正確で、項目ごとに白黒の絵と簡単な説明書きがあるだけだった。

「見本を預けてもらえるなら、ぼくが出版社を探して訊いてみるよ」

どう判断すべきかわからず、カイアは彼を見つめた。どこかへ出かけたり、人に会ったりしなければならないのだろうか。テイトはすぐにこちらの疑問を察したようだった。

「家を離れる必要はないよ。見本を出版社に郵送したっていいんだ。それで多少はお金が入ってくるはずだよ。大金を稼げるわけじゃなくても、たぶん、もう二度と貝を掘らなくて済むだろう」

それでもカイアは黙っていた。またもやテイトは、カイアが自力で生きられるようにそっと背中を押してくれているのだった。たんに助けるのではなく。まるでカイアの人生をずっと見守ってくれているかのようだったが、実際には、彼は去ったのだ。

「試してみなよ、カイア。べつに損はないだろう?」

迷ったすえにカイアが見本を持ち帰ることを了承したので、テイトは貝を描いた淡い色合いの水彩画と、季節ごとの羽毛の状態を詳細に描き分けたオオアオサギの絵を選んだ。それに、オオアオサギのカーブした眉の羽根を描いた、繊細な油絵も。

テイトは羽根の絵を手に取った。無数に重ねられた様々な色の細い線が、奥行きのある深い黒を生み出しており、実際に陽光を反射させているかのような艶があった。なかでも目を惹いたのは、細部まで丹念に描き込まれた羽軸に走る、一本の傷だった。それを目にした瞬間、テイトもカイアも同時に気がついた。ここに描かれているのは、テイトが初めてカイアに贈ったあの羽根だということに。二人は絵から顔を上げ、互いの目を見つめた。しかし、カイアはすぐにまわれ右をした。必死で何も感じるまいとしていた。信用できない相手に心を引き戻されてはならないのだ。

彼が足を踏み出してカイアの肩に触れた。そして、そっと自分の方へ向き直らせようとした。「カイア、きみを置き去りにして本当に悪かった。どうしてもぼくを許すことができないか？」

しばらくしてカイアは体をまわし、彼を見つめた。「どう許せばいいのかわからないの、テイト。もうあなたを信じるなんてできっこないもの。お願いよ、いますぐ帰って」

「そうか、わかった。話を聞いてくれてありがとう。謝る機会を与えてくれて」束の間、彼は返事を待ったが、カイアはもう口を開かなかった。それでもテイトは、何の収穫もなしに帰らねばならないわけではなかった。少なくとも、出版の件でまたカイアに会えるかもしれないという希望は手に入れたのだから。

「さよなら、カイア」挨拶は返ってこなかった。彼が見つめると、カイアも視線を合わせたが、すぐに背を向けてしまった。テイトはドアを出て、自分のボートに引き返した。

カイアは彼が帰るのを待ってから潟湖へ行き、湿った冷たい砂に坐り込んでチェイスを待った。テイトに放った言葉を、ひとりでまた口にした。「チェイスには欠点があるかもしれないけど、あなたよりはずっとましよ」

けれど、暗い水底を見つめているあいだ、テイトから聞いたチェイスの話――〝やつがパーティーのあとでトラックにブロンドの子を乗せてるのを見た〟――が、ずっと頭にこびりついていた。

クリスマスから一週間が過ぎたころ、チェイスはようやく姿を現わした。彼は湖岸にボートを寄せながら、今日は泊まっていけるからいっしょに新年を迎えようと言った。二人で腕を組んで小屋へと歩いた。そんなはずはないのに、屋根にはずっと同じ霧が立ち込めているようだった。ベッドをともにしたあと、二人は毛布にくるまってストーブにあたった。どろりとした空気はもう一分子も水蒸気を含めず、ヤカンの湯が沸騰すると、冷たい窓ガラスにずんぐりとした水滴が膨らんだ。

ポケットからハーモニカを取り出すと、チェイスはそれを唇にあて、哀愁を帯びた魚売りの娘の歌『モリー・マローン』を演奏しはじめた――〝いまは彼女の幽霊が手押し車を押し、広い通りや狭い通りを歩いていく。ザルガイにムール貝はいかが、新鮮ですよ！

と叫びながら〟。

こういう物悲しい曲を吹いているときのチェイスは、なぜかいつもよりもずっと、心をもっているように見えた。

28　エビ漁師　一九六九年

酔客でにぎわう時間帯の〈ドッグゴーン〉は、食堂よりもいくらかましな噂話を聞かせてくれる。エドとジョーは、客でごった返した細長いビアホールに足を踏み入れ、バーカウンターを目指した。店の左手の壁に沿って延びるカウンターは、長いダイオウマツの一枚板でできており、端の方はぼんやりとした暗がりのなかに消えていた。そこに群がったり、テーブル席に散らばったりしているのは地元の住民ばかりで、女性は出入りできないためにその全員が男だった。バーテンダーの二人はホットドッグをあぶり、エビやカキやトウモロコシ粉のドーナツを揚げ、粥をかき混ぜ、その合間にビールやバーボンを注いでいた。光を発しているのは各種ビールの電飾看板だけで、その琥珀色の明かりがキャンプファイアのように髭面（ひげづら）の男たちを照らしている。奥の部屋からは、カツン、カツンとビリヤードの球を打つ音が響いていた。

エドとジョーは、カウンターの真ん中あたりに固まっている漁師たちのあいだに身を押し込んだ。と、二人がミラー・ビールとカキのフライを注文するやいなや、待ってましたとばかりに質問が飛んできた。その後どうなってるんだ？　指紋がないなんて信じられないが、本当なのか？　ハンソンの爺さんは調べたか？　あの爺さんはかなりイカれてるからな、櫓で待ち構えて誰かれかまわず突き落とすぐらいのことは平気でするぞ。あんたらも、こんなことが起きて頭が痛いだろ？

　エドとジョーは、自分はこっち、自分はあっちと手分けをしつつ、答え、耳を傾け、頷いてその騒ぎをさばいていった。そのうちに、保安官の耳がざわめきの隅に押しやられた平板な声を聞き取った。振り向くと、その抑揚のない口調の主はハル・ミラーという、ティム・オニールの船に乗るエビ漁師だった。

「ちょっとだけ話せるかな、保安官？　二人だけで」

　エドは何歩かカウンターからあとずさった。「もちろんだ、ハル。あっちへ行こう」彼はハルを連れて壁際の小さなテーブルに行き、まずはこう訊いた。「ビールのお代わりは？」

「いや、まだいい。ありがとう」

「それで、何かあったのか？」

「ああ、そうなんだ。あの女を頭から追い出したくて。ずっともやもやしてるんだよ」

「だったら吐き出せばいい」

「まいったな」ハルが頭を振った。「よくわからないんだ。何の関係もないかもしれないし、あるかもしれない。もっと早く話すべきだったのかもしれないが。とにかく、自分の見たものが頭から離れなくて」

「まずは話してみろ、ハル。関係があるかないか、いっしょに考えればいい」

「実は、チェイス・アンドルーズの件なんだ。彼が死んだ夜のことだよ。おれはティムの船で漁をしていて、深夜遅く、零時をだいぶ過ぎたころに湾に戻ったんだが。そのとき、おれとアレン・ハントはあの女を見かけたんだ。ほら、〝湿地の少女〟と呼ばれてる女さ。その女が湾のすぐ外をボートで走ってたんだよ」

「本当か？　零時をどれぐらいまわってた？」

「たぶん、あれは一時四十五分ぐらいだったと思う」

「彼女はどこへ行こうとしてたんだ？」

「そこが問題なんだ、保安官。まっすぐ火の見櫓の方へ向かっていたんだよ。あのまま進んだとすれば、櫓のそばの、あの小さい湾に着いたはずだ」

エドはため息をついた。「ハル、これは重要な情報だ。かなり重要だぞ。本当に彼女だったのか？」

「そのときアレンとも話したから、彼女に間違いない。二人とも同じことを思ったんだ。あの女はこんな遅くにここで何をしてるんだ、って。ライトも点けずに走ってたしな。おれたちが気づいたからよかったものの、一歩間違えば衝突してたよ。だが、そんなことはすぐに忘れちまって、あとになってから二つの出来事が結びついたんだ。あれはチェイスが櫓で死んだ夜だって。だから、あんたに話さなきゃと思ったんだ」

「ほかにも、漁船から彼女を見た人間はいるのか？」

「どうかな。ほかの連中もその辺にいたのはたしかだよ。帰るところだったから、みんな休んでたんだ。だが、その話をしたことはない。あのときは話す理由がなかったし、それからもとくに訊いちゃいないよ」

「なるほど。ハル、おれに話して正解だよ。情報を提供するのは義務なんだ。何も心配することはないぞ。自分が見たままを教えてくれればいいだけだからな。おまえとアレンには、調書をとるために改めて話を聞かせてもらうことになるだろう。さて、そろそろビールをおごらせてもらえるか？」

「いや、おれはもう帰ることにするよ。じゃあな」

「ああ、気をつけて。助かったよ」ハルが席を立つとすぐに、エドはジョーを手招きした。彼は先ほどからずっと、繰り返し保安官に目を向けて表情を読み取ろうとしていたのだった。二人はさらに一分ほど待ち、ハルが挨拶を交わしながらホールを抜けて通りに出るのを見届けた。

エドは、ハルが目撃したことをジョーにも話して聞かせた。

「何てこった」ジョーは言った。「ほとんど決まりじゃないか?」

「たぶんこの情報だけでも判事は逮捕状を出すだろう。だが、請求するまえにもう少し容疑を固めておきたい。まずは家宅捜索の令状をとって、チェイスの衣服についていた赤い繊維と一致するものがないか調べてみよう。あの晩、彼女が何をしていたのか突き止めるんだ」

29　海草　一九六七年

　冬のあいだ、チェイスは頻繁にカイアの小屋へやって来て、週末にはたいてい一泊していった。たとえどんよりと曇った寒い日でも、二人は靄でかすんだ茂みのあいだにボートを滑らせ、カイアは標本を集め、彼は気の向くままにハーモニカを吹いた。その調べは霧とともに宙をたゆたい、低地帯に広がる暗い林の奥に散って消えたが、どういうわけか、音は湿地に吸い込まれていつまでも記憶されているようだった。というのも、カイアが同じ水路を通るといつも、どこからともなく彼の奏でた音楽が聞こえてきたからだ。

　三月初めのある午前中のこと、カイアはひとりで海を進んで村へと向かった。空は一面、野暮ったいセーターのような灰色の雲に覆われていた。チェイスの誕生日が二日後に迫っていたので、〈ピグリー・ウィグリー〉まで行って特製料理――目玉は初挑戦のキャラメルケーキだ――の材料を買うつもりだった。頭は早くも、食卓にいる彼の前に蠟燭を立てたケーキを置く場面を思い浮かべていた――あのキッチンでそんなお祝いをするなど、母さんが去ってからは絶えていたことだった。彼はこのところ何度か、二人の家のために節約していると口にした。だから、カイアもケーキの焼き方ぐらいは覚えておこうと考えたのだった。

ボートをつないだあと、店が並ぶ通りを目指して埠頭を歩いていると、突き当たりに友人たちと立ち話をしているチェイスの姿が見えた。彼の両腕が、すらりとしたブロンドの女の子の肩に巻きついていた。その意味を理解しようとカイアの頭が回転をはじめたが、足は足で勝手に前へ進みつづけていた。これまでカイアは、彼が誰かといるときや村にいるときは決して近づかないようにしていた。だが、この状況では海にでも飛び込まない限り、彼らを避ける手立てはなかった。

チェイスと友人たちが揃ってカイアの方を振り向き、それとほぼ同時に、彼の腕が女の子の肩から落ちた。カイアは長い脚が目立つ白いデニムのショートパンツを穿き、三つ編みにした黒い髪を両の胸の前に垂らしていた。彼らはぴたりと口を閉じてカイアを見つめた。カイアの心は、チェイスのもとへ駆け寄れないという事実と、そこにあるおかしな現実に焼けるような痛みを覚えていた。

埠頭を歩ききって彼らのもとへ着くと、チェイスが口を開いた。「なんだ、カイアじゃないか、やあ」

彼から友人たちへと視線を移し、カイアは答えた。「こんにちは、チェイス」

彼がこう言うのが聞こえた。「カイア、覚えてるだろ。ブライアンにティム、パール、ティナだ」チェイスは早口でさらにいくつかの名前を並べたが、その声は次第に勢いを失っていった。続いて彼は、カイアに体を向けて周囲に告げた。「彼女はカイア・クラークだよ」

もちろんカイアは彼らの名前など覚えていなかった。一度だって紹介されたことはないのだから。彼らのことは、痩せでのっぽのブロンドとか、そんな形でしか知らなかった。まるで、船のロープに絡みつく厄介な海草にでもなった気がしたが、どうにか笑顔を作って挨拶をした。これは、カイアがずっと待っていた瞬間だった。仲間に入れてほしかった友人たちの輪に自分も加わっているのだ。必死で言葉を探した。何か、彼らの興味を惹くような気の利いたことを言いたかった。やがて、二人ほどが素っ気ない挨拶を残してぷいとその場を離れると、ほかの者たちも次々とそれに続き、小魚の群れのようにあっという間に通りを歩き去ってしまった。

「さて、どうしようか」チェイスが言った。

「邪魔するつもりはなかったの。買い物に来ただけで、すぐに帰るから」

「邪魔なんかしてないよ。彼らとはばったり会っただけなんだ。約束したように、日曜にはそっちへ行くよ」

チェイスは足を踏み換え、指先で貝殻のペンダントをいじった。

「それじゃあ、そのときに」カイアは答えたが、彼は早くもこちらに背を向けて友人たちを追いはじめていた。カイアも店へと急ぎ、メイン・ストリートをよたよたと行進していたマガモの親子を追い越した。黒っぽい路面を踏む彼らの足は、驚くほどきれいなオレンジ色をしていた。〈ピグリー・ウィグリー〉に着くと、チェイスと女の子の姿を忘れようと奮闘しながら、パンが並ぶ通路をまわり込んだ。と、ほんの一・五メートルほどの距離に、あの無断欠席補導員のミセス・カルペッパーが立っていた。二人は同時に囲いに放り込まれたウサギとコヨーテさながらに、その場でじっと向かい合った。いまではカイアのほうが背が高く、教養も身につけているのだが、どちらもそんな事実に思いを至すことはなかった。散々逃げまわった過去が蘇り、カイアはとっさに逃げたくなったが、どうにか踏み留まってミセス・カルペッパーを見つめ返した。彼女は小さく頷き、その場から去っていった。

カイアは、この機会のためにやりくりして貯めたお金をすべてはたくつもりで、ピクニック用の食材を集めてまわった――チーズにフランスパン、それにケーキの材料。けれど、それらを持ち上げ、カートに入れているのは、誰か他人の手のような感じがした。はっきり目に浮かぶのは女の子の肩を抱くチェイスの腕ばかりだった。地元紙の見出しに、近々この地域の海岸に海洋研究所ができると書いてあったので、それも一部買い求めた。

店を出たあとは、まるで何かを盗んだイタチのようにそそくさとうつむき加減で埠頭へ向かった。そして、小屋に戻ってすぐにキッチンのテーブルに着き、新設される研究所の記事を読みはじめた。思ったとおり、その立派な施設はシー・オークスのそばの、バークリー・コーヴからは南へ三十キロほど下った場所に建設されているようだった。〝そこでは湿地の生態系に関する研究が行なわれる予定だが、海洋生物のおよそ半数は何らかの形で湿地の生態に影響を受けるため――〟

記事の続きを読もうとページをめくったときだった。カイアの目に、チェイスと女の子を大写しにした写真が飛び込んできた。その下には〝アンドルーズ家とストーン家、婚約発表〟とあった。カイアの口からもつれた言葉が飛び出した。たちまち涙がこみ上げてきて、いつしか喉が引きつるような嗚咽までが漏れだした。カイアは立ち上がり、その距離から改めて紙面を見つめた。いまいちど新聞を手に取って確かめた――やっぱり、という思いはあった。彼らは写真のなかで顔を寄せ合い、にっこりと微笑んでいた。相手の女の子、パール・ストーンは美人で、裕福そうで、レースのブラウスに真珠の首飾りをしていた。あの、チェイスが肩を抱いていた女の子。〝パールのネックレス〟だ。

壁を伝ってどうにかポーチまで行き、ベッドに倒れ込んだ。開いた口を両手で押さえていた。そのとき不意に、モーターの音が聞こえた。カイアは弾かれたように起き上がり、潟湖の方へ首を伸ばした。湖岸にチェイスがボートを着けているのが見えた。

カイアは、まるで箱から逃げ出すネズミのように素早くポーチの網戸をすり抜け、彼に見つかるまえに潟湖とは反対側の木立へ駆け込んだ。ヤシの背後にしゃがんで見ていると、彼がカイアを呼びながら小屋へ入っていった。彼もそこで、テーブルに広げたままの新聞を目にするはずだった。数分後、また姿を現わした彼が海岸の方へ歩いていった。そこにカイアがいると思っているようだ。

カイアは、彼がふたたび戻ってきても、いくら名前を呼ばれても、決してその場を動かなかった。ようやく木立から這い出したのは、彼がモーターの音を響かせて走り去ったあとだった。重い足取りでカモメにやる食べ物を取ってくると、太陽を目指して海岸へ向かった。小道の先から強い潮風が吹きつけており、浜辺に出たあとも、風だけはカイアの体を支えてくれた。カイアはカモメたちを呼び、大きくちぎったフランスパンを空に放った。それから、風にも負けないほど荒々しい声で彼を罵った。

30　潮衝　一九六七年

浜辺から自分のボートまで一気に走ると、カイアはスロットルを全開にして海を目指し、潮の流れがぶつかる潮衝へとまっすぐに突き進んだ。そして、天を仰いで声を振り絞った。「何よ、この……クズ野郎！」でたらめな方向へうねる波に舵をとられ、舳先が横滑りした。海は相変わらず湿地よりも怒りに猛(たけ)っているようだった。きっと、口に出せない思いを深いところに沈めているせいだろう。

カイアもいままでは、よくある潮流の変化や潮衝なら見抜くことができたし、そこから脱出するには流れを横切る方向へ進めばいいということも知っていた。しかし、いま向かっているのはもっと深さのある強い潮流で、そこに正面から切り込むような真似はかつて一度もしたことがなかった。何しろその流れは、地表の河川をすべて合わせても及ばぬほどの流勢で、毎秒一億トン近い水を押し流しているメキシコ湾流へと通じているのだ——そしてそんな巨大な海流が、ノース・カロライナの海岸の目と鼻の先にはあるのだった。上昇した海面が激しい逆流を生み出し、いくつも渦を発生させ、反時計まわりの渦は沿岸の潮衝を巻き込んで世界でも有数の危険地帯を作り出している。カイアはこれまでずっと、そんな海域には近づかないようにしていた。けれど、今日は違った。いまはまっすぐその喉元に斬りかかろうとしていた。この痛みを、この怒りを凌(しの)ぐ何かが必要だった。

うねって押し寄せる水がたちまち舳先の下で膨らみ、ボートがぐんと右へ引っ張られた。しばし上下に揺さぶられ、それが静まったころ、船は怒れる潮衝のなかへとぐいぐい引き寄せられていた。速度が急激に増していた。無理に針路を変えるのは危険と判断し、カイアはどうにか流れに乗ってボートを進ませた。そのあいだも目は油断なく動かしつづけ、水面下で刻々と形を変えて障壁を築いている砂嘴(さし)を捉えようとした。ほんの一瞬でもそこに触れれば、船はあっけなく転覆してしまうからだ。

背後で幾度となく波が砕け、髪はすっかりびしょ濡れになった。頭上では低く垂れた黒雲が飛ぶように流れていき、日差しを覆い隠して渦や乱流の在り処(ありか)をわかりにくくしていた。太陽の熱さえも雲に吸い取られてしまっている。

ここにきてもまだ、カイアの心に恐いという感情は湧いてこなかった。恐れることを望み、それによって心に突き刺さった刃(やいば)を押し出そうとしているのに。

と、不意に黒くのたうつ水が流れを変え、小さなボートが真横に倒れんばかりに右へスピンしはじめた。勢い、カイアは船底に叩きつけられ、全身に海水が降り注いだ。突然のことに呆然となり、カイアはしばし水溜まりに坐ってひたすら次の波に身構えた。

もちろん、カイアはまだ本物のメキシコ湾流には近づいてもいなかった。ここは訓練キャンプのようなもので、過酷な外洋に比べれば運動場で遊んでいるに等しかった。だが、カイアにしてみればこれは困難な挑戦にほかならず、それを乗り切ってみせるという闘志も抱いていた。とにかく勝たねばならなかった。痛みをねじ伏せなければならなかった。

バランスも方向感覚もすべて失い、あらゆる角度から襲ってくる鉛色の波に翻弄された。這うようにして座席に戻ると、また舵のハンドルを握ったが、もはや向かうべき針路さえわからなかった。線状の陸地が遠くで跳ねてはいるものの、白い波頭のあいだにときおりその一端が見えるだけだった。目が固い地面を捉えたと思っても、次の瞬間にはボートが回転するか傾くかして視界から逃げてしまうのだ。初めは、この潮流も乗りこなせると信じていた。だが、流れはいよいよ力を増し、彼方の暗く荒れ狂った海域へとさらにカイアを引きずっていた。雲の塊は低空に居座って太陽を遮っている。ずぶ濡れで震えるカイアには、もう体力はほとんど残っておらず、船を進めることさえままならなかった。けれど、悪天候の装備などは何ひとつ用意していないし、食料も、水さえもなかった。

ついに訪れた恐怖は、海よりも深い場所からやって来た。それは、またひとりになってしまうという恐怖だった。きっと逃げ出すことなどできないのだ。一生続く苦しみなのだ。喉から喘鳴のような嫌な音が漏れた瞬間、ボートが大きく倒れ、舷側が波をこすった。船はいまや危険なほどに激しく波に揺さぶられていた。

船底には泡立つ水がすでに十五センチほど溜まっており、冷水に浸かった素足が燃えるような痺れを感じていた。海や雲は、春のぬくもりなどいとも簡単に奪い去っていた。少しでも体を温めようと胸にぎゅっと片腕を押しつけ、もう一方の手で懸命に舵を握った。水に逆らうことはせず、とにかく波に動きを合わせて船を進めた。

そうこうするうちに、水は次第に穏やかになっていった。潮流はなおも自分が目指す方向へカイアを押し流していたが、海はもう、うねることも逆巻くこともやめていた。見ると、前方に小さな砂嘴が伸びていた。三十メートルほどの長さがあり、海水と濡れた貝殻できらきらと輝いている。強い下層流に立ち向かうべく、タイミングを見極めると、一気に舵を切って潮流から抜け出した。それから砂嘴の風下側へまわり込み、一段と穏やかになった水面を進んで、まるでファーストキスのように優しく岸に船を着けた。細い帯状の地に降り立つと、足が砂に沈み込んだ。カイアはそこへ仰向けになり、背中で地面の固さを味わった。

カイア自身、自分が嘆いているのはチェイスを失ったことではないとわかっていた。辛いのは、幾度もの拒絶によって自分の人生が決められてきたという現実なのだ。青空と雲がせめぎ合う上空を見つめながら、カイアははっきり声にして言った。「ひとりで人生を生きなければいけない。わかっていたはずじゃない。人は去っていくものだなんて、ずっとまえから知っていたはずよ」

決して偶然などではない。チェイスは餌をちらつかせるように結婚を口にし、その直後にカイアをベッドに連れ込んで、それからほかの誰かのためにカイアを捨てたのだ。雄は雌から雌へ渡り歩くものだということは、これまで散々学んできたはずだった。なのになぜ、あの男を信じてしまったのだろう？　彼の洒落たモーターボートは、発情期の雄ジカが見せびらかすふさふさの喉の毛や大きすぎる角と同じだった。ほかの雄を追い払い、次々に雌を魅了するためのただのお飾りだ。にもかかわらず、カイアは母親と同じように男の策略にはまってしまったのだった。〝ちゃっかり野郎〟にしてやられたということだろう。カイアの父親も母親に数々の嘘をついた。お金があるうちに高級レストランへ誘い、一文無しになったあとは自分の本当の縄張り――沼地の小屋――へと連れ帰った。たぶん愛というものは、手をつけずにそっとしておくのがいちばんなのだ。

カイアは声に出してアマンダ・ハミルトンの詩を諳んじた。

もう　手放さなければ
あなたを行かせなければならない
愛はいつも
とどまる理由になる
けれど　去る理由には
なりはしない
私は舫い綱を手から落とす
あなたが岸を離れていく

あなたはいつも
思っていたはず
恋人の胸にたぎる
熱い流れは
あなたを深みに引きずり込むと
けれど私の心は潮のように満ちては引いた
だからあなたを解き放つ

船はあてどもなく
海草を曳いて漂うだろう

太陽は腰の重い雲のあいだにすき間を見つけ、砂嘴に弱々しい日差しを投げかけていた。カイアは周囲を見まわした。巨大な海の熊手である潮流は、ここの砂と結託して見事な漁網を張り巡らせたらしく、あたりには見たこともないほど素晴らしい貝殻のコレクションが散らばっていた。カーブした形状やゆっくり動きつづける砂のおかげで、砂嘴の風下には貝が集まっており、しかも、砂に守られているために殻が割れてしまうようなこともないのだった。完璧な形を保って虹色に輝くそれらの貝には、カイアの好きな種類のものがたくさん交じっていたし、珍しい貝もいくつか目に留まった。どれもまだ海水に濡れて光っている。

そのあいだを歩きまわり、これはと思う貴重な貝を拾って傍らに積んでいった。それからボートをひっくり返して溜まった水を流すと、船底の継ぎ目に沿って慎重に貝殻を並べた。そろそろ帰る方途を考えねばならず、カイアはめいっぱい背を高くして水面を見渡した。波を読み解き、貝殻から得た情報も考え合わせた結果、風下側から出てまっすぐ陸地へ向かう針路をとることにした。そのコースなら強い潮流を一度も通過しなくて済むはずだった。

ボートを押し出しながら、この砂嘴はもう誰の目にも触れることはないのだと思った。この、海に浮かんだ微笑みのような砂の帯は、ほんの短いあいだ、自然がその角度にしてみせたというだけなのだ。次の潮の干満や流れの変化で、ここにはまた新たな形の砂嘴が出来上がり、さらに次の形が生み出されていく。けれど、いま見ているものは二度と戻ってはこないだろう。カイアを捉え、いくらかの教えを与えてくれたこの砂嘴は。

その後、小屋の裏の海岸を歩きながら、カイアはお気に入りのアマンダ・ハミルトンの詩を口にした。

おぼろな月よ　歩く私の
あとをついてこい
地上の影にも乱されることなく
その光を投げかけて
そしてともに感じてほしい
沈黙した肩の冷たさを

月よ　あなただけは知っているだろう
孤独によって　一瞬はどれほど長く
はるか遠くまで
引き伸ばされていくことか
ときを遡るなら
砂浜からその空までは
ほんのひと息でたどり着けるというのに

この孤独を理解してくれる者がいるとすれば、それは月なのだろう。

カイアは漂うような足取りで、不変のサイクルを繰り返すオタマジャクシや、夜空を舞うホタルのもとへ引き返した。そうして、もの言わぬ野生の世界へと奥深く潜り込んでいった。流れのなかにあっても揺らがないものは、ただ、自然だけなのかもしれなかった。

31　本　一九六八年

　錆びついた郵便受けは、父さんが切った木の杭に載せられて、名もない通りの突き当たりにぽつんと立っていた。そこに入っている郵便物といえば、どの家にもどっさり投函されるたぐいの広告ばかりで、カイア宛てには請求書も来ないし、女友だちや年老いた伯母から楽しい手紙が届くということもなかった。そんなわけで、かつて一度だけ送られてきた母さんの手紙を除けば、カイアにとって郵便物はとくに意味のないもので、郵便受けを何週間もほったらかしにするということも決して珍しくはなかった。

　しかし、チェイスとパールの婚約発表から一年以上が過ぎたころ、カイアは二十二年間の人生で初めて、毎日欠かさず熱い砂の小道を歩いて郵便受けを覗きにいった。そして、ある朝ついに、そこに分厚いマニラ封筒が届いているのを見つけたのだった。なかには、新刊の見本版として刷られた〝キャサリン・ダニエル・クラーク著『東海岸の貝殻』〟が入っていた。カイアはひとり息を呑んだ。残念ながらそれを見せる相手はいなかったが。

カイアは海岸に坐り、一枚一枚、すべてのページに目を通した。最初にテイトが出版社に連絡をとり、その後さらに何枚か絵を提出したあと、出版社はカイアと手紙のやり取りを始め、契約書を送ってきたのだった。貝殻の標本については、すでに何年もかけて絵も文章も完成させていたため、担当編集者のミスタ・ロバート・フォスターは見本版に添えた手紙にこう書いていた。この本は最速記録で出版されることになるだろうし、二冊目の鳥の本もすぐに出せるだろうと。彼は前金の五千ドルも同封していた。もしそこに父さんがいたら、悪い脚をもつれさせたあげくにひっくり返り、袋の酒をまき散らしていたことだろう。

そしていま、カイアの手元には校正の済んだ完成版があった——筆で描いた線も、入念に選び抜いた色も、自然に関して考察した文章も、そっくりそのまま印刷された一冊の本が。そこには、貝殻の内部に棲む生き物の絵もちゃんと載せていた——彼らが何を食べ、どう動き、どのように交尾するか。人は貝殻には興味を示しても、なかで生きている生き物のことは往々にして忘れてしまうからだ。

カイアは紙面に指を這わせ、それぞれの貝殻を発見した海岸や、季節や、朝焼けに思いを巡らせた。それは家族のアルバムのようなものだった。

それから何カ月ものあいだ、ノース・カロライナ州の海岸沿いはもちろん、南部のサウス・カロライナ州やジョージア州、ヴァージニア州、フロリダ州、それに北部のニュー・イングランド地方の海岸沿いでも、カイアの本は土産物屋や書店のショーウィンドウに飾られ、あるいは平台に積み上げられることになった。出版社によれば印税小切手は半年ごとに送られてくるらしく、毎回、数千ドルにはなるだろうという話だった。

カイアはキッチンのテーブルに向かい、テイトに宛てたお礼の手紙を書いていた。けれど、その下書きを読み返したところで、ふと考え直した。文字を書き送るだけでは足りないように思ったのだ。彼の親切のおかげで、湿地を愛することが一生の仕事になったのだから。彼は人生を変えてくれた。彼のおかげで、これまで集めてきた羽根や貝殻や虫を大勢の人と共有できるのだし、それにもう二度と、食べるために泥を掘り返さなくてもよくなったのだ。たぶん、毎日トウモロコシ粉ばかり食べる生活ともお別れできるだろう。

ジャンピンから聞いた話では、テイトはシー・オークスのそばにできた例の研究所で、生態学者として働いているようだった。調査用に立派なボートも与えられたのだという。ときどきカイアも遠くから彼を見かけることがあったが、関わりはいっさいもたないようにしていた。

カイアは手紙に追伸を加えることにした。〝もし近くまで来ることがあれば、立ち寄って下さい。本を渡したいので〃そして、宛先に研究所の住所を書いた。

その次の週には、カイアは修理屋のジェリーを呼び、水道を引いて給湯器をつけてもらい、奥の寝室をバスルームに改築して猫足のバスタブを置いてもらった。彼は戸棚のあるタイル張りのキッチンシンクを取りつけ、水洗式のトイレも設置した。電気も使えるようになったので、ジェリーがキッチンに新しい冷蔵庫を入れ、ガスの調理コンロも運び込んだが、カイアは薪ストーブもその脇に積んだ薪も手放さないと言い張った。それがあると小屋が暖かいからだが、それ以上に、このストーブは母さんが日々心を込めてビスケットを焼いてくれたものなのだ、と思っていた。もし帰ってきたときにストーブがなかったら、母さんはどう感じるだろう？　ジェリーはマツの心材でキッチンの戸棚を作り、ポーチのドアを新しくし、虫除け網も張り替えて、おまけに標本を並べるための背の高い棚も作ってくれた。カイアはソファや椅子、ベッド、マットレス、ラグなども〈シアーズ・ローバック〉の通信販売で新たに注文したが、キッチンの古いテーブルはそのまま使うことにした。これでようやく、ささやかな思い出を守るための空間が出来上がったと感じていた――と言っても、離散した家族の記録の断片がしまわれているだけの、小さな空間だったが。

小屋の外観は以前と変わらなかった。塗装もせず、雨ざらしのマツの板壁に錆だらけの灰色のブリキ屋根が載っていて、頭上にかかるオークの枝からはスパニッシュ・モスの細い茎や葉が垂れ下がっていた。荒廃した雰囲気はいくらか減ったものの、湿地の景色に無理なく溶け込んでいるという点は同じだった。冬のいちばん寒い時期を除けば、ポーチで眠るという習慣も相変わらずだった。ただし、いまではそこに本物のベッドがあった。

ある朝、カイアはジャンピンから、この地域を開発する一大プロジェクトが持ち上がっているという話を聞かされた。何でも開発業者が〝陰気な沼地〟を干拓し、ホテルを建設しようとしているのだそうだ。たしかに昨年あたりから、大型の重機がわずか一週間でオークの木立をすっかり伐り倒したり、湿地の水を抜くために流路を掘ったりするのを見かけるようになっていた。業者はその作業が済むと、干からびて硬くなった轍をあとに残して次の場所へと移っていくのだった。どう考えても、彼らはアルド・レオポルドの著書を読んでいないに違いなかった。

アマンダ・ハミルトンの詩ははっきりそれについて語っていた。

　子どものころから
　目と目を合わせ
　心を合わせ

私たちはともに育った
翼を並べ
葉と葉を重ね
あなたはこの世から旅立って
その子の前で息絶えたのだ
ああ　我が友よ　野生の命よ

自分が住んでいるのは家族が所有する土地なのか、それとも大半の湿地の住人と同様、何世紀も続く慣例どおりに勝手に住みついただけなのか、カイアは知らなかった。長年、母さんの居場所がわからないかと家にある紙切れにはすべて目を通してきたが、土地の譲渡証書のようなものは一度も見かけたことがなかった。

ジャンピンの店から戻るとすぐに、古い聖書を布で包み、それをもってバークリー・コーヴの郡庁舎に向かった。額が広くて肩幅の狭い、白髪頭の書記官が、巨大な革表紙の登記簿や地図や、数枚の航空写真を出してきて、それをカウンターに広げた。カイアは地図の上に指を走らせ、小屋裏の潟湖を中心にして自分の土地と思われる地帯を大まかに囲ってみせた。書記官が参照番号を確認し、古い木製の書類棚から証書の写しを見つけ出した。

「ああ、ありました」彼が言った。「この一帯は正式な測量を済ませたうえで、一八九七年にミスタ・ネイピア・クラークが買い占めたようですね」

「私の祖父です」そう答えると、カイアは聖書の薄い紙をめくり、出生や死没の記録が書き込まれたページを開いた。そこにはちゃんと、ネイピア・マーフィー・クラークという、上の兄と同じ立派な名前があった。カイアは書記官に、父親は死んだと告げた。おそらくそれが現実なのだろう。

「売却された記録はありませんね。いいでしょう。では、ここはあなたの土地というわけです。しかし、ひとつ問題がありましてね、ミス・クラーク。未納の税金が溜まってるんですよ。この土地を所有しつづけるにはそれを納める必要があります。もっと言うと、法律ではその税金を全額納めた人間が土地を所有できることになってるんですよ。たとえ証書がなくても、払いさえすれば誰でも手に入れられるということです」

「幾らになるんですか？」カイアは銀行口座を開いていなかったので、家の改修後に残った全財産の三千ドルは、そのままリュックに入れて持ち歩いていた。しかし、ここで問題になっているのはおそらく四十年は溜め込んでいる税金だった――たぶん何千、何万ドルもの金額になるのだろう。

「ええと、そうですね。ここいらは〝荒地〟に分類されてますから、課税額は大半の年が五ドルほどで、となるとですね、ちょっと計算してみましょう」彼はでっぷりとした無骨な計算機の前へ行き、諸々の数字を打ち込みはじめた。入力が完了したところでハンドルを引き倒すと、いかにもすべてを加算していますという回転音が鳴った。

「どうやら、総額で約八百ドルというところですね——それを払えれば、晴れてこの土地はあなたのものになります」

カイアは、自分の名前が明記された証書を手に入れ、郡庁舎をあとにした。その証書は、草深い潟湖も輝く湿地も、オークの林も、ノース・カロライナの海岸線に延々と続くプライベート・ビーチも含めて、約一・三平方キロメートルもの土地がカイアの所有地であることを認めていた。「ここいらは荒地に分類されてて、陰気な沼地だものね」

夕暮れの潟湖にボートを差し入れながら、カイアはサギに話しかけた。「そこにいていいのよ。その場所はあなたのものなんだから!」

翌日の昼、カイアが郵便受けを見にいくと、テイトからの手紙が入っていた。これまで彼から受け取ったのは例の羽根の株に置かれたメモだけだったので、こんな形で手紙が来るなど、妙にかしこまっていて不思議な感じがした。彼は、本を渡すために家へ呼んだことに感謝していて、まさに今日の午後に立ち寄るとも書いていた。

出版社からは自分の本を六冊もらっていたので、そのうちの一冊を手にし、読み書きを教わった丸太のところで彼を待った。二十分ほどしたころ、テイトの古いボートが水路を進んでくる音が聞こえ、ほどなくエンジン音が止まった。彼が草藪の陰からゆっくり視界に入ってきた。二人は互いに手を振り、静かに微笑みを交わした。どちらも警戒は解かなかった。何しろ最後に彼がここへ来たときは、その顔面にカイアが石を投げつけるような事態になったのだ。

ボートをつないだあと、テイトがカイアのもとへ近づいてきた。「カイア、素晴らしい本ができたね」ハグをしようとするように彼がそっと身を乗り出したが、硬い殻で厚く覆われた心は、カイアをあとずさりさせただけだった。

代わりにカイアは本を手渡した。「はい、テイト。あなたに贈るわ」

「ありがとう、カイア」そう答えると、テイトは本を開いてぱらぱらとページをめくった。むろん口にはしなかったが、彼はすでにシー・オークスの書店で彼女の本を買い求め、その内容の見事さに目を見張っていたのだった。「こんな本はこれまでどこにもなかったよ。もちろん、今後も書きつづけてくれるだろうと期待しているよ」

カイアは黙って軽く頭を下げ、かすかに笑みを浮かべた。

彼は最初のページまで戻り、そこで言った。「あれ、サインをしてないじゃないか。ぼくに献辞を書いてよ、せっかくなんだから」

カイアは驚いて顔を上げた。そんなことは考えてもみなかった。いったいテイトにどんな言葉を書けばいいのだろう？

彼がジーンズのポケットからペンを抜き、こちらに差し出してきた。

それを受け取ると、少し考えてからこう書いた。

羽根の少年へ
ありがとう
湿地の少女より

テイトはその文字を読んだ。そしてカイアから顔を背け、湿地の彼方へ目をやった。カイアを抱き締めるわけにはいかなかったからだ。やがて、彼はカイアの手を取ってきつく握った。

「ありがとう、カイア」

「あなたのおかげよ、テイト」そう答えたあと、カイアは思った。〝いつだってあなたが助けてくれたのよ〟心の半分は彼を求め、半分は自分を守っていた。

ティトはしばらくその場に立っていたが、カイアがもう口を開かずにいると、ボートの方へ戻っていった。だが、乗り込むときになってこう言った。「カイア、湿地でぼくを見かけても、子ジカみたいに草陰に隠れたりしないでくれよ。気にせず声をかけてくれれば、いっしょに調査なんかもできるだろ。いいかい？」

「わかった」

「それじゃあ、本をありがとう」

「さよなら、ティト」彼の姿が低木の茂みの向こうに消えてしまうと、カイアはひとりつぶやいた。「お茶に誘うぐらいはしてもよかったかもね。それぐらいなら何の問題もないわ。彼とは友だちになれるはず」そして、自分の本のことを思い、珍しく誇らしい気持ちになった。「彼とは研究者仲間にだってなれるわ」

ティトが帰った一時間後、カイアはジャンピンのもとへとボートを走らせた。リュックサックにはまた一冊、自分の本を押し込んでいた。船着き場へ近づいていくと、古ぼけた店の壁に背中を預けている彼の姿が見えた。彼が立ち上がって手を振ったが、カイアは振り返さなかった。何かあると察したようで、彼はカイアがボートをつなぐあいだも黙って待っていた。ジャンピンの前まで行き、彼の手を持ち上げ、その手の平に本を載せた。彼は、すぐにはぴんと来ないようだった。カイアは自分の名前を指差して言った。「もう大丈夫よ、ジャンピン。これまで本当にありがとう。メイベルにも感謝しているわ」

彼はカイアを見つめていた。もし時代や場所が違えば、この、年老いた黒人の男と若い白人の女はきつく抱き合っていただろう。だが、この時代のこの場所では無理だった。カイアは彼の手を自分の手で包み込み、それから背中を向け、ボートに乗って走り去った。言葉を失ったジャンピンを見たのは、そのときが初めてだった。その後もカイアは燃料や生活用品を買うために店を訪れたが、彼らから施し物を受け取ることはもうなかった。そして、船着き場へ来るたびに、カイアは自分の本が店の小さな窓に飾られているのを目にした。まるで、父親が娘の本を見せびらかしているかのようだった。

32 アリバイ　一九六九年

上空を低く覆う暗雲が、先を争うように鉛色の海からバークリー・コーヴへと押し寄せていた。初めにやって来たのは強風で、風はガタガタと窓ガラスを揺すり、次々と波をぶつけて埠頭を水浸しにした。桟橋につながれたボートは上へ下へとおもちゃのように波間を跳ね、黄色いレインコートを着た男たちは船を守ろうとあちこちのロープを縛ってまわった。やがて、横殴りの雨が村を叩きはじめると、あらゆるものの輪郭がかすみ、灰色に滲んだ世界に黄色い塊だけが動きまわるようになった。

風は保安官事務所の窓のすき間からも、笛のような音を立てて吹き込んでいた。保安官はいくらか声を大きくした。「それで、ジョー、何か摑んだのか？」

「ああ。ミス・クラークが事件当夜にいた場所について、話を聞けたんだ」

「何だって？　ついに彼女に会えたのか？」

「そんなわけないだろう。彼女はウナギみたいにつるつる逃げるんだ。何度行っても捕り逃がしちまう。だから、今朝はジャンピンの船着き場まで行って、彼女がいつごろ来るか訊いてみたのさ。彼女も燃料を入れないわけにはいかないからな、あそこで待てばそのうち捕まえられると思ったんだ。だがな、これを聞いたらあんたも驚くぞ」

「話してみろ」

「これは信用できる情報として、二人から聞いた話だ。それによると、彼女はあの晩はこの土地を離れていたそうだよ」

「何だと？　誰から聞いた？　あの彼女が遠くへ出かけたりするもんか。もし事実だとしても、誰がそれに気づくんだ？」

「テイト・ウォーカーを覚えてるか？　いまはドクタ・ウォーカーだ。あの新しい研究所で働いてる」

「ああ、彼のことは知ってるよ。父親はエビ漁師だろ。スカッパー・ウォーカーだ」

「そのテイトが言うには、カイアとは──彼はカイアと呼んでるらしいが──むかし仲良くしてたそうだ」

「そういう仲だったのか？」

「いや、そうじゃない。子どものころの話だ。どうやら読み書きを教えていたようだな」

「本人の口から聞いたのか？」

「ああ。ちょうど彼も店にいたのさ。おれはジャンピンに、湿地の少女から話を聞くにはどうすればいいか訊いてたんだ。見当もつかないって答えしか返ってこなかったがな」

「ジャンピンはむかしから彼女に親切にしてたからな。我々には協力したがらないかもしれない」

「試しに、チェイスが死んだ晩、彼女が何をしてたか知らないかも訊いてみたんだよ。そしたら、それは知ってるという話になってな。事件から二日後の朝に彼女が店に来たらしくて、彼女にチェイスの死を教えたのは自分だと言っていた。彼の話では、彼女はグリーンヴィルへ二晩ほど出かけていたそうだ。チェイスが死んだ夜も含めてな」

「グリーンヴィルへ？」

「ああ、そう聞いた。テイトはずっとそばにいたんだが、彼もそこで話に入ってきて、グリーンヴィルへ出かけていたのはたしかだと請け合った。何でも、彼がバスの切符の買い方を教えたそうだ」

「なるほど。そいつは重要な新事実だな」ジャクソン保安官は言った。「しかし、二人ともその場にいて同じ話をするってのは、ちょっとできすぎじゃないか。そもそも彼女はなぜグリーンヴィルまで行ったんだ？」

「テイトが言うには、出版社が――ほら、たいしたもんで、彼女は貝殻や海鳥の本を書いただろう——旅行の費用を出して、彼女を招いたそうだ」

「都会の出版社が彼女に会いたがるなんて、ちょっと想像がつかないな。まあ、それならそれで裏を取るのは簡単だろうが。テイトは、読み書きを教えたことについてどんなふうに話してたんだ？」

「おれが彼女と知り合ったきっかけを訊いたんだ。そしたら、むかし彼女の家のそばでよく釣りをしていて、読み書きができないとわかったから教えたと言ってたよ」

「ふむ。本当にそれだけなのか？」

ジョーが言った。「いずれにしろ、これで事態は一変したわけだ。彼女にはれっきとしたアリバイがあるんだからな。グリーンヴィルにいたとなると、もう疑いようがないだろう」

「ああ。表面上はな。だが、よくできたアリバイほど疑いたくなるもんさ。それにエビ漁師の証言もある。チェイスが落ちたまさにあの晩に、ボートで火の見櫓へ向かうのを目撃されているんだ」

「見間違いってこともあるぞ。あの晩は暗かった。午前二時をまわるまで月が出なかったからな。やはり彼女はグリーンヴィルにいて、漁師が見たのは彼女に似た別人だったんじゃないか？」

「とにかく、さっき言ったように、費用は会社もちでグリーンヴィルへ行ったとなれば裏はすぐに取れるだろう」

嵐はだいぶ勢いを弱め、いまはすすり泣くような風と小雨が残っているだけだった。それでも、二人の官憲は食堂に出向くのはやめ、使いの者にチキンのダンプリングとライ豆、ズッキーニの蒸し焼き、サトウキビのシロップとビスケットを買いにいかせることにした。

ちょうど昼食を済ませたころ、保安官のオフィスのドアがノックされた。扉を開けて入ってきたのはミス・パンジー・プライスだった。ジョーとエドは揃って腰を上げた。彼女はバラ色にきらめくターバンのような帽子をかぶっていた。

「これはどうも、ミス・パンジー」二人とも彼女に頷きかけた。

「こんにちは、エド、ジョー。坐ってもいいかしら？　長居はしないわ。実は、あの事件に関する重大な情報があるのよ」

「もちろんかまいません。どうぞおかけ下さい」二人が坐ると同時に、ミス・パンジーも大きなメンドリのような体を椅子に下ろし、念入りにあちこちの羽を整えはじめた。膝の上には大事な卵でも抱くようにちょこんとハンドバッグが載っている。保安官は待ちきれずに口を開いた。「事件というと、どの件のお話ですか？　ミス・パンジー」

「あら、決まってるじゃないの、エド。わかるでしょう？　誰がチェイス・アンドルーズを殺したか、ですよ」

「殺人と確定したわけではありませんよ、ミス・パンジー。いいですね？　それで、情報というのは？」

「私が〝クレス〟に勤めているのはご存じよね」彼女はいつも店の名を最後まで言わなかった。〝クレスのファイブ&ダイム（安売り店）〟と呼ぶと自分の格が下がると思うのだろう。彼女は保安官がきちんと頷いて同意を示すのを待ち——彼女がむかしからあの店にいて、少年時代の彼にもおもちゃの兵隊を売っていたことなど、互いによく知っているというのに——それから先を続けた。「容疑者はあの湿地の少女よね。違うかしら？」

「誰がそんなことを？」

「あら、そう信じている人は大勢いるわよ。でも、いちばん触れまわっているのはパティ・ラヴね」

「なるほど」

「ところがね、私も含めてクレスの店員の何人かは、湿地の少女がバスで幾日か村を離れていたのを見てるのよ。彼女は、チェイスが亡くなった夜はここにはいなかったの。日付や時間も証言できるわよ」

「そうなんですか？」エドとジョーはちらりと視線を交わした。「で、その日付と時間は？」

ミス・パンジーが椅子の上で背筋を伸ばした。「彼女は十月二十八日、午後二時三十分発のバスで出かけて、三十日の午後一時十六分に戻ってきたわ」

「ほかにも見た人がいるんですね？」

「ええ。ご所望ならリストを渡すわよ」

「いえ、そこまでして頂かなくても。話を聞きたいときは我々が〈ファイブ&ダイム〉まで行きますから。ご足労頂きありがとうございました、ミス・パンジー」保安官が立ち上がると、ミス・パンジーとジョーもそれに続いた。

彼女がドアへ向かった。「お時間をありがとう。いま言っていたように、私に話があればいつでもお店に来てちょうだい」

彼らは別れの挨拶を交わした。

椅子に戻ると、ジョーが言った。「また情報が出てきたな。テイトやジャンピンの話と一致する。彼女はやはり、あの晩はグリーンヴィルにいたんだろう。少なくともバスで出かけてたってのは間違いなさそうだ」

保安官は長々とため息をついた。「そのようだな。だが、昼のうちにバスでグリーンヴィルへ行き、夜になってまたバスで戻ることはできるかもしれない。それからひと仕事して、またバスでグリーンヴィルに行くんだ。誰にも気づかれないようにな」

「あり得なくはないだろうが、ちょっと強引だな」

「バスの時刻表をもらってきてくれ。時間的に可能かどうか見てみたい。夜のうちに往復できるか確かめるんだ」

ジョーが出ていくまえに、エドはさらに言った。「人目につくよう、わざと真っ昼間の時間帯を選んでバスを乗り降りしたのかもしれない。考えてみれば、彼女がアリバイを偽装するには普段とは違うことをしなけりゃならないんだ。事件当夜もいつもどおりひとりで小屋にいましたと主張したって、それじゃあアリバイにはならないからな。負けは目に見えてる。そこで、大勢の目に触れるような行動をとろうと考えたんだ。メイン・ストリートの連中の目の前で、鉄壁のアリバイを作ろうとしたんだよ。賢いやり口だ」

「なるほど、なかなか鋭い指摘だな。いずれにしても、おれたちはもう靴底をすり減らす必要はなさそうだ。ここに坐ってコーヒーでも飲んでれば、村のご婦人たちがせっせと証拠を運んできてくれるだろうよ。じゃあ、ちょっと時刻表をもらってくる」

それから十五分でジョーは戻ってきた。

「どうやらあんたの予想どおりだな」彼が言った。「ほら、夜のあいだにグリーンヴィルからバークリー・コーヴに戻り、また向こうに引き返すことは可能だよ。余裕でできるだろう」

「ああ。バスの間隔もたっぷり空いてるから、誰かを火の見櫓から突き落とす時間は充分にある。よし、捜索令状を取るぞ」

33　傷痕　一九六八年

一九六八年の冬のある朝、カイアはキッチンのテーブルに向かい、オレンジとピンクの水彩絵の具を使って丸々としたキノコを描いていた。海鳥の本を書き終えたので、いまはキノコの案内書に取りかかっていた。すでに蝶や苔の本を出す計画も進んでいる。

使い込まれてへこんだ鍋にはササゲ豆と紫タマネギと塩漬けハムが入っており、それが薪ストーブの上でぐつぐつ煮えていた。いまだにカイアは新しい調理コンロよりもストーブを好んで使った。とくに冬場はストーブが欠かせない。ぱらつく雨に打たれ、ブリキの屋根が軽やかに歌っていた。と、そのとき不意に、一台のトラックが砂に往生しながら小道を走ってくる音がした。屋根の歌をかき消すほどに重々しい音を轟かせて。にわかにパニックが膨らみ、カイアは慌てて窓のところへ行った。見ると、赤いピックアップ・トラックが器用に泥のなかを進んでいた。

逃げなければと思ったが、すでにトラックはポーチの前にたどり着いていた。窓の下にしゃがんで覗いていると、なかから灰緑色の軍服を着た男が降りてきた。彼はドアを半開きにしたまましばしその場に立ち、林を抜ける道や、その先の潟湖に目をやった。そして、静かにドアを閉めてから小走りで雨をくぐり抜け、ポーチまでやって来てドアをノックした。

カイアはひとり悪態をついた。きっと迷ったのだ。道を教えればそのまま立ち去るだろうが、関わりたくはなかった。こうしてキッチンに隠れていれば、そのうち諦めるかもしれない。けれど、彼は大きな叫び声を上げた。「おーい！　誰かいませんか？　すみません！」

煩わしいがどこか興味も惹かれ、カイアは家具を一新したリビングを抜けてポーチへ行ってみた。背が高くて髪の黒い、見知らぬ訪問者は、ポーチのドアを開けたますぐそこの階段に立っていた。軍服は自力で立ちそうなほど硬く張り詰めていて、まるでその服が彼の体をひとつに固めているようだった。上着の胸には色とりどりの長方形の勲章がずらりと並んでいる。だが、何よりも目を惹いたのは、顔を半分に切るように左耳から唇の上端まで走っている、ぎざぎざの赤い傷痕だった。カイアは息を呑んだ。

一瞬にして、あの復活祭の日曜日の記憶が蘇った。あれは、母さんが消える半年まえのことだ。カイアは母さんと腕を組み、賛美歌の『ちとせの岩よ』を歌いながらリビングを抜けてキッチンへと歩いていった。そして、まえの晩に塗った色鮮やかな卵を手に取った。ほかのきょうだいはみんな釣りへ出ていたので、母さんと充分に時間をかけて卵を隠してまわり、そのあとでチキンとビスケットをオーブンに入れることになっていた。兄も姉も、もう宝探しをするような年齢ではなかったが、それでも家じゅうを駆けまわり、何も見つけていないような顔をし、それから不意に宝物を高く掲げて笑い声を上げるはずだった。

バスケットに卵と〈ファイブ&ダイム〉で買ったチョコのウサギを詰め込み、それをもって母さんとキッチンを出ようとしたときだった。ちょうど廊下を曲がってきた父さんと鉢合わせした。

父さんはカイアの頭から復活祭のボンネットをむしり取り、それを振りまわして母さんを怒鳴りつけた。「こんなちゃらちゃらしたものを買うカネ、どこにあったんだ？　ボンネットにきらきらの革靴？　気取った卵にチョコレートのウサギだと？　おい、どこからそんなカネを出したか言ってみろ」

「やめてよ、ジェイク、怒鳴らないで。復活祭なのよ、子どもたちのためじゃない」

彼は母さんを突き飛ばした。「おまえ、体を売ってるだろう。それで稼いだカネだな？　もうごまかせねえぞ」父さんは母さんの両腕を摑んで激しく揺さぶった。あまりに強く揺するので、呆然と見開かれた目の周りで母さんの顔が震えているように見えた。バスケットからこぼれ落ちた卵が、ぼやけたような色になって床を転がっていった。

「父さん、お願い、やめて！」カイアは叫び声を上げ、鼻をすすった。

父さんが腕を上げたかと思うと、カイアの頬に平手打ちが飛んできた。「黙れ、生意気な泣き虫のガキめ！ そのふざけたドレスや靴をいますぐ脱ぐんだ。淫売みたいな格好をしやがって」

カイアはしゃがみ込み、頬を押さえながら、母さんが色を塗ってくれた卵を追いかけた。

「おい、おまえに訊いてるんだぞ！ どこでカネを手に入れた？」父さんが隅にあった鉄の火かき棒を手に取り、それを母さんに向かって振り上げた。

カイアは喉も裂けんばかりに絶叫し、父親の腕にしがみついたが、火かき棒はそのまま母さんの胸を直撃した。花柄のワンピースに赤い水玉のような血がぱっと散った。そのとき、廊下の方で大きな影が動く気配がした。はっとして顔を上げたときにはもう、ジョディが背後から父親に飛びつき、二人の体が床に転がっていた。両親のあいだに体をねじ込んだ兄が、カイアと母親に逃げろと叫んだので、それに従った。だが、逃げ出す直前に父さんがふたたび火かき棒を振り上げるのが見えた。棒がジョディの顔面を打つと、肉眼でもわかるほどにその顎がねじれ、血しぶきが飛んだ。その光景がいま、カイアの頭にいちどきに蘇っていた。床に崩れた兄は、紫とピンクに塗った卵や、チョコのウサギに囲まれて倒れていた。カイアと母親はヤシの木立を走り抜け、低木の茂みに身を隠した。ワンピースを血だらけにしながら、母さんは何度も心配ないと口にした。卵は割れていないし、まだチキンを焼くこともできると。いま考えると、なぜ自分たちがあそこに隠れつづけていたのかわからない——兄さんは死にかけていて、助けを必要としていたはずなのだ。たぶん、それでもあまりの恐ろしさに体が動かなかったのだろう。カイアは母さんと長いことそこで待ってから、足音を忍ばせて小屋へ戻り、窓を覗いて父さんがいなくなったことを確かめた。

ジョディは身じろぎひとつせず床に横たわっており、周りには血溜まりができていた。カイアは兄さんが死んでしまったと泣き叫んだ。しかし、母さんは彼を抱き起こしてソファへ連れていき、裁縫用の針で顔の傷を縫った。そうしてすべてが沈黙したころ、カイアは床のボンネットを摑み取って林へ走り、ススキの茂みに向かって力いっぱいそれを放り投げたのだった。

そしていま、カイアはポーチに立つ訪問者の目を見つめ、声を発していた。「ジョディ」

彼が傷痕を歪めて微笑みを浮かべ、カイアに応えた。「カイア、まだここにいてくれてよかった」二人は視線を合わせ、互いを探るように、歳を重ねた相手の瞳を覗いた。ジョディには想像もつかないはずだった。彼がずっとここでカイアに寄り添っていたことなど。これまで何度となく湿地のなかでカイアを導き、繰り返しサギやホタルに関する知識を授けていたことなど。カイアが誰よりももう一度会いたかったのは、ジョディと母さんだった。カイアの心は、ほかの辛（つら）い思い出とともに彼の傷痕も消してしまっていた。けれど、そんな場景を記憶の奥底に埋めてしまったとしても、それは無理からぬことだろう。母さんが出ていったのも、やはり無理からぬことなのだ。火かき棒で胸を殴られたのだから。あの花柄のワンピースにあった薄くなった染みが、改めて血の痕として思い出された。

　ジョディは、カイアを抱き締めたいと思っていた。だが、前に出たとたん、彼女はうつむいて顔を背け、根深い不信感を垣間見せるようにあとずさりした。彼は腕を伸ばすのはやめ、黙ってポーチへ足を踏み入れた。

「入って」そう言うと、カイアは標本でいっぱいの小さなリビングへ彼を通した。

「わあ」ジョディは声を漏らした。「やっぱりな。おまえの本を見たよ、カイア。本当におまえなのか確信がなかったが、これではっきりした。すごいじゃないか」彼はカイアのコレクションを見てまわり、新しい家具がある室内や、寝室に続く廊下にも目をやった。じろじろ覗くような真似はしたくなかったが、全体はしっかりと見渡した。

「コーヒーか紅茶は？」カイアは、彼が立ち寄っただけなのか、それとも留まるつもりなのか判断できずにいた。何年も経ってから急に現われた理由がわからなかった。

「コーヒーをもらうよ。ありがとう」

キッチンで、彼は新しいガスコンロや冷蔵庫の隣に、古い薪ストーブがあるのを見て取った。カイアが残していた古いテーブルにも手を伸ばし、天板をそっとなでた。そこには、何度もやすりをかけて塗料を塗り直してきた家族の歴史があった。カイアがマグカップにコーヒーを注ぎ、二人でテーブルに着いた。

「それで、あなたは入隊したのね」

「二度ほどベトナムへ行ったよ。あと数カ月は軍にいる予定だ。彼らにはよくしてもらったからな。学費も出してもらった——ジョージア工科大の機械工学科で学位を取ったんだ。だから、せめてもうしばらくいようと思ってる」

ジョージアはそれほど遠い場所ではない——もっと早く来ることもできただろう。けれど、それでもいまはここにいるのだ。

「みんな出ていったのよ」カイアは言った。「父さんはあなたが去ったあともしばらくいたけど、やっぱりそのうち消えてしまった。どこへ行ったかも、生きているのかどうかもわからないけど」

「じゃあ、そのあとはずっとひとりで？」

「ええ」

「カイア、おまえをあんな怪物のもとに残していくべきじゃなかった。そのことを思うと胸が苦しくて、ずっと悔やみつづけていた。おれは臆病だったんだ。愚かな腰抜けだったよ。こんな勲章なんて何の意味もない」彼は胸を叩いた。「まだ小さかったおまえを置き去りにして、あのイカれた男と二人きりで沼地に生きることを強いたんだ。許してもらえるとは思っていない」

「ジョディ、いいの。あなただってまだ子どもだったじゃない。仕方なかったのよ」

「大きくなってから戻ることもできたはずだ。初めのうちは、アトランタの路地裏でその日その日を生きることに必死だったがな」彼は自分をあざけるように鼻を鳴らした。「ここを出たときはポケットに七十五セントしか入っていなかった。親父がキッチンに置いていったカネから盗んだんだ。おまえのぶんが足りなくなるとわかっていながら。そのあとは、雑用みたいな仕事をしてどうにか暮らしていた。だが、そのうち軍に入れることになってな。訓練が終わるとすぐに戦場へ行かされた。戻ってきたときにはすっかり年月が経っていたから、おまえもとっくにどこかへ行ってしまっただろうと思っていた。ひとりで逃げたはずだと思ったんだ。だから手紙も書かなかった。また戦場へ戻ることにしたのは、たぶん自分への罰だったんだろう。おまえを置き去りにした償いのつもりだったのかもしれない。そのあとおれは工科大を卒業したんだが、二カ月ほどまえに、書店でおまえの本を見かけた。キャサリン・ダニエル・クラークの本だ。心の痛みと、跳び上がらんばかりのうれしさを同時に味わったよ。それで、おまえを捜そうと決めたんだ——この家から始めて行方を追うつもりだった」

「それで、いまこうして会えたわけね」カイアは初めて笑みを浮かべた。彼の目は以前と変わらなかった。苦労をすれば顔は変わってしまうものだが、目はいつでも本当の姿を映す窓になる。カイアには、彼がまだそこにいることがわかった。「ジョディ、私のためにそんなに苦しんでいたなんて、私も辛い。あなたを責めたことなんて一度もないの。私たちは被害者だもの。何の罪もないはずよ」

彼が微笑んだ。「ありがとう、カイア」涙がこぼれそうになり、二人とも顔を背けた。

少しためらったあと、カイアは言った。「信じられないかもしれないけど、父さんが私によくしてくれた時期もあったのよ。あまりお酒も飲まず、釣りを教えてくれた。よく二人でボートに乗って湿地を走りまわったわ。もちろん、そのあとまた飲むようになって、私を放ってどこかへ消えてしまったけど」

ジョディが頷いた。「わかるよ、おれも何度かそういう面を見たことがある。だがいつも最後は酒に戻ってしまうんだ。一度、彼から戦争のせいだというような話を聞かされた。

おれも戦場に行ったから、酒に逃げたくなるような出来事は目にしたよ。しかし、自分の妻や子どもを相手に腹いせをするのは間違ってる」

「母さんや、ほかのきょうだいはどうなったの？」カイアは訊いてみた。「連絡を受けたことはある？　どこへ行ったか知らない？」

「いや、マーフやマンディ、ミッシーのことはわからない。もし道ですれ違っても気づかないだろうな。きっと彼らも風に飛ばされたみたいにあちこちへ散っていったんだ。だが、母さんのことはわかる。実はな、カイア、それもおまえを捜そうとした理由なんだ。知らせたいことがあるんだよ」

「知らせたいこと？　教えて、何なの？」カイアの腕から指先まで、冷たいものが広がっていった。

「カイア、いい知らせじゃないんだ。おれも先週知ったんだが、母さんは二年まえに亡くなったそうだ」

カイアは両手に顔を埋めて深くうなだれた。喉の奥から細いうめき声が漏れた。ジョディが肩を抱こうとしたが、カイアはその手から遠ざかった。

ジョディが続けた。「母さんにはローズマリーという姉妹がいるんだ。彼女は母さんが死んだときに、赤十字に頼んでおれたちの消息を調べようとしたらしい。だが彼らもすぐには見つけられなかったそうだ。そして、二カ月ほどまえにようやく軍を通じておれの居場所を探り当て、ローズマリーと連絡をとれるようにしてくれたんだ」

カイアは嗄れた声でつぶやくように言った。「母さんは二年まえまで生きてたのね。母さんがあの小道を歩いてくる日をずっと待ちつづけてたのに」カイアは立ち上がってシンクの縁を握り締めた。「なぜ帰ってこなかったの？　なぜ誰も母さんの居所を教えてくれなかったの？　もう手遅れじゃない」

ジョディもシンクのところに来て、背を向けようとするカイアを抱き締めた。「残念だよ、カイア。とにかく坐って。ローズマリーから聞いた話をおまえにも伝えたいんだ」

彼はカイアが戻るのを待ち、それから話しはじめた。「おれたちのもとを去ったあと、母さんはひどく衰弱した状態でニューオーリンズに――そこが母さんの故郷なんだ――たどり着いたそうだ。精神的にも肉体的にも病を患っていたらしい。おれも少しだけニューオーリンズの記憶がある。そこを引っ越したのはたぶんおれが五歳ぐらいのときだ。覚えているのは、きれいな家に庭が見える大きな窓が並んでたってことぐらいだけどな。だが、ここへ移ってきてからは、親父はニューオーリンズのことも祖父母のことも話題にするのを許さなかった。だから次第に記憶も失われてしまったんだよ」

カイアは頷いた。「私は何も知らなかったもの」

ジョディは続けた。「ローズマリーが言うには、母さんの両親は初めから親父との結婚に反対していたらしい。だが母さんは、無一文の夫とともにノース・カロライナへ発ってしまった。そのうちローズマリーは、母さんから窮状を知らせる手紙を受け取るようになったそうだ――酒乱の夫と沼地の小屋に住み、自分も子どもたちも夫から殴られていると書かれていたんだよ。そして、何年も経ったある日、突然母さんが現われたのさ。母さんが大事にしてたあのワニ革風のハイヒールを履いて。何日も風呂に入ってなくて、髪も乱れきっていたそうだよ。

母さんはそれから何ヵ月も口をきかなかった。ただのひと言も喋らなかったようだ。実家の、むかしの自分の部屋に引きこもって、食事もまともにとらなかった。もちろん家族は色んな医者を呼んだんだが、誰にもどうすることもできなかった。母さんの父親はバークリー・コーヴの保安官事務所に連絡して、孫たちが無事かどうか問い合わせたそうだよ。だが、事務所側からは、湿地の住人のことは把握していないという答えしか返ってこなかった」

カイアは、ときどき鼻をすすりながら話を聞きつづけた。

「ところが一年ほどしたころ、母さんが急に半狂乱になって、子どもたちを置いてきたことを思い出したと訴えはじめたんだ。そして、ローズマリーの助けを借りて親父に手紙を書いたそうだ。自分が迎えにいくから、おれたちをニューオーリンズへ連れ帰ってもいいかと訊いたんだよ。だが、親父から返ってきた手紙には、もし戻ってきたり子どもに連絡をとったりしたら、顔がわからなくなるほどおれたちを殴ってやると書いてあった。母さんは、親父なら本当にやりかねないと思ったようだ」

あの青い封筒に入った手紙だ。母さんはカイアを、子どもたちみんなを引き取りたがっていた。会いたがってくれていたのだ。けれど、手紙は予想とはまったく違う結果をもたらしてしまった。そこにある言葉が父さんを激怒させ、また酒に引き戻し、結局カイアは父親まで失うことになったのだ。カイアは、その手紙の灰が入った小瓶がまだあることをジョディには言わずにおいた。

「ローズマリーの話では、母さんは友人を作ることも、家族と食事に出かけることもせず、誰とも関わりをもとうとしなかったそうだ。人生を楽しむまいとしていたんだよ。しばらくすると母さんも少しずつ話をするようになったが、口にするのは子どものことばかりだったらしい。ローズマリーが言ってたよ。母さんはずっとおれたちを愛していた。けれど、もし戻れば子どもに危害が加えられるし、もし戻らなければ我が子を捨てたことになる。その残酷な葛藤のなかで身動きが取れなくなっていたって。母さんは身勝手な気持ちでおれたちを置き去りにしたわけじゃないんだ。錯乱状態で家を飛び出して、自分が何をしてるのかもよくわかっていなかったんだよ」

カイアは訊いた。「どうして死んだの？」

「白血病だ。ローズマリーは、治すこともできたはずだと言っていた。だが、母さんがいっさいの治療を拒んだらしい。何もせずにだんだん弱っていって、そのまま二年まえに息を引き取った。ローズマリーが言うには、母さんは生きているときとあまり変わらない姿で亡くなったそうだよ。暗がりで、ひっそりと死んだんだ」

ジョディとカイアはしばらく無言で坐っていた。カイアは、母さんが下線を引いていたゴールウェイ・キネルの詩を思い出した。

打ち明けねばならない、終わったことに安堵していると
最後には、貪欲な生の衝動に
同情しか覚えなかったのだから
――さようなら

ジョディが立ち上がった。「ちょっと来てくれ、カイア。見せたいものがあるんだ」彼は外のトラックまでカイアを連れていき、いっしょに荷台に上らせた。そして慎重な手つ

きで防水布をめくり、大きな段ボール箱を開けると、なかから油絵を一枚ずつ引き出して包みを解いていった。彼がそれらの絵を荷台にぐるりと立てかけた。ある絵には三人の少女が描かれていて——カイアと二人の姉だ——潟湖のほとりにしゃがんでトンボを眺めていた。ジョディと上の兄が釣り糸にぶら下がった魚を掲げている絵もあった。

「おまえに会えたときのために運んできたんだ。ローズマリーが送ってくれたんだよ。母さんは何年ものあいだ、昼となく夜となくおれたちを描きつづけていたそうだ」

ある絵では、子どもたち五人が揃い、まるで描き手を観察するようにじっとこちらを見つめていた。カイアは姉や兄の目を見つめ返した。

カイアはささやくような声で訊いた。「誰が誰なの？」

「え？」

「写真は一枚もなかったから、顔がわからないの。どれが誰？」

「そうか」ジョディはしばし声を失ったが、やがて答えた。「これが、いちばん上のミッシーだ。こっちがマーフで、これがマンディ。もちろんこのかわいい少年はおれだよ。そしてこれがおまえだな」

彼はしばらくカイアに時間を与え、それから声をかけた。「これも見てごらん」

彼の前には、目の覚めるような豊かな色彩で描かれた油絵があった。二人の子どもが緑の草や野の花の渦に囲まれてしゃがみ込んでいる。女の子はまだ三歳ぐらいの幼い子で、肩にかかる髪はまっすぐで黒い。男の子の方は少し年上で、金色の巻き毛をもち、彼の指差す先では一頭のオオカバマダラが黒と黄色の羽を広げてヒナギクの上を舞っている。男の子の手が女の子の腕に触れていた。

「きっとこれはテイト・ウォーカーだ」ジョディが言った。「こっちがおまえだな」

「そうだと思う。よく似てるもの。でも、なぜ母さんがテイトを描くの？」

「むかしよく遊びにきてたんだ。おれと釣りをしに。おまえにもしょっちゅう虫や何かを見せていたよ」

「私は何も覚えてないわ」

「おまえはまだ小さかったんだ。それに、ある日テイトがうちの潟湖にボートを入れたら、親父が岸で酒を飲んでたことがあってな。そばではおまえがうろちょろしてたそうだ。親父が子守役をしてたんだろう。ところが、親父は急に、何の理由もなくおまえの両腕を摑んで、頭ががくがく揺れるぐらいおまえを揺すったらしい。そして泥のなかにおまえを倒して、大声で笑いはじめたんだ。テイトはボートから跳び降りておまえのもとへ駆け寄った。まだ七、八歳だったと思うが、それでも彼は親父に抗議した。当然ながらあの親父はテイトをひっぱたいて、自分の土地から出ていけとわめき散らした。今度来たら撃ち殺してやるとも言った。そのころにはおれたちもその場に駆けつけていて、二人の様子を見ていたんだ。テイトは、親父に怒鳴られたり脅されたりしながらも、おまえを抱き上げて母さんのもとへ連れてきた。立ち去る直前までおまえが無事かどうか確かめていたよ。その後も彼とはいっしょに釣りへ行ったりしたが、彼がうちまで来ることはもうなくなってしまったんだ」

カイアは心のなかでつぶやいた。〝次に来たのは、初めてボートで湿地へ出た私を送り届けてくれたときなのね〞いまいちど絵を眺めてみた。どこまでも淡く、安らかな光景だった。母さんの心は、現実とは違う世界を漂いながら、不思議な形で美を見つけ出したのかもしれない。ここに並ぶ絵を目にした人は誰でも、そこに描かれているのは、海辺に暮らし、日差しを浴びて遊びまわる、幸せな家族の肖像だと思うだろう。

ジョディとカイアは荷台の縁に腰かけ、静かに絵を眺めつづけた。

ジョディが口を開いた。「母さんは周囲と切り離されて、孤独だったんだ。そういう状況にあると人は普通とは違う行動をしてしまう」

カイアは小さくうめいた。「私に孤独を語らないで。それがどんなふうに人を変えてしまうものか、私ほど知っている人間はいないと思う。ずっとひとりで生きてきたんだもの。孤独なのは私よ」そして、ほんのわずかに語気を鋭くした。「母さんが出ていったことは許せるわ。でも、なぜ戻ってこなかったのかがわからない――なぜ私を捨てたのか。覚えてないでしょうけど、母さんが去ったあと、あなたは私に言ったの。雌ギツネは飢えたり過度のストレスがかかったりすると、子どもを捨てることがあるって。子どもたちは死んでも――もちろん、どのみち死んでいた可能性は高いでしょうけど――雌ギツネは生き延びられる。そうすれば、状況が改善したときにまた子どもを産んで育てられるんだって。

私もそういった話を扱う本はたくさん読んできた。自然界では――ザリガニの鳴くような奥地では――そういう無慈悲に思える行動のおかげで、実際、母親から産まれる子どもの総数は増える。そしてその結果、緊急時には子どもを捨てるという遺伝子が次の世代にも引き継がれる。そのまた次の世代にもね。人間にも同じことが言えるわ。いまでは残酷に感じられる行動も、初期の人類が生き延びるうえでは重要だった。その人類がどんな沼地に住んでいようとね。もしその行動を避けていれば、私たちはいまこの場にいなかったでしょう。その本能はいまだに私たちの遺伝子に組み込まれていて、状況次第では表に出てくるはずよ。私たちにもかつての人類と同じ顔があって、いつでもその顔になれる。はるかむかし、生き残るために必要だった行動をいまでもとれるのよ。

たぶん、そんな原始的な衝動のせいで――現代にはそぐわない古い遺伝子のために――母さんは私たちを置き去りにした。父さんと生活する恐怖や危険が、過度なストレスになったから。もちろん、だからといってそれが正しいとは思わないわ。やっぱり母さんは残る道を選ぶべきだった。ただ、そうした生物としての指向が私たちの設計図に書き込まれているとわかれば、たとえひどい母親でも、許す気持ちが湧いてくる。母さんが去ったのも説明がつくの。だけど、それでもまだ、母さんが戻ってこなかった理由がわからないのよ。なぜ手紙すら書かなかったのか。何年かかるとしても、何通も何通も出せばよかったじゃない。いつか私のもとに届くまで」

「きっと、世のなかには説明のつかないこともあるんだよ。許すか許さないか、そのどちらかしかないことが。おれには答えはわからない。たぶん答えなんてないんだろう。おまえに悪い知らせしかもってこられなくて、本当に残念だよ」

「もう何年も家族はいなかったし、家族に関する知らせを受け取ったこともなかったわ。でも、このわずか数分のあいだに、私は兄を見つけて母を失ったのね」

「すまない、カイア」

「謝ることはないわ。実際のところ、母さんはとうのむかしに失っていたし、あなたはこうして戻ってきてくれたんだもの、ジョディ。どれだけあなたに会いたかったか。今日は、人生でいちばんの幸せと、そして悲しみを味わった日よ」カイアがそっと彼の腕に触れた。ジョディもすでに、彼女がそんな振る舞いをするのは珍しいことなのだと気づきはじめていた。

二人で小屋へ引き返した。ジョディは、塗り直したばかりの壁や手作りのキッチンの棚など、新しくなった内装を見まわした。

「どうやって暮らしていたんだ、カイア？ 本を出すまえは、何をして稼いで食べてた？」

「長くなるし、退屈な話よ。たいていはムール貝やカキや魚の燻製なんかをジャンピンに買い取ってもらっていたけど」

ジョディは頭をのけぞらせて笑った。「ジャンピンか！ 久しぶりに聞く名前だな。元気にしてるのかい？」

カイアは笑わなかった。「ジャンピンはずっと親友でいてくれたの。私のたったひとりの友だちよ。セグロカモメを除けば、唯一の家族だったわ」

ジョディは表情を硬くした。「学校で友だちはできなかったのか？」

「学校へ行ったのは、人生でたった一日だけよ」カイアが小さく笑った。「周りの子に馬鹿にされて、それきり二度と行かなかったの。何週間も無断欠席補導員を出し抜いてやったわ。まあ、あなたにみっちり仕込まれたおかげで、それほど苦労はしなかったけどね」

彼はあっけに取られた。「じゃあ、どうやって読み書きを覚えたんだ？ 本を書いたんだろ?」

「実は、むかしテイト・ウォーカーが教えてくれたのよ」

「いまはもう会ってないのか?」

「たまに」カイアが立ち上がり、ストーブに顔を向けた。「コーヒーのお代わりは?」

ジョディはキッチンに立ち込めている寂しい日常を感じ取った。それは、わずかなタマネギしか入っていない野菜カゴから、皿が一枚しか立っていない水切りラックから、まるで夫に先立たれた老女のように布巾で丁寧にコーンブレッドを包んでいる様子から、漂ってくるのだった。

「もう充分だよ、ありがとう。それよりボートで湿地へ出られないかな?」彼は頼んでみた。

「もちろんいいわよ。きっと驚くと思うわ。エンジンは新しくしたけど、いまだにあのおんぼろボートに乗ってるのよ」

太陽はすでに雨雲を蹴散らし、冬の一日を明るく暖かに照らしていた。カイアが狭い水路や鏡のような入り江にボートを進ませると、ジョディは記憶のままの形をした倒木や、まったく同じ場所に築かれたビーバーの巣に歓声を上げた。母さんやカイアや姉たちが泥にはまってボートを座礁させた潟湖に来たときは、二人で声を立てて笑った。

小屋に戻ったあと、カイアはピクニックの支度をし、それから二人で海岸へ行ってカモメたちと食事をした。

「みんなが出ていったころ、私はまだ小さかったでしょう」カイアが言った。「ほかのきょうだいのことを教えてほしいの」そこでジョディは、上の兄のマーフがカイアを肩車して林を駆け抜けたときの話をした。

「おまえは笑いどおしだったよ。マーフはおまえを乗せたまま、走ったりくるくるまわったりしてたんだ。そのうち、大笑いしたはずみにおまえがマーフの首にお漏らしをしてな」

「まさか！　そんなことしないわ」カイアは背筋を反らして大声で笑った。

「したんだよ。マーフは悲鳴を上げたけど、そのまま走りつづけてまっすぐ潟湖に突っ込んでいった。マーフが頭まですっぽり水に潜ったのに、おまえはそれでもまだ肩の上にへばりついてたよ。おれたちはみんなで——母さんも、ミッシーも、マンディも——それを見てて、涙が出るほど笑い転げた。母さんなんて、笑いすぎてその場に坐り込んじまったんだ」

カイアは話を聞きながらその光景を思い浮かべようとした。もう決して手に入らないと思っていた、スクラップブックに貼るべき小さな家族の記録だった。

ジョディは続けた。「最初にカモメに餌をやりだしたのはミッシーだ」

「え？　そうだったの！　てっきり私が始めたんだと思ってたわ。みんなが去ったあとで」

「いや、ミッシーは毎日のようにカモメに餌をあげてたよ。ぜんぶに名前をつけてたんだ。〝ビッグ・レッド〟と呼ばれてるやつがいたのを覚えてる。ほら、くちばしにある赤い点からその名前をつけたのさ」

「同じ鳥じゃないことはわかってるけど——私にも、何世代かビッグ・レッドがいたのよ。そしていまは、あの、左にいるのが現役のビッグ・レッドね」自分にカモメを託した姉とつながろうとしたが、カイアの頭に浮かぶのはあの絵に描かれた顔だけだった。それでも、以前よりはずっと近づけたような気がした。

カイアは、セグロカモメのくちばしの赤い点がただの飾りではないことを知っていた。親鳥は、ひな鳥がその点をつついたときだけ獲ってきた食べ物を吐き出すのだ。もし赤い点が見えにくく、ひな鳥がつつかなければ、親は食べ物を与えずに子どもを死なせてしまう。自然界であっても、親子の絆は想像以上に頼りないものだということだろう。

しばらく黙って坐っていたが、やがてカイアは言った。「どんなことがあったか、ほとんど思い出せないの」

「それならラッキーだ。そのまま思い出さなければいい」

それから二人は、何もかも忘れたまま、静けさのなかに坐りつづけた。

カイアは、母さんが作りそうな南部風の食事を用意した。ササゲ豆と紫タマネギ、揚げ焼きにしたハム、コーンブレッド、細く切ってかりかりに揚げたブタの背脂、バターと牛乳で煮たライ豆。バタークリームを添えたブラックベリーのパイには、ジョディがもってきたバーボンを少し垂らした。夕食を食べているあいだに、ジョディが何日か泊まってもいいかと訊くと、カイアは好きなだけいてほしいと答えた。

「ここはもうおまえの土地だ、カイア。おまえにはその権利がある。おれはもうしばらくフォート・ベニングに駐留するから、ここに長くはいられない。除隊後はたぶんアトランタで職を見つけることになるだろう。だが、連絡はとり合おう。できるだけ頻繁におまえに会いにくるよ。これまでずっとおまえの無事な姿を見たいと願ってきたんだからな」

「うれしいわ、ジョディ。どうかいつでも会いにきて」

翌日の夕方、二人で海岸に坐って裸足のつま先を波に洗わせているころには、カイアは人が変わったようによく喋るようになっていた。そして、何かを話すたびにテイトの名前が出てくるようだった。まだ幼かったころ、湿地で迷ったカイアを彼が家まで送ってくれたという話があった。かと思えば、テイトが初めて読んでくれたという詩が話題になった。カイアは、彼と羽根のゲームをしたこと、彼が読み書きの授業をしてくれたこと、その彼もいまでは研究所で働く科学者になったことを次々と語った。彼は初恋の相手だったが、彼が大学に入るとカイアは捨てられ、湖岸で帰りを待ちつづけたという過去も口にした。だから終わったのだと。

「いつごろの話なんだ？」ジョディは訊いた。

「七年ぐらいまえよ。彼がチャペルヒル校に通いはじめたころだから」

「それきり会ってないのか？」

「謝りにきたことがあったわ。まだ私を愛してると言ってた。本を出すように提案してくれたのも彼なのよ。でも、ときどき湿地で会うぐらいならいいけど、また親しくなるつもりはないの。彼は信用できないから」

「カイア、七年もまえの話だろ。彼もまだ子どもだったんだ。初めて親元を離れて、周りにはきれいな女の子が大勢いて。だが、ちゃんと謝りに戻ってきたんだし、おまえを愛してると言ったんなら、そろそろ勘弁してやってもいいんじゃないか？」

「たいていの男は、次から次へと女を乗り替えたがるものなのよ。実態以上に自分をよく見せて女の目を欺（あざむ）くんだわ。母さんが父さんみたいな男を好きになったのも、きっとそのせいよ。それに、私のもとを去ったのはテイトだけじゃない。チェイス・アンドルーズなんて、私に結婚の話を持ち出しておきながらほかの相手と結婚したのよ。私には何も告げずに。あとで新聞で知ったんだから」

「それは辛かったな。本当に。だけどなカイア、不誠実なのは男だけじゃないぞ。おれだって、だまされたり捨てられたり、遊ばれたりしたことが何度かある。認めるしかないんだよ。愛なんて実らないことのほうが多いってな。だが、たとえ失敗しても、そのおかげでほかの誰かとつながることができるんだ。結局のところ、大切なのは〝つながり〟なんだよ。おれたちを見てみろ。おれとおまえは、またつながることができた。これでもし互いに子どもでもできれば、また新たなつながりができる。その後もさらにできるだろう。カイア、もしおまえもテイトを愛してるなら、そのチャンスに賭けてみろ」

カイアは、幼いころのテイトと自分を描いた母さんの絵を思い出した。柔らかな色の花や蝶に囲まれて、仲良く顔を寄せている二人を。あれはやはり、母さんからのメッセージなのだろうか。

ジョディが来て三日目の朝、二人は母親の絵をすべて箱から出し――一枚だけジョディが持ち帰ることにしたが――そのうちの何枚かを壁に飾った。小屋は、まるで新しい窓が開かれたように雰囲気が一変した。カイアは少し退がってそれらを見まわした。母さんの絵をまた飾れるなんて奇跡のようだった。焚き火のなかから戻ってきたかのようだ。

その後、カイアはジョディとともに外のトラックまで歩いていき、帰る途中で食べられるようにお弁当を渡した。二人は木立の奥や小道の先や、とにかく、互いの目でなければどんな場所にでも視線を向けた。

やがて、踏ん切りをつけるようにジョディが言った。「そろそろ行かないと。でも、ここにおれの住所と電話番号を書いておいたから」彼がメモ帳の切れ端を差し出した。その瞬間、カイアの息が止まりかけた。左手をトラックにやってふらつく体を支え、右手で紙を受け取った。それは兄の住所が書いてあるというだけの、ごく平凡な紙切れだった。しかし、カイアにしてみれば、自分にも居場所のわかる家族がいるということ自体が信じがたい奇跡なのだった。電話をかける番号があり、受話器を取る相手がいるということが。ジョディに腕を引き寄せられたとき、カイアは必死で喉に力を込めた。だが、長い年月の果てに、ついにこらえきれなくなった。彼に抱き留められたまま、カイアはただただ涙を流した。

「また会えるなんて思わなかった。二度と戻ってこないと思った」

「これからはずっとそばにいる、約束するよ。引っ越しても必ず新しい住所を連絡する。

おれが必要なときは、いつでも手紙を書くか電話を寄こすかしてくれ。いいな?」

「わかった。きっとまた来てね」

「カイア、テイトに会うんだ。あいつはいいやつだ」

小道を進むあいだ、ジョディはずっとトラックのウィンドウから手を振っていた。その姿を見送りながら、カイアは泣き顔と笑顔を同時に浮かべていた。彼が通りに出ると、あのとき白いスカーフが去っていった木の葉のすき間に、トラックの赤い車体が見え隠れした。ジョディの長い腕がいつまでもこちらに向かって振られていた。

34　小屋の捜索　一九六九年

「どうやらまた留守のようだな」ジョーが網戸の枠をノックして言った。エドは煉瓦と板切れの階段に立ち、両手で目を囲うようにして網の向こうを覗いた。巨大なオークの枝からはスパニッシュ・モスが長く垂れ下がり、小屋のささくれた板壁や尖った屋根に暗い影を落としている。十一月末のその日の朝は、空も灰色の雲に覆われて、ときおり雲の継ぎ目に日差しの欠片が覗いているだけだった。

「いないのは承知のうえだ。問題ない、こっちには捜索令状があるんだからな。入ってみよう、鍵などかかっていないだろう」

ジョーがドアを開けて声を張り上げた。「誰かいないか？　保安官が来てるんだ」ポーチに足を踏み入れたところで、二人は不気味な標本が並ぶ棚に目をやった。

「エド、こいつを見てみろよ。向こうの部屋にも廊下にもずらっと並んでるぞ。彼女はちょっと変なんじゃないか。三つ目のネズミみたいにどこかおかしいのかもしれない」

「かもしれないが、彼女が湿地の専門家だってことはたしかなようだな。そういう本を出してるじゃないか。それよりさっさと取りかかるぞ。捜すべきものを書いてきた」そう言うと、保安官は短いリストを読み上げた。「チェイスの上着にあった繊維と一致しそうな赤い羊毛の衣類。日記やカレンダー、メモ書きなど、彼女の行動を確認できる資料。貝殻のペンダント。当夜のバスの半券。ただし、部屋は荒らさないようにしろよ。そんな真似をする理由はないからな。持ち上げたりずらしたりする程度ならいいが、ここにあるものは傷つけないようにしよう」

「ああ、了解だ。それにしても、霊廟かどこかにいるみたいだな。たいしたもんだとは思うが、何だか背筋がぞくぞくするよ」

「まあ、手間取ることは確実だな」保安官は、並んだ鳥の巣のうしろを慎重に覗きながら言った。「おれは奥の寝室から始める」

男たちは黙々と働き、引き出しの衣服を押し分け、クローゼットの隅をつつき、ヘビの抜け殻やサメの歯が入った瓶をずらして、証拠を捜しまわった。

十分ほどしたころ、ジョーが声を上げた。「おい、こいつを見てみろ」

エドがポーチへ行くと、ジョーが言った。「鳥の雌には卵巣がひとつしかないって知ってたか？」

「何の話をしてる？」

「ほら。ここにある絵や解説によると、雌鳥には卵巣がひとつしかないんだよ」

「勘弁してくれ、ジョー。我々は生物の勉強をしにきたわけじゃないんだぞ。

「作業に戻れ」

「ちょっと待てよ。これを見ろ。こいつは雄のクジャクの羽根なんだが、解説にこう書いてある。雄の羽は、雌を惹きつけるために長い時間をかけてどんどん巨大化していった。しまいには飛び立つことも難しくなり、いまではほとんど飛翔能力がない」

「もういいか？　我々にはやるべきことがあるんだぞ」

「ふむ、実に興味深い」

エドはポーチをあとにした。「仕事をしろ」

さらに十分後、ジョーがまたもや声を上げた。エドは狭い寝室を出て、リビングに向かいながら言った。「あててやろうか。目が三つあるネズミの剝製を見つけたんだろう」

反応はなかったが、エドがリビングに入ってみると、ジョーが赤い羊毛の帽子を掲げていた。

「どこにあった？」

「ここだよ、このフックに、コートやほかの帽子といっしょにかかってた」

「すぐ見えるところにか？」

「ああ、ここにあったんだ」

エドはポケットから、チェイスのデニムジャケットから採った繊維が入っている小さなビニール袋を出し、それを帽子に重ねた。

「まったく同じに見えるな。色も、毛の長さや太さも」帽子とサンプルを見比べながら、ジョーが言った。

「ああ。どちらも赤い毛に柔らかいベージュの毛が交じってる」

「こいつは間違いないな」

「もちろん、まずは帽子を研究所に送らなきゃならない。だがもし一致したら、彼女を引っ張って尋問することになるだろう。その帽子を袋に入れてラベルをつけてくれ」

四時間に及ぶ捜索のあと、二人の男はキッチンで顔を合わせた。

エドは腰を伸ばしながら言った。「これだけ捜したんだから、もう何も見つからないだろう。またいつでも来られるしな。そろそろ切り上げるとしよう」

村へ向かって轍の刻まれた道を引き返していると、ジョーが言った。「しかし、もし彼女が有罪だとしたら、この赤い帽子は隠すはずじゃないか？　あんな目につく場所に出しておくとは思えないが」

「たぶん帽子の繊維が彼の上着に落ちたとは思わなかったんだ。あるいは、鑑識でそんなものまで発見されるとは考えなかったのかもしれない。たんにそういう知識がないんだろう」

「まあ、そういう知識はないかもしれないが、彼女はなかなかの物知りだぞ。雄のクジャクは見栄ばかり張って、セックスのために競い合ううちに、ほとんど飛べなくなっちまったんだ。おれには難しいことはわからないが、ちょっと考えさせられるものがある」

35　コンパス　一九六九年

一九六九年七月のある午後、ジョディの訪問から七カ月ほどが経ったころ、〝キャサリン・ダニエル・クラーク著『東海岸の鳥』〟――細部まで正確に描き込まれ、美しさも備えた、カイアの二冊目の本――が郵便受けに届いた。カイアは、セグロカモメを描いた自分の絵が印刷された、立派なその表紙をそっとなでた。そして、笑みを浮かべて言った。

「ビッグ・レッド、あなたが表紙になったのよ」

新しい本を抱えたまま、カイアはひとりオークに囲まれた薄暗い空き地へ行き、キノコを探してまわった。湿った腐葉土が足の裏にひんやりと感じられた。強烈な黄色を放って群生しているテングタケを見つけ、そちらに近づいたときだった。カイアははっとして足を止めた。かつて羽根のゲームをした株に、赤と白の小さな牛乳パックが置かれていたからだ。むかしとまったく変わらぬ姿で。思わずカイアは笑い声を漏らした。

牛乳パックのなかにティッシュで包まれて入っていたのは、年代物の軍用コンパスだった。真鍮のケースはすっかり古びて緑青(ろくしょう)が浮いている。カイアは深々と息を吸ってそれを見つめた。これまでコンパスを必要としたことは一度もなかった。何もなくても方角はわかるからだ。だが、曇っていて太陽が見つけにくい日は、このコンパスが正しい針路へ導いてくれそうだった。

折り畳まれたメモには、こう書いてあった。『最愛のカイア、このコンパスはぼくの祖父が第一次大戦で使ったものだ。小さいころに祖父から譲り受けたが、ぼくは一度も使わなかった。きみなら有効に役立ててくれるだろうと思う。愛を込めて、テイト。追伸――このメモを読んでもらえてよかった！』

カイアは、〝最愛の〟と〝愛を込めて〟の文字を読み返した。テイト。かつて、ボートに乗ったその金髪の少年は、嵐が来るまえにカイアを家まで導いてくれた。朽ちた株に羽根のプレゼントを置いてくれた。文字を教えてくれた。その繊細な十代の青年は、初潮を迎えたカイアを遠くから見守り、女としての性を目覚めさせもした。その若き科学者は、本を出せとカイアの背中を押してくれた。

貝の本を贈ったあとも、カイアは相変わらず湿地に彼がいれば草陰に隠れ、見つかるまえに立ち去るようにしていた。これまでの経験からすると、カイアにとって愛はいまだにホタルが発する偽りのメッセージでしかなかった。

たしかにジョディからは、テイトにもう一度チャンスを与えるべきだと諭された。けれど、テイトのことを思ったり見かけたりするたびに、愛の記憶とともに捨てられた痛みも頭をもたげてくるのだ。せめて、どちらか一方に落ち着いてくれれば楽なのに。

それから数日が過ぎた朝、カイアは朝靄のかかる水面にボートを進ませていた。とくに必要はなさそうだが、リュックにはコンパスも入れてあった。珍しい野の花を調べるため、樹木の茂る、海に突き出た舌のような砂丘に向かっていたのだが、視線は半ば無意識に水路を巡ってテイトのボートばかりを探していた。

靄はいつしか頑固な霧になって居座るようになり、蔓のように渦を巻いて立ち枯れた木々や低い枝に絡みついていた。大気はひっそりとしていた。静かに水路を滑っていても、耳には鳥のさえずりさえ届いてこない。と、どこか近くで、コツン、コツンとオールが船べりを叩くような音がし、やがて、煙霧のなかから幽霊船のごとく一隻のボートが現われた。

薄闇に沈んでぼんやりしていた色が、光に近づくにつれて輪郭を結んでいった。赤い野球帽と、その下に覗く金色の髪。まるで夢のなかから現われ出たように、テイトが古ぼけた釣り船の船尾に立ち、水に竿を差し入れて水路を進んでいるのだった。カイアはすぐにエンジンを切り、茂みの陰に船を後退させて彼が通り過ぎるのを待った。いつもこうして、あとずさっては彼を見送ってばかりいる。

日没を迎え、だいぶ頭が冷えて、心も元の場所に収まったころ、カイアは海岸に立って

ひとり詩を諳んじた。

夕暮れは食わせ者。
黄昏の光は屈折して反射する
けれど本当の姿はそこにはない。
宵闇はペテン師。
痕跡を隠して、
嘘を秘める。

日暮れどきの偽りを
気にする者は誰もいない。
その鮮やかな色に目を奪われ、
気づこうともしないのだ
夕焼けを見ているころにはもう

太陽はすでに
地球の陰に落ちてしまっているということに。
夕暮れはまやかし。
真実を隠して、嘘を秘める。

――アマンダ・ハミルトン

36　キツネ罠　一九六九年

ジョーがドアを開けて保安官のオフィスに入ってきた。「おい、報告書が来たぞ」

「見せてくれ」

二人ですぐさま最後のページまで目を通すと、エドは言った。「完全に一致したか。やはり、チェイスが死亡時に着ていた上着にあったのは彼女の帽子の繊維だ」保安官は報告書を手首にパンと叩きつけた。「ここで我々の持ち札を整理してみよう。一、あのエビ漁師からは、チェイスが落ちる直前にミス・クラークが火の見櫓へ向かうのを見たという証言を得られる。同僚もその証言を裏付けるはずだ。二、パティ・ラヴの話によれば、チェイスはミス・クラークが作った貝のペンダントをしていたが、死んだ夜にそれが消えた。三、彼の上着には彼女の帽子の繊維がついていた。四、動機は女性としてチェイスに不当な扱いを受けたこと。アリバイについても論破できる。よし、これだけ揃えば充分だろう」

「動機がやや弱いな」ジョーが言った。「捨てられたというだけじゃ、いまひとつ説得力に欠けそうだ」

「何も捜査を終了すると言ってるわけじゃない。ただ、彼女を引っ張って尋問するには充分だろう。おそらく起訴するにも充分だろうがな。とにかく、いったん彼女を連行して様子を探ってみよう」

「しかし、そこが難題なんじゃないか？　どうやって連れてくる？　むかしから誰が行っても逃げられてるだろ。欠席補導員でも国勢調査員でも、みんな彼女に出し抜かれちまう。おれたちを含めてな。沼地の藪のなかをいくら追いかけまわしたって、結局はおれたちが馬鹿を見るだけだぞ」

「その点は心配していない。みんな無理だからといって我々まで諦める必要はないだろう。まあ、あまりスマートなやり方とは言えないが。要するに、罠にはめればいいんだよ」

「なるほど。そうきたか」保安官補が言った。「おれも罠を張ったことがないとは言わないよ。キツネを罠にはめると言えば、普通はだまし討ちが定石だよな。しかし、彼女の不意を衝ける機会があるとは思えないぞ。散々小屋へ行ってヒグマでも逃げだすほどドアを叩きまくったんだ。それより、犬を放ったらどうだ？　そっちのほうが確実だろう」

保安官はしばし黙り込んだ。「どうかな。おれも歳を食って丸くなったのかもしれない。

何しろ五十一の爺さんだからな。それにしたって、やはり尋問するために女性に犬を放つというのは間違ってる気がする。相手が逃げた囚人ならかまわないさ。すでに有罪が確定した犯罪者ならな。だが、罪が証明されないうちは彼女もただの一般市民だ。それに、たとえ容疑者であっても、女性に犬をけしかけるような真似はしたくない。最終手段としては考えるが、いまはやめておこう」

「わかったよ。で、どんな罠なんだ？」

「それをいまから考えるんだ」

十二月十五日のその日、エドとジョーがカイアを引っ張る方法について思案していると、誰かがドアをノックした。曇りガラスの向こうに大柄な男の影がのっそりと立っていた。

「どうぞ」保安官は声をかけた。

入ってきた男を見て、エドは言った。「やあ、ロドニー。どうしたんですか？」

ロドニー・ホーンは引退した整備士で、いまは毎日のように友人のデニー・スミスと釣りを楽しんでいる。村では物静かで素朴な人物として知られており、オーバーオール以外の服装は見たことがない。教会にも欠かさず通っているが、そこにもやはりオーバーオールでやって来る。ただしシャツはいつもこざっぱりとしている。妻のエルシーが、板のように硬くなるほどしっかり糊を効かせてアイロンをかけているからだ。

ロドニーがフェルトの中折れ帽を脱ぎ、腹の前でそれを握った。エドは椅子に坐るよう勧めたが、ロドニーは首を横に振った。「長くはかからないよ」彼が言った。「ただちょっと、チェイス・アンドルーズの件と関係があるかもしれないんでね」

「何か知ってるんですか？」ジョーが訊いた。

「だいぶまえの話になっちまうが。今年の八月三十日のことだ。デニーと二人で釣りに出かけたときに、サイプレス・コーヴであるものを目撃したんだよ。それを話したほうがいいかもしれないと思ってね」

「ぜひ聞かせて下さい」保安官は促した。「しかし、まずは坐って下さい、ロドニー。そのほうがお互い気が楽ですから」

ロドニーはその勧めに従い、それから五分ほど話しつづけた。彼が去ったあと、エドとジョーは顔を見合わせた。

ジョーが言った。「これで動機も揃ったな」

「よし、彼女を引っ張るぞ」

37　メジロザメ　一九六九年

クリスマスも間近に迫ったその日の朝、カイアは以前よりも早い時間帯にボートを出し、速度を落として静かにジャンピンの店へ向かっていた。保安官やその助手がカイアを捕まえようとこっそり家に来るようになってから──彼らの虚しい努力はヤシの木立からつぶさに見ていたのだが──燃料の補給や買い物は、まだ夜も明けきらない、漁師しか活動していない早朝に済ませるようにしていた。波立つ海の上空では、低くかかる雲が飛ぶように流れており、東の方角ではスコールが──鞭のように鋭く渦巻いて──水平線から着々とこちらに迫っていた。早く用事を片づけ、暴風に巻き込まれるまえに家へ戻らなければならなかった。四百メートルほど前方に、彼の船着き場が霧に囲まれて揺れているのが見えた。さらに速度を落とし、しんとした海上を見まわしてほかの船がいないかどうか確かめた。

そうして残り四十メートルほどの距離まで近寄ると、古い椅子に坐って壁にもたれているジャンピンの姿が見えた。カイアは手を振ったが、彼は振らなかった。立ち上がることもなかった。ただ、かすかに見分けられる程度にそっと首を振っただけだった。カイアはスロットルから手を離した。

ふたたび手を振ってみた。ジャンピンがこちらに視線を定めたが、彼が動くことはなかった。

カイアは即座に舵のハンドルを倒し、ボートを急旋回させて海を目指した。しかし、霧の奥から出てきたのは大きなボートで、舵を取っているのは保安官だった。さらに二隻のボートが脇を固めている。そして、その背後にスコールがそびえていた。

めいっぱいエンジンの回転を上げ、接近してくる船のすき間をぎりぎりのところですり抜けた。白い波頭に船体をぶつけ、全速力で外海に向かった。湿地の方へ舵を切りたかったが、もはや保安官を振り切ることは不可能で、たどり着くまえに捕まってしまうことは目に見えていた。

海はもう規則的にうねるのをやめ、やみくもに波を突き上げていた。そして、いよいよ制御不能になってきたと思ったとき、カイアはすでに嵐の裾に巻き込まれていた。次の瞬間、水が襲いかかってきた。全身がずぶ濡れになり、顔に幾筋も長い毛が貼りついた。転覆を避けようと風上に針路を向けても、海がすぐに舳先をまわした。

スピードは彼らの船のほうが速い。カイアはぐっと背中を丸め、でたらめに吹き荒れる強風のなかへ突っ込んだ。この濃い霧に紛れれば彼らをまけるかもしれない。それとも、海にダイブして泳いで逃げきるか。飛び込んだらどうなるか、頭のなかで素早く計算した。それがいちばん勝算のある選択肢だった。海岸に近いこの場所には引き波や潮衝があるはずだ。だが、水中に潜れば向こうが予想するよりもずっと速く泳ぐことができる。ときどき頭を出して息継ぎすれば岸までたどり着けるだろうし、茂みに隠れて上陸することも可能だろう。

背後では彼らのエンジンが嵐よりも大きい轟音を響かせていた。どんどん近づいてくる。このまま大人しく捕まるわけにはいかなかった。これまで諦めたことは一度もなかったのだ。いますぐ飛び込まなければ。だがその瞬間、まるでメジロザメのように彼らがカイアを取り囲み、距離を詰めてきた。と、不意に一隻の船が針路に立ちふさがり、その横腹にカイアのボートが激突した。体が飛ばされ、モーターに直撃して頭が揺れた。保安官が腕を伸ばしてきて船べりを摑んだ。そこにいる誰もが泡立つ航跡のなかで狂ったように揺れていた。二人の男がボートに跳び乗ってきて、保安官補が喋りはじめた。「ミス・キャサリン・クラーク、ミスタ・チェイス・アンドルーズ殺害の容疑で逮捕する。あなたには黙秘権があり――」

その先はもう聞いていなかった。その先を聞く者などどこにもいないだろう。

38　サンディ・ジャスティス　一九七〇年

頭上のライトや背の高い窓から差し込む光の眩しさに、カイアは小さくまばたきをして目を閉じた。ここ二カ月のあいだ、ずっと暗がりで過ごしてきたのだ。ふたたび目を開けると、窓の外には柔らかな湿地の裾が覗いていた。弧を描いて立ち並ぶオークの木々が、背丈の低いシダや冬のヒイラギに影を落としている。その力強い緑を一秒でも長く見ていたかったが、強引な手はカイアが立ち止まることを許さず、長いテーブルや椅子や、そこに坐る担当弁護士のトム・ミルトンの方へと彼女を急き立てた。体の前で手錠をかけられたカイアは、まるでぎこちない祈りのポーズでもとらされているようだった。黒いズボンに白い無地のブラウスという格好で、一本にまとめた三つ編みを肩甲骨のあいだに垂らしている。カイアは傍聴席の方には顔を向けなかったが、それでも、この殺人の裁判に詰めかけた人々の熱気やざわめきははっきりと感じ取っていた。肩を押し合い、首を伸ばして、どうにかカイアの姿を視界に捉えようとしている気配。手錠をかけられたカイアをもっとよく見ようとする傍聴人たち。汗や古い煙や安物の香水の臭いで、胸のむかつきはさらにひどくなった。カイアが席に近づくと、咳き込む音がやんで一段と大きなざわめきが起きた——と言っても、それらの音はほとんど自分の乱れた呼吸にかき消されていたのだが。床板を見つめているあいだに——マツの心材でできた床はぴかぴかに磨き上げられていた——手錠が外され、カイアは崩れるように椅子に腰を落とした。それは一九七〇年二月二十五日、午前九時半のことだった。

トムが顔を寄せてきて、何も心配しなくていいとささやいた。カイアは黙って彼の目を覗き、そこに誠実さがあるか、頼みにしてもいい何かが見えるかどうかを探ろうとした。彼を信用しているわけではなかったが、カイアは初めて自分の身を他人に委ねるしかない状況に置かれていた。七十一歳にしては長身で、白い髪もふさふさしている彼は、くたびれたリネンのスーツを着ているものの、どういうわけかひとかどの政治家のような優雅な雰囲気を漂わせていた。動作はゆったりとし、話し声も穏やかで、顔にはいつも感じのいい微笑みを浮かべている。

当初、シムズ判事は自分で何もしようとしないミス・クラークのために若い弁護士を指名していた。しかし、それを知ったトム・ミルトンは隠居暮らしを一時中断し、無料で彼女の弁護をしたいと申し出たのだった。彼はほかの住民と同様、それまで湿地の少女のことは噂でしか聞いたことがなく、たまに姿を目にするとしても、流れに同化するように密やかに水路を進んでいるところか、ゴミ箱から逃げるアライグマさながらにそそくさと食料品店を出ていくところを見かけるぐらいだった。

二カ月まえに初めて収監施設のカイアを訪問した際、トムが案内されたのは薄暗い狭い部屋で、彼女はそこに置かれたテーブルの前に坐っていた。彼女は顔を上げなかった。トムが自己紹介をして弁護人を務めると告げても、彼女は口を開かず、視線を上げることさえなかった。そのときトムの胸に、優しく手を取ってやりたいという衝動がこみ上げてきたが、彼女の何かが——棒のように強張った背筋のせいか、あるいは、宙を見つめる虚ろなまなざしのせいか——触れられることを固く拒んでいた。トムは彼女の視線を捉えようと何度か首の角度を変え、裁判の流れや彼女がするべきことを説明し、いくつか質問もした。しかし彼女が答えることはなく、動くことも、目を合わせることもなかった。ただ、彼女は部屋から連れ出されるときになってようやく顔を振り向け、空が見えている小さな窓へ視線をやった。村の埠頭では海鳥が高く鳴いており、カイアはその歌声をじっと眺めているかのようだった。

次の接見で、トムは茶色い紙袋に手を差し入れ、光沢のある大型本を引き出して彼女の方へ滑らせた。それは『世界の珍しい貝』という本で、なかには世界各地に棲む貝を描いた実物大の油絵が載っていた。彼女はわずかに口を開け、ゆっくりとページをめくりだし、いくつかの貝を目にして頷いたりもした。トムはしばらくそっとしておいた。それからふたたび話しかけると、今回は彼女も顔を上げた。彼は根気強く裁判の仕組みを解説し、法廷の図まで描いて、陪審員席や判事席、検察官の席、それに弁護士と彼女が坐る席を指し示した。さらに棒状の人物も描き加え、廷吏、判事、書記官などの役割を教えた。初めて接見したときと同じように、トムは彼女に不利な証拠が存在することも伝え、そのうえでチェイスが死んだ夜にどこにいたかを訊いた。しかし、事件の話を出したとたんに彼女はまた自分の殻に閉じこもってしまった。その後、立ち上がって帰ろうとするトムに彼女が本を滑らせてきたので、彼はこう言った。「いいんだ、きみに買ってきたんだよ。きみの本なんだ」

彼女は唇を噛んで目を細めた。

そして、初公判を迎えたいま、トムは改めて自分が描いた法廷の略図を指差し、背後の騒ぎから彼女の注意を逸らそうとした。だが、そんな真似をしたところで焼け石に水だった。時計の針が九時四十五分を指すころには、傍聴席はひとつ残らず村の住民で埋め尽くされ、廷内には証拠だの死刑だのとやかましく騒ぎ立てる声が溢れていたからだ。定員が二十名ほどの狭い階上席は、とくに標示はなくても、慣例として有色人種が坐る席だと認識されていた。しかし今日はそこにも白人が陣取っており、黒人の姿は数えるほどしかなかった。あくまでこれは、白人による白人の事件だということなのだ。傍聴席の前方には記者席も用意され、《アトランタ・コンスティテューション》紙や《ローリー・ヘラルド》紙から来た記者たちが幾人か坐っていた。席を見つけられなかった者たちも、うしろの壁際や高い窓のそばにひしめいて人垣を作っている。そわそわした様子で何ごとかをささやいたり噂したりしながら。湿地の少女が殺人罪で裁かれる。彼らにとってこれほど刺激的な話題はないだろう。サンディ・ジャスティスという名の郡庁舎のネコ——鼻先が白く、緑色の目の周りや背中は黒い毛色をしている——が、広い窓台にできた日溜まりのなかで伸びをした。何年もまえから庁舎に住みついている彼は、地下室や法廷のネズミを一掃することで自分の居場所を確保しているのだった。

バークリー・コーヴは、ノース・カロライナ沿岸部のこの細長い湿地帯に植民した最初の村だったため、イギリス王室は村を郡の首都と認め、一七五四年には裁判所も入っている郡庁舎が建設されることになった。それゆえ、時が流れてシー・オークスなどの町のほうが人口や経済規模が大きくなっても、バークリー・コーヴは地域行政の中心地としての座を守りつづけていた。

ただ、最初に建てられた庁舎は一九一二年に落雷に遭い、その木造建築の大半が燃え落ちてしまった。翌年にはメイン・ストリートの外れの同じ区画に再建されたのだが、建物は煉瓦造りの二階建てに替わり、壁面には花崗岩で縁取られた高さ三・五メートルほどの窓が連なるようになった。とはいえ、一九六〇年代にはもう、雑草やヤシの木や、わずかながらもガマまでが湿地から進出してきて、かつては美しく整えられていた敷地をすっかり占拠していた。それに、春にはスイレンの葉のせいで流れが詰まった潟湖が氾濫し、その水が長い時間をかけてじわじわと歩道を浸食してもいた。

一方、そうした外観とは対照的に、法廷自体は最初期の設計を引き継いでいまなお堂々とした風情を保っていた。高い位置にある判事席は暗色のマホガニー材で作られており、色鮮やかな州の紋章がはめ込まれていた。その上方には南部連合旗を含む様々な旗も立っている。陪審員席を囲う仕切りもやはりマホガニー製で、こちらにはベイスギの縁取りがあり、法廷の壁に並んだ窓の向こうには海が広がっていた。

ほかの裁判関係者が法廷に入ってくると、トムは図のなかの棒状の人物を指し示し、誰がどれにあたるかを説明した。「あれが廷吏のハンク・ジョーンズだよ」彼は、出席者の正面へと歩み出てきた痩せた男を指差した。六十歳になる廷吏は、額が耳の上あたりまで後退しているせいで、頭がちょうど半分だけ禿げているように見えた。彼は灰色の制服に太いベルトを締め、無線機や懐中電灯のほかに、物々しい鍵束や、六連発式コルトが収められたホルスターをぶら下げていた。

ミスタ・ジョーンズが傍聴人に呼びかけた。「みなさん、申し訳ありませんが消防法はご存じでしょう。席のない方はどうぞお引き取り下さい」

「あれはミス・ヘンリエッタ・ジョーンズ。廷吏の娘で、裁判所書記官だ」トムが指し示す先で、父親に似た細身で長身の若い女性がしずしずと歩いてきて、判事席のそばのデスクに着席した。検察官のミスタ・エリック・チャスティンはすでに席につき、書類鞄からノートを引っ張り出していた。エリックは肩幅が広くて背丈も百八十センチ以上ある、赤毛の大男で、アシュヴィルの量販店で買った青いスーツに色鮮やかな太いネクタイを締めていた。

ジョーンズ廷吏が声を張り上げた。「全員起立。これより開廷します。裁判長はハロルド・シムズ判事です」ざわめきがぴたりとやんだ。扉が開き、入廷してきたシムズ判事が全員に頷いて着席するよう合図した。そして、検察官と弁護人の双方を判事席の方へ呼び寄せた。丸顔で恰幅がよく、立派な白いもみ上げを生やした彼は、住まいはシー・オークスだが九年ほどまえからバークリー・コーヴの裁判を担当しており、常識的で公平な審判を下す穏健派の判事として知られていた。彼の声が廷内に響き渡った。

「ミスタ・ミルトン、当地にはミス・クラークへの偏見があるために公正な裁判が期待できないとして、あなたから他の郡に管轄裁判所を変更したいとの申し立てがありましたが、これは却下します。被告人が特異な環境にあり、ある種の偏見にさらされているという実状は認めます。しかし、小規模な自治町村における裁判で一定の偏見が入り込むのは、この国では一般的なことであり、被告人が通常以上の偏見にさらされているという証拠はありません。むろん大規模な自治体でもそうした事態はあり得るでしょうが。よって、審理はこのまま続行します」廷内に賛同の頷きが広がっていくなか、検察官と弁護人が席に戻った。

判事が続けた。「ノース・カロライナ州バークリー郡在住のキャサリン・ダニエル・クラーク、あなたはバークリー・コーヴ在住のチェイス・ローレンス・アンドルーズに対する第一級謀殺容疑で起訴されました。第一級謀殺とは、あらかじめ計画された殺人行為であり、この場合、当州では死刑を求刑することができます。また検察側は、有罪と認められればこれを求刑するとしています」室内にまたざわめきが起きた。トムがわずかに身を寄せてきたので、カイアは素直にその励ましを受け入れることにした。

「では、これより陪審員の選任を行ないます」シムズ判事が最前の二列に坐っている陪審員候補者たちに顔を向けた。彼が規則や条件を読み上げはじめると、サンデイ・ジャスティスがひょいと窓台を降り、そのまま迷うことなく判事席に跳び乗った。シムズ判事も慣れたもので、機械的にネコの頭をなでながら説明を続けた。

「死刑求刑裁判の場合、ノース・カロライナ州は、死刑制度に反対する者に陪審員の義務を免除することを認めています。そこで、有罪の評決が下された際に死刑を科せない、あるいは科したくないという者はいまここで挙手して下さい」手はひとつも挙がらなかった。

カイアの頭のなかで〝死刑〟という言葉が繰り返し響いた。

判事はさらに言った。「陪審員から除外される条件がもうひとつあります。現在あるいは過去にミス・クラークかミスタ・アンドルーズと近しい関係にあり、客観的判断が難しい場合です。その可能性がある者はここで申し出て下さい」

二列目の真ん中あたりでミセス・サリー・カルペッパーが手を挙げ、自分の名前を告げた。彼女は白髪交じりの髪をうしろで縛って小さくまとめ、帽子もスーツも靴も、すべてくすんだ茶色で統一していた。

「いいでしょう、サリー、では事情を説明して下さい」判事が言った。

「ご存じのように、私は二十五年近くバークリー郡で無断欠席補導員をしていました。ミス・クラークも担当したことがあったので、関係があったというか、関係を築こうとしていました」

振り向かない限り、カイアの席からはミセス・カルペッパーを含めて傍聴人は誰ひとり見えなかった。もちろん振り向くつもりもなかったが。ただ、カイアは最後にミセス・カルペッパーが車でやって来て、運転手のフェドーラ帽の男がカイアを追いかけたときのことを思い出していた。あのときカイアは、年寄りの彼を相手に手加減をした。追跡しやすいようにわざと足音高くイバラの茂みに逃げ込み、またUターンして車の傍らの草藪に隠れたのだ。それでもフェドーラ帽は反対方向の海岸へと走り去ってしまったのだが。その場にしゃがみ込んでいたカイアは、うっかりヒイラギの枝を揺らして車のドアを叩いてしまった。車内にいたミセス・カルペッパーがウィンドウに顔を覗かせ、そこで彼女とカイアの目が合った。カイアには、そのとき補導員の女性が小さく微笑んだように見えた。いずれにしろ、彼女はフェドーラ帽が戻ってきてひとしきり悪態をつき、車に乗り込んで永遠に走り去るあいだも、自分が目にした秘密を漏らすことはなかった。

そのミセス・カルペッパーがいま、判事にこう言っていた。「彼女とはそういう間柄にあったので、私は陪審員から外れたほうがいいのかもしれないと思ったのですが」

シムズ判事が答えた。「わかりました、サリー。ほかの方たちも、買い物や仕事中などにミス・クラークと関わった経験があるかもしれませんね。ミセス・カルペッパーは補導員として接触したということですが。肝心な点は、この審理を通して被告人が有罪か無罪かを決める際に、証拠のみに基づいて判断できるかどうかなのです。過去の経験や感情に左右されることなく。あなたにはそれができますか？」

「はい、それはもちろんです、裁判長」

「ありがとう。ではそのまま残って下さい」

十一時半までには、陪審員席には女性七名と男性五名が坐っていた。カイアの場所からも彼らの姿は見えたので、そっと顔ぶれを盗み見た。大半は村で見かけたことのある顔だったが、名前まで知っている人はわずかだった。中央付近には姿勢を正して坐るミセス・カルペッパーの姿があり、カイアにわずかながらも安心感を与えた。だが、その隣にいるブロンドの女性は、メソジスト教会の伝道師の妻であるテレサ・ホワイトだった。むかし、たった一度だけ父さんと食堂で昼食を食べたとき、彼女が靴屋から飛び出してきて娘をカイアから引き離したことがあった。彼女は娘に、カイアは汚いのだと言い聞かせていた。そのミセス・ホワイトが陪審員席に坐っているのだった。

シムズ判事が午後一時まで昼食休憩にすると告げた。陪審員には食堂からツナやチキンサラダやハムのサンドウィッチが運ばれてくるので、彼らはそれを評議室で食べることになっていた。ただし、村にある二軒の飲食施設を公平に扱うため、〈ドッグゴーン・ビアホール〉がホットドッグやチリビーンズ、小エビのフライのサンドなどをもってくる日もあった。彼らはネコにも必ず何かを用意しており、サンディ・ジャスティスが好きなのは小エビのフライのサンドだった。

39　遭遇　一九六九年

一九六九年八月のある朝、カイアは水面から立ち昇る霧のなかにボートを進ませ、地元では〝イトスギの入り江(サイプレス・コーヴ)〟として知られている少し遠くの岬へ向かった。以前そこで珍しいカラカサタケを見つけたことがあったのだ。八月では春キノコの盛りは過ぎているものの、サイプレス・コーヴはひんやりとして湿度も高いため、うまくいけばまだその希少種に出会えるかもしれなかった。テイトが羽根の株にコンパスを置いていってから、すでに一カ月以上が経っていた。そのあいだに湿地で彼を見かけたことはあったが、自分から近づいて贈り物の礼を告げることはいまだにできずにいた。コンパスを使う機会もまだなかった。とはいえ、それは常に、リュックサックに並んだポケットのひとつに大切にしまわれていた。

岬の土手にはスパニッシュ・モスの垂れる樹木が並び、低く張り出した枝々が岸に沿って庇(ひさし)を連ねていた。カイアはその下をくぐるようにボートを滑らせ、低木の陰に視線を這わせながら、柄がすらりと細いオレンジ色の小さなキノコを探した。しばらくそうしていると、目当てのキノコが、一本の古い株の木肌に鮮烈な色を発して貼りついているのを見つけた。カイアはボートを寄せて岸に上がり、あぐらをかいてその姿を写生しはじめた。

ふと、腐葉土を踏む足音がし、続いて声が聞こえた。「こんなところにいたのか。おれの湿地の少女」素早く振り返って立ち上がると、目の前にチェイスの顔があった。

「やあ、カイア」彼が言った。カイアはあたりに目をやった。どうやってここへ来たのだろう？ボートの音は聞こえなかったのに。彼はカイアの疑問を察したようだった。「釣りをしてたらきみのボートが見えたんでね。向こう側の岸から上がってきたのさ」

「あっちへ行って」そう吐き捨てると、カイアは鉛筆とノートをリュックに押し込んだ。だが、チェイスがカイアの腕に手を置いた。「そう言うなよ、カイア。あんな形になって悪かったと思ってるんだ」彼が身を乗り出すと、朝だというのにバーボン臭い息が顔にかかった。

「触らないで！」

「おい、謝ってるじゃないか。結婚できないことはきみもわかってたはずだ。きみは村じゃ暮らせないんだからな。だけど、おれはいつもきみを気遣ってた。そばにいてやっただろう」

「いてやったですって！　話にならないわ。いいから私のことは放っておいて」リュックを肩にかけてボートへ向かおうとしたが、彼がきつく腕を握ってきた。

「カイア、きみみたいな人はどこにもいない。きみだってまだおれを愛してるはずだ」カイアは乱暴に手を振りほどいた。

「勘違いしないで！　あなたを愛していたかどうかも怪しいぐらいよ。だけどあなたは、私と結婚すると言ったはずよ、覚えてる？　私と暮らす家を建てるとも言ったわ。それなのに、私は新聞記事であなたがほかの人と婚約したと知らされたの。いったいなぜそんな真似ができるの？　どうしてよ、チェイス！」

「よせよ、カイア。無理だったんだよ。きみだってわかってただろ、現実にはうまくいかないってことぐらい。それでもおれたちは楽しくやってたじゃないか。なあ、またあのころの関係に戻ろう」彼がカイアの両肩を摑み、自分の方へ引き寄せた。

「手を離して！」身をよじってどうにか逃れようとしたが、彼の指にさらに力がこもり、握られた両腕に痛みが走った。彼が口を寄せてきてキスをした。カイアは腕を振り上げてどうにか束縛を解き、唇を引き剝がして鋭く息を吐いた。「やめて」

「さすがはおれの山猫だな。ますます気が強くなった」ふたたび肩を摑んできたかと思うと、彼は片脚をカイアの膝の裏にかけ、一瞬にしてカイアを地面に押し倒した。土に打ちつけられてカイアの頭がバウンドした。「おまえもおれを求めてるんだろ」彼が狡猾そうな目つきで言った。

「やめて！」大声で叫んだが、ひざまずいた彼に膝でみぞおちを押さえられ、息を吸うことさえできなくなった。彼が自分のファスナーを下ろしてジーンズを引き下げた。

カイアは必死で体を起こし、両手を突っ張って彼を押した。と、いきなりチェイスが右の拳をカイアの顔面めがけて振り下ろした。頭のなかで不快な音が弾け飛んだ。首ががくんとうしろに倒れ、背中から地面に叩きつけられた。それはまさに、母さんを殴る父さんと同じだった。束の間、脈打つ痛みで頭が真っ白になった。それでもどうにかまた身をよじり、彼の下から抜け出そうと夢中でもがいた。だが、どうしても腕力ではかなわない。カイアの両腕を頭上に上げさせ、それを片手だけで押さえつけると、彼はカイアのショートパンツのファスナーを下ろしにかかった。そして、必死で足を蹴り上げるカイアの下着も引きずり下ろした。いくら悲鳴を上げても、あたりにはその声を聞きつけてくれる者がいなかった。地面を蹴り、逃げたい一心で暴れつづけたが、気づくと腰を摑まれてうつぶせにさせられていた。ずきずきと痛む顔が土にめり込んでいる。背後で膝立ちになった彼がカイアの腹の下に腕をねじ入れ、自分の方へ腰を引っ張り上げた。

「今回は逃がさないぞ。いくら気に入らなくても、おまえはおれのものなんだ」

その瞬間、どこからか本能的な力が湧き上がってきた。カイアは手や膝に全力を込めて体を起こし、間髪入れずに思いきり腕をうしろに振った。肘がチェイスの顎に命中して頭が横に飛んだ。すかさず振り向いて何度も拳を打ち下ろすと、体勢を崩した彼が尻もちをついた。カイアはしっかり狙いを定め、ためらうことなく彼の股間を蹴った。

チェイスが体を真っ二つに折って地面に転がり、睾丸を押さえて身もだえした。カイアはおまけとばかりにその背中も蹴りつけた。正確に腎臓の位置を捉え、続けざまに、力いっぱい。

ショートパンツを引っ張り上げながら、カイアはリュックを掴んでボートへ走った。スターターロープを引きながら振り返ると、チェイスが四つん這いになってうめき声を上げていた。カイアはモーターが回転しだすまで罵倒の言葉を浴びせつづけた。すぐにも彼が追ってきそうで、グリップを一気にまわして船を急発進させた。カイアが岸を離れるのと、彼が立ち上がるのはほぼ同時だった。震える手でファスナーを上げ、片腕できつく自分の体を抱いた。血走った目で海上を見やると、そばに一隻の釣り船があり、男が二人、じっとカイアの方を見つめていた。

40　サイプレス・コーヴ　一九七〇年

昼食休憩のあと、シムズ判事が検察官に訊いた。「エリック、ひとり目の証人を呼べるかね？」

「はい、裁判長」殺人事件の場合、エリックはたいてい最初の証人に検死官を呼ぶことにしていた。証人が紹介する凶器などの物的証拠や、死亡時刻、殺害場所、さらには犯行現場の写真といったものが、陪審員に強烈な印象を植えつけるからだった。しかし、今回の事件では凶器は存在せず、指紋や足跡も見つかっていなかった。そこでエリックは、まずは動機に焦点を当てることにした。

「裁判長、ミスタ・ロドニー・ホーンを召喚致します」

廷内の全員が注目するなか、ロドニー・ホーンが証人席に上って宣誓した。あのときはほんの何秒か見ただけだが、カイアにも彼が誰なのかはわかった。カイアは顔を背けた。その引退した整備士は、毎日のように釣りや狩りに出かけ、〈スワンプ・ギニー〉に集まってはポーカーに興じるような男たちのひとりだった。酒も底なしに飲める口だ。そして、今日も相変わらずデニムのオーバーオールを穿き、襟が垂直に立つほど糊の効いた清潔な格子柄のシャツを着ていた。釣り用のキャップを左手にもち、右手で宣誓すると、彼は席に坐ってキャップを膝に置いた。

エリックがゆったりした足取りで証人席に近づいた。「おはようございます、ロドニー」

「おはよう、エリック」

「さっそくですが、ロドニー、あなたは一九六九年八月三十日の朝、サイプレス・コーヴのそばで友人と釣りをしていたそうですね。これは間違いありませんか？」

「はい、そのとおりです。デニーとそこで釣りをしてました。夜明けから釣りに出てたんです」

「念のために確認しますが、いっしょにいたのはデニー・スミスですね？」

「ええ、おれとデニーです」

「わかりました。では、その日あなたが目撃したことを話して下さい」

「いま言ったように、おれたちは夜明けからそこにいたんですが、十一時ぐらいになるとちっとも魚がかからなくなりまして。そろそろ竿をしまって引き揚げようとしていたんです。そしたら岬の林から騒ぎが聞こえてきました。木立のなかからです」

「騒ぎというのは？」

「声がしたんです。初めはくぐもった音でしたが、だんだん大きくなりました。男と女の声でした。姿は見えませんでしたが、聞いてる限りでは何か言い争ってるようでした」

「それからどうなりましたか？」

「女のほうが叫びだしたので、様子を見てみようとそっちへ船を向かわせました。彼女がトラブルに巻き込まれてるんじゃないかと思ったもんで」

「そこで何を見たんですか？」

「おれたちが近づいたときには、女が男の隣に立って、蹴っ飛ばしていました。その、ちょうどあそこを……」ロドニーが判事の方を向いた。

シムズ判事が言った。「どこを蹴っていたんですか？　具体的に説明して下さい」

「女が男のタマを蹴ったんです。彼は地面に転がってウンウンうめいてました。彼女はそのあとも繰り返し彼の背中を蹴ってました。まるでハチを食っちまったラバみたいに興奮してました」

「その女性の顔は見ましたか？　彼女はいまこの法廷にいますか？」

「はい、はっきり見ました。あそこにいる被告人です。湿地の少女と呼ばれてる女です」

シムズ判事が証人の方へ身を乗り出した。「ミスタ・ホーン、被告人の名前はミス・クラークです。それ以外の呼び方はしないように」

「はい。じゃあ、おれたちが見たのはミス・クラークです」

エリックが続けた。「蹴られている男性の顔も見ましたか？」

「そのときは見えませんでした。地べたでのたうちまわってましたから。ですが、しばらくして彼が立ち上がったときに、チェイス・アンドルーズだとわかりました。クォーターバックの選手だった彼です」

「その後はどうなりました？」

「彼女が大急ぎで自分のボートの方へ出てきました。その、半分裸みたいな格好で。ズボンが足首までずり落ちて、下着も膝まで下りてたんです。ズボンを上げようとしながら走ってる状態でした。そのあいだもずっと彼に向かってわめいてました。それからボートに跳び乗って、ズボンを上げる間も惜しんで猛スピードで去っていったんです。ただ、おれたちのそばを通るときに目が合って、それで間違いなく彼女だとわかりました」

「ボートまで走りながらわめいていたとのことですが、具体的に何と言ったか聞こえましたか？」

「はい。そのときはかなり近くにいたので、はっきり聞こえました」

「こうわめいてました。〝二度と近づかないで！　今度私に手を出したら殺してやる！〟」

廷内にどよめきが起き、いつまでもその騒ぎは収まらなかった。シムズ判事が小槌を打ち鳴らした。「静粛に。みなさん、もう充分でしょう」

エリックが自分の証人に言った。「ありがとう、ロドニー。こちらの質問は以上です。反対尋問をどうぞ」

トムがエリックとすれ違いに証人席へ向かった。

「ロドニー、あなたはこう証言しましたね。最初にくぐもった声や大声を聞いたときは、ミス・クラークとミスタ・アンドルーズのあいだに何が起きているのか見えなかったと。間違いありませんか？」

「ええ、間違いありません。船を近づけるまでは何も見えませんでした」

「あなたはこうも言いました。のちにミス・クラークだとわかる女性が、トラブルに巻き込まれているような叫び声を上げていたと。間違いないですか？」

「はい」

「つまりあなたは、二人の成人が同意のうえでキスや性的行為をしているのを見たわけではない。ただ、女性がトラブルに巻き込まれているような声を聞いた、誰かに襲われているような叫び声を聞いたと、そういうことですね？」

「そうです」

「それでは、こういう可能性はありませんか？　ミス・クラークがミスタ・アンドルーズを蹴ったのは、自分の身を守るためだった。林のなかにひとりきりでいた女性が、体の大きい屈強な男に、元クォーターバックの選手に襲われたから、自分の身を守るためにそうした」

「ええ、その可能性はあると思います」

「質問は以上です」

「再尋問をしますか？」

「はい、裁判長」エリックが頷き、検察官席で立ち上がった。

「ロドニー、彼らのあいだに合意があってもなくても、被告人のミス・クラークが亡くなったチェイス・アンドルーズに対して怒っていたのはたしかですね？」

「はい、かなり怒ってるようでした」

「今度手を出したら殺してやると、そう叫ぶぐらい怒っていた。間違いないですか？」

「ええ、そうだと思います」

「質問は以上です、裁判長」

41　小さな群れ　一九六九年

チェイスのボートが追ってこないかと振り返るたび、震える手が舵のハンドルから滑り落ちた。カイアは速度を落とすことなく岬から潟湖まで一気に船を走らせ、膝が腫れはじめた脚を引きずって転がるように小屋へと駆け込んだ。キッチンに入ったところで床にへたり込むと、たちまち涙が溢れてきた。腫れ上がった目元を押さえ、口に入った砂粒を吐き出した。それからまた、チェイスのボートの音がしないかと耳をそばだてた。

カイアは貝のペンダントに気がついていた。彼はいまだにあれを身につけていたのだ。いったい何を考えているのだろう。

〝おまえはおれのものだ〟彼はそう言った。そんな意識でいるのに蹴られたとなれば、いまごろ腸（はらわた）が煮えくり返っているだろうし、またカイアの前に現われるに違いなかった。今日じゅうにここへやって来るかもしれない。あるいは、夜まで待って襲いにくるだろうか。

相談できる人などいなかった。ジャンピンに話せばきっと保安官に通報するべきだと言うだろう。だが、チェイス・アンドルーズを相手に湿地の少女が何を訴えたところで、官憲が信じてくれるわけはなかった。あの釣り人二人がいつから見ていたのかわからないが、彼らだってカイアの味方につくはずはなかった。自業自得だと言うに決まっている。最後は捨てられたが、長いことチェイスとふしだらな関係にあった女だ。キスをしているのを見かけたことがある。あれは娼婦だ。彼らはそう証言するに違いないのだ。

外では海から吹く風が低い唸り声を上げており、これではボートの音がかき消されるのではないかと不安になった。カイアは痛みをこらえてのろのろと動きだし、リュックサックにビスケットやチーズやナッツを詰め込んだ。そして、頭を低くして吹き荒れる強風に立ち向かい、草藪を踏み分けて水路伝いに読書小屋へと歩きはじめた。急いでも徒歩では四十五分ほどかかる道のりで、そのあいだも、カイアは物音がするたびに痛みに強張る体をぎくりとすくませ、弾かれたように横を向いて下生えに視線を走らせた。そうして歩きつづけるうちに、やがて小川の土手に、高い草に埋もれかけた古い丸太小屋が見えてきた。ここでは風の勢いもだいぶ衰えており、柔らかな草地はしんと静まり返っていた。この隠れ家をチェイスに教えたことはないが、ひょっとすると勘づいていたかもしれない。決して油断はできないだろう。

小屋からモリネズミの臭いは消えていた。生態学者として研究所に雇われたあと、調査用の宿泊所として使うため、テイトがスカッパーとともにこの廃屋を修理したからだった。二人は壁を補強し、傾いた屋根を本来の位置に戻し、必要最低限の家具――キルトのカバーがかかった小さなベッド、調理ストーブ、テーブルと椅子――を運び入れていた。梁には鍋やフライパンも吊るされている。それに、場違いな顕微鏡が一台、ビニールに覆われて折り畳み式のテーブルに載っていた。部屋の隅には古びた金属製のトランクがあり、ベイクドビーンズやイワシの缶詰がしまわれていたが、クマを呼び寄せてしまうような食品はどこにも置かれていなかった。

しかし、小屋のなかにいると、逃げ道を断たれたような居心地の悪さを覚えた。そこからではチェイスが来ているかどうかを見張ることもできなかった。結局カイアは小屋を出て小川の岸に坐り、草むした湿地を右の目で見まわした。左目はすっかり腫れ上がり、もうまぶたも開かなくなっていた。

下流の方に、雌のシカが五頭ほど集まった小さな群れがいて、カイアのことなど眼中にない様子でのんびりと川岸の葉を食んでいた。自分も彼女たちの仲間に、あの群れに加われたらどんなにいいだろう、と思った。カイアは知っていた。群れは一頭が欠けてもそれほど影響を受けないが、個々のシカは群れに属さなければとても弱い存在だということを。

一頭のシカがふと頭をもたげ、真っ黒な瞳を北側の木立に向けた。それから右の前足をトンと踏み鳴らし、次に左足も鳴らした。と、ほかのシカたちも次々に顔を上げ、甲高い警戒の声を上げはじめた。すぐさまカイアも見える方の目を見開き、林のなかにチェイスやほかの敵の姿を探した。だが、どこにも異常はなかった。たぶん風か何かに驚いたのだろう。シカたちもすぐに足踏みをやめたが、彼女たちはそれを潮にゆっくりと高い草の奥へ移動を始め、あとにはカイアひとりが不安な気持ちのまま取り残されてしまった。

また草地を見まわして侵入者の姿を探した。けれど、もはやカイアには聞き耳を立てたり目を凝らしたりする体力さえ残っておらず、やむなく小屋へ引き揚げることにした。カイアはリュックに手を突っ込み、汗をかきはじめているチーズを引っ張り出した。そして床にべたりと坐り込み、あざができた頰に触れながら黙々とチーズを食べはじめた。顔も、腕も、脚も、砂利に切り裂かれて血と泥で汚れていた。膝はすり剝けてずきずきとうずいている。カイアは鼻をすすり、必死で屈辱感に耐え、だしぬけに、口のなかでどろどろになったチーズを吐き出した。

これは自分が招いてしまったことなのだ。まっとうな手順も踏まずに男と付き合ってしまったから。欲望の趣くまま、結婚もしないうちから安っぽいモーテルについていき、結局は何の満足も得られなかった。ネオンライトに照らされたセックスが残したものは、獣の足跡のように点々とシーツに染みついた血の痕だけだった。

チェイスはきっと二人で何をしたか自慢げに言いふらしていたのだろう。人々がカイアをつまはじきしても仕方がないのだ――ふしだらで、忌むべき女として。

足早に流れ去る雲のあいだに半月が顔を覗かせるようになったころ、カイアは小さな窓から外をうかがい、どこかに隠れてこちらを見ている人影がないかと目を凝らした。そして、納得したところでテイトのベッドに潜り込み、彼のキルトにくるまって眠りについた。何度も目を覚ましては足音に耳を澄ましたが、そのたびにカイアは柔らかなカバーを顔までしっかりと引き上げた。

朝食にもフェタチーズを食べた。顔は黒ずんで緑と紫のあざが浮き、目はゆで卵のように膨らんで首も痛みに固まっていた。上唇もおかしな方向に歪んでしまっている。母さんと同じで、自分の家に戻るのが恐ろしくてたまらなかった。その瞬間、にわかに霧が晴れたように、カイアはすべてを理解した。母さんがどんな目に遭い、なぜ去ったのか。「母さん」カイアはささやいた。「ようやくわかったわ。なぜ出ていかなくちゃならなかったのか。なぜ二度と戻らなかったのか。ごめんなさい、気づかなかったの。私には母さんを助けることなんてできなかったのよね」カイアはうなだれ、しばらくすすり泣いた。それから涙を断ち切るように顔を上げ、きっぱりと言った。「私はそんな生き方はしない——いつまた拳が飛んでくるかびくびくしながら生きるなんて、そんな人生はごめんだわ」

　その日の午後にはもう、カイアは家に戻っていた。ただ、いくら空腹でも食料がなくても、ジャンピンの店には行かなかった。チェイスに出くわすかもしれないからだ。それに誰にも、とりわけジャンピンには、殴られた顔など見せたくなかった。

　硬くなったパンと燻製の魚で簡単な食事を済ませたあと、ポーチのベッドの端に坐って虫除け網の外を見まわした。そのときふと、一匹の雌のカマキリがすぐそばの枝を音もなく歩いているのが目に入った。その昆虫は節のある前脚で蛾を摑み取ってはせっせとそれを嚙み砕いており、口からはみ出た蛾の羽がまだぱたぱたと動いていた。と、雄のカマキリが一匹、誇らしげに行進するポニーさながらに、まっすぐ頭をもたげて彼女に求愛しはじめた。雌も興味をもったようで、彼女の触角が二本の指揮棒のようにゆらゆら揺れた。雄の抱擁が力強いのか優しいのか、カイアにはわからないが、彼が卵を受精させるべく交尾器を近づけていると、雌は優雅な長い首をうしろにまわし、そのまま雄の頭を食いちぎってしまった。彼自身は交尾に忙しくて気づいていないようだったが。彼が短くなった首を振って作業に没頭しているうちに、雌は彼の胸部から羽へと、少しずつ雄をかじり取っていった。しまいには雄は、頭も心臓もない下半身だけの姿になり、そこでようやく、自分の最後の前脚をくわえている雌と交尾を済ませたのだった。

雌のホタルは偽りの信号を送って別種の雄を誘い、彼を食べてしまう。カマキリの雌は自分の交尾の相手をむさぼり食う。昆虫の雌たちは恋の相手とどう付き合うべきか、ちゃんと心得ているのだ、とカイアは思った。

その数日後、カイアは湿地にボートを出し、チェイスが知らなそうな場所を歩いてまわった。けれど、常に警戒してびくびくしている状態では、満足に絵を描くことなどできなかった。目元は細い傷口を中心にまだ腫れており、あざはおぞましい色を滲ませて顔の半分を覆っていた。体も大半の部分が痛みを抱え込んでいる。カイアはシマリスの声にはっとして振り向き、カラスの鳴き声にじっと耳を傾けた――言葉が誕生するまえの、コミュニケーションがもっと簡潔でわかりやすかった時代の言語に。そしてどこへ行こうと、必ず頭のなかに逃げ道の地図を用意した。

42　監房　一九七〇年

濁った光の帯がカイアの監房のちっぽけな窓から差し込んでいた。カイアはそのなかを静かに舞う細かなほこりを見つめた。うっとりと、誰かに導かれるように、すべてが同じ方向へ漂っていく。そして、陰に入ったとたんに消えてなくなった。日の光がなければ、そこに存在することもできないのだ。

床から二メートルほどの高さにある窓の下へ、テーブル代わりの木箱を運んでいった。背中に〝郡収監者〟と印字された灰色のつなぎ姿で、カイアは木箱の上に立ち、分厚いガラスと鉄柵の先にかろうじて見えている海を眺めた。白い波頭が軽やかに跳ね、ペリカンが魚を探してきょろきょろしながら波間を低く飛んでいた。もしカイアの首が長く伸びれば、右手には湿地を縁取る青々とした梢も見えるはずだった。昨日は一羽のワシが魚めがけてきりもみ降下していくのを見た。

郡の収監施設は、三・六メートル四方の監房が六室あるコンクリートブロックの平屋で、村の縁にある保安官事務所の裏に建っていた。監房は建物の端から端まで隙間なく連なっており、一列に並んでいるので収監者同士が顔を合わせることはなかった。三方を囲う壁はじめじめしたコンクリートのブロックで、四枚目の壁は、錠が下ろされた扉を含めて全面が鉄柵でできている。それぞれの房に備わっているのは木製のベッドとたわんだ綿のマットレス、羽根枕、シーツ、灰色の毛布、洗面台、木箱のテーブルのみで、あとはトイレがあるだけだった。洗面台の上にかけられているのは鏡ではなく、バプテスト婦人会が提供したキリストの絵だ。カイアは――ひと晩だけ留置された者を除けば――近年では初めての女性収監者だったが、その配慮として認められたのは、薄汚れたビニールカーテンで洗面台とトイレを隠すことぐらいだった。

初公判までの二カ月間、カイアは保釈を認められずにずっとこの監房に入れられていた。逮捕時にボートで逃げようとしたからだ。それにしても、最初に〝檻(おり)〟ではなく〝監房〟という単語を使いはじめたのは誰なのだろう。きっとある時期に、人権の問題で名称の変更を余儀なくされたのだろうが。自分で引っかいたせいでカイアの腕には蜘蛛の巣のような赤い筋が走っていた。気づくと長いあいだベッドに坐って自分の三つ編みを眺め、毛をつまんだり引っ張ったりしていることもよくあった。まるで羽を繕うカモメのように。

カイアは木箱に立って湿地の方角を覗き込みながら、声に出さずにアマンダ・ハミルトンの詩を暗唱した。

ブランドン海岸の傷ついたカモメ

魂を羽ばたかせ、天を渡り、
鋭い鳴き声であなたは夜明けの空を驚かせた。
帆を追いかけ、海に挑み、
やがて風に吹かれて私のもとに戻ってきた。

翼は折れた。あなたは大地を這いずって
砂に翼の跡を刻んだ。
羽根は抜け落ち、もう羽ばたくこともできないいま、
しかし誰が死ぬべき時を決めるのだろう。

……

あなたは消え、その行方を私は知らない。
けれど翼の跡はいまもそこに残っている。
折れた心は羽ばたくこともできないが、
しかし誰が死ぬべき時を決めるのだろう。

互いの姿は見えないものの、ほかにも端の方の房には男が二人収監されており、彼らは日がな一日ぺちゃくちゃと馬鹿話をして時間を潰していた。二人は〈ドッグゴーン・ビアホール〉で喧嘩騒ぎを起こし、店の鏡を割り、誰かの骨も何本か折ったため、三十日のあいだ投獄されることになったのだった。喧嘩の原因は、誰がいちばん遠くへ唾を飛ばせるかという問題だった。彼らは一日じゅうベッドに寝転がり、何かというと太鼓でも叩くような音を響かせて隣の房の仲間を呼んだ。彼らがよく冗談のネタにするのは、面会人から仕入れたカイアの裁判の話だった。なかでも、カイアが死刑になるかどうかで盛り上がることが多かった。何しろこの郡ではここ二十年ほど死刑判決を受けた者はおらず、女性に限ればこれまで一人もいなかったのだ。

彼らの会話はカイアにも筒抜けだった。カイアは、死ぬこと自体はさほど気にならなかった。この影のような人生が終わるからといって、何を恐れる必要があるだろう。ただ、他人によって自分の死が決定され、日程が組まれ、殺されるというのはあまりにも理解しがたい状況で、想像するだけで息が止まりそうになるのだった。

眠りはカイアに近寄るのを嫌がり、いつもそっと脇をすり抜けて逃げてしまった。たとえ分厚い壁を破ってどうにか微睡(まどろみ)を捕らえても――束の間の幸福に浸っていても――すぐに背筋が震えて目が覚めてしまった。

カイアは木箱から降り、ベッドに腰かけてきつく膝を抱えた。裁判のあとですぐにここへ戻されたので、時刻は六時ごろだと思われた。たぶん一時間ほどしか経っていないだろう。それとも、まだ一時間すら経っていないのだろうか。

43　顕微鏡　一九六九年

九月の初め、チェイスに襲われてから一週間以上が過ぎたある日、カイアは小屋の裏の海岸を歩いていた。もっていた手紙を危うく風に飛ばされそうになり、しっかりそれを胸に押しつけた。担当の編集者が、カイアをグリーンヴィルへ招待してくれたのだった。カイアがあまり町に出ないことは知っているが、ぜひ会いたいし、費用は出版社が出すからと彼は書いていた。

雲がかかる気配はなく、日差しも暑かったので、カイアは湿地にボートを出すことにした。狭い水路の出口に差しかかり、草むした土手をまわり込んだときだった。ティトが広い砂州にうずくまり、小さなガラス瓶で水をすくっているのが目に入った。彼の調査用クルーザーが水路の幅いっぱいに泊まり、行く手をふさいでいる。カイアはすぐさま舵を切った。腫れやあざはだいぶ消えてきたものの、まだ目の周りには緑と紫の醜いまだら模様が残っていた。チェイスに殴られた顔を見られたくない、すぐにボートを方向転換させなければと、気持ちが焦った。

だが、そのときテイトが顔を上げ、こちらに手を振った。「カイア、ちょっと降りてこないか。新しい顕微鏡を見せたいんだ」

これには、無断欠席補導員がカイアをチキンパイで釣ったときと同じ効果があった。無言のまま、カイアは手の動きを緩めた。

「おいでよ。すごい拡大率なんだ。アメーバの仮足（かそく）まで見える」

カイアはアメーバを見たことがなかったし、もちろん体の部位も目にしたことはなかった。それに、テイトがいると、以前のように安らぎや落ち着きを感じることに気がついた。あざが見えないようにずっと顔を背けていればいい。そう思い定めると、カイアはボートを岸に着け、浅瀬を歩いて彼の船に向かった。カイアはデニムの短パンに白いTシャツという格好で、髪はまっすぐ下ろしていた。彼が船尾の梯子（はしご）の上方から手を差し伸べてきたので、顔を背けたまま、その手を握った。

クルーザーは湿地に溶け込む淡いベージュ色をしており、チーク材の甲板や真鍮製の舵は、カイアがこれまで見たどんなものよりも立派だった。「下へ行こう」テイトが声をかけ、船室へと下りていった。カイアはキャプテンデスクや、自分の小屋よりも道具が揃っている小さなキッチンを見まわした。リビングスペースは、数台の顕微鏡やガラス瓶の棚が置かれた船上の研究室に作り替えられていた。何やら小さく唸ったり点滅したりする器械も並んでいる。

テイトがいちばん大きい顕微鏡をいじりまわし、スライドをセットした。

「もう少し待って」彼はスライドの上に湿地の水を一滴垂らし、もう一枚のスライドでそれを挟むと、接眼レンズを調整した。彼が立ち上がった。「さあ、どうぞ」

カイアは、赤ん坊にキスするようにそっと顔を寄せた。顕微鏡のライトがカイアの黒い瞳孔を通り抜け、その瞬間、カイアは息を呑んだ。そこではカーニバルの衣装をまとった踊り子たちが、旋回したり身をくねらせたりしながら舞い踊っていた。見たこともない頭飾りをかぶり、不可思議な、生命力に溢れる体を躍動させている。一滴の水ではなく、サーカス小屋か何かを覗いているようなにぎやかさだ。

カイアは自分の心臓に手をあてた。「まさか、こんなにたくさんいるなんて。こんなに美しいなんて」すっかり目を奪われたままつぶやいた。

テイトは風変わりな種類のものをいくつか見つけて教えると、また何歩か退がり、カイアの様子を眺めた。

〝彼女は命の脈動を感じ取っているのだ〟テイトは思った。〝彼女が生きるこの惑星と彼女のあいだには、何の隔たりもないのだろう〟

彼はほかのスライドも次々にセットした。

カイアがささやいた。「生まれて初めて星空の存在に気づいたような気分よ」

「コーヒーでも淹れようか？」テイトは静かに声をかけた。

カイアが顔を上げた。「いいえ、いらないわ。ありがとう」そう言うと、彼女は急に顕微鏡からあとずさり、調理台の方へ移動しはじめた。どこか動きがぎこちなく、暗い緑褐色の目も決してテイトを見ようとはしなかった。

彼女の警戒心が強いことはテイトもよく知っていたが、それにしても、これほどよそよそしく不可解な態度をとるのは初めてだった。顔は相変わらず不自然にそっぽを向いている。

「いいじゃないか、カイア。一杯ぐらい飲もう」テイトはすでにキッチンに立ち、コーヒーマシーンに水を注いでいた。ほどなく濃いコーヒーが入った。甲板に上がる梯子のそばに立つカイアに、テイトはマグカップを手渡し、上へ行くよう促した。そして、クッションを張りのベンチに坐ろうと誘ったが、カイアは頑なに船尾から動かなかった。常に逃げ道を確保するネコのように。二人の頭上ではオークの枝が日陰を作り、視線の先では白く輝く砂州が曲線を描いて長く伸びていた。

「カイア――」テイトは疑問を口にしようとした。が、そのときカイアがこちらを向き、頬にある薄いあざが見えた。

「その顔はどうしたんだ?」彼女に近づいて頬に触れようとしたが、カイアは素早く顔を背けた。

「何でもないわ。夜中にドアにぶつけたの」頬を隠す彼女の手の動きを見て、テイトはそれが嘘だということを悟った。誰かに殴られたのだ。チェイスだろうか? 結婚してもまだ、彼はカイアと会っているのか? テイトは奥歯を噛みしめた。カイアがマグカップを置き、帰る素振りを見せた。

テイトはぐっと感情を抑え込んだ。「次の本は書きはじめてるのかい?」

「もうすぐキノコの本が完成するわ。十月の末ごろに編集者がグリーンヴィルへ来るみたいで、そこで会いたいと言われたの。実は、まだどうするかは決めてないけど」

「ぜひ行くべきだよ。彼に会ったほうがいい。バークリーから毎日バスが出てるし、夜の便だってある。そんなに長くはかからないよ。一時間二十分とか、そのぐらいだったはずだ」

「でも、切符をどこで買えばいいのかもわからないわ」

「運転手がぜんぶ知ってるよ。メイン・ストリートのバス停に行くだけでいい。彼が何もかも教えてくれるから。たしかジャンピンの店に時刻表が貼ってあったはずだ」つい、自分もチャペルヒルから何度もバスで帰ってきたと言いそうになり、テイトは慌てて口を閉じた。あのころのことを、七月の湖岸で彼女を待たせた日のことをあえて思い出させる必要はない。

二人ともしばし黙り込んでコーヒーを飲み、二羽のタカが、高くそびえる雲を背に伸びやかな声を響かせるのを聞いていた。

テイトは、コーヒーのお代わりを勧める気にはなれなかった。そうすれば彼女が帰ってしまうとわかっていたからだ。彼はキノコの本のことを訊き、自分が研究している原生動物について語った。彼女を引き留められる話題なら何でもよかった。

午後の日差しは力を失い、冷たい風が勢いを増してきた。カイアがふたたびマグカップを置いて言った。「そろそろ行くわ」

「ワインを開けようかと思ってたんだ。よければいっしょに飲まないか？」

「いえ、やめておくわ」

「じゃあ、ちょっと待ってて」テイトは急いで階下のキッチンに行き、残り物のパンやビスケットが入った袋を手にして戻った。「カモメたちによろしく伝えて」

「ありがとう」カイアが梯子を下りていった。

自分のボートへ向かうカイアに、テイトは叫んだ。「カイア、だいぶ冷えてきたよ。上着か何かいらないか？」

「いえ、大丈夫よ」

「じゃあ、せめてぼくの帽子をもっていきなよ」ティトは彼女の方へ赤いニット帽を放った。カイアがそれを受け止めてすぐに投げ返してきた。ティトがもう一度、今度はもっと遠くへ投げると、彼女は駆け足で砂州を横切り、腰を屈めて帽子を拾い上げた。カイアが笑いながら自分の船に跳び乗り、エンジンをかけた。そして、ティトの船に接近したところでひょいと帽子を投げ入れた。ティトはにんまりし、カイアはくすりと笑った。それからどちらも笑うのをやめ、ただ見つめ合って互いに帽子を投げつづけた。それはカイアが土手を曲がって走り去るまで続いた。カイアは船尾の席に勢いよく腰を落とし、口に手をあてた。「だめよ」自分に向かって言った。「また彼に惹かれるなんてだめ。これ以上傷つくなんてごめんだわ」

ティトはまだ船尾に立っていた。誰かが彼女を殴ったのだと思うと、拳を握り締めずにはいられなかった。

カイアは海岸に沿って波打ち際のすぐそばを走り、南に向かった。そのルートだと、家へ続く水路に入る前に小屋裏の海岸を通ることになった。と言っても、海岸でボートを止めることはめったになく、まっすぐ水路の迷宮を抜けて潟湖に戻り、小屋まで歩くというのがいつもの道筋だった。

けれど、その日も海岸を通過しようとすると、カモメたちがカイアを見つけてボートに群がってきた。ビッグ・レッドなど、舳先に降りてきてせっせと首を縦に振っている。カイアは吹き出してしまった。「わかったわ、あなたの勝ちよ」やむなく針路を変えて波を突っ切り、背の高いワイルドオーツの陰にボートを着けた。そして、波打ち際に立ってテイトにもらったパンの欠片を放った。

太陽がピンクと黄金色の光で水面を染めはじめたころ、カイアはすっかり落ち着いたカモメたちに囲まれて砂浜に坐っていた。と、不意にモーターの音が聞こえ、チェイスのボートが小屋に続く水路の方へ猛スピードで走ってくるのが見えた。オーツの草陰に隠れたボートには気づかないだろうが、カイア自身は遮るものが何もない砂浜に姿をさらしていた。とっさにその場に身を伏せ、顔は横に向けて彼を目で追った。舵の前に立ち、風に吹かれて髪を逆立てた彼は、怒気をはらんだように顔をしかめていた。だが、カイアのいる方角に目を向けることは一度もなく、そのまま小屋へ通じる水路に入っていった。

チェイスが視界から消えたところで、カイアは体を起こした。もしカモメとこの砂浜にいなければ、小屋で彼に捕まっていただろう。カイアは父親から何度となく学ばされていた。ああいう男たちは、自分が殴って終わらないと気が済まないのだ。カイアは地べたに転がっているチェイスを置き去りにした。釣りをしていた二人の老人は、おそらくカイアが彼を蹴り飛ばすところを目撃しただろう。父さんならやり返す。教訓を忘れてはならない。

小屋にカイアがいないとわかれば、チェイスはこの海岸にも捜しにくるはずだった。カイアはボートに飛びつき、スロットルを全開にしてテイトがいる方向へ引き返した。だが、チェイスにされたことを彼に打ち明けるのは嫌だった。理屈はどうあれ、恥ずかしさに耐えられないのだ。徐々に速度を落とし、日暮れどきの海にボートを漂わせた。どこかに隠れてチェイスが立ち去るのを見届けねばならない。そうしなければ、いつまで経っても安心して小屋に帰れないだろう。

意を決して水路に入った。前方にいつ彼の船が現われてもおかしくないと思うと、冷や汗が出た。音を聞き逃さないよう、エンジンの回転は最小限に抑え、鬱蒼とした草木に埋もれかけている淀みに船を向けた。そして、枝をかき分けながら下生えの奥深くへボートを後退させ、混み合った木の葉や、色を濃くしていく夕闇のなかに紛れ込んだ。深い呼吸を繰り返し、耳に神経を集中させた。やがて、彼のエンジン音が夕暮れの柔らかな大気を切り裂いた。急速に近づいてくるのを感じて頭を低くしたが、不意に、自分の船の突端が見えているかもしれないと不安になった。音はすぐそこまで迫っていた。と、その数秒後に彼が目の前を通り過ぎていった。それでも、たっぷり三十分ほどはその場に留まり、あたりが完全に闇に呑まれたところで星の光を頼りに家に戻った。

カイアは寝具を海岸までもっていき、カモメたちのそばに腰を下ろした。彼らはカイアのことなど気にも留めずに念入りに翼を繕い、それが終わると、羽毛の生えた石のようにどっかりと砂の上にうずくまった。彼らが寝る時間だとばかりにクックッと鳴き、頭を羽に押し込んだので、カイアもめいっぱいカモメたちに身を寄せて横になった。だが、鳥たちの喉から漏れる優しい音や、もぞもぞ動く柔らかな気配に囲まれていても、眠りはいっこうに訪れなかった。ひと晩じゅう寝返りばかり打ち、風の音を足音と聞き間違えては飛び起きていた。

吹き渡る風が早朝の波の轟きを運び、カイアの頰もぴしゃりと叩いていった。起き上がってみると、鳥たちは伸びをしたり足で頭をかいたりしながら浜をうろついていた。ビッグ・レッドは小首をかしげて自分の翼の下を覗き込み、何かとびきり面白いものでも見つけたように目を見開いている。普段のカイアなら、そんな姿を見れば笑いだしているはずだった。けれど、いまはこのカモメたちでさえカイアを元気づけることはできなかった。

カイアは水際まで歩いていった。チェイスはこのままでは終わらせないだろう。孤独に耐えて生きることと、怯えながら生きることはまったくの別ものだ。

自分が一歩ずつ、この荒れた海に入っていくところを想像した。波の下に沈めばそこは静かで、青ざめた水のなか、黒い絵の具を流したように髪が揺らめくだろう。水面には日の光が映り、腕や指先はそのきらめきの方へとゆっくり上がっていく。逃避を夢見るとき――たとえそれが死による解放でも――人はいつも光を目指すものだ。やがて肉体は水底に落ち、ひっそりとした暗闇のなかに横たわる。そこには何の危険もない。そして、そのときついに、ずっと手が届きそうで届かなかったものを、安らぎという光り輝くトロフィーを摑むことができるのだ。

〝誰が死ぬべきときを決めるのだろう〟

44 監房の友人 一九七〇年

カイアは捕らえられ、そして監房の真ん中に立ち尽くしていた。もし愛する者たちが、ジョディやテイトが去ってしまわなければ、きっと自分がここにいることもなかったのだろう。誰かに寄りかかろうとすれば、いずれは支えを失って倒れてしまうのだ。

逮捕されるまえは、テイトのもとへ戻る道が垣間見えたような気がしていた。心を開ける予感があった。愛が少しずつ顔を覗かせはじめていたのだ。けれど、何度か彼がここへ面会にやって来ても、カイアは顔を合わせることを拒んだ。なぜ投獄されると心をいっそう閉ざしてしまうのか、自分でもよくわからなかった。こんな場所にいるのに、どうして彼が与えてくれる慰めをよろこんで受け取らなかったのか。それはたぶん、以前にも増して自分が傷つきやすくなっているからなのだ。そのせいでこれまで以上に他人を信じられなくなっているのだろう。かつてないほど足場が脆くなったいま、周りを見渡してみても、命綱になるのは自分だけだった――自分しか頼れる者はいない。

保釈保証人もいないまま牢屋に放り込まれたことで、カイアの孤独は浮き彫りになった。保安官から電話をしてもいいと告げられたときには、その現実を嫌というほど痛感させられた。自分には電話をかける相手などいないのだ。番号を知っている人間は、この世でジョディただひとりだった。しかし、殺人容疑で収監されたことなど兄に伝えられるはずがなかった。ようやく再会を果たした兄なのに、いきなり自分のトラブルに巻き込むことなどできなかった。たぶん、恥ずかしいという思いもどこかにあったのだろうが。

彼らはカイアを捨て、自力で生き抜くことを、自分で自分の身を守ることを強いた。だからいまも、こうしてひとりでいる。

いまいちど、トム・ミルトンにもらった素晴らしい貝の本を手に取った。いまやそれは宝物と呼べるほどの大切な蔵書になっていた。床には生物学の教科書も何冊か積まれていて、看守からテイトの差し入れだと聞かされていたが、文字を正確に追うことは難しかった。いくら読んでも文章がすぐにばらばらの方向へ散っていき、結局は始めの場所に戻ってしまうのだ。その点、貝殻の絵はすんなりと頭に入ってくる。

安っぽいタイルの床に足音が響き、ここで看守として働いている、小柄な黒人男性のジェイコブが房の扉の前に現われた。手には大きな茶色い紙包みをもっている。「ミス・クラーク、お邪魔して申し訳ないですが、面会人が来てますよ。ついてきて下さい」

「誰なの？」

「弁護士のミスタ・ミルトンです」ジェイコブが金属的な音を立てて錠を開け、紙包みを差し出した。「これはジャンピンからです」その包みをベッドに置くと、カイアはジェイコブに連れられて廊下を進み、監房よりもまだ狭い小部屋に入った。カイアの姿を目にし、トム・ミルトンが椅子から立ち上がった。カイアも頷いて挨拶したが、すぐに窓の方へ目をやった。空では大きな綿雲がひとつ、桃色に染まった頬をふんわりと膨らませていた。

「こんばんは、カイア」

「ミスタ・ミルトン」

「カイア、どうかトムと呼んでくれ。それはそうと、その腕はどうしたんだ？　自分でやったのかい？」

訊かれてはっとし、カイアは慌てて腕の引っかき傷を手で隠した。「たぶん蚊か何かに刺されたのよ」

「保安官に言っておこう。放っておくべきじゃない、蚊がきみの……部屋にいるなんて」

カイアはうつむいて言った。「やめて、いいの。虫は気にならないから」

「そうか、わかった。きみが望まないことはしないよ。ところでカイア、今日来たのは、きみの選択肢について話し合いたいからなんだ」

「選択肢?」

「順に説明するよ。正直なところ、いまの状況では陪審員がどう判断するか予想がつかない。検察側の主張には充分な根拠があるからね。まだ何も決まったわけじゃないが、この村の人々が偏見を抱いていることを考えれば、簡単には勝てないと覚悟するべきだろう。ただ、きみには司法取引をするという選択肢があるんだよ。どういうことかわかるかい?」

「よくわからないわ」

「いまきみは、第一級謀殺容疑に対して無罪を主張している。もし裁判に負ければ、きみが失うものは大きい。終身刑になるかもしれないし、きみも知ってのとおり、向こうは死刑を求刑している。だがきみには選択肢として、より軽い罪状で、つまり故殺で罪を認めるという道もあるんだ。あの晩、きみは櫓に行ってチェイスと会ったが口論になった。そして、あとずさったはずみに彼が開いていた格子から落ちてしまった。もし自分からそう言えば、おそらく裁判はすぐに終わるだろう。きみはこの騒ぎから解放されるし、検察側に刑の軽減を交渉することもできる。きみには前科がないから、たぶん十年ほどの懲役刑で済むだろう。実際には六年ぐらいで出られるはずだ。ひどいと感じるだろうが、刑務所で一生を過ごすとか、あるいはほかの結果になるよりはいいと思うんだ」

「いいえ、どんな罪状だろうと、罪を認めるようなことは言わないわ。刑務所に入るつもりはないの」

「カイア、きみの気持ちはわかるが、よく考えてくれないか。死ぬまで刑務所暮らしなんて嫌だろうし……ほかの事態も避けたいだろう」

カイアはまた窓に目を向けた。「考える必要はないわ。刑務所で暮らすつもりはないから」

「まあ、いますぐに決めるべきじゃないな。まだ時間はある。もう少し成り行きを見てみよう。私が帰るまえに、きみのほうから相談したいことはないか？」

「私をここから出してほしいわ……どんな形でもいいから」

「できる限りのことをするよ、カイア。しかし、きみが投げやりになってはいけないよ。きみの協力が必要なんだ。以前も言ったように、きみも真剣に裁判に臨んで、ときどき陪審員の方にも顔を――」

だが、カイアはすでに席を立って出口に向かっていた。

ジェイコブに連れられて監房に戻ると、カイアはジャンピンが届けてくれた――一度開封して点検され、テープでぞんざいに留め直されている――包みを手に取った。慎重にそれを開き、包装紙は畳んで脇に置いた。出てきたのは絵の具の小瓶や筆や紙が詰まったバスケットで、メイベルが焼いたコーン・マフィンの紙袋も入っていた。バスケットの底には、マツやオークの葉や、長いガマの茎、貝殻などが編み込まれた巣が敷かれている。カイアは胸いっぱいにその匂いを吸い込んだ。それから唇を噛み、ジャンピンとメイベルを思った。

太陽はすでに沈み、もう宙を舞うほこりさえどこにも見当たらなかった。

その後、ジェイコブが夕食のトレイを下げにきた。「ミス・クラーク、ちっとも食べてませんね。このポークチョップとインゲンは外の食事と同じぐらい美味しいですよ」カイアは小さな微笑みだけを返した。そして、彼の足音がのろのろと廊下の突き当たりまで進み、続いて厚い金属の扉が重々しく閉じてしまうのを聞いていた。

それからほどなくして、鉄柵の前の床で何かが動いた。ぎくりとして視線を振ると、サンディ・ジャスティスが廊下にちょこんと坐り、緑色の目をカイアに向けていた。

カイアの胸が高鳴った。何十日もひとりきりで閉じ込められていたところへ、こんな、魔法のようにたやすく鉄柵をすり抜けられる生き物がやって来たのだ。そばにいてくれるかもしれない生き物が。サンディ・ジャスティスがつと視線を逸らし、廊下の先の、収監者たちのお喋りの方へ目をやった。彼がそちらへ行ってしまうのではないかとはらはらした。が、彼はカイアに視線を戻し、いかにも退屈そうにまばたきしたあと、体をくねらせてあっさりと鉄柵のなかに滑り込んできた。

カイアはほっとため息をつき、ささやいた。「ここにいて」

彼はたっぷり時間をかけて監房のなかを嗅ぎまわった。湿ったコンクリートの壁から剝き出しの配管へ、さらに洗面台へと、カイアにかまう余裕もなく念入りに調べてまわっている。とりわけ、壁に走る小さな亀裂には興味を惹かれたようだった。ゆらゆらと揺れるその尻尾を見ていれば、彼の頭のなかで起きていることが手に取るようにわかるのだ。彼は、小さなベッドの傍らに来たところでようやく探索を終えた。そして、ごく当たり前のようにカイアの膝に跳び乗ると、大きな白い足で太腿を押しながら柔らかい場所を探してまわった。その作業を邪魔しないよう、カイアは軽く両腕を上げてじっと固まっていた。しばらくすると、彼は生まれたときから毎晩ここで寝ているのだとでも言うように、悠然とそこにうずくまった。彼がこちらを見上げた。その頭に優しく触れ、首をかいてやった。喉から海鳴りのようなゴロゴロという音が漏れはじめた。彼は、何のためらいもなくカイアを受け入れていた。カイアは目を閉じた。求めてばかりいる人生に、束の間、深い休息が訪れた気がした。

彼を起こさないよう、ずっと身を硬くしていたが、脚の痺れに耐えきれなくなってわずかに筋肉を伸ばした。サンディ・ジャスティスがろくに目も開けずに膝から滑り下り、カイアの隣で丸くなった。カイアも横になって毛布を引き上げ、彼といっしょにすっぽりとそれにくるまった。しばらく彼の寝顔を見ていたが、やがてカイアもあとに続いた。すぐに眠りに落ちたわけではなかったが、うつらうつらするうちに、いつしか空っぽで穏やかな場所に流れ着いていたのだった。

夜のあいだに一度だけ目を開けると、彼は前脚とうしろ脚をばらばらの方向に伸ばして仰向けで眠っていた。けれど、夜明けに目覚めたときにはもう、彼の姿はどこにもなかった。思わずうめき声が出そうになり、カイアはぐっと喉に力を込めた。

その後、監房の前に立ったジェイコブが、片手で朝食のトレイをもち、もう片方の手で扉の錠を開けた。「オートミールをもってきましたよ、ミス・クラーク」

カイアはトレイを受け取りながら言った。「ジェイコブ、法廷で昼寝をしてるあの白黒のネコだけど。ゆうべはここにいたわ」

「おやまあ、それは申し訳ない。サンディ・ジャスティスですね。ときどき私といっしょに入り込むんですが、トレイをもってると見えなくて。なかに残したまま扉を閉めちまうんですよ」彼は、〝閉じ込めてしまう〟という表現は口にしないだけの思いやりをもっていた。

「いいの。来てくれてうれしかったのよ。もし夕食のあとに彼を見かけたら、またここへ入れてもらえないかしら？　いつでもかまわないんだけど」

ジェイコブが目元を和らげた。「もちろんいいですとも。そうしましょう、ミス・クラーク。約束します。彼ならきっといい友人になるでしょうね」

「ありがとう、ジェイコブ」

その晩、ジェイコブが戻ってきた。「お食事ですよ、ミス・クラーク。フライドチキンと、グレイビーソースがかかったマッシュドポテトです。食堂から取り寄せたんです。今夜こそいくらか食べられるといいんですが」

カイアは立ち上がり、彼の足元を見まわしながらトレイを受け取った。「ありがとう、ジェイコブ。あのネコは見かけた？」

「いいえ、ちっとも姿を現わしません。でも注意して見ておきましょう」

カイアは頷いた。それから、腰かけられる唯一の場所であるベッドに坐り、料理を眺めた。ここにいると、これまで食べたことがないような贅沢な食事が毎日のように出る。カイアはぼんやりとチキンをつつきまわし、ライ豆を押し分けた。ようやく食べ物が手に入ったときには、胃袋が消えてしまっていたというわけだ。

ふと錠がまわされる音がし、重そうな金属の扉が開いた。

廊下の端でジェイコブの声がした。「さあ、お行き、ミスタ・サンデイ・ジャスティス」

カイアは息を呑んで鉄柵の前の床を見つめた。数秒後、サンデイ・ジャスティスがステップを踏みながら視界に入ってきた。彼の毛並みは驚くほど張りがあり、同時に柔らかだった。今回はよそ見もせずに監房に入ってきて、まっすぐカイアに近づいてくる。下に皿を置いてやると、彼は――骨付きモモ肉を床に引きずり出して――フライドチキンを食べ、グレイビーソースを舐めた。ライ豆は避けていた。カイアは頰を緩めてそんな彼の様子を眺め、最後にティッシュで床をきれいにした。

それから、ベッドに跳び乗ってきた彼とともに、ふたたび甘い眠りに包まれた。

翌日、ジェイコブが房の前に立って言った。「ミス・クラーク、面会人が来てますよ」

「誰なの？」

「またミスタ・テイトです。彼は何度もいらしてますね。差し入れをもってきたり、面会を求めたり。今回は会ってみてはどうですか、ミス・クラーク？　今日は土曜日で法廷も休みですし、朝から晩まで、何もやることはありませんよ」

「わかったわ、ジェイコブ」

ジェイコブに連れられ、トム・ミルトンに会うときにも使う、例の殺風景な部屋へと向かった。戸口を抜けたとたん、テイトが椅子から立ち上がって足早に近づいてきた。笑みを浮かべてはいるものの、彼の瞳からはこんな場所で会わねばならないことへの悲しみが伝わってきた。

「カイア、元気そうだ。ずっと心配していたんだよ。会ってくれてありがとう。さあ、坐ろう」二人が向かい合って腰を下ろすと、ジェイコブは部屋の隅に立ち、ことさらに熱心な様子で新聞を読みはじめた。

「こんにちは、テイト。本の差し入れをありがとう」冷静を装ってはいたが、カイアの心臓はいまにもびりびりに張り裂けてしまいそうだった。

「ほかにできることはない？」

「うちの近くを通ることがあったら、カモメに食べ物をあげてくれないかしら」

テイトは微笑んだ。「ああ、それならもうあげてるよ。一日おきぐらいにね」気楽な口調でそう答えたが、実のところ、テイトは毎日、夜明けと日暮れに車かボートでカイアの家へ行き、鳥たちに食事を与えていた。

「ありがとう」

「ぼくも法廷にいたんだよ、カイア。きみのすぐうしろに坐ってたんだ。きみは一度も振り向かなかったから気づかなかっただろうけど。これからも毎日行くつもりだ」

カイアは窓に視線を向けた。

「トム・ミルトンは優秀だよ、カイア。たぶんこの一帯では最高の弁護士だろう。彼ならきっときみを出してくれる。もう少しの辛抱だ」

カイアが相変わらず黙っていると、彼はさらに言った。「きみがここを出たら、また潟湖を探検しよう。むかしみたいに」

「テイト、お願いだから私のことは忘れて」

「ぼくは、これまでもこれからも、きみを忘れたりはしないよ」

「私は人とは違うの。あなたも知ってるでしょう。みんなに溶け込めない。あなたの世界にも馴染めないのよ。お願い、どうかわかって。また誰かと親しくなるのが恐いの。私には無理なのよ」

「きみを責める気はないよ、カイア。だけど――」

「テイト、よく聞いて。私はずっと誰かといっしょにいたいと願ってきた。寄り添ってくれる人がいるはずだと信じていたし、友だちや家族もてるだろうと本気で思っていたわ。私にも仲間ができるはずだって。でも、みんな去ってしまった。あなたも、私の家族も、ひとり残らず。そしてようやくわかったの。どうすれば折り合いをつけられるのか、どうしたら自分を守れるのか。だけど、詳しいことはここじゃ話せないわ。あなたが会いにきてくれて感謝してるのよ、本当に。私たちはいつか友だちになれるかもしれない。でも、いまは先のことまで考えられないのよ。ここにいるうちは」

「そうか、わかった。よくわかったよ」

短い沈黙のあと、テイトがまた口を開いた。「ワシミミズクがもう恋の鳴き声を上げはじめたよ」

カイアは頷き、かすかに口角を上げた。

「そうだ、昨日きみの家に行ったら、びっくりするものを見たよ。信じられないだろうけど、玄関の階段に雄のクーパーハイタカが降りてきたんだ」

クープのことを考え、カイアは今度こそ本当に微笑んだ。彼は、たくさんある密かな思い出のひとつだった。「信じるわ」

そうして十分が過ぎた。ジェイコブから面会時間は終了だと告げられ、テイトは帰らねばならなくなった。カイアは改めて、来てくれたことへの感謝を口にした。

「カモメにはちゃんと食事をあげるよ、カイア。また本ももってくるから」

カイアは首を振り、ジェイコブのあとについていった。

45　赤い帽子　一九七〇年

　テイトに会った二日後の月曜日の朝、カイアは廷吏に導かれて法廷へ入っていった。前回と同じように見物人には目を向けず、窓の外の、ほの暗い木立の奥へと視線を潜り込ませた。だが、不意に耳慣れた音が聞こえ――たぶん小さな咳払いだろう――カイアはそちらに顔を向けた。最前列の席に、テイトと並んでジャンピンとメイベルの姿があった。メイベルは絹のバラ飾りがあるボンネットをかぶっていた。二人がテイトとともに法廷に入り、一階の〝白人席〟に坐ったとき、人々は騒然となった。しかし、控室で廷吏から報告を受けたシムズ判事は、自分の法廷では肌の色や宗教にかかわらず、誰でも好きな席に坐っていいと宣言するよう廷吏に言いつけ、もし気に入らない者がいるならいつでも出ていってかまわないと告げた。実際、彼なら本当に追い出すはずだった。

　ジャンピンとメイベルを目にしたおかげで、わずかながらも力が湧き、カイアは心もち背筋を伸ばした。

検察側の次の証人は、検死官のドクタ・スチュワード・コーンだった。白髪交じりの髪を短く刈り込んだ彼は、メガネを鼻先近くまでずらしてかけており、レンズ越しにものを見るにはいちいち顎をしゃくらなければならなかった。彼がエリックの質問に答えているあいだ、カイアの心はカモメたちのもとへ飛んでいた。収監されてからもずっと、カイアは以前と変わらず彼らのことを愛しく思っていた。食べ物はテイトが与えてくれている。彼らは見捨てられたわけではない。ビッグ・レッドの姿を思い出した。彼は、パンくずを放ってやると決まってカイアのつま先の上を行ったり来たりした。

検死官が大きく顎を振り上げてレンズを覗いた。その動きで、カイアの意識は法廷に引き戻された。

「つまり、こういうことですね。チェイス・アンドルーズが死亡したのは、一九六九年の十月二十九日から三十日にかけて、深夜零時から午前二時のあいだ。死因は、火の見櫓の開いた格子から十九メートル下の地面に転落し、その際に脳と脊髄に重傷を負ったこと。また、落下中に後頭部を櫓の梁にぶつけている。これは梁に残っていた血痕と毛髪から確認できる。以上のことは、専門的な見地からして間違いないと言えますね？」

「はい」

「では、ドクタ・コーン、なぜチェイス・アンドルーズのように聡明で健康な若者が、開放されていた格子から転落して死亡してしまったのでしょう。念のために訊きますが、彼の血液からはアルコールや薬物など、判断能力を鈍らせるような物質は検出されていませんね？」

「ええ、そうしたものは検出されていません」

「先ほど提示された証拠から見て、梁にぶつかったのはチェイス・アンドルーズの後頭部ですね？　額ではなく」エリックは陪審員の目の前に立ち、それから大きく一歩、足を踏み出してみせた。「しかし、このように足を前方に踏み出した場合、頭は体よりも少し前に出ています。もし足を下ろしたところに穴があれば、運動の方向と頭の重さのせいで、前向きに落ちていくのではないでしょうか？　もしチェイス・アンドルーズも前方に足を出したのであれば、後頭部ではなく額を梁に打ちつけていたはずです。ということは、ドクタ・コーン、証拠から判断するとチェイスはうしろ向きに落下したと考えられますね？」

「はい。証拠からはそう結論づけられるでしょう」

「だとすればこうも言えませんか？　仮にチェイス・アンドルーズが開いた格子に背を向けて立っており、そこで誰かに押されれば、前向きではなくうしろ向きに落下するだろうと」トムが異議を申し立てる間もなく、エリックは早口で言葉をつないだ。「私が訊いているのは、この証拠からチェイスが誰かに押されて死んだと判断できるかどうかではありません。ただ、確認しておきたいのです。仮に誰かに押されてうしろ向きに落ちたとすれば、その際にできる傷は、実際に彼の頭部にあった傷と一致するかどうかを。いかがですか？」

「ええ、一致するでしょう」

「わかりました。ところでドクタ・コーン、あなたが十月三十日の朝に診療所で彼の遺体を調べた際、彼は貝殻のペンダントを身につけていましたか？」

「いいえ」

迫り上がってくる吐き気をどうにかしようと、カイアは窓台で毛繕いをしているサンディ・ジャスティスに気持ちを集中させた。彼はあり得ない形に体をねじ曲げ、脚を一本ぴんと宙に突き上げて、尾の先っぽの内側を舐めていた。その入浴タイムは、彼にとっては我を忘れるほど楽しいひとときのようだった。

何分か経ったころ、検察官がこう訊いていた。「死亡当夜、チェイス・アンドルーズはデニムの上着を着ていましたね？」

「はい、そうです」

「ドクタ・コーン、あなたの公式報告書によれば、その上着から赤い羊毛の繊維が見つかっています。その繊維は彼が身につけている衣服のものではなかったのですね？」

「はい」

エリックが、赤い羊毛の入った透明なビニール袋を掲げてみせた。「これが、チェイス・アンドルーズの上着から見つかった赤い繊維ですか？」

「はい」

次にエリックは、デスクからもっと大きい袋を持ち上げた。「では、上着から見つかった赤い羊毛が、ここにある赤い帽子の毛と一致したというのは事実ですか？」彼が証人に袋を渡した。

「はい。これらのサンプルは私が調べたものですが、帽子の繊維と上着にあった繊維は完全に同じものでした」

「では、この帽子はどこで見つかりましたか？」

「保安官がミス・クラークの自宅で見つけたんです」その事実はまだ公になっていなかったため、たちまち傍聴席にどよめきが広がった。

「彼女がこの帽子をかぶっていたという証拠はありますか？」

「はい。帽子の内側からミス・クラークの毛髪が見つかりましたので」

カイアはサンディ・ジャスティスを眺めながら、そういえばうちの家族は一度もペットを飼わなかった、などと考えていた。イヌでもネコでも、ただの一匹も飼ったことがない。唯一それに近かったのは雌のスカンクで――艶のある優美な体をした、蠱惑的な生き物だ――彼女は小屋の床下に棲みついていた。母さんは彼女を〝シャネル〟と呼んでいた。

ときどきばったり遭遇し、次第に互いの顔がわかるようになると、シャネルはとても礼儀正しくなった。子どもたちがあまりうるさく騒がない限り、自分の武器を放つことはなくなったのだ。彼女は床下を出たり入ったりし、階段を使う人間の足元近くをうろちょろすることもあった。

毎年春になると、彼女は小さな子どもたちを引き連れてオークの林や沢まで出かけていった。彼女のうしろをちょこちょこ歩く子どもたちは、きょうだいに突進したり組みついたりし、まるで白と黒の毛糸玉のようになっていた。

もちろん父さんは、ことあるごとに彼女を脅してどうにか家から追い払おうとした。けれどジョディは父親よりもずっと大人だったので、涼しい顔でこう言った。「すぐまた新しいのが棲みつくよ。だったら、知らないスカンクより知ってるスカンクのほうがいいと思うけど」そんなジョディを思い出し、カイアはつい笑みを浮かべた。そして、我に返った。

「ではこういうことですね、ドクタ・コーン。チェイス・アンドルーズが死亡した夜、彼はうしろ向きに——誰かに押された場合と同じ体勢で——開いていた格子から転落した。そのとき着ていた上着には、ミス・クラークの自宅にあった赤い帽子の繊維が付着していた。そして、その帽子の内側にはミス・クラークの毛髪がついていた」

「そうです」

「ありがとう、ドクタ・コーン。質問は以上です」

トム・ミルトンがちらりと視線を向けてみると、カイアは空を見つめていた。法廷は、あたかも床がかしいだかのようにはっきりと検察側に傾いていた。しかし、流れを変えようにも、当のカイアは氷の彫像のようにじっと坐っているばかりで何の力にもならなかった。額にかかる白い髪を払いのけると、彼は反対尋問を開始すべく、検死官のもとへと向かった。

「おはようございます、ドクタ・コーン」

「おはようございます」

「ドクタ・コーン、あなたの証言によれば、チェイス・アンドルーズの後頭部の傷はうしろ向きに落ちて負ったものだということですね。では、もし彼が自分で後退したはずみに穴から落ちたのだとしても、まったく同じように後頭部を打ちつけていたということでしょうか？」

「そうです」

「彼の胸や腕には、押されたり突き飛ばされたりしたようなあざはありましたか？」

「いいえ。もちろん落下によってできたあざは全身にありますが、とくに背中や脚に集中しています。押されたり突かれたりして生じたと考えられるものはありません」

「つまり、チェイスが押されて穴に落ちたという証拠はないということですね？」

「そうです。彼が押されたことを示す証拠は見当たりませんでした」

「では、ドクタ・コーン、専門家として彼の遺体を調べた結果、これが事故ではなく殺人だと判断できる証拠は何もなかったということでしょうか？」

「ええ、ありませんでした」

トムはそこで間を置いて言葉が陪審員に沁み込むのを待ち、それからまた口を開いた。

「次に、チェイスの上着から見つかった赤い羊毛の繊維についてお訊きします。その繊維がいつから上着に付着していたか、判断する方法はあるのでしょうか？」

「いいえ。繊維の出どころはわかっても、いつからとは言えません」

「言い換えれば、繊維が上着についたのは一年まえかもしれないし、四年まえかもしれないということですね？」

「そうです」

「上着が洗濯されていてもですか？」

「はい」

「では、チェイスが死んだ夜に繊維が付着したという証拠はないわけですね？」

「はい」

「被告はチェイス・アンドルーズが死ぬ四年まえから彼と知り合いだったという証言があります。ということは、その四年のあいだに二人が件（くだん）の衣類を身につけて会えば、帽子から上着に繊維が移る可能性はありますね？」

「私にわかる範囲で言えば、そうですね」

「つまり赤い繊維だけでは、死亡当夜にチェイス・アンドルーズがミス・クラークと会っていたとは証明できないわけです。ところで、その晩にミス・クラークが彼に接近した証拠は何かありますか？　たとえば、彼の体や爪のあいだに彼女の皮膚が残っていたとか、上着のボタンに彼女の指紋があったとか。彼の衣服や体に彼女の髪が付着していたということは？」

「ありません」

「では、赤い繊維が四年まえから付着していた可能性もある以上、死亡当夜にミス・キャサリン・クラークがチェイス・アンドルーズの近くにいたことを示す証拠は何もない、というわけですね？」

「私が調べた限りでは、そのとおりです」

「ありがとう。質問は以上です」

シムズ判事が、早めの昼食休憩にすると告げた。

トムがカイアの肘にそっと触れ、反対尋問はうまくいったとささやいた。小さく頷くカイアの背後では、傍聴人たちが立ち上がって伸びをしていた。そして、そのほぼ全員がしばらく廷内に居残り、カイアが手錠をされて部屋を出ていくのを見物した。

カイアを監房に残し、ジェイコブの足音が廊下を去っていった。カイアは崩れるようにベッドに坐り込んだ。収監されたとき、リュックサックを房内に持ち込むことは禁じられたが、中身の一部を紙袋に移して所持することは許された。その紙袋に手を入れ、ジョディの電話番号と住所が書かれた紙切れを取り出した。カイアは、ここに入れられた直後から毎日のようにそれを見つめ、兄に電話をしようか、そばにいてくれるよう頼もうかと迷いつづけていた。頼めば来てくれることはわかっていたし、ジェイコブからは電話をしてもいいと聞かされていた。しかし、いまだに決断できずにいた。どうしたらこんな台詞を口にできるだろう――〝来てくれないかしら。殺人容疑で牢屋に入れられたの〟。

慎重に紙を袋に戻し、テイトからもらった第一次大戦のコンパスを出した。針に北を探らせ、揺れが落ち着くまで針先を見つめた。そして、それを胸に押しつけた。ここ以上にコンパスが必要な場所など、この世にあるだろうか？

カイアはエミリー・ディキンソンの言葉をささやいた。

心を掃き清め
愛をしまい込む
使うことなど
もう永遠にないのだから

46　王様　一九六九年

柔らかな日の光を受け、九月の空と海は淡い青色に輝いていた。カイアはバスの発着時刻を調べようと、自分の小さなボートに揺られてジャンピンの店へ向かった。知らない人々に交じって知らない町までバスで行くというのは、かなり勇気のいることだったが、担当編集者のロバート・フォスターには会いたかった。彼とはもう二年以上――簡単な通信文から長文の手紙まで――何度となく書簡を交わしていた。内容はほとんどが本の絵や文章についての相談だったが、生物学の単語に詩的な表現を織り込んで交わされるそのやり取りは、二人のあいだに言葉を接着剤にした絆のようなものを作り出していた。手紙の向こうにいる彼は、ハチドリの羽が微小なプリズムのように光を分散させること、だから彼らの喉は赤や金の玉虫色に輝いて見えるのだということを知っていた。そして、その色彩と同じぐらいはっとする言葉でそれを語ることができた。そんな人物にカイアは会ってみたかった。

船着き場に降りると、ジャンピンが挨拶を寄こし、燃料ですかと訊いた。

「今日は違うの。バスの時刻表を書き写しにきたのよ。ここにあると聞いたんだけど」

「ええ、ありますよ。入ってすぐの左手の壁に貼ってありますから、ご自由にどうぞ」

カイアが作業を終えて店から出ると、彼が訊いた。「どこかへお出かけですか、ミス・カイア？」

「ええ、まあ。編集者がグリーンヴィルで会おうと招待してくれたの。まだ決めたわけじゃないんだけど」

「おや、それは素敵ですね。ちょっと遠いですが、旅はいいものですよ」

ボートに戻ろうとしたとき、彼が身を乗り出してきてまじまじとこちらを見つめた。

「ミス・カイア、その目や頬はどうしました？　殴られたように見えますが」カイアは慌てて顔を背けた。あれからひと月ほどが経ち、チェイスの拳の痕もだいぶ薄れてただの黄色い染みになっていたので、もう誰にも気づかれる心配はないだろうと思っていた。

「違うの、夜中にドアにぶつけ――」

「私に嘘までつくつもりですか、ミス・カイア。私だって荷台から転げ落ちたカブじゃありませんよ、見くびってもらっては困ります。誰に殴られたんです？」

カイアは何も言えずにただ突っ立っていた。

「ミスタ・チェイスですか？　さあ、私には話しても大丈夫ですから。ちゃんと話してくれるまで帰しませんよ」

「そうよ、チェイスにやられたの」自分の口が動いたことに、自分でも驚いていた。まさか、こんなことを打ち明けられる相手がいるとは思っていなかったのだ。カイアはふたたび顔を背け、涙をこらえた。

ジャンピンが顔じゅうに険しいシワを寄せた。彼はしばらく黙り込んでいたが、やがてこう言った。「ほかに何をされたんですか」

「何もない、本当よ。されそうになったのは認めるわ、ジャンピン。だけど必死に抵抗したの」

「そういう男はきちんと懲らしめて、この村から追放するべきです」

「ジャンピン、お願い、誰にも言わないで。保安官にもよ。話せば事務所に連れていかれて、男の人たちの前で詳しく説明させられるわ。そんなこととても耐えられない」カイアはたまらず両手に顔を埋めた。

「しかし、見逃すわけにはいきませんよ。こんな真似をしておきながら、大きな顔をして派手なボートを乗りまわしてるなんて。まるで王様気取りじゃありませんか」

「ジャンピン、あなたもわかってるでしょ。みんな彼の味方につくわ。私が勝手に騒いでると言われるに決まってる。親からお金を巻き上げようとしてるとか、そんなふうに思われるだけなのよ。考えてみて、もしカラード・タウンの女の子が暴行とレイプ未遂でチェイス・アンドルーズを訴えたらどうなるか。彼らは何もしてくれないわよ。無視するだけなのよ」いまやカイアの声は叫びに近くなっていた。「それどころか、女の子のほうがひどい目に遭わされるんだわ。新聞にあれこれ書き立てられて、みんなから売春婦扱いされて。私も同じなのよ、わかるでしょ。だからお願い、誰にも言わないで。約束して」最後には涙が止まらなくなっていた。

「わかりました、ミス・カイア。あなたの言うとおりです。どうか心配しないで下さい、事態を悪化させるようなことはしません。ですが、彼が二度と現われないと言いきれますか？　あなたはいつも、たったひとりで湿地にいるんですよ？」

「これまでも自分の身は自分で守ってきたわ。今回は彼が近づいてくる音を聞き逃して失敗してしまったけど。私は大丈夫よ、ジャンピン。もしグリーンヴィルへ行くことに決めたら、戻ってきたあとはしばらく読書小屋で生活する。たぶんチェイスはあの場所を知らないはずだから」

「わかりました。ですが、今後はもっとここに立ち寄って下さい。顔を見せて、様子を教えてくれれば安心です。いつでもここへ来て、私やメイベルのそばにいてくれていいんですからね。わかっていますね？」

「ありがとう、ジャンピン。わかってるわ」

「グリーンヴィルへはいつ行くんですか？」

「まだ知らないの。編集者の手紙には十月の末と書いてあったけど。何も打ち合わせてないし、招待を受けるかどうかも返事していないのよ」ただ、今日のことで、少なくとも完全にあざが消えなければ行けないということはわかった。

「では、出発するときも戻ってきたときも、私にちゃんと教えて下さい。いいですね？不在の期間を知っておきたいんです。丸一日以上あなたの姿が見えなければ、私のほうからあなたの家まで行くことになりますから。何なら仲間を引き連れてね」

「わかったわ、必ず教える。ありがとう、ジャンピン」

47　専門家　一九七〇年

エリック・チャスティン検察官は、保安官を証人に呼び、十月三十日に二人の少年が遺体を発見した状況や、医師による死亡の確認、初動捜査などについて質問を済ませたところだった。

エリックは先を続けた。「保安官、なぜチェイス・アンドルーズの転落が事故ではないと考えるようになったのか教えて下さい。何が原因で犯罪を疑うようになったのでしょうか？」

「まず不審に思ったのは、チェイスの遺体の周囲に足跡がひとつもないことでした。彼自身のものも含め、現場には発見者の少年たちのもの以外、足跡が見当たらなかったのです。それで、誰かが犯罪を隠すために消したのではないかと疑うようになりました」

「現場には指紋やタイア痕もなかったようですが、これは事実ですか？」

「はい、事実です。調査報告書によれば、櫓には新しい指紋がひとつも残されていないということでした。誰かが開けたはずの格子にさえなかったのです。タイア痕は私と保安官補で捜しましたが、これも見つかりませんでした。これらの事実は、誰かが意図的に証拠を隠滅したことを示していました」

「だからあなたは、その晩、チェイスの衣服にミス・クラークの帽子の繊維が付着したと知って――」

「裁判長、異議を唱えます」トムが言った。「誘導尋問です。それに、繊維がミス・クラークの衣類からミスタ・アンドルーズの上着に移ったのは、彼の死亡推定日時よりもまえだった可能性があるという証言をすでに得ています」

「異議を認めます」判事がきっぱりと言った。

「質問は以上です。反対尋問をどうぞ」実はエリックも、保安官の証言が検察側にとって不利になり得るということはわかっていた――凶器も指紋も足跡も、タイア痕さえない状況でいったい何ができるのか。だがそれでも、チェイスは誰かに殺されたと陪審員を納得させるには充分に使える材料だったし、赤い繊維と結びつけて提示すれば、その誰かとはミス・クラークだと判断してもらえるはずだった。

トム・ミルトンが証人席に近づいていった。「保安官、足跡についてですが、専門家を呼んで捜してもらうとか、あるいはそれを消した痕跡を捜してもらうといったことはしましたか？」

「その必要はありません。私が専門家ですから。足跡を調べる訓練は受けていますので、さらに専門家を呼ぶようなことはしませんでした」

「なるほど。では、現場の足跡を消したという証拠は何か見つかりましたか？　つまり、ブラシや枝などを使った跡とか、泥をかぶせて埋めたような跡はあったのでしょうか？その痕跡を撮った写真などが証拠として残っていますか？」

「いいえ。写真はありませんが、私が専門家として証言します。我々と少年たちのもの以外、櫓の下に足跡はありませんでした。ですから、誰かが消したとしか考えられないんです」

「わかりました。ですが、保安官、湿地には潮の満ち引きによって地下水位が上下するという特性がありますね。たとえ海から遠く離れていてもです。そのため、いっときある場所から水が引いたとしても、数時間後には同じ場所の水が増えているわけです。つまり湿地には、水位の上昇とともに地表が水浸しになり、泥に残されていた跡がすべて消えてしまうような場所がたくさんあるのです。たとえば足跡なども消えてしまい、滑らかな粘土に戻ってしまうような場所が。違いますか？」

「ええ、まあ、可能性としてはあるでしょう。ですが、あそこでそうしたことが起きたという証拠はありません」

「いま私の手元に、十月二十九日の夜と三十日の朝の潮汐表（ちょうせき）があります。ご覧下さい、ジャクソン保安官。これによると、当夜の干潮は深夜零時ごろです。つまり、チェイスが櫓に到着して階段を上った時点では、泥には彼の足跡がついていたはずです。しかし、その後に潮が満ちはじめて地下水位が上昇し、彼の足跡は消えてしまった。あなたや少年たちの足跡が深く残ったのは水が増えていた証拠ですし、そのためにチェイスの足跡は消えていた。どうですか、その可能性があるとは言えませんか？」

カイアはかすかに頷いた――法廷のやり取りに反応したのは、裁判が始まってから初めてのことだった。カイアも、湿地の水が前日に起きた出来事を覆い隠してしまう様は何度も目にしていた。小川の岸に残されていたシカの足跡も、死んだ子ジカのそばにあったアカオオヤマネコの痕跡も、きれいに消してしまうのだ。

保安官が答えた。「あれほど何もかも消えてしまう状況は見たことがないので、何とも言えません」

「ですが、ご自分でおっしゃったようにあなたは専門家でしょう。足跡調査の訓練を受けたんですよね。それなのに、ごく一般的な現象がその晩に起きたかどうかはわからないと言うんですか」

「まあ、いずれにしろ、証明するのはさほど難しいことではないでしょう。干潮時に現場へ行って足跡を残し、潮が満ちたときに消えるかどうか確かめてみればいいんです」

「そうです、いずれにしろさほど難しいことではない。なのになぜ検証しなかったのですか？ 我々はすでに法廷にいるのに、あなたは何の証拠もなく、誰かが犯罪を隠すために足跡を消したと言う。チェイス・アンドルーズは櫓の下に足跡を残したが、地下水の上昇によって流されてしまった。その可能性のほうが高いのではないでしょうか。それに、もし彼が、実は友人たちと櫓に遊びにいっていたのだとしても、彼らの足跡もやはり流されてしまったでしょう。そうした状況だったと考えるほうがよほど自然ですし、その場合には犯罪を疑わせる要素はまったくないのです。違いますか、保安官？」

エドの目が、まるで壁に答えが書いてあるとでも言うように何度も左右に動いた。廷内の人々がベンチの上でもぞもぞと姿勢を変えた。

「保安官？」トムが促した。

「専門的な見地からすると、通常の地下水位の上昇では、今回のように完全に足跡が流されるということはないと思います。しかしながら、隠滅した形跡がない以上、足跡がないというだけでは犯罪行為があったと断定することはできないでしょう。ですが――」

「ありがとう」トムは陪審員の方を向き、保安官の言葉を繰り返した。「足跡がないというだけでは、犯罪行為があったと断定することはできないのです。では、次の質問に移りましょう。保安官、火の見櫓の床の格子が開いていたという件ですが、その格子にミス・クラークの指紋があるかどうかは調べましたか？」

「はい、もちろん調べました」

「それで、格子や、あるいは櫓のほかの場所にミス・クラークの指紋はありましたか？」

「いいえ。いや、しかし誰の指紋も見つからなかったわけですから——」

判事が身を乗り出した。「質問されたことだけに答えて下さい、エド」

「毛髪はどうですか？　ミス・クラークは黒髪を長く伸ばしています。もし彼女がはるばる頂上まで櫓の階段を上って、見張台の格子を開けるなり何なりしたのだとすれば、そのあいだに髪が何本も落ちるはずだと思うのですが。彼女の髪は見つかったのでしょうか？」

「いいえ」保安官の眉には汗が光っていた。

「検死官はこう証言しました。チェイスの遺体を調べた結果、死亡当夜にミス・クラークが彼に接近した証拠は見つからなかったと。ああ、例の繊維がありましたが、あれは四年まえからついていた可能性がありますからね。そしてあなたもいま、その夜にミス・クラークが火の見櫓へ上ったことを示す証拠は何ひとつないと証言した。そうですね？」

「はい」

「では、チェイス・アンドルーズが転落して死亡した夜、ミス・クラークが火の見櫓にいたことを証明できるものは何もないということですね？」

「そう言いました」

「つまりイエスということですか」

「ええ、そうです」

「保安官、見張台の格子ですが、あそこに上って遊ぶ子どもたちがよく開けっぱなしにしているというのは事実ですか？」

「ええ、ときどき開けたままにしていきます。しかし、先ほども言ったように、開いているのはたいてい階段の真上の格子で、ほかの格子ではありません」

「ですが、あなたの事務所からは森林局に要望書が提出されていますね？　階段の上の格子や、ときにはほかの格子も開いていることがよくあって大変危険なので、その状況を改善してほしいと」トムが保安官に書類を見せた。「これは、昨年の七月十八日に森林局に提出された正式な要望書ですね？」保安官が紙面に目をやった。

「はい。そうです」

「この要望書を実際に書いたのは誰ですか？」

「私が自分で書きました」

「では、チェイスが開いた格子から落ちて死亡するわずか三カ月まえに、あなたは森林局に要望書を書き、負傷者が出ないように櫓を閉鎖するか、格子の安全策を講じてほしいと求めていたのですね？」

「はい」

「保安官、あなたが森林局に提出したこの文書の最後の箇所を、みなさんに聞こえるように読んで頂けますか？　この最後のところだけでけっこうです」トムは保安官にその書類を渡し、該当する場所を指し示した。

保安官が廷内に行き渡る声で読み上げた。「繰り返しになりますが、これらの格子は大変危険であり、放置しておけば重大な事故につながります。最悪の場合は死亡事故が発生するでしょう」

「質問は以上です」

48　旅　一九六九年

一九六九年十月二十八日、カイアは約束どおりジャンピンの船着き場に立ち寄ってさよならを言い、それから村の埠頭へ向かった。いつものように、魚やエビを獲る漁師たちが仕事の手を止めてじろじろとカイアを眺めていた。その視線を無視し、杭にボートをつなぐと、色褪せた厚紙製のスーツケース――母さんのクローゼットの奥から引っ張り出してきたのだ――を手にしてメイン・ストリートへと歩きだした。ハンドバッグはなかったが、背中のリュックに数冊の本とハムとビスケットが詰まっていて、少額ではあるが現金も入っていた。印税として得た残りのお金はブリキの缶にしまって潟湖のほとりに埋めてきた。

この日のカイアは、通信販売で買った茶色いスカートに白のブラウスとフラットシューズという格好で、いつになくまともな身なりをしていた。忙しく立ち働く店員たちは客の相手をしたり歩道を掃いたりしながらも、その全員がカイアに視線を注いでいた。

通りの角に立つ〝バス停〟と書かれた標識の下で待っていると、やがて現われたバスが、エアブレーキの音とともに海の景色を遮って停止した。カイアが前に出て運転手からグリーンヴィルまでのチケットを買うあいだも、バスに乗り降りする客はひとりもいなかった。戻りの便がある曜日や時刻を訊いてみると、運転手はカイアに時刻表を寄こし、それからスーツケースを積み込んだ。カイアはリュックを抱き締めて車内に足を踏み入れた。通りを埋めてしまいそうなほどに長大なそのバスは、カイアが覚悟を決める間もなく動きだし、またたく間にバークリー・コーヴをあとにした。

二日後の午後一時十六分、グリーンヴィルから到着したバスがカイアを降ろした。乗ったときよりも通りを行き交う人の数は増えており、カイアが肩にかかる髪を払って運転手からスーツケースを受け取るあいだ、周囲には視線やささやき声が溢れていた。カイアは通りを渡って埠頭に行き、そのままボートに乗ってまっすぐ家へ向かった。約束を守ってジャンピンに戻ったことを教えたかったが、彼の船着き場には燃料を買いにきた船が並んでいたので、顔を出すのは明日にすることにした。それに、そのほうがカモメたちに早く会える。

そして翌日、十月三十一日の朝に、カイアはジャンピンの船着き場にボートを着けて彼を呼んだ。彼が小さな店から出てきた。

「おはよう、ジャンピン。戻ってきたわ。着いたのは昨日なんだけど」こちらに近づいてくるあいだ、彼はずっと口をつぐんでいた。

と、カイアが桟橋に降りるやいなや、彼が言った。「ミス・カイア、私は……」

カイアは首をかしげた。「どうしたの？　何かあった？」

彼がその場に突っ立ったままカイアを見つめた。「カイア、ミスタ・チェイスの件はもう聞きましたか？」

「いいえ。何の話？」

彼が頭を振った。「チェイス・アンドルーズが亡くなったんです。あなたがグリーンヴィルにいた晩の、深夜遅くに」

「え？」カイアもジャンピンも、相手の瞳の奥をじっと覗いた。

「昨日の朝、あの古い櫓の足元で発見されたんです。その……首が折れて、頭蓋骨が陥没していたそうです。櫓の上から落ちたようですね」

カイアはいまだにうっすらと口を開けていた。

ジャンピンが続けた。「村じゅうが大騒ぎです。事故だと言ってる者もいますが、聞いた話では、保安官は少し疑っているようで。チェイスの母親などはすっかり取り乱して、犯罪だと騒いでいます。とにかく、みんな混乱してるんですよ」

カイアは訊いた。「なぜ犯罪だと疑われてるの……？」

「床の格子のひとつが開いていて、彼はそこから落ちたんですが、その状況が怪しいというんです。櫓で遊ぶ子どもたちはよく格子を開けっぱなしにしていくので、転落事故だという意見もあります。しかし、殺人だと騒ぐ人間もいて」

カイアが黙っていると、ジャンピンは続けた。「発見されたとき、ミスタ・チェイスが貝のペンダントをしていなかったことも疑う理由になっています。何年もまえから毎日つけていたようですし、奥さんの話では、その晩、食事をしに両親の家へ向かったときも身につけていたそうです。いつもしていたと彼女は言ってます」

ペンダントの話が出たとたん、カイアの口のなかが乾きはじめた。

「チェイスを見つけたのは二人の少年なんですが、その子らによると、保安官は現場に足跡がないと言っていたそうです。誰かが証拠を拭い去ったみたいに、ただのひとつもないと。少年たちが村じゅうに言いふらしています」

カイアが出席しないことはわかっていたが、ジャンピンは葬儀の日取りも教えた。式には裁縫の会や聖書勉強会の仲間たちがこぞって詰めかけるはずだった。そこで飛び交う憶測や噂話のなかには間違いなくカイアの名前が出てくるだろう。〝彼が死んだ夜に彼女がグリーンヴィルにいてよかった。そうでなければきっと彼女が犯人にされていた〟とジャンピンは思った。

ジャンピンに頷いて挨拶すると、カイアはボートに揺られて家に戻った。そして、泥だらけの潟湖の土手に立ち、アマンダ・ハミルトンの詩をそっと口にした。

心を
軽く見てはならない
頭では想像もつかぬことを
人はできてしまうのだ
心は　感じるだけでなく人を操りもする
そうでなければ
私がこの道を辿ることはなかっただろう
あなたが
あえてその道を辿ることはなかっただろう

49　変装　一九七〇年

ミスタ・ラリー・プライスは——巻き毛の白髪を短く刈り、ぺらぺらの青いスーツを着込んで——自分の名前を告げたあと、ノース・カロライナのこの地域でバスの運転手をしていると述べた。そして、次の証人として宣誓した。ミスタ・プライスはエリックに問われ、ひと晩のうちにグリーンヴィルとバークリー・コーヴを往復することは可能だと答えた。また、チェイスが死んだ夜にグリーンヴィルからバークリー・コーヴ行きのバスを運転したのは自分だが、ミス・クラークに似た乗客は見かけなかったとも証言した。

エリックが言った。「ミスタ・プライス、あなたは捜査中の保安官にこう言いましたね。痩せた客がひとり乗っていて、男性に変装した背の高い女性だった可能性もあると。間違いありませんね？　その乗客の姿を詳しく教えて頂けますか？」

「はい、たしかにそう言いました。若い白人男性です。背は百七十五センチぐらいで、ズボンは棒切れにシーツでも巻きつけたみたいにぶかぶかでした。大きな青い帽子をかぶっていて、ずっと下を向いていました。誰とも目を合わそうとしなかったんです」

「いま実際にミス・クラークを目にしているわけですが、その痩せた男性が、変装したミス・クラークだったとは考えられますか？　大きな帽子で髪を隠した彼女だった可能性はあるでしょうか？」

「ええ、あると思います」

エリックがカイアを起立させるよう判事に頼んだ。カイアはトム・ミルトンの隣で立ち上がった。

「坐って頂いてけっこうです、ミス・クラーク」そう言うと、エリックは証人に顔を向けた。「その若い男性とミス・クラークの背格好は一致しますか？」

「はい、ほぼ同じです」ミスタ・プライスが答えた。

「では、総合的に判断すると、昨年の十月二十九日、午後十一時五十分に発車したグリーンヴィル発バークリー・コーヴ行きのバスに乗っていた痩せた男性は、実はミス・クラーク被告だったと言えるでしょうか？」

「はい、その可能性は充分にあると思います」

「ありがとう、ミスタ・プライス。質問は以上です。反対尋問をどうぞ」

証人席の目の前に立ったトムは、ミスタ・プライスに五分ほど質問を続け、その結果を短くまとめた。「つまりこういうことですね。第一に、昨年の十月二十九日、午後十一時五十分グリーンヴィル発バークリー・コーヴ行きのバスには、被告に似た女性は乗っていなかった。第二に、そのバスには痩せた男性客がいたが、間近で顔を見たにもかかわらず、当時のあなたは変装した女性だとは思わなかった。第三に、あなたは保安官に示唆されて初めて、変装かもしれないと考えるようになった」

トムは証人が口を開くまえに先を続けた。「ミスタ・プライス、あなたはなぜ、その痩せた男性客が乗っていたのは十月二十九日午後十一時五十分発のバスだと断言できるのですか？　何か記録でもつけているのでしょうか？　前日や翌日の夜だったかもしれませんよね。それでも、百パーセントの自信を持って十月二十九日だったと言えるのですか？」

「その、言いたいことはわかります。たしかに、保安官に訊かれて記憶を掘り起こしたときは、そのバスに乗っていたように思いました。ですが、いまは百パーセントの自信はありません」

「それに、その夜の便はだいぶ遅れていたのではありませんか？　事実、バスは二十五分遅れて、午前一時四十分にようやくバークリー・コーヴに着いたはずです。そうですよね？」

「そうです」ミスタ・プライスがエリックに目をやった。「私はただ、お役に立ちたいと思ったんです。正しいことをしたいと」

トムが彼をなだめた。「大変助かりましたよ、ミスタ・プライス。ありがとうございました。質問は以上です」

エリックが次の証人を呼んだ。十月三十日、午前二時三十分にバークリー・コーヴを発車したグリーンヴィル行きのバスの運転手、ミスタ・ジョン・キングだった。彼もまた、そのバスにミス・クラーク被告は乗っていなかったが、年配の女性がいたと証言した。

「――ミス・クラークぐらいの背丈で、短い白髪をカールさせていました。パーマをかけたみたいに」

「被告を見て下さい、ミスタ・キング。もしミス・クラークが年配の女性に変装すれば、そのバスに乗っていた女性と似ていますか？」

「想像するのが難しいですが、似てるかもしれません」

「つまり、その可能性はあると？」

「ええ、たぶん」

反対尋問が始まると、トムはぴしゃりと言った。「〝たぶん〟などという言葉は、殺人罪を問う裁判で許されるものではありません。あなたは、一九六九年十月三十日、午前二時三十分バークリー・コーヴ発グリーンヴィル行きのバスの車内で、ミス・クラーク被告の姿を見たのですか？」

「いえ、見ていません」

「その夜、バークリー・コーヴからグリーンヴィルへ向かったバスは、ほかにありましたか？」

「ありません」

50 ノート 一九七〇年

翌日も法廷に連れていかれたカイアは、テイト、ジャンピン、それにメイベルの方へちらりと視線を向け、その直後に息を呑んだ。軍服と、小さく微笑む傷痕のある顔が目に入ったからだ。ジョディがいる。カイアはかすかに頷いたが、いったいどこで裁判のことを知ったのかと戸惑いを覚えていた。たぶん、アトランタの新聞に載っていたのだ。恥ずかしさのあまり、カイアは一段と深くうなだれた。

エリックが立ち上がった。「裁判長、お許し頂けるならば、ミセス・サム・アンドルーズを召喚致します」廷内にため息が漏れるなか、悲しみに打ちひしがれた母親、パティ・ラヴが証人席へと進んでいった。かつて義理の母親になってほしいと願ったその女性を見つめながら、カイアはそれがいかに馬鹿げた考えだったかを実感した。上等な黒いシルクをまとったパティ・ラヴは、これほど陰鬱な場所に出てきてもなお、自分の見た目や存在感ばかりを気にしているように見えた。彼女は背筋を伸ばして椅子に坐り、光沢のあるハンドバッグを膝に置いた。暗色の髪は一分の隙もなく結いあげられ、その上に載った帽子は、雰囲気のある黒いレースが目元を隠すよう、ちょうどいい角度に傾いている。こんな女性が、裸足でうろつく湿地の住人などを義理の娘として受け入れるわけがないのだ。

「ミセス・アンドルーズ、ご心痛はいかばかりかとお察し致します。できる限り手短に済ませますのでよろしくお願い致します。さっそくですが、あなたのご子息のチェイス・アンドルーズは、貝殻がさがった革紐のペンダントを身につけていましたか？」

「ええ、つけていました」

「いつ、どれぐらいの頻度でそのペンダントをしていましたか？」

「いつもです。決して外さなかったんです。この四年間、ペンダントをしていない姿を見たことはありませんでした」

エリックが、一冊の革表紙のノートをミセス・アンドルーズに渡した。「これが何か、みなさんに教えて頂けますか？」

カイアは床を睨みつけて小さく唇を動かした。プライバシーの侵害に怒りがこみ上げた。検察官は、カイアのノートを法廷じゅうにさらそうとしているのだ。それはチェイスと付き合いはじめてすぐのころに、彼のために作ったノートだった。カイアの人生からは、贈り物をするよろこびというものがずっと奪われてきた。その欠落感を理解できる人間はそう多くはないだろう。カイアは昼も夜も作業に没頭してノートを完成させ、茶色い紙で包むと、鮮やかな緑のシダとハクガンの白い羽根でそれを飾った。そして、ボートから湖岸に降りてきたチェイスに包みを差し出したのだった。

「何だい？」

「ちょっとしたプレゼントよ」そう言って、カイアは微笑んだ。

二人の物語を描いた絵だった。一枚目は、流木にもたれて坐る二人を描いたペン画で、チェイスがハーモニカを吹いている。海辺の草や貝殻には、ひとつひとつラテン語名を書き添えた。月夜に浮かぶ彼のボートは何色もの水彩絵の具で彩った。次に描いたのは抽象的な絵で、ボートを取り囲む好奇心旺盛なネズミイルカを表現していた。空には雲といっしょに、〝マイケル漕げよ岸を目指して〟の文字も漂っている。カイアが銀色の浜辺で銀色のカモメたちと戯れている絵もあった。

チェイスは驚きの表情を浮かべてページをめくっていった。優しく指でなぞったり、ときに笑い声を上げたりもしたが、無言で頷いていることのほうが多かった。

「こんなプレゼントをもらったのは初めてだよ」そう言うと、彼は身を乗り出してカイアを抱き締めた。「ありがとう、カイア」それからしばらく二人で砂浜に坐っていた。毛布にくるまり、お喋りし、手をつないでいた。

あのとき、贈るよろこびで胸が高鳴ったことをカイアは思い出した。いつか他人の目に触れることになるとは考えもせずに。もちろん、殺人容疑のかかった自分の裁判で証拠に使われるなどとは想像もしていなかった。

カイアは、エリックの質問に答えるパティ・ラヴから顔を背けていた。「これは、ミス・クラークが息子のために絵を描いたノートです。チェイスにプレゼントとして贈ったんです」パティ・ラヴは、息子の部屋を掃除していてアルバムの山の下からこのノートを発見したときのことを思い出していた。彼が母親に見つからないよう隠していたのは明らかだった。彼女はチェイスのベッドに坐り、厚い表紙を開いた。そこにペンの線で緻密に描かれていたのは、息子が例の少女と並んで流木に寄りかかる姿だった。湿地の少女。うちのチェイスが、貧乏人(トラッシュ)と付き合っている。彼女はにわかに呼吸が苦しくなった。〝もし世間にばれたらどうなるだろう？〟冷たいものを感じたあと、どっと汗が噴き出して体が揺れた。

「ミセス・アンドルーズ、ミス・クラーク被告のこの絵に何が描かれているか教えて下さい」

「チェイスとミス・クラークが火の見櫓の見張台にいる姿です」ざわめきが廷内を駆け巡った。

「二人はそこで何をしていますか？」

「そこで——手を出し合って、彼女がチェイスに貝のペンダントを渡しています」

〝息子はその後、二度とペンダントを外さなかった〟パティ・ラヴは思った。〝息子は何でも私に打ち明けると信じていた。よその母親と息子よりも、私たちは強く結びついているはずだ。自分にそう言い聞かせてきた。でも、私は何も知らなかった〟

「では、彼から話を聞き、さらにこのノートも見たので、あなたはご子息がミス・クラークと会っていることや、貝のペンダントをプレゼントされたことを知ったのですね？」

「はい」

「十月二十九日の夜、チェイスがあなたの家に夕食を食べにきた際、彼はそのペンダントをしていましたか？」

「ええ。息子は十一時過ぎまでいましたが、ずっとペンダントをしていました」

「その翌日、あなたが診療所へ出向いて身元を確認した際、チェイスはペンダントをしていましたか？」

「いいえ、していませんでした」

「ミス・クラークを除いて、チェイスの友人か誰かがそのペンダントを奪おうとするようなことはあるでしょうか？」

「ありません」

「裁判長、異議を唱えます」トムがすかさず声を上げた。「これは伝聞証拠で、憶測を招きます。他人の考えを推論だけで証言することは許されません」

「異議を認めます。陪審員のみなさん、最後の質問と答えは無視するように」そう告げると、判事はガチョウのように低く首を伸ばし、検察官に釘を刺した。「気をつけなさい、エリック。いいね。きみはよくわかっているはずだ」

エリックは悪びれた様子もなく先を続けた。「いいでしょう。被告自身が描いた絵を見ても、ミス・クラークは少なくとも一度はチェイスと火の見櫓に上っていることがわかります。彼女がチェイスに貝のペンダントを贈ったということも。それ以後、彼は亡くなる夜まで常にペンダントをしていた。そして、その夜にペンダントが消えた。以上のことは間違いないですね？」

「はい」

「ありがとうございます。質問は以上です。反対尋問をどうぞ」

「質問はありません」トムは言った。

51　欠けた月　一九七〇年

法廷の言葉には、湿地の言葉のような詩情はない。けれど、その本質には似たところがあるとカイアは思っていた。判事は言うまでもなく〝アルファ雄〟で、確固とした地位を築いている。そのため、周囲に睨みを利かせてはいても、縄張りをもつ雄イノシシのように常にどっしりとして余裕がある。そこはトム・ミルトンも同じで、彼のゆったりした物腰やたたずまいからは、彼の格や自信といったものが伝わってくる。力のある雄ジカを見分けるときの特徴といっしょだ。一方、検察官はというと、こちらは派手なネクタイや肩パッド入りの上着をまとうことで自分の存在感を高めている。そして、大きな身振りや声で相手を威圧する。劣勢の雄は、相手の注意を惹くために大声で吠えねばならないものだからだ。なかでも劣勢なのは廷吏であり、彼が自分の立場を強くするためには、黒光りする拳銃やら厳めしい鍵束やら、無骨な無線機やらをたっぷりベルトにぶら下げる必要がある。〝自然界では優劣順位が場の安定をもたらすが、人間社会も似たようなものなのだ〟

とカイアは思った。

真っ赤なネクタイを締めた検察官が肩をそびやかして前へ歩いていき、次の証人、ハル・ミラーを呼んだ。もじゃもじゃの茶色い髪をした、痩せっぽちの二十八歳の男性だった。

「ミスタ・ミラー、一九六九年十月三十日、深夜一時四十五分ごろにあなたがどこにいて、何を目撃したか教えて下さい」

「その夜、おれとアレン・ハントはティム・オニールのエビ漁船に乗ってました。そして、バークリー・コーヴの港へ戻ろうとしているときにミス・クラークを見かけたんです。彼女は湾の東側の、岸から一・五キロほどのところをボートで走っていました。北北東に向かって」

「そのまま進めば彼女はどこに着いたはずですか？」

「ちょうど火の見櫓のそばの入り江に着いたはずです」

シムズ判事は小槌を打ち下ろし、どっと噴き出してなかなか収まらない、地鳴りのような騒ぎを静めた。

「彼女がどこかほかの目的地に向かっていた可能性はありませんか？」

「いや、どうでしょう、あの辺にはほかに何もありませんからね。沼だらけの林が延々と続いてるだけで。目的地といえば火の見櫓ぐらいしか思い当たりません」

温度が上昇し、そわそわした空気が充満する法廷で、女性たちがさかんに追悼用の扇子を振って顔をあおいでいた。窓台で寝ていたサンディ・ジャスティスが音もなく床に滑り降り、カイアの方へ歩いてきた。そして、法廷で初めてカイアの脚に体をこすりつけると、ひょいと膝に乗ってそのままそこに落ち着いた。エリックがふと口をつぐんで判事に視線を向けた。たぶん、あからさまなひいきに異議を唱えたいところなのだろうが、それを支持する判例などはどこにもなさそうだった。

「なぜそれがミス・クラークだとわかったのでしょうか？」

「彼女のボートは誰でも知ってます。むかしから乗ってますから」

「彼女のボートに照明はありましたか？」

「いいえ、ライトはひとつもありませんでした。こっちが気づかなければ衝突してたかもしれません」

「しかし、夜間に照明を点けずに船を操縦することは違法ではありませんか？」

「ええ、本当は点けなければなりませんが、彼女は無灯火でした」

「改めて確認しましょう。ミス・クラークは、チェイス・アンドルーズが火の見櫓で亡くなった夜、まさにその櫓がある方角へボートを走らせていた。しかも、彼が亡くなる時刻のほんの少しまえに。間違いありませんね？」

「はい、おれたちが見た限りではそうです」

エリックが席に戻った。

続いてトムが証人席に向かった。「おはようございます、ミスタ・ミラー」

「おはようございます」

「ミスタ・ミラー、あなたは何年ほどオニールのエビ漁船に乗っているのですか？」

「かれこれ三年になります」

「では、教えて頂けるでしょうか。十月二十九日から三十日にかけてのその夜、月は何時に出ましたか？」

「だいぶ欠けて下弦に近づいてましたから、月が出たのは船が入港したあとです。午前二時過ぎぐらいでしょうか」

「なるほど。ということは、あなたがバークリー・コーヴの沿岸で小型のボートを見かけたとき、月は出ていなかったわけですね。かなり暗かったでしょう」

「ええ、暗かったですね。多少の星明かりはありましたが、それでも真っ暗でした」

「ところで、ミス・クラークのボートが目の前を走り去ったとき、彼女はどんな服装をしていましたか？」

「いや、服装がわかるほどの距離ではありませんでした。そこまで近くはなかったです」

「ほう、服装が見えるほど近くはなかったと」そう言いながら、トムは陪審員に顔を向けた。「では、どれぐらい離れていたのでしょうか？」

「まあ、少なくとも五十五メートル以上は離れてたと思います」

「五十五メートルですか」トムがまた陪審員の方を向いた。「真っ暗闇で小さなボートを見分けるには、かなりの距離ですね。ミスタ・ミラー、あなたはボートに乗っている人物の何を見て、それがミス・クラークだと確信したのですか？」

「さっきも言ったように、この村の人間はみんな彼女のボートを知ってますから。近くても遠くても見分けはつきます。船の形とか、船尾に坐ってる背格好なんかでわかるんです。たとえば長身で痩せているとか。特徴的なシルエットですよ」

「特徴的なシルエットですか。では、もし同じように背が高くて痩せた人物が同じ型のボートに乗っていれば、それもミス・クラークに見えてしまうということですね。違いますか？」

「まあ、彼女に見える可能性はあるでしょうけど。でも、誰がどんな船に乗ってるかはよく知ってます。ほら、いつも海に出てますから」

「いいですか、ミスタ・ミラー、これは殺人罪を問う裁判なんです。とことん慎重にならねばならない問題であって、決して間違いは許されません。暗闇のなか、五十五メートルも離れた場所から見たシルエットや形だけで判断していいはずがないのです。ですから、どうかしっかりと考えて答えて下さい。一九六九年十月二十九日から三十日にかけての深夜、あなたが目撃したという人物は、間違いなくミス・クラークだったのですか？」

「いえ、その、そこまでの確信はないです。もともとおれも、絶対に彼女だったと断言はしていません。ですが、かなりの――」

「けっこうです、ミスタ・ミラー。ありがとうございました」

シムズ判事が訊いた。「再尋問しますか、エリック？」

席に留まったまま、エリックが口を開いた。「ハル、あなたはこの三年のあいだ、ボートに乗ったミス・クラークの姿を何度も見かけていると証言しましたね。どうでしょう、そのあいだに一度でも勘違いをしたことはあったでしょうか？　船上の人物が遠目にはミス・クラークに見えたのに、近づいてみたら別人だった。そういう経験がありますか？」

「いえ、一度もありません」

「三年間で一度もですか？」

「ええ、三年間で一度も」

「裁判長、検察側の証人尋問は以上です」

52　スリー・マウンテンズ・モーテル　一九七〇年

法廷に入ってきたシムズ判事が、被告側の席に向かって頷いた。「ミスタ・ミルトン、弁護側の最初の証人を呼ぶ準備はできていますか？」

「はい、裁判長」

「では続けましょう」

証人が宣誓を済ませて席に着いたところで、トムが言った。「あなたの氏名と、バークリー・コーヴでの職業を教えて下さい」カイアはほんのわずかに顔を上げ、そこにいる小柄な年配の女性を盗み見た。きつくカールした白髪を紫色に染めたその人に、むかしカイアは、なぜいつもひとりで食料品店へ買い物に来るのかと訊かれたことがあった。たぶん背は多少縮み、パーマも一段ときつくなってはいるのだろうが、彼女はびっくりするほど以前と変わらなかった。あのころ、ミセス・シングルタリーはいかにもお節介で無遠慮な人という印象だった。だが、彼女は母さんが去ったあとの冬に、青い笛の入ったクリスマスの靴下をプレゼントしてくれたことがあった。そしてそれは、当時のカイアにとって唯一のクリスマスらしい出来事でもあった。

「サラ・シングルタリーです。〈ピグリー・ウィグリー食料品店〉で働いています」

「サラ、あなたが働く食料品店のレジからはバス停が見えるということですが、間違いありませんか？」

「はい、よく見えます」

「あなたは昨年の十月二十八日、午後二時三十分に、ミス・キャサリン・クラーク被告がそのバス停でバスを待っているのを見ましたか？」

「はい、ミス・クラークがそこに立っているのを見ました」そう答えると、サラはちらりとカイアに目をやった。サラの頭に、まだ幼かった彼女が裸足で店に通っていたころの記憶が蘇った。これは誰も知らない話だが、カイアが小銭の数え方もわからないころ、サラは彼女に釣り銭を多めに渡していた――そして、減ったぶんはあとで自分の財布からレジに返していた。もちろんカイアは初めから小額の買い物しかしないので、釣りを増やすと言っても十セント硬貨や五セント硬貨を渡す程度だったが、それでもいくらかは力になれたはずだった。

「彼女はどれぐらいの時間、バスを待っていたのでしょうか。また、彼女が実際に二時三十分発のバスに乗り込むところは見ましたか？」

「待っていたのは十分ほどでしょうか。みんな、彼女が運転手から切符を買って、スーツケースを渡して、バスに乗り込むところを見てましたよ。バスが走り去るまで見てましたから、彼女が車内にいたのは間違いないと思います」

「あなたはその二日後、十月三十日にも、彼女が午後一時十六分のバスで戻ってきたところを見たというお話でしたね。間違いありませんか？」

「はい。二日後の、午後一時十五分を少し過ぎたころです。バスが停まったので顔を上げると、ミス・クラークが降りてくるのが見えました。レジにいるほかの店員たちにも指を差して教えました」

「彼女はバスを降りてからどうしましたか？」

「埠頭へ歩いていってボートに乗ると、南へ向かいました」

「ありがとう、サラ。質問は以上です」

シムズ判事が訊いた。「反対尋問はありますか、エリック？」

「いえ、裁判長。こちらからの質問はありません。どうやら証人リストを見る限り、弁護側は何人か村の住民を呼んで同じ証言をさせるつもりのようですね。いまミセス・シングルタリーが言った日付と時刻に、ミス・クラークがバスに乗り降りしたことを証言させたいようで。しかし、我々検察側はその点に異議を唱えるつもりはありません。我々もミス・クラークはその日時のバスに乗っていたと見ています。ですから、こちらとしては、この点に関してさらに証人を呼ぶ必要はないと考えます」

「わかりました。ミセス・シングルタリー、戻って頂いてけっこうです。ミスタ・ミルトンはどうしますか？　ミス・クラークは一九六九年十月二十八日、午後二時半のバスに乗り、同年十月三十日の午後一時十六分ごろのバスで戻ってきた。この事実を検察側が認めるとしても、この点を巡ってさらに証人を召喚しますか？」

「いえ、けっこうです、裁判長」表情には決して出さなかったが、トムは内心、悔しさに歯ぎしりしていた。チェイスが死んだ時刻に村を離れていたというアリバイは、被告側にとっては最大の強みだった。だが、エリックはあっさりと事実を認めることで、まんまとそのアリバイの威力を弱めてしまったのだ。しかも、カイアが昼の時間帯にグリーンヴィルへ行って戻ってきたという証言は、これ以上聞く必要がないと言いきった。検察側は被告が夜のうちに戻ってきて殺人を犯したと主張しているのだから、証言には何の意味もないというわけなのだ。トムもこのような事態を危惧しなかったわけではない。しかしそれでも、陪審員に繰り返し証言を聞かせ、カイアは真っ昼間に村を離れて事件後まで戻らなかったのだとイメージさせることが勝負の鍵になると考えていた。それなのに、いまや彼女のアリバイは、確認する必要もないほどささいな問題だとみなされてしまったのだった。

「変更を認めます。では、次の証人をどうぞ」

禿頭（とくとう）でずんぐりとし、突き出た腹をコートのボタンで無理矢理押さえつけたミスタ・ラング・ファーロウは、自分はグリーンヴィルで〈スリー・マウンテンズ・モーテル〉を営んでいると言った。そして、一九六九年の十月二十八日から三十日まで、ミス・クラークはたしかに自分のモーテルに宿泊していたと証言した。

カイアは、髪がべたついたその男の声をうんざりした思いで聞いていた。もう二度と会わないと思っていた人物が、こうしてまた目の前に現われ、カイアの存在を無視して好き勝手に喋っているのだ。彼は自分がカイアを部屋に案内したと説明したが、その際にだらだらと長居したことは告白しなかった。あれやこれやと部屋に留まる口実を見つけ出し、結局はカイアにドアを開けられて無言で退出を促されたのだが。トムから、なぜあなたは彼女がモーテルに出入りしたタイミングを正確に把握しているのかと訊かれたとき、彼は含み笑いを浮かべ、男なら誰でも注意して見るはずだと答えた。それに、彼女はちょっと変わっていたとも言った。電話の使い方を知らなかったし、重いスーツケースがあるのにバス・ターミナルから歩いてきたし、夕食も袋に詰めて持参していたと。

「ミスタ・ファーロウ、その翌日の夜、つまりチェイス・アンドルーズが亡くなった一九六九年十月二十九日の夜には、あなたは夜通しフロントにいたということですね。間違いありませんか?」

「はい」

「ミス・クラークは、編集者との食事を終えて午後十時に部屋へ戻ったとのことですが、そのあと彼女が外出するのを見ましたか? 十月二十九日の夜から三十日の早朝にかけて、部屋を出る彼女や、あるいは戻ってくる彼女を一度でも目にしたでしょうか?」

「いいえ。夜間はずっとそこにいましたが、彼女は一度も部屋を出ませんでした。さっきも言ったように、彼女の部屋はフロントの向かいでしたからね。出てくれば気がついたはずです」

「ありがとうございます、ミスタ・ファーロウ。質問は以上です。反対尋問をどうぞ」

何分か質問を続けたあと、エリックはこう言った。「わかりました、ミスタ・ファーロウ。つまりあなたは、トイレを使うために二度ほど自室に戻った際、完全にフロントを離れたのですね。ほかにも、ピザの配達が来て代金を支払ったり何だりした。四組のチェックインの客と二組のチェックアウトの客に対応した。そして、そのあいだも帳簿の記入などをしていた。さて、どうでしょうか。これほど色々なことがあれば、その隙にミス・クラークがこっそり部屋を出て通りを渡っていっても、あなたは気づかないのではないでしょうか。その可能性があるとは思いませんか？」

「まあ、可能性がないとは言いません。ですが私は何も見ませんでした。その夜、部屋を出ていく彼女の姿は見なかった――私に言えるのはそれだけですよ」

「よくわかります、ミスタ・ファーロウ。私が言いたいのはこういうことなんです。もしミス・クラークが部屋を抜け出してバス・ターミナルへ行き、バークリー・コーヴに戻ってチェイスを殺害し、そのあとまた部屋に戻っても、忙しいあなたは気づかなかった可能性が充分にあると。質問は以上です」


昼食休憩が終わり、一同が戻ってきて判事も席に着いたちょうどそのとき、スカッパーが法廷に入ってきた。テイトが父親の方を振り返ると、彼は仕事用のオーバーオールに黄色い長靴という服装のままで通路を進んでいた。スカッパーは、これまで一度も法廷にやって来なかった。口では仕事を理由にしていたが、本当のところ、彼は息子がいつまでもミス・クラークに執着していることに戸惑いを覚えていたのだった。息子はほかの女の子に興味を抱いたことがなさそうだったし、成長して社会人になったいまでも、相変わらずその風変わりで謎めいた女性を愛しているように見えた。いまは殺人の容疑がかかっている女性を。

しかし、この日の正午、スカッパーは甲板に引き上げた漁網の真ん中に突っ立ったまま、深いため息をついた。恥ずかしさで頬が熱くなっていた。自分は——一部の無知な村人と同じで——湿地で育ったというだけの理由で、彼女に偏見の目を向けてきたと気づいたからだった。テイトはカイアが初めて出版した貝の本を誇らしげに見せてきた。スカッパー自身も、彼女の科学の知識や芸術的感性には舌を巻いた。その後、彼女の本が出れば必ず自分でも買っていたが、テイトにはそれを隠していた。何という欺瞞だろう。

スカッパーは心から息子を誇りに思っていた。自分が求めるものも、どうすればそこに到達できるかもちゃんと知っている息子を。きっとそれはカイアも同じなのだ。しかも、人よりはるかに困難な状況で自分の道を伐り拓いてきたのだ。

テイトのために法廷に行くことぐらいはできるだろう。息子を支えてやる以上に大切なことなどないはずだ。彼は手から網を落とした。そして、船を埠頭に残したまま、その足でまっすぐ法廷へと向かったのだった。

彼が最前列の席にたどり着くと、ジョディもジャンピンもメイベルも腰を上げ、テイトの隣に坐れるように席を詰めた。父親が頷き、息子は目に涙を溜めて頷き返した。

トム・ミルトンは、スカッパーが腰を下ろし、廷内が完全に静まるのを待ってから口火を切った。「裁判長、弁護側の証人としてロバート・フォスターを召喚します」ツイードのジャケットにネクタイを締め、カーキ色のズボンを穿いたミスタ・フォスターは、中背で均整の取れた体つきをしており、きれいに切り揃えたひげと温和そうな目をもっていた。トムが彼の氏名と職業を訊いた。

「ロバート・フォスターです。マサチューセッツ州ボストンのハリソン・モリス出版で編集長をしています」カイアは額に手をあてて床を見つめた。担当編集者は、この世でただひとりカイアを〝湿地の少女〟として見ない知り合いだった。きちんと敬意を表してくれ、知識や才能に感服さえしてくれる相手だったのだ。その彼がいまは法廷にいて、殺人容疑で被告席に坐らされているカイアの姿を目にしていた。

「あなたは編集者としてミス・キャサリン・クラークの著書を担当しているのですか？」

「ええ。彼女は非常に才能のある自然愛好家で、芸術家で、作家です。我々が大好きな著者ですよ」

「確認させて下さい。あなたは一九六九年十月二十八日にノース・カロライナ州のグリーンヴィルへ行き、二十九日と三十日にミス・クラークに会ったのですね？」

「そのとおりです。向こうでちょっとした会議に出席したのですが、滞在中に彼女に会う時間が取れそうだったんです。と言っても、彼女の地元まで足を伸ばす余裕はなかったので、ミス・クラークをグリーンヴィルへ招待しました」

「昨年の十月二十九日の夜ですが、あなたがモーテルに彼女を送り届けた時刻を正確に教えて頂けますか？」

「彼女に会ったあと、いっしょにホテルで夕食をとり、それから車でモーテルに向かいました。到着したのは午後九時五十五分です」

カイアはレストランの入口に立ったときの情景を思い出した。室内はシャンデリアの柔らかな光に照らされ、蠟燭の灯されたテーブルがフロアを埋めていた。白いテーブルクロスに背の高いワイングラスが並んでいたことも覚えている。カイアは飾り気のないスカートにブラウスという格好をしていたが、静かに語らいながら食事を楽しむ人々は、その誰もが流行に合ったおしゃれな服をまとっていた。カイアとロバートは、アーモンドの衣で揚げたノース・カロライナ産のマス、ワイルドライス、ホウレン草のクリーム和え、それにロールパンという夕食をとった。彼はカイアにも馴染みのある自然を話題に選び、終始穏やかな口調で語りかけてくれたので、カイアもリラックスして会話を楽しむことができた。

いまにして思えば、よくあの場から逃げ出さなかったものだと自分でも感心する。けれど正直に言えば、あのきらびやかなレストランも、思い出のピクニックに比べればそれほど驚嘆するようなものではなかった。あれはカイアが十五歳のときだった。その日、テイトは早朝から小屋へやって来て、カイアの肩に毛布をかけたあと、水路の迷宮を抜けてカイアの知らない林までボートを走らせた。そこには草の新芽が出ている湿った草地があり、その端の方まで二人で一・五キロほど歩いた。テイトはそこで大きな葉が傘のように広がっているシダを見つけ、その下に毛布を敷いた。

「さあ、ここで待っていよう」そう言うと、彼は魔法瓶から熱い紅茶を注ぎ、〝アライグマのボール〟なるものをカイアに勧めた。それは彼がピクニックのために作ってくれた、ビスケットのタネにピリ辛のソーセージとチェダーチーズを混ぜて焼いた食べ物だった。法廷の寒々とした状況に置かれたいまでも、あの日、二人で毛布にくるまって朝食を食べたときの彼の肩のぬくもりを思い出すことができる。

さほど長くは待たされなかった。それからいくらも経たないうちに、北の方角から大砲でも撃ったような轟音が聞こえてきたのだ。「いよいよ来たぞ」テイトが言った。

地平線に細長い黒雲が現われ、それがみるみる上昇しながらこちらへ迫ってきた。大気をつんざく音が急速に密度を増して大きくなり、あっという間に頭上に広がりはじめた雲は、気づくと青い部分がひとつもないほど空一面を埋め尽くしていた。何万、何十万という数のハクガンだった。それが翼を羽ばたかせ、鳴き声を上げ、空を滑って世界を覆わんとしているのだ。渦を巻く塊が大きく傾いて旋回し、着陸体勢に入った。そして、五十万対はありそうな白い翼がいっせいに広げられ、桃色を帯びたオレンジ色の足が伸び、鳥たちの吹雪が地面に近づいてきた。それはまさにホワイトアウトという様相で、遠くにあろうと近くにあろうと、地上に存在するありとあらゆるものが視界から消えた。おびただしい数のハクガンが、初めは一羽、すぐに十羽、そして何百羽というふうに、シダの下に坐る二人のほんの数メートル先に降りてくる。そうして頭上の空が空っぽになったころ、湿った草地はすっぽりと柔らかな雪に覆われていた。

どんなに洒落たレストランでも、あの光景にはかなわない。アライグマのボールだって、マスのアーモンド揚げよりも刺激的で味わいがあった。

「ミス・クラークが部屋に入るところは見ましたか？」

「もちろんです。私がドアを開けましたから。彼女が無事に部屋に入るのを見届けてからモーテルを出たんです」

「翌日もミス・クラークの姿を見ましたか？」

「いっしょに朝食をとる約束をしたので、午前七時半に彼女を迎えにいきました。パンケーキ屋で食事をして、午前九時にまたモーテルまで送りました。それから今日まで、彼女には会っていませんでした」彼はカイアに目をやったが、カイアはテーブルに視線を落としていた。

「ありがとうございます、ミスタ・フォスター。質問は以上です」

エリックが立ち上がり、反対尋問を始めた。「ミスタ・フォスター、ずっと疑問だったのですが、あなたはピードモント・ホテルに宿泊していましたね。あの地域ではいちばん高級なホテルに。それなのになぜあなたの会社は、ミス・クラークには——才能のある、大好きな作家だというのに——スリー・マウンテンズのようなごく普通のモーテルしか用意しなかったのですか？」

「もちろん我々も、ピードモント・ホテルに泊まるよう薦めました。しかし彼女がモーテルを希望したのです」

「そうなんですか？　では、彼女は事前にモーテルの名前を知っていましたか？　彼女のほうからスリー・マウンテンズに泊まりたいと言いだしたのでしょうか？」

「ええ、彼女のほうから手紙でスリー・マウンテンズにしたいと知らせてきました」

「理由は言っていましたか？」

「いえ、理由はわかりません」

「では、私の考えを聞いて下さい。ここにグリーンヴィルの観光地図があります」エリックが地図をひらひらさせながら証人席へ近づいた。「ミスタ・フォスター、ここを見て下さい。ピードモント・ホテルは——ミス・クラークにも薦めた四つ星のホテルは——町の中心部にありますね。一方、スリー・マウンテンズ・モーテルは二五八号線沿いの、バス・ターミナルの近くにあります。実際にこの地図を見ればわかると思うのですが、スリー・マウンテンズはバス・ターミナルにいちばん近いモーテルで――」

「異議を申し立てます、裁判長」トムが声を上げた。「ミスタ・フォスターにはグリーンヴィルの地理を正確に判断することはできません」

「その点は認めますが、地図があるわけですから。エリック、質問の意図は理解できます。そのまま続けて下さい」

「ミスタ・フォスター、もし真夜中に急いでバス・ターミナルまで行きたいとすれば、ピードモントよりもスリー・マウンテンズを選ぶほうが理にかなっていますよね。とくに徒歩で移動しようとするなら。あなたに確認したいのは、ミス・クラークがはっきりとピードモントではなくスリー・マウンテンズに泊まりたいと言ったかどうかなのです」

「先ほども言ったように、彼女がスリー・マウンテンズを希望しました」

「質問は以上です」

「再尋問しますか？」シムズ判事が訊いた。

「はい、裁判長。ミスタ・フォスター、あなたは何年ほどミス・クラークと仕事をしていますか？」

「三年です」

「初めて会ったのは十月にグリーンヴィルを訪れたときだとしても、三年も手紙のやり取りをしていれば、ミス・クラークのことはだいぶ理解されているでしょうね？　だとすれば、彼女はどんな人物だと言えますか？」

「ええ、理解しています。彼女は内気で物静かなタイプだと思います。ひとりで自然のなかにいるのが好きなんです。ですから、グリーンヴィルへ誘い出すにも少し時間がかかりました。もちろん人の多い場所には近づきたがらないでしょう」

「人の多い場所というと、ピードモントのような大きなホテルも含まれますか？」

「はい」

「では、実際にあなたから見ると、ミス・クラークが——ひとりでいるのを好む彼女が——市街地に建つにぎやかな大型ホテルは避け、少し外れた場所にある小さなモーテルを選んだとしても、ちっとも意外ではないということですか？　彼女の性格を考えれば自然な選択だと？」

「ええ、そうですね」

「それに、こうも思いませんか？　公共の交通機関に詳しくないミス・クラークは、バス・ターミナルと宿泊先のあいだを徒歩で移動しなければならない。しかもスーツケースをもっている。そうなると、ターミナルにいちばん近い宿泊先を選ぶのが当たり前ではないか」

「はい、そう思います」

「ありがとうございます。質問は以上です」

証人席を離れたロバート・フォスターは、テイト、スカッパー、ジョディ、ジャンピン、それにメイベルの列に加わってカイアのうしろに腰を下ろした。

その日の午後、トムは弁護側の次の証人としてふたたび保安官を呼んだ。

トムから証人リストを見せてもらっていたカイアは、残りの証人がさほど多くないことを知っていた。その事実を思うと吐き気がこみ上げた。証人尋問のあとは最終弁論が行なわれ、そして評決が下される。被告側に立つ証人がいる限り、カイアは無罪放免に向けて望みをつなげたし、少なくとも有罪が確定するのを遅らせることはできた。もしこのまま永遠に裁判が続けば、判決が言い渡されることもないのだ。カイアは必死で草地のハクガンに意識を向け、いつものように自分の世界へ逃げ込もうとした。けれど、蘇るのは監獄や鉄柵や湿ったコンクリートの壁ばかりで、ときどき電気椅子のイメージまでが頭にちらついた。たくさんの拘束ベルトも。

にわかに呼吸が苦しくなった。もはや一秒たりとも坐っていられないような感覚に襲われ、頭の重さに首をもたげることさえできなくなった。体がぐらりと傾いた。トムが保安官からカイアに視線を移したときにはもう、カイアの頭は両手のなかに落ちていた。彼がカイアに駆け寄った。

「裁判長、しばし休廷を求めます。ミス・クラークを休ませなければ」

「認めます。これより十五分間の休廷とします」

カイアを支えて立ち上がらせると、トムは側面のドアを抜けて小さな会議室に向かい、そこの椅子にカイアを坐らせた。そして、自分も隣に腰を下ろしてこう訊いた。「どうしたんだ、カイア？ どこか悪いのか？」

カイアは両手に顔を埋めた。「訊かなきゃわからない？ 決まってるじゃない、もうこんな状況には耐えられないの。吐き気がするし、坐っているだけで辛いのよ。どうしてもあそこにいなくちゃだめ？ 私抜きで裁判を続けるわけにはいかないの？」いまのカイアにできるのは、監房に戻ってサンディ・ジャスティスと丸まっていることぐらいで、もうそれしか望んでいなかった。

「残念だが、それは無理なんだ。今回のような死刑求刑裁判では、法律で被告人の出席が義務づけられているんだよ」

「もし出席できなかったら？　私が拒否したらどうなるの？　どのみち監房に入れられるだけじゃない」

「カイア、これは決まりなんだ。きみは出席しなくちゃならない。それに、そのほうがきみにとってもプラスになる。陪審員にしてみれば、被告人の姿が見えないほうが有罪評決を出しやすいからね。しかしカイア、いずれにしろあと少しの辛抱だよ」

「そんな言葉は慰めにはならないわ。だって、この先にはもっと悪いことが待ってるんだから」

「まだそうと決まったわけじゃない。それに、結果に納得できなければ控訴することもできる」

　カイアはもう何も答えなかった。控訴という事態を想像しただけで、吐き気がますます強くなった。そんなことになれば、もう一度この苦しい道のりを歩かされることになる。どこかべつの、湿地からさらに離れてしまう法廷で。たぶん、そこは大きな町で、空にカモメの姿は見当たらない。部屋を出ていったトムが、冷たいスウィートティーのグラスとナッツの袋を手にして戻ってきた。カイアはスウィートティーを飲み、ナッツは断わった。

数分後、廷吏がドアをノックしてふたたび彼らを法廷に連れていった。カイアの意識は現実から離れたり戻ったりを繰り返し、途切れ途切れの証言だけが耳に潜り込んできた。

「ジャクソン保安官」トムは言った。「検察側はこう主張しています。ミス・クラークは深夜にこっそりモーテルを抜け出し、バス・ターミナルまで歩いていった――ちなみに、スリー・マウンテンズからターミナルまでは徒歩で二十分以上かかります。そこで彼女は午後十一時五十分発の深夜バスに乗った。バスは遅れたのでバークリー・コーヴに着いたのは午前一時四十分だった。それから彼女は（三、四分かけて）埠頭へ行き、現場のそばの入り江まで（少なくとも二十分は）ボートを走らせ、（さらに八分ほどかけて）櫓まで歩いた。真っ暗闇のなか、あの階段を上りきるには最低でも四、五分はかかったでしょう。格子を開けるのは数秒でしょうか。その後、彼女は（何分を要したかはわかりませんが）チェイスを待ち、それからまた同じルートを引き返した。

さて、これらの行動をすべてこなすには、どんなに少なく見積もっても一時間七分はかかります。しかも、その数字にはチェイスを待っていた時間は含まれていません。ところが、グリーンヴィルへ戻るためのバスが出発したのは、彼女が村に到着した五十分後でした。となると、どうでしょう？　実にシンプルな答えが出てきませんか？　彼女には、検察が主張するような罪を犯す時間はなかったのです。違いますか、保安官？」

「たしかに、時間的には厳しかったでしょう。ですが、たとえばボートと櫓のあいだを走って往復したりすれば、あちらこちらで一分、二分の時間を稼ぐことはできたと思います」

「一、二分程度の短縮では話になりません。最低でも二十分は稼がなければ犯行は無理なのですから。いったいどうすれば、彼女にその二十分が作り出せたのでしょうか？」

「もしかすると、ボートは使わなかったのかもしれません。バス停から徒歩でメイン・ストリートを抜け、砂の道を通って櫓まで行ったのかもしれない。そのほうが海を通るよりずっと早く着くんです」検察官席で、エリック・チャスティンが保安官をじろりと睨みつけた。エリックはすでに、殺人を犯したうえでアリバイを作ることは充分に可能だったと陪審員を納得させていた。これ以上余計な説得はいらなかった。それに、検察側には強力な証人がいるのだ。ミス・クラークがボートで櫓に向かうのを見たと言っているエビ漁師が。

「では保安官、ミス・クラークが陸路で櫓へ行ったという証拠は何かありますか？」

「いいえ。しかし、陸を使ったと仮定するほうが納得できるでしょう」

「仮定！」トムは陪審員の方へ向き直った。「仮定などという言葉は、ミス・クラークを逮捕するまえに持ち出すべきものです。二カ月間も監獄に閉じ込めたあとで口にしていいはずがありません。つまり、ここで事実として言えるのは、彼女が陸路を使った証拠はないということと、海から行けば時間が足りなかったということだけなのです。質問は以上です」

反対尋問に立ったエリックが、保安官と向き合った。「保安官、バークリー・コーヴの沿岸には強い潮流や潮衝、引き波などがあって、ボートの速度にも影響を及ぼすというのは事実ですか？」

「ええ、そのとおりです。ここの住民なら誰でも知っています」

「では、そうした流れを利用する術さえ身につけていれば、港から櫓まであっという間に移動できるということですね。その場合、往復で二十分を短縮できる可能性は非常に高いのではないでしょうか？」エリックは、自分もやはり仮定でしかものを言えないことに苛立っていた。しかしいまは、陪審員が頷けるような筋書きを与え、彼らを取り込むことが何よりも重要だった。

「はい、そう思います」

「ありがとうございます」エリックがそう言って証人席に背を向けると、トムがすかさず立ち上がって再尋問を始めた。

「保安官、〝はい〟か〝いいえ〟で答えて下さい。十月二十九日から三十日にかけての夜、港から櫓までの移動時間を縮められるような潮流や潮衝、あるいは強風などが発生したという証拠はありますか？　それとも、ミス・クラークが陸路で櫓へ行ったという証拠があるのですか？」

「いえ、しかし、まず間違いなく――」

「保安官、あなたの推測など訊いていません。答えて下さい。一九六九年十月二十九日の夜、強い潮衝が発生した証拠はありますか？」

「いえ、ありません」

53　ミッシング・リンク　一九七〇年

翌日の午前には、トムが呼べる証人はひとりだけになっていた。そして、それが最後の切り札だった。

彼が召喚したティム・オニールは、三十八年まえからバークリー・コーヴの海でエビ漁を続けている船主だった。もうすぐ六十五歳になる彼は、長身だが横幅もあり、ふさふさの茶色い髪にはほとんど白髪がないものの、顔は真っ白なひげで覆われていた。村人からは物静か、真面目、実直、親切といった評価を受けており、女性には必ずドアを開けてくれる男性としても知られていた。つまり、最後の証人としては申し分のない人物だった。

「ティム、あなたは昨年の十月三十日、午前一時四十五分から二時ぐらいのあいだに、自分の船でバークリー・コーヴの港に向かいましたか？」

「ええ」

「あなたの船の乗組員ですが、この証人席に坐ったミスタ・ハル・ミラーと、供述書に署名をしたミスタ・アレン・ハント、その両名がこう主張しています。いま言った日時に、ミス・クラークが港から北へボートを走らせているのを目撃したと。二人の証言についてはご存じでしたか？」

「はい」

「あなたはどうでしょう？　同じ時刻に同じ場所で、ミスタ・ミラーとミスタ・ハントが目撃したというボートを見ましたか？」

「ええ、見ました」

「それで、あなたも両名のように、北に向かうボートに乗っていたのはミス・クラークだと思いますか？」

「いいえ」

「それはなぜでしょうか」

「暗かったからです。あのときはまだ月が出てませんでしたからね。ボートも遠くて、はっきりと何かを確認できるような状況ではありませんでした。このあたりでボートに乗ってる人間のことはよく知っています。ボートに乗るミス・クラークの姿も何度も目にしていますから、見ればすぐに彼女だとわかったでしょう。ですがあの晩は本当に暗くて、ボートも操縦者もよく見えなかったのです」

「ありがとう、ティム。質問は以上です」

エリックが証人席に歩み寄った。「ティム、たとえはっきり見えなかったとしても、こうは言えませんか？　チェイス・アンドルーズが火の見櫓で死んだ夜、死亡推定時刻に近い時間帯にその櫓へ向かっていたのは、ミス・クラークのボートと形も大きさも同じ船だったと」

「ええ、そうですね。形や大きさはミス・クラークのボートに似ていました」

「ありがとうございました」

再尋問のために立ち上がったトムは、その場から動かずに訊いた。「ティム、確認させて下さい。あなたはこう証言しましたね。ボートに乗るミス・クラークは何度も目にしているが、その夜は、ボートに乗っているのが彼女だと判断できるものは何ひとつ見えなかったと。間違いありませんか？」

「間違いありません」

「もうひとつお訊きします。このあたりの海には、形も大きさもミス・クラークのボートと同じ船がたくさん走っていませんか？」

「ええ、たしかにそうですね。彼女のボートはこのあたりではごく一般的なタイプのものですから。よく似たボートが山ほど走っていますよ」

「では、その夜にあなたが見た操縦者は、似たようなボートに乗っている大勢の人間の誰であってもおかしくないということですね？」

「そのとおりです」

「ありがとうございます。裁判長、弁護側の証人尋問は以上となります」

シムズ判事が宣言した。「これより二十分間の休廷とします」

最終陳述を行なうに際し、エリックは赤紫の地に太いゴールドのストライプが入ったネクタイを締めていた。傍聴人たちがじっと息を潜めて見守るなか、彼は陪審員に歩み寄り、柵の前で足を止めた。そして、ひとりひとりにじっくりと視線を向けた。

「陪審員のみなさん、あなたたちはそれぞれが、誇り高くも唯一無二の共同体の一員です。昨年、みなさんはひとりの息子を失いました。その若者はみなさんの期待の星であり、これからの長い人生を美しい妻とともに――」

その後、彼はカイアがどのようにチェイスを殺したかを繰り返し語ったが、カイアはそのほとんどを聞いていなかった。テーブルに肘を突いて頭を抱え、ときどき、彼の熱弁の切れ端を鼓膜で捉えているにすぎなかった。

「――この共同体でよく知られた二人の男性が目撃しているのです。ミス・クラークとチェイスが林のなかで——彼女が『殺してやる！』と口にするのを聞き——その赤い帽子の繊維がデニムの上着に——ほかにペンダントを奪おうとする人間など——みなさんもご存じのように、潮流や風で速度は劇的に上がり——。

その暮らしぶりを考えれば、彼女にとっては夜間にボートを操ったり暗闇で櫓に上ったりすることなど、何の障害にもならないでしょう。まるで歯車が嚙み合うようにすべてのつじつまが合うのです。彼女があの夜に何をしたか、もはや疑う余地はありません。みなさんなら、被告は第一級謀殺で有罪であると判断できるはずです。また、そう判断せねばなりません。どうかその義務を果たして下さい」

シムズ判事に頷かれ、トムが陪審員席に向かった。

「陪審員のみなさん、私はこのバークリー・コーヴの出身です。いまより若かったころには、私も〝湿地の少女〟にまつわる根も葉もない噂をよく耳にしました。そうです、もう知らないふりはやめましょう。我々は彼女のことを湿地の少女と呼んでいました。いまだにその呼び名を使っている人も多いでしょう。彼女にはオオカミの血が入っているだとか、あれは猿と人間の中間にいるミッシング・リンクだとか、暗闇で目が光るなんてことを言う者もいました。しかし実際は、彼女はただの見捨てられてしまった子どもだったのです。

たったひとりで、飢えや寒さと闘いながら沼地で生き抜いている幼い少女だった。それなのに、我々は彼女に救いの手を差し伸べませんでした。ただひとりの友人であるジャンピンを除けば、教会であれ慈善団体であれ、この村には彼女に食べ物や衣服を差し出すところはひとつもなかった。それどころか、彼女は自分たちとは違うと決めつけ、レッテルを貼って疎外してきたのです。けれど、みなさん、我々は彼女が異質だから締め出したのでしょうか？　それとも我々が締め出すから異質の存在になったのでしょうか？　もし我々が彼女を受け入れていたら――いまこのときも、彼女は我々の仲間であったはずです。我々が食べさせ、衣服を着せ、愛し、教会や家に招いていたら、我々が彼女に偏見を抱くことはなかったでしょう。そして、彼女が今日この場所に坐り、罪に問われていることもなかっただろうと思うのです。

みなさんには、この、疎外されつづけた内気な若い女性を裁くという責務があります。しかし、その裁きはあくまでもこの審理で、この法廷内で提示された事実だけをもとに下されねばなりません。決して、過去二十四年のあいだに耳にした噂や、感情といったものでは判断しないで下さい。

何が本当の、確固たる事実なのでしょうか？」検察官のときと同じように、カイアの意識はまたもや途切れ途切れにしか言葉を拾わなくなっていた。「――そもそも検察側は、この事件が本当に殺人なのかどうかも立証できていません。単なる悲劇的な事故だった可能性もあるのです。凶器もないし、突き飛ばされたことを示す傷もない。目撃者もいなければ指紋もなく――。

極めて重要であり、なおかつ裏付けもとれているのは、ミス・クラークには強固なアリバイがあるという事実です。チェイスが死んだ夜に彼女がグリーンヴィルにいたのはたしかで――男に変装してバークリー行きのバスに乗ったという証拠はなく――実のところ、検察側は彼女がその夜にバークリー・コーヴにいたということも、櫓に行ったということも立証できていません。改めて言います。結局、ミス・クラークが火の見櫓にいたという証拠も、バークリー・コーヴにいたという証拠も、あるいはチェイス・アンドルーズを殺したという証拠も、どこにも存在しないのです。

――三十八年間もエビ漁をしてきたミスタ・オニール船長は、暗すぎて誰のボートかは特定できなかったと証言しています。

――上着にあった繊維は、四年まえから付着していた可能性もあり――これらは明白な事実で――。

検察側が呼んだ証人は誰ひとりとして、はっきり見たとは答えられませんでした。一方、被告側の証人は全員が百パーセントの確信をもって――」

トムが陪審員の正面に立ち、背筋を伸ばした。「私はみなさんのことをよく知っています。みなさんなら、これまでのミス・クラークに対する偏見を脇に置いておくことができるはずです。彼女は――同級生たちから嫌がらせを受けたために――たった一日しか学校へ行っていません。にもかかわらず、彼女は独学で知識を身につけ、自然をよく知る博学の作家となりました。我々は彼女を〝湿地の少女〟と呼びましたが、いまではあちこちの研究機関が彼女を〝湿地の専門家〟と認めています。

みなさんなら、憶測や作り話をすべて忘れて判断できると信じています。この法廷で聞いた事実のみに基づき、長年耳にしてきた偽りの噂は忘れて評決を下してくれるはずだと。いまこそ私たちは、湿地の少女に公平な態度を示さねばならないのです」

54　評決　一九七〇年

　トムは小さな会議室の不揃いな椅子を指し示し、テイトやジョディ、スカッパー、ロバート・フォスターに腰を下ろすよう勧めた。彼らはマグカップの輪染みのある長方形のテーブルを囲んだ。漆喰の壁はあちこちが剝がれ落ち、日に焼かれたせいで――上方は黄緑で床のそばは暗緑色というふうに――二色になっていた。湿地だけでなくその壁からも滲み出てきているのか、室内にはじめじめとした水の臭いが満ちていた。

「ここでお待ち下さい」トムが後ろ手にドアを閉めながら言った。「廊下の先の、補佐人のオフィスの向かいにコーヒーマシーンもあります。ただし、あれは三つ目のラバでも嫌がるような代物です。まともなコーヒーを飲むには食堂に行くしかありません。ええと、いまは十一時を少しまわったところですから、またあとで昼食の相談をしましょう」

　テイトは窓辺に行った。窓には目の細かい白い格子がはまっており、まるで、評決を待つ者がここから逃亡するのを防ごうとしているかのようだった。彼はトムに訊いた。「カイアはどこへ連れていかれたんですか？　監房ですか？　そこでひとりで待たなきゃならないんですか？」

「ええ、彼女は監房にいます。これから会いにいくつもりです」

「評決はいつごろ出るでしょうね」ロバートが言った。

「まったくわかりません。すぐ出ると思っていても数日かかる場合もあるし、その逆もありますから。まあ、陪審員の大半はすでに答えを出しているでしょうが――カイアにとって望ましくない方向に。しかし、少しでも疑問を感じて、これでは有罪を立証しきれていないと言ってくれる陪審員がいれば、我々にもチャンスはあります」

彼らは無言で頷いた。〝立証しきれていない〟という言葉が重く響いた。あたかも、有罪なのはたしかで、証拠が足りていないだけだと言っているかのようだった。

「さて」トムが続けた。「私はカイアの様子を見にいって、それから仕事に取りかかります。控訴の準備を始めなければなりませんし、偏見を理由に審理無効の申し立てをすることになるかもしれませんので。みなさん、どうか忘れないで下さい。たとえ有罪の評決が出ても、それで道が途絶えるわけではありません。絶対に。では、またちょくちょく顔を出します。何か動きがあれば必ずお知らせしますよ」

「ありがとう」そう言うと、テイトは付け加えた。「カイアに、ぼくたちがここにいると、望むならそばにいると伝えて下さい」とはいえ、カイアはこの数日間、トム以外の人間とは誰とも会おうとしなかったし、これまでの二カ月間もほとんど誰にも会いたがらなかったのだが。

「ええ、伝えておきます」そう答えてトムは出ていった。

一方、ジャンピンとメイベルはというと、彼らは外で評決を待たねばならず、数人の黒人たちとともにヤシの木やススキに囲まれた広場へ出ていた。だが、二人が色鮮やかなキルトを広げ、紙袋からビスケットやソーセージを出したとたんにバラバラと雨が降りだし、荷物をかき集めて〈シング・オイル〉の庇の下へと逃げ込むことになった。ミスタ・レーンが、おまえたちは外にいなくちゃならないと――彼ら自身が百年もまえから知っている現実を――声高に叫び、客に迷惑をかけるなと怒鳴った。白人たちは食堂や〈ドッグゴーン〉に詰めかけてコーヒーを飲み、あるいは明るい色の傘を連ねて通りに集まっていた。子どもたちは出来たての水溜まりを踏んで水しぶきを散らし、キャラメル・ポップコーンを頬張って、もうすぐパレードでも始まるのだろうかと期待に胸を弾ませていた。

ひとりで過ごした数えきれない時間から、カイアは孤独というものを教わり尽くしたと思っていた。古ぼけた食卓の天板を見つめ、誰もいない寝室に入り、果てしなく続く海や草地を渡っていく生活。羽根を見つけても絵が完成しても、そのよろこびを分かち合える相手はなく、諳んじる詩はカモメたちに聞かせる。

しかし、ジェイコブが監房を閉めて廊下の先に消え、地底を震わすような音とともに重い扉を閉めきってしまうと、冷え冷えとした静寂がやって来た。自分にかけられた殺人容疑への評決を待つ。その時間は、これまでとは桁の違う孤独をカイアに味わわせた。自分が生きるか死ぬかという問題は心の底に沈み、むしろ、何年ものあいだ湿地と引き離されて過ごすことへの激しい恐怖が膨らんでいた。カモメも、海も、星空も見えない真っ暗な場所。

端の房にいたうるさい男たちはすでに釈放されていた。その絶え間ないお喋りが消えたことが、どこか寂しく思えるほどだった――たとえ下卑た話しかしなくても、そこには人間がいたのだ。だが、いまはたったひとりで、この鉄柵と錠だらけのコンクリートのトンネルにいる。

カイアは、自分への偏見がどれほど強いものかを知っていたし、もし評決が早ければ、それは詰めた話し合いがなかったことの証拠だともわかっていた。そして、それが有罪を意味するということも。破傷風の話を思い出した――死を宣告されたまま、ねじれ、苦しみもだえて生きる時間。

窓下の木箱に立って湿地を飛ぶワシを探してみようかとも思った。だが、カイアの体はその場から動こうとせず、結局はいつまでも静寂のなかに坐りつづけていた。

二時間ほどが過ぎ、午後になって、トムが会議室のドアを開けた。なかではテイト、ジョディ、スカッパー、ロバート・フォスターの四人が待っていた。「ちょっといいですか」

「どうしたんですか？」テイトが弾かれたように顔を上げた。「まさか、もう評決が出たわけじゃないですよね？」

「いえ、そうじゃありません。評決はまだです。しかし、これはいい知らせだと思います。陪審員が、バスの運転手の証言記録を見たいと頼んだそうです。ということは、少なくともちゃんと検討はしてるんです――一気に結論に飛びついたりはせずに。運転手は鍵になりますよ。二人ともバスにカイアは乗っていなかったとはっきり言いましたし、どちらも変装については確信がないと答えましたからね。それに、文字になった証言は往々にして説得力が増すものなんです。まだまだ気は抜けませんが、それでも、希望の光が見えてきたのはたしかですよ」

「希望はきっと現実になります」ジョディが言った。

「すっかりランチタイムを過ぎてしまいましたね。どうでしょう、そろそろみなさんで食堂へ行かれませんか？　何かあれば必ずお知らせしますから」

「いえ、ここにいます」テイトが首を振った。「どうせどこへ行っても、彼女は有罪だって話ばかりです」

「わかりました。では、うちの事務員にハンバーガーでも買ってこさせましょう。それでかまいませんか？」

「ええ、ありがとうございます」そう言うと、スカッパーは財布から数枚の一ドル札を出した。

午後二時十五分、会議室に戻ってきたトムが、陪審員はさらに検死官の証言記録を取り寄せたと報告した。「これがプラスに働くかどうかはわかりません」

「ちくしょう！」テイトは思わず声を上げた。「こんなことにはもう耐えられない」

「どうか肩の力を抜いて下さい。何日もかかる場合もあるんです。経過は逐一お伝えしますから」

そして、時計の針が午後四時を指したころ、トムがやつれたような硬い表情でふたたびドアを開けた。「みなさん、評決が出ました。判事が法廷に集まるよう言っています」

ティトが立ち上がった。「どうなんですか？　こんなに早いなんて、どう考えればいいんでしょうか？」

「落ち着こう、ティト」ジョディがそっと彼の腕に手をやった。「とにかく行くしかない」

四人は廊下に出て、我先にと外から戻ってくる村人たちの列に加わった。彼らが運んでくる湿った空気には、タバコの煙や濡れた服や、雨滴を含んだ髪のにおいが混じっていた。法廷は十分と経たないうちに満席になり、廊下や玄関の階段は椅子を見つけられなかった者たちで溢れかえった。四時三十分になったところで、廷吏が被告席にカイアを連れてきた。彼は珍しくカイアの肘を支えていたが、実際のところ、そうしなければ彼女はいまにも倒れてしまいそうだった。カイアは一度も床から目を上げなかった。その顔が何度も引きつるのを、ティトはつぶさに見つめていた。こみ上げる吐き気のせいで彼の呼吸も荒くなっていた。

書記官のミス・ジョーンズが入ってきて着席し、続いて、葬儀の聖歌隊のように厳粛な面持ちをした陪審員たちが席に着いた。ミセス・カルペッパーが一瞬カイアに目をやったが、ほかの陪審員たちはみなまっすぐ前を向いていた。トムは彼らの顔からどうにか答えを読み取ろうとした。傍聴席は静まり返り、咳払いはおろか、身じろぎする者さえいなかった。

「全員起立」

扉が開き、入廷してきたシムズ判事が裁判長席に腰を下ろした。「坐って下さい。陪審員長、評決に達しましたか？」

〈バスター・ブラウン靴店〉の物静かな店主、ミスタ・トムリンソンが最前列で立ち上がった。「はい、裁判長」

シムズ判事がカイアに顔を向けた。「評決文を読み上げるあいだ、被告は起立して下さい」トムがカイアの腕に触れ、腰を上げるよう促した。テイトは少しでもカイアのそばに寄ろうと柵に手をかけた。ジャンピンがメイベルの手を取り、固く握り締めた。

こんなふうにその場にいる全員の鼓動が速まり、その場にいる全員が息を凝らすというのは、誰にとっても初めての経験だった。目だけが落ち着きなく動きまわり、手の平は汗で湿っていた。エビ漁師のハル・ミラーは必死に頭を振り絞り、あの夜に見たのが本当にミス・クラークの船だったかどうか考えていた。もし間違っていたらどうなるのだろう。廷内にいる村人の大半が、カイアの後頭部ではなく床か壁に視線を向けていた。まるで——カイアではなく——村そのものが裁きを待っているかのようで、当初期待していたような嗜虐的な悦びなど、その瞬間にはほとんど存在しなかった。

陪審員長のミスタ・トムリンソンが廷吏に小さな紙片を渡し、廷吏がそれを判事に差し出した。紙片を開いた判事は、表情を変えることなく文面に目を通した。そして、紙片はふたたび廷吏の手に戻り、今度は書記官のミス・ジョーンズに渡された。

「誰が読み上げるんだ」テイトがぼそりと吐き捨てた。

ミス・ジョーンズが立ち上がってカイアに体を向け、紙片を開き、声を発した。「我々陪審員は、ミスタ・チェイス・アンドルーズに対する第一級謀殺容疑について、ミス・キャサリン・ダニエル・クラークを無罪とします」その瞬間、カイアは崩れるように椅子に坐り込んだ。トムもそれに続いた。

テイトはまばたきを繰り返し、ジョディは深々と息を吸い、メイベルは嗚咽を漏らした。傍聴人たちは凍りついたように動かなかった。まさか、聞き間違いに決まっている。「いま無罪と言ったの?」廷内に広がりだしたささやきは、たちまち大きく膨れあがり、怒りの声が飛びはじめた。ミスタ・レーンが叫んだ。「おかしいじゃないか!」

判事が小槌を振り下ろした。「静粛に! ミス・クラーク、陪審員の評決に従い、あなたを無罪放免とします。州を代表し、二カ月間の勾留に対して謝意を表します。陪審員のみなさん、みなさんの時間と共同体への貢献に感謝します。では、これにて閉廷とします」

チェイスの両親の周りに小さな人だかりができており、パティ・ラヴがすすり泣いていたた。た。サラ・シングルタリーはみなと同じように眉根を寄せていたが、自分が心からほっとしていることに気がついた。ミス・パンジーもまた、人目を気にしながらもそっと顎の緊張を解いた。ひとり静かに涙を流していたミセス・カルペッパーは、あの、幼かった沼地の無断欠席児童がまたもや見事に逃げきったことに、陰ながら笑みを送った。

うしろの壁際にはオーバーオール姿の男たちが集まっていた。「どういうことか、陪審員たちにちゃんと説明してもらいたいな」

「エリックは再審請求できないのか？　これで終わりってことはないよな？」

「無理だな。知ってるだろ？　いったん無罪になったら二度と裁かれることはないんだ。彼女はもう自由の身さ。何ひとつお咎めなしってわけだよ」

「エリックの足を引っ張ったのは保安官だ。一貫性がなくて、途中で話がぶれちまった。仮定がどうのこうのと言いだして」

「まったく、西部劇の役者気取りでいつも澄ましてるくせにな」

だが、その不満だらけの小集団もほどなくして解散となり、仕事の遅れを取り戻すだの、雨のせいで熱が冷めただのと口にしながら部屋を出ていった。

ジョディとテイトは木製のゲートを抜けて被告人席に駆け寄った。スカッパー、ジャンピン、メイベル、ロバートも二人のあとに続いてカイアを囲んだ。誰も彼女に触れるような真似はせず、ただ、椅子から動かない彼女のそばに立っていた。

ジョディが声をかけた。「カイア、もう帰れるんだ。よければおれの車で行かないか？」

「ええ、お願い」

カイアはようやく立ち上がり、はるばるボストンから来てくれたロバートに礼を言った。彼が微笑んだ。「こんな馬鹿げた出来事は早く忘れて、これからも素晴らしい本を書きつづけて下さい」カイアはジャンピンの手をそっと握り、メイベルに抱き寄せられて彼女のふかふかの胸に顔を埋めた。それから、テイトに向かって言った。「差し入れをありがとう」トムの方へ向き直ったときには、言葉を失った。彼も何も言わずにカイアを抱き締めた。スカッパーにも目を向けた。一度も紹介されたことはなかったが、その瞳を見れば彼が何者かはすぐにわかった。カイアが軽く頷いて感謝の気持ちを伝えると、意外なことに、彼は手を伸ばしてきて肩を優しく握った。

その後、廷吏の先導でジョディとともに法廷の裏口に向かった。途中、窓台の横を通り過ぎるとき、サンディ・ジャスティスの尻尾に手を伸ばした。彼は知らんぷりを決め込んでいた。さよならは不要だと一瞬で気づかせる、その無駄のない完璧なパフォーマンスに、カイアは心底感心させられた。

そして、ついにドアが開いたとき、カイアは顔に吹きかかる海の吐息を感じた。

55　草の花　一九七〇年

トラックが大きく弾んで舗装路から湿地の砂の道に入ったころ、ジョディが優しくカイアに声をかけた。少し時間はかかっても必ず立ち直れるから心配するな、と。カイアは窓の外を流れるガマの草原やシラサギや、池が散らばるマツの林を眺めていた。ぱちゃぱちゃと水をかく二匹のビーバーを見つけ、めいっぱい首を伸ばしたりもした。二万キロ近い距離を飛んでようやく故郷の海岸に着こうとしているアジサシのように、カイアの心も我が家への恋しさと期待で高鳴っていた。だから、ジョディのお喋りはほとんど聞いていなかった。彼も口を閉じて自分のなかの荒野に耳を澄ましてくれたら、と思った。そうすればきっとわかるのに。

トラックが最後のカーブを曲がった。その瞬間、オークの下で待っている古ぼけた小屋が目に映り、カイアは小さく息を呑んだ。錆だらけの屋根の上ではスパニッシュ・モスが風にそよぎ、潟湖の日陰ではサギが片脚だけで器用に立っていた。トラックが止まるとすぐに、カイアは車から跳び降りて小屋へ駆け込み、ベッドに触れ、テーブルに触れ、ストーブに触れた。調理台には、カイアの望みをちゃんとわかっているジョディがパンくずの袋を用意してくれていた。力が蘇るのを感じ、カイアは袋を手にして海岸へ走った。カイアに気づいていっせいに集まってくるカモメたちを目にすると、あとからあとから涙が溢れ出た。ビッグ・レッドが浜に降り立ち、頭をさかんに振ってカイアの周りを歩きまわった。

浜にひざまずき、パンくずに大よろこびする鳥たちに囲まれながら、カイアは肩を震わせた。「私から何か頼んだわけじゃない。でもう、みんな私を放っておいてくれるわ」

ジョディはカイアのわずかな荷物を家に運び入れ、古いポットでお茶を沸かした。それからテーブルに着いてカイアを待った。やがて、ポーチのドアが開く音がした。が、ようやく帰ってきたカイアはキッチンに足を踏み入れるなりこう言った。「まだいたのね」むろん、彼はまだそこにいた――小屋の真ん前にはトラックも駐まっているのだから。

「ちょっと坐らないか？」ジョディは言った。「おまえと話したいんだ」

カイアは坐らなかった。「私なら大丈夫よ、ジョディ。平気だから」

「だから帰ってほしいってことか？　カイア、おまえは二カ月間もひとりで監房にいたんだ。村じゅうが自分に敵意を抱いてると思っただろう。面会も断わりつづけていたと聞いたよ。おまえの気持ちはよくわかる、本当だ。しかしだからといって、おまえをひとり残してこのまま帰る気にはなれない。何日かここでおまえと過ごしたいと思ってるんだが、かまわないか?」

「二ヵ月どころの話じゃないわ! 私は人生のほとんどをひとりで生きてきたの。それに、村じゅうが敵意を抱いてると思ったんじゃない。それが事実なのよ」

「カイア、たしかに今回はひどい経験をしただろう。だが、そのせいでますます人を遠ざけるようになってはいけない。精神的な苦痛を味わったのはわかるが、見ようによっては、これはやり直すチャンスでもあるんだ。あの評決は、言ってみればおまえを受け入れるという宣言なのかもしれないぞ」

「普通の人は、受け入れてもらうまえに無罪かどうかを調べられたりしないわ」

「わかってる。それに、おまえが人を憎むのは当然のことだよ。それを責めるつもりはない。だが――」

「それだから、誰も私のことなんて理解してないっていうのよ」カイアが声を荒らげた。

「私は人を憎んだことなんてない。向こうが私を憎むの。向こうが私を笑い物にして、見捨てて、嫌がらせをして、襲ってくるの。そうよ、私は人と関わらずに生きてく術を身につけたわ。あなたがいなくてもいい。母さんがいなくても、誰もいなくたっていいの!」

ジョディはカイアを抱き寄せようとしたが、乱暴に振り払われてしまった。

「ジョディ、いまは疲れてるのかも。正直、もうへとへとだわ。お願いよ、ひとりで気持ちの整理をつけさせて――裁判とか、監房とか、死刑になりかけたこととか。だって、私はひとりでケリをつける方法しか知らないんだもの。人に慰められることに慣れていないのよ。こうして話をしてるだけでも疲れてしまうし。私は……」その声は次第に小さくなっていった。

カイアはジョディの答えを待たずにその場を離れ、オークの林に去っていった。無駄だとわかっていたので、ジョディもあとを追わずに小屋で待つことにした。昨日のうちに小屋に食料を――無罪になった場合に備えて――用意していたので、野菜を刻んでカイアの好物を作った。手作りのチキンパイだ。しかし、だんだんと日が傾くにつれ、これ以上カイアが家に戻るのを邪魔するわけにはいかないと思うようになった。仕方なく、ジョディはぐつぐつと泡立つチキンパイをストーブの上に残して小屋を出た。そのころカイアはあたりを一周して浜辺に戻っていたが、ジョディのトラックがゆっくりと小道を下っていく音を聞き、急いで小屋に帰った。

小屋には黄金色に焼けたパイ皮の匂いが溢れていた。けれど、カイアはいまだに食欲を感じなかった。キッチンへ行って絵の具を出し、次の本では湿地の草を取り上げようと考えた。世間の人は、草といえば刈るか踏みつけるか、薬品で殺すものだと思っている。カイアは緑よりも黒い絵の具ばかりを使って猛然と筆を走らせた。陰鬱な、たぶん雷雨にやられて死にかけている草地のようなものが現われた。正体はよくわからないが。

深くうなだれ、すすり泣いた。「どうして私は怒ってるの？　なぜいまになって？　なぜジョディに辛くあたってしまったの？」体に力が入らず、カイアは芯のない人形のように椅子から滑り落ちた。床の上で小さく丸まり、いつまでも泣いた。ここに彼がいてくれたらと思った。ありのままの自分を受け入れてくれた、唯一の存在。けれど、あのネコに会うには監房に戻らなければならなかった。

暗くなる直前にカイアはまた小屋を出て、カモメたちが夜に備えて羽繕いをしている浜辺へ行った。波打ち際に立つと、ころころと転がって海に戻っていく貝や甲羅の欠片が、カイアの足をなでていった。腕を伸ばし、ペリカンの羽根を二本ほど拾い上げた。むかし、テイトがクリスマスプレゼントに辞典をくれたことがあったが、その〝P〟の箇所に挟んであった羽根とよく似ていた。

カイアはアマンダ・ハミルトンの詩をそっと口にした。

　　あなたはまた現われて

波にきらめく日差しのように
私の目をくらませた
解き放たれたと思ったそのとき
月の光が戸口に立つあなたの顔を照らし出す
あなたを忘れるたび
その瞳が蘇り　私の心は立ちすくむ
だから別れを告げよう
またあなたが現われる日まで
二度とあなたを見なくなるまで

翌朝、まだ夜も明けきらないうちにカイアはポーチのベッドで起き上がり、濃密な湿地の香りを心ゆくまで吸い込んだ。キッチンに淡い光が浸み渡るころには、トウモロコシ粥とスクランブルエッグと、それに、母さんと同じぐらいふっくら焼けるようになったビスケットを作った。それをひと口ずつ食べた。そして、日が昇ったところでさっそくボートに乗り込み、澄んだ深い水に指を浸しながら潟湖を渡った。

水路を進みはじめると、カイアはカメやシラサギに話しかけ、両手を高々と空に伸ばした。ようやく帰ってきたのだ。「一日じゅう、好きなものを集めてまわるわ」そうつぶやいた。頭の奥の方には、テイトに会うかもしれないという思いもあった。もしかしたらこの近くで調査をしていて、ばったり出会うかもしれない。そのときは、小屋に招いてジョディが焼いてくれたチキンパイをいっしょに食べてもいい。

そこから一、二キロしか離れていない場所で、テイトは浅瀬に入って小瓶にサンプルを採っていた。一歩踏み出すたびに、小瓶を浸すごとに、水面に穏やかなさざ波が広がった。テイトは、今日一日、カイアの家のそばにいるつもりだった。うまくすると湿地にボートを出した彼女と会えるかもしれないからだ。もし会えなければ、夕方に小屋まで行ってみようと考えていた。彼女に何を言うか、まだ決めかねていたが、ふと、キスをすればすべてが伝わるのではないかと思った。

遠くの方で、船のエンジンが轟音を響かせていた。モーターボートのそれよりも高くて大きな音で、湿地がそっと生み出す柔らかな音を乱暴にかき消している。耳を澄ましていると、その騒音がだんだん近くなり、不意に、テイトは初めて目にする新型のエアボートが視界に走り込んできた。船尾についた尾羽のようなプロペラで水をまき散らし、得意げに水の上を滑って、草地さえ踏み越えてくる。サイレン十個ぶんの爆音を放出しながら。

ボートは低木や草を押し潰して湿地に跡を残し、水路に戻ってまたスピードを上げた。アオサギやシロサギが甲高く鳴いた。舵のところには男が三人立っており、テイトに気づいたとたん、針路をこちらに向けた。接近するにつれ、テイトの目にもジャクソン保安官と保安官補と、もうひとりの男の顔が見えるようになった。

奇抜な風体のボートが徐々に腰を落とし、スピードを緩めて近づいてきた。保安官がテイトの方へ何か叫んでいたが、耳に手をあてて首を伸ばしてみても、その声はエンジン音に呑まれて聞き取れなかった。ボートがさらに近寄ってきて、テイトの太腿に水しぶきをかけながら真横に止まった。保安官が身を乗り出し、また叫んだ。

すぐそばでは、カイアも耳慣れない船のエンジン音を聞きつけていた。ボートをそちらに向かわせると、一隻の船がテイトに近づいていくのが見えた。すぐさま低木の茂みにボートを後退させた。そこから様子をうかがっていると、テイトは保安官から何かを告げられ、急にうなだれて動かなくなった。力なく肩を落としている。遠目にも、彼が打ちひしがれていることがわかった。ふたたび保安官が声を張り上げ、そこでようやく手を突き出したテイトを保安官補が船に引き上げた。もうひとりの男が浅瀬に跳び降りてテイトのクルーザーに乗り込んだ。顎を引き、目を伏せたテイトは、制服姿の男二人に挟まれて立っていた。彼らを乗せた船が方向転換し、バークリー・コーヴの方へと猛スピードで湿地を引き返していった。男が操縦するティトの船もすぐにあとを追った。

カイアは、二隻の船が水草の群生地を越えて視界から消えるまで、じっと目を凝らしていた。なぜ彼らはティトを連れていったのだろう？　チェイスの死と何か関係があるのだろうか？　もしかして、ティトが逮捕されたのか。

心が引き裂かれるような苦しみを感じた。長い年月の末に、カイアはついに自分の本心を認めた。ティトに会えるかもしれないから、水路のカーブを曲がった先に彼がいて、その姿をアシのすき間から見ていられるかもしれないから、自分は七歳のときから毎日のように湿地に来ていたのだ。彼のお気に入りの潟湖も、そこへ通じる泥だらけのやっかいなルートも知っていた。いつも彼のあとを追いかけていたからだ。安全な距離を保ちながら。陰に隠れて動きまわり、こっそり彼を愛していた。それを打ち明けようとはしなかった。入り江の反対岸から愛している限り、傷つく心配はなかったから。そう、たとえ彼を拒絶していても、この湿地にいつも彼がいてくれたおかげで自分は生きてこられたのだ。でも、彼はもう永遠に、ここから消えてしまったのかもしれない。

カイアは、音だけになって遠ざかっていく奇妙なボートの方を見つめた。ジャンピンは何でも知っている――彼なら、保安官がティトを連れ去った理由も、何かできることがあるかどうかも教えてくれるはずだ。

カイアは力いっぱいスターターロープを引き、速度を上げて湿地を走りはじめた。

56 ゴイサギ 一九七〇年

バークリー・コーヴの墓地は薄暗いオークのトンネルのなかへと延びていた。スパニッシュ・モスは長く垂れ下がって自然のカーテンを張り巡らせ、古い墓のために洞窟のような聖域を作り出している。ここではどこかの一族も身寄りのない者も、みながひとつの場所で眠っていた。墓石はごつごつと節くれ立った木の根に砕かれて潰され、名もない石くれに変わっていた。死を刻んだ墓標のそのすべてが、風や雨や、命あるものの働きによって塵に還ろうとしているのだ。遠くでは空や海が、このしめやかな場所には明るすぎる歌声を響かせていた。

昨日、墓地では村人たちがアリのごとくせっせと動きまわっていた。漁師たちも店の従業員たちもひとり残らずやって来て、ここにスカッパーを埋葬したのだ。テイトが顔馴染みの村人や見知らぬ親戚のあいだを進んでくると、人々は表情を硬くして黙り込んだ。湿地へやって来た保安官に父親の死を聞かされて以来、テイトはずっと、ただ周りに促されるままに——背中を押したり、腕をそっと突いたりする手に従って——動いていた。そして今日、自分が何も覚えていないことに気づき、別れを告げるために墓地へ戻ってきたのだった。

この数カ月間、テイトはひたすらカイアへの想いを募らせ、収監されたと知ってからは彼女に面会することばかりを考えていた。スカッパーと過ごす時間はほとんどなかった。罪悪感と後悔が、瓦礫のように積もっていた。自分の心ばかりに目を向けていなければ、あるいは父親の心臓が弱っていることに気づけたのかもしれない。逮捕されるまえ、カイアは戻ってきてくれそうな気配を見せていた——初めて出した本をくれたり、顕微鏡を覗きに船にやって来たり、帽子の投げ合いで笑い声を漏らしたり。だが、裁判が始まったとたん、彼女はかつてないほど遠いところへ行ってしまった。投獄されると人はそうなるのかもしれない、とテイトは思った。

またたった。茶色いプラスチックの箱を手に、新しい墓に向かって歩いているこのときでさえ、気づくとテイトは父親よりもカイアのことを考えていた。そんな自分を罵った。生々しい傷口のような土の小山は、オークの木の下の、広々と海が見渡せる場所にあった。隣には母親の墓が、さらに隣には妹の墓があり、貝殻で飾られた石とモルタルの壁がそれらをぐるりと囲んでいた。テイトが入るスペースも充分に残っていた。しかし、ここに父親がいるという感覚はまるで湧いてこなかった。「〝サム・マギー〟みたいに火葬にするべきだったかな」そうつぶやいて、テイトはそっと微笑んだ。それから海を見渡した。スカッパーがいまどこにいようと、そこに船があることを願った。赤い色の船が。

運んできたプラスチックの箱――電池で動くレコード・プレイヤーだった――を墓の傍らに置き、SPレコードを載せた。アームがカタカタと動き、続いて針が沈むと、ミリツァ・コージャスの澄んだ歌声が梢を抜けて空に吸い込まれていった。母親の墓と、花に覆われた土の山のあいだに腰を下ろした。掘り返されたばかりの土が放つ鮮烈な香りは、不思議なことに、終わりよりも始まりを感じさせた。

テイトは頭を垂れ、いっしょにいられなかったことを声に出して謝った。スカッパーが許してくれることはわかっていた。父親から教わった本物の男の定義を思い出した。泣きたいときに泣き、詩やオペラを心で感じ、女性を守るためにあらゆる行動ができる者。スカッパーなら、泥をかき分けてでも愛を追いかける気持ちを理解してくれていただろう。片手を母に、もう片方の手を父に乗せ、しばらくそこに坐っていた。

やがて、最後にもう一度だけ墓に触れると、自分のトラックに戻ってクルーザーのある埠頭へ向かった。仕事を再開し、小さくのたくる生き物たちの研究に没頭するつもりだった。桟橋では漁師が何人か近寄ってきて、ぎこちなく足を止めたテイトに、やはりぎこちなく悔やみの言葉を告げた。

これ以上、誰かが声をかけてくるまえに出発しようと、テイトは顔を伏せたままクルーザーの船尾に上った。だが、操舵席に坐ろうとしたところで、シートのクッションに薄茶色の羽根が載っていることに気がついた。すぐに、雌のゴイサギの、柔らかな胸の羽根だとわかった。湿地の奥深くでひっそりと暮らす、脚の長い謎めいた鳥だ。それがこんな海岸まで出てくるはずはなかった。

テイトはあたりを見まわした。いや、彼女はこんなところにはいない。こんなに村から近い場所には。鍵をまわし、海を南に下り、いつしか猛スピードで湿地を目指していた。

速度を上げたまま水路に突っ込むと、低く垂れた枝がテイトの顔をかすめて船体を叩いた。波立つ航跡を岸にぶつけて潟湖に入り、彼女のボートの隣に自分の船を留めた。小屋の煙突からは煙が立ち昇り、大きく渦を巻いて空にほどけていた。

「カイア」テイトは叫んだ。「カイア！」

彼女がポーチのドアを開け、オークの木の下まで降りてきた。白いロングスカートに——ゴイサギの翼と同じ色の——淡い青色のセーターを着て、長い髪を肩に垂らしている。

彼女が近づいてくるのを待ち、その肩に手を伸ばして自分の胸にきつく抱き寄せた。それから、また肩を掴んで体を離した。

「愛してる、カイア。きみもわかってるだろ。ずっとまえからわかっていたはずだ」

「でも、あなたも私を置き去りにしたわ」彼女が言った。

「二度とそんな真似はしない」

「わかってる」彼女がつぶやいた。

「カイア、ぼくを愛してるかい？　きみは一度もそういう言葉を口にしたことがなかったね」

「ずっと愛していたわ。子どものころから――もう思い出せないぐらい遠いむかしから――とっくに愛していたの」そう答えると、彼女は顔を伏せた。

「こっちを見て」優しく声をかけたが、彼女はうつむいたままだった。「カイア、知りたいんだ。もう逃げたり隠れたりするのは終わりなのか。何も恐れずに愛することができるのか」

彼女は顔を上げ、まっすぐテイトの目を見つめた。そして、林の奥の、オークに囲まれた羽根の株の空き地へと彼を連れていった。

57　ホタル

最初の夜は浜辺でいっしょに眠り、翌日には、テイトが彼女の小屋へ引っ越した。荷造りも荷ほどきも、潮が一度満ちて引くあいだにすべて終わらせた。浜のヤドカリを見ならって。

午後遅く、満潮になった波打ち際を歩きながら、テイトは彼女の手を取って言った。

「カイア、ぼくと結婚してくれないか」

「もう結婚してるわ。私たちはつがいのガンと同じよ」彼女はそう答えた。

「なるほど。まあ、それでよしとしようか」

二人は毎朝、夜明けと同時に起きた。テイトがコーヒーを落とすあいだ、カイアは母さんの——長年使って焦げがこびりついた——鉄製のフライパンでコーン・フリッターを揚げ、粥や卵をかき混ぜた。そのころには潟湖にゆっくり朝日が広がりはじめ、朝靄のなかには片脚でじっとたたずむサギの姿が見えた。二人はクルーザーで入り江を渡り、水路を抜け、小川を滑って羽根やアメーバを集めた。夕方になると水面にカイアの古いボートを浮かべ、日が沈んだあとは、月明かりの下で裸になって泳ぎ、冷たいシダのベッドで愛し合った。

一度、アーチボルドの研究所からカイアに仕事の誘いがあったが、カイアはそれを断わって本を書きつづけた。二人はまた修理屋を呼び、カイアの研究室兼アトリエを――切り出しただけの板と、手で削った柱と、ブリキの屋根で――小屋の裏に建ててもらった。テイトは彼女のために顕微鏡を用意し、作業台や棚や、標本を保管するための戸棚を運び込んだ。細々とした器具や消耗品が載ったトレイも並んだ。それが済むと、今度は小屋の改装に取りかかり、新たに寝室とバスルームを増築してリビングも広くした。カイアの希望でキッチンには手をつけず、外壁にも塗装などはしなかった。そのため、もはや小屋と呼べる大きさではなくなった住まいも、見た目は相変わらず風雨に洗われて周囲の自然に馴染んでいた。

カイアはシー・オークスの町でジョディに電話をかけ、兄と、その妻のリビーを家に招待した。滞在中、四人は湿地を探検したり魚を釣ったりして過ごした。ジョディが大きなブリームを釣り上げたときは、カイアは興奮してこう叫んだ。「やったわ、こいつはアラバマなみの大物ね！」彼らは魚といっしょに、〝ガチョウの卵ぐらいでっかい〟トウモロコシ粉のドーナツを揚げた。

　カイアはバークリー・コーヴの村には二度と足を踏み入れず、残りの人生のほとんどをテイトと二人きりで湿地で過ごした。村人がたまに彼女を見かけるとしても、霧のなかを滑っていくその影を遠くから目にするぐらいだった。そうして時間が流れるうちに、謎めいた彼女の話はいつしか人々の語りぐさになり、食堂でバターミルクのパンケーキや辛いソーセージを食べながら繰り返し話題にされることになった。チェイス・アンドルーズの死の真相にまつわる推理や憶測も、いつまでも消えることはなかった。

　時の経過とともに、おおかたの村人は、保安官が彼女を逮捕したのは間違いだったと考えるようになった。何はどうあれ、彼女の犯行を裏付ける証拠はひとつもなく、犯罪が行なわれたという証拠さえなかったのだから。臆病な野生動物のような彼女をあんなふうに扱うなんて、実に残酷な真似をしたものだ。新たに就任した保安官も――ジャクソンは二度と選ばれなかった――折に触れて捜査ファイルを開き、ほかの容疑者を調べたが、たいした成果は得られなかった。そして年月が過ぎ、次第に事件そのものが人々のあいだで語り継がれるだけの物語になった。たとえ蔑（さげす）みと疑いの目にさらされた傷が完全には癒えなくても、カイアの心にも、安らぎや幸福感と呼べそうなものが根付いていった。

ある日の午後、カイアは湖岸の柔らかな落ち葉の上に横たわり、サンプルの採集に出かけたテイトが帰るのを待っていた。彼は必ず戻ってくる、そう信じられるよろこびに深いため息をついた。生まれて初めて、置き去りにされる不安から解放されていた。彼のクルーザーが低くこもった音を立てて水路を進んできた。地面にもかすかな振動が伝わってくる。体を起こすと、ちょうど船が低木の茂みを抜けてきたところだった。操舵席にいる彼に手を振った。テイトも手を振り返したが、その顔に笑みはなかった。カイアは立ち上がった。

自分で作った小さな船着き場に船をつなぐと、彼は岸で待つカイアの方へ歩いてきた。

「カイア、残念だよ。悪い知らせがある。ゆうべジャンピンが亡くなったそうだ。眠っているあいだに」

鈍い痛みが胸を突いた。かつてカイアを置き去りにした者たちは、自分の意志でその道を選んだ。けれど、これは違った。これは拒絶ではない。言ってみれば、クーパーハイタカが空へ戻っていくようなものだった。テイトに抱き締められたまま、カイアは大粒の涙を流した。

ジャンピンの葬儀には、テイトを含めてほとんど村じゅうの人間が参列した。カイアは行かなかった。だが、式の翌日には、本当はずっとまえに渡したかったブラックベリージャムを手に、ジャンピンとメイベルの家に向かった。

カイアは柵の手前で足を止めた。隅々まできれいに掃かれた土の庭には、友人や家族が集まっていた。彼らはジャンピン爺さんの思い出を語り、笑い、泣いていた。カイアが門を開けると、その全員がいっせいに視線を振り向け、それから脇へどいて道を空けた。ポーチに立ったところでメイベルが駆け寄ってきた。二人で抱き合い、体を前後に揺らして泣いた。

「ほんとに、あの人は自分の娘のようにあなたを愛してたのよ」メイベルが言った。

「ええ」カイアは答えた。「私も自分の父さんだと思っていたわ」

その後、カイアは小屋の裏の海岸へ行き、自分なりの言葉と方法でジャンピンと二人きりのお別れをした。

ジャンピンを思いながら浜辺を歩いていると、母親のことも思い出さずにはいられなかった。まるで六歳の少女に戻ったかのように、目の前に母さんの姿が蘇った。古ぼけたワニの靴を履き、深い溝に苦労しながら砂の小道を歩いていく。だが、今日の母さんは小道の端で立ち止まって振り返り、高く手を振って別れの挨拶をした。そしてカイアに微笑み、また前を向き、林の先へと通りを去っていった。カイアはようやく、それでもいいと思えた。

泣くことも、責めることもなく、カイアはささやいた。「さよなら、母さん」束の間、ほかの者たちにも思いを馳せた——父さん、兄さん、姉さん。けれど、かつて去ったその家族には、別れを告げられるような思い出もなかった。

そんな別離の悲しみも、ジョディとリビーが子どもを連れてくるようになったことで薄れていった。彼らはマーフとミンディという二人の我が子とともに、年に数回はカイアとテイトに会いにきた。小屋はふたたび古いストーブを囲む家族でいっぱいになり、食卓には母さんの好きだったコーン・フリッターやスクランブルエッグ、トマトのスライスが並んだ。ただし、いまはそこに笑い声と愛情が溢れていた。

時の流れとともにバークリー・コーヴも変わっていった。ジャンピンの傾いた小さな店が百年以上も建っていた場所には、ローリーから来た男性が洒落たマリーナを造った。ヨットが入れる桟橋が何本も並び、桟橋のあいだには鮮やかなブルーの日除けが張られた。南や北の海岸から船を乗りつけた者たちは、バークリー・コーヴまでぶらぶらと散策し、そこでエスプレッソ一杯に三ドル五十セントを出した。

メイン・ストリートには、モダンな配色のパラソルを並べたカフェや、海の絵を扱うギャラリーなどが次々に建てられた。ニューヨークから来た女性は土産物屋を開き、村人には不要だが観光客は欲しがるものを何でも売った。そして、ほとんどの店にも、〝地元の受賞作家、自然学者のキャサリン・ダニエル・クラーク〟が書いた本を飾るテーブルが置かれていた。店のメニューにはトウモロコシ粥が載るようになり、〝マッシュルーム・ソースのポレンタ〟として六ドルの値段がつけられた。そんなある日、オハイオ州から来た女性の一団が〈ドッグゴーン・ビアホール〉に足を踏み入れた。自分たちがその戸口を抜けた初めての女性客だとは夢にも思わずに、彼女たちは紙の舟に盛られた小エビのスパイス揚げと、いまでは樽から注がれるようになったビールを注文した。もはや性別も肌の色も関係なく、大人は誰でもこの店に入れるようになっていたが、かつて、女性の注文を通りから受け付けるために使われていた窓は、いまもそこに残っていた。

テイトは研究所の仕事を続け、カイアはさらに七冊の本を出して、そのすべてが賞を獲った。カイアは数々の称賛を浴びたが――ノース・カロライナ大のチャペルヒル校からは名誉博士号も与えられた――大学や博物館からの講演依頼は一度も引き受けなかった。

テイトもカイアも家族が増えることを望んでいたが、子どもはできなかった。しかし、その落胆のために二人はいっそう密に結びつき、一日のうち何時間も離れて過ごすようなことはめったになかった。

ときどきカイアはひとりで海辺に行き、空を染める夕陽のもと、波の響きが自分の鼓動と重なり合うのを感じた。足元の砂に触れ、その手を雲に伸ばす。そんなとき、カイアは〝つながり〟を感じ取っていた。それは母さんやメイベルが語ったようなつながりではなく——親しい女性の仲間ができることはなかった——ジョディが言ったような、子どもをもつことで生まれるつながりでもなかった。カイア自身、長い孤独のせいで自分が人とは違う振る舞いをするようになったことに気づいていた。しかし、好んで孤独になったわけではない。カイアは大半のことを自然から学んだ。誰もそばにいないとき、自然がカイアを育て、鍛え、守ってくれたのだ。たとえ自分の異質な振る舞いのせいでいまがあるのだとしても、それは、生き物としての本能に従った結果でもあった。

テイトの献身的な愛情のおかげで、人間の愛には、湿地の生物が繰り広げる奇怪な交尾競争以上の何かがあると気づかされた。けれどカイアは人生を通し、人間のねじれて曲がったDNAのなかには、生存を求める原始的な遺伝子がいまなお望ましくない形で残されていることも知った。

潮の満ち引きのように果てしなく繰り返される自然の営み。自分もその一部になれれば、カイアはそれで満足だった。カイアは、ほかの人間とは違う形で、地球やそこに生きる命と結びついていた。この大地に深く根を下ろしていた。この大地が母親だった。

カイアは六十四歳になり、長い黒髪もいまでは砂のように白くなっていた。ある日の夕暮れのこと、標本を採集しにいった彼女が戻ってこないので、テイトはのんびりと湿地を巡って彼女の姿を捜した。宵闇がだんだんと濃さを増してきたころだった。水路のカーブを曲がったところで、テイトは高いプラタナスに囲まれた潟湖に彼女のボートが浮かんでいるのを見つけた。彼女は古いリュックサックを枕に仰向けになっていた。初めはそっと名前を呼んだが、彼女は動かなかった。テイトは次第に声を大きくし、ついには叫び声を上げた。自分の船を横付けにし、彼女のボートに転がり込んだ。肩を摑んで優しく揺すると、頭がぐらりと横に倒れた。もう、その目には何も映っていなかった。

「カイア、そんな、だめだ！」テイトは叫んだ。

まだ若く、美しいまま、彼女の心臓はひっそりと動きを止めたのだった。けれど、彼女はハクトウワシの数が回復するのを見届けるぐらいの年月は生きた――カイア自身は、それで充分だと思っていた。カイアを腕に抱き、テイトは体を揺すって泣いた。それから彼女を毛布でくるみ、ボートを牽引して家の潟湖に向かった。古い船は最後にいまいちど、小川や入り江の迷宮を抜け、サギやシカの前を通り過ぎた。

そして死の足音が近づいたなら
糸杉の木に乙女の姿を隠すのだ

ティトは特別な許可を得て、カイアの土地の、海を見下ろすオークの木の根元に彼女を埋葬した。葬儀には村じゅうの人々が集まった。ゆっくり前進していく会葬者の列がどれほど長かったか、カイアが知ったらきっと驚いただろう。もちろんジョディとその家族も駆けつけたし、テイトのいとこも全員やって来た。なかには好奇心から参列した者もいたが、大多数の人間は、長いあいだたったひとりで未開の地に生きた彼女を尊敬していた。ある者は、ぶかぶかのすり切れたコートを着た少女が、埠頭にボートを着け、裸足でトウモロコシ粉を買いにきたときのことを思い出していた。またある者は、カイアの本に感銘を受けて埋葬に立ち会っていた。海と陸地は切り離せない関係にあること、湿地はそれをつなぐ役目を果たしていることを彼女から教わったのだ。

いまではテイトも、彼女のニックネームは決して残酷なものではないと考えていた。それに、人々に語り継がれる存在になれる者はそう多くはない。そこで、彼女の墓石にはこう刻むことにした。

キャサリン・ダニエル・クラーク
〝カイア〟
湿地の少女
一九四五―二〇〇九

葬儀の日の夕方、参列者がみんな帰ったあとで、テイトは彼女のつましい研究室に足を踏み入れた。彼女が丁寧に分類した標本は五十年以上かけて集められたもので、期間の長さから見ても、種類の多さを考えても、これほど見事なコレクションはほかにないと思われた。カイアはアーチボルドの研究所に寄贈してほしいと言っていたし、テイトもいつかはそうするつもりだったが、いますぐ手放す気にはとてもなれなかった。

小屋に戻ると――カイアはいつまでも〝小屋〟と呼びつづけていた――壁が彼女の息を吐き、床から彼女の足音が聞こえるような気がした。あまりにはっきり気配を感じたので、思わず名前を呼んだほどだった。テイトは壁にもたれてひとしきり泣いた。古いリュックを手に取り、そっと抱き締めた。

郡庁舎の役人からは彼女の遺言書や出生証明書を探すように言われていた。かつて両親が使っていたという奥の寝室で、テイトはクローゼットを引っかきまわし、彼女の人生が詰まった箱をいくつか見つけた。隠そうとするかのように、重ねた毛布の下に押し込まれていた。それらを床に引っ張り出し、傍らに腰を下ろした。

細心の注意を払い、彼は古い葉巻の箱を開けた。カイアのコレクションの原点を。箱にはまだ、甘いタバコの香りと幼い少女の匂いが残っていた。鳥の羽根や虫の羽、木の実などに交じって、母親の手紙の灰を詰めた小さな瓶と、ベビーピンクのレヴロンのマニキュアが収められていた。そこにあるのは人生の欠片であり、骨であり、彼女がたどった道に転がっていた石だった。

箱の底には土地の譲渡証書がしまわれていた。カイアは自分の土地に保全地役権を設定し、開発されないように対策を講じていた。少なくとも、湿地のこの区画だけはいつまでも野生のままでいられるということだった。結局、遺言書や私文書のたぐいは見つからなかったが、テイトはとくに驚かなかった。カイアはそういうことに気がまわるタイプではないからだ。それでも彼は最後までこの土地で暮らすつもりでいた。カイアもそれを望んでいたし、ジョディが反対しないこともわかっていた。

日没が近づき、遠くの潟湖に太陽が触れはじめたころ、テイトはカモメのためにトウモロコシ粉をかき混ぜながら何気なくキッチンの床に目をやった。そして、首をかしげた。いまになって、ストーブと薪がある場所だけリノリウムが貼られていないことに気づいたのだ。カイアはたとえ夏でも常に薪を高く積んでいたが、いまはそれが低くなり、その下の床板に切れ目のような線が覗いていた。残った薪もすべてどけてみると、合板の床に上げ蓋があることがわかった。テイトは膝を突き、そろそろと蓋を開けた。床を支える横木のあいだに空間ができていて、そこに、雑多なものに交じってほこりをかぶった古い厚紙の箱がしまわれていた。それを取り出して中身を確かめた。たくさんのマニラ封筒と、小さい箱がひとつ。封筒にはすべて〝A.H.〟というイニシャルが書いてある。ひとつずつ封筒を開けていくと、なかから次々とアマンダ・ハミルトンの詩が書かれた紙の束が出てきた。よく、地方版の雑誌に素朴な作品を載せている地元の詩人だ。テイトは、ハミルトンの詩は少し感傷的すぎると思っていたが、カイアはいつも掲載された作品を切り抜いていた。その彼女の詩が、ここにある封筒すべてに詰まっているのだった。手書きされたもののなかには完成した作品もあったが、大部分は途中で終わっていて、二重線や書き直した単語などが詩人の肉筆で書き込まれていた――カイアの筆跡で。

アマンダ・ハミルトンはカイアだった。カイアは詩人だったのだ。

テイトは驚きに顔を歪めた。彼女はこれまでずっと、自分の詩をせっせと錆だらけのポストに差し入れ、地元の出版社に投稿しつづけていたのだ。ペンネームのうしろに隠れて。たぶん、それは彼女なりの自己表現で、そうやって自分の思いをカモメ以外の誰かに伝えようとしていたのだろう。自分の言葉をどこかに届けたかったに違いない。
いくつかの作品に目を通した。自然や愛を扱ったものが多かった。なかにひとつだけ、きちんと折り畳まれてべつの封筒にしまわれている詩があった。テイトはそれを引っ張り出し、そこに書き記された文字を目で追った。

ホタル

愛の信号を灯すのと同じぐらい
彼をおびき寄せるのはたやすかった。
けれど雌のホタルのように
そこには死への誘いが隠されていた。

最後の仕上げ、
まだ終わっていない、
あと一歩、それが罠。
下へ下へ、彼が落ちる、

その目は私を捉えつづける
もうひとつの世界を目にするときまで。
私はその目のなかに変化を見た。
問いかけ、
答えを見つけ、
終わりを知った目。

愛もまた移ろうもの
いつかはそれも、生まれるまえの場所へと戻っていく。

A. H.

床に膝を突いたまま、テイトはもう一度その詩に目を通した。紙を胸に押しつけた。その下で心臓が激しく脈打っていた。窓に目をやり、小道をやって来る人影がないかどうか確かめた――もちろん、誰も来るはずはない。それでも確かめずにはいられなかった。彼は、なかに何が入っているのかすでに気づきながらも、小さな箱を開けた。注意深くコットンの上に置かれていたのは、やはり、死ぬ夜までチェイスが身につけていたという貝殻のペンダントだった。

テイトは長いこと食卓の椅子に坐り、現実と向き合った。深夜にバスに乗る彼女の姿を想像した。彼女はボートに乗り替えて強い潮流を捉え、月がないことを利用して準備を整え、闇のなかでそっとチェイスに呼びかける。そして彼を突き飛ばす。櫓を下りると、泥のなかにしゃがみ込む。ペンダントを取り戻すときには、死んで重くなった彼の頭を持ち上げたのだろう。それから足跡を隠す。痕跡は決して残さない。

焚きつけを細かく折り、古い薪ストーブに火をおこすと、テイトは封筒をひとつずつそこに放り込んで詩を燃やした。焼却しなければならないのは一篇だけで、すべて焼く必要はないのかもしれないが、頭がうまく働かなかった。古くなって黄ばんだ紙がまたたく間に大きな炎に包まれ、ほどなくして燃え尽きた。貝殻から革紐を抜き取り、その紐も火にくべてしまうと、床板を元どおりにした。

その後、薄闇が降りてきたところで海岸へ行き、白い貝殻や甲羅の欠片がざらざらと積もっている場所に立った。束の間、手の平にあるチェイスの貝殻を見つめ、それを砂の上に放った。普通の貝殻とどこも変わらないそれは、すぐに景色に溶け込んで見えなくなった。満潮が近づいており、テイトの足を呑み込んだ波が、無数の貝殻をさらって海に戻っていった。カイアはずっと、この大地や海のものだった。彼らがいま、彼女を取り返しにきたのだ。彼女の秘密も抱え込んで。

カモメたちがやって来た。テイトを見つけた彼らは頭上の空をゆっくり旋回し、高く、遠く、鳴き声を響かせた。

夜が訪れ、テイトは小屋に向かって歩きだした。だが、潟湖まで来たところで足を止め、深い木立の奥に目をやった。何百という数のホタルが、暗闇の先に広がる湿地へと彼をいざなっていた。はるか遠くの、ザリガニの鳴くところへと。

謝辞

絶えず励まし、支えつづけてくれる私の双子の兄弟、ボビー・ダイクスに心から感謝します。いつも力になってくれる姉妹のヘレン・クーパー、私を信じてくれる兄弟のリー・ダイクスにも感謝します。ありがたいことに、私の親友や家族はどんなときでも私を支え、応援し、笑わせてくれます――アマンダ・ウォーカー・ホール、マーガレット・ウォーカー・ウェザリー、バーバラ・クラーク・コープランド、ジョアンとティムのキャディ夫妻、モナ・キム・ブラウン、ボブ・アイヴィ、ジル・ボウマン、メアリ・ダイクス、ダグ・キム・ブラウン、ケン・イーストウェル、ジェシー・チャステイン、スティーヴ・オニール、アンディ・ヴァン、ネイピア・マーフィー、リンダ・デントン（乗馬やスキーのこともありがとう）、サビーネ・ダールマン、グレッグとアリシアのジョンソン夫妻に謝意を表します。

原稿を読んで意見を寄せてくれた彼らにもお礼を言います。ジョアンとティムのキャディ夫妻（一度ならず読んでくれましたね）、ジル・ボウマン、ボブ・アイヴィ、キャロリン・テスタ、ディック・ブルクハイム、ヘレン・クーパー、ピーター・マトソン、メアリ・ダイクス、アレクサンドラ・フラー、マーク・オーエンズ、ディック・ヒューストン、ジャネット・ゴース、ジェニファー・ダービン、ジョン・オコナー、レスリー・アン・ケラー。

エージェントのラッセル・ガレンはカイアとホタルを愛し、理解してくれました。この物語を世に出すべく熱意を傾けてくれたことに感謝します。

私の言葉を出版してくれたG・P・パトナムズ・サンズ社にもお礼を言わせて下さい。編集者のタラ・シング・カールソン、あなたの励ましと素晴らしい編集、小説に対する洞察力に助けられました。また、同社のヘレン・リチャードにもあらゆる局面で支援して頂きました。

最後にハンナ・キャディに深く感謝します。執筆中にも日々必要になる仕事——たとえば焚き火をするなど——を勇ましくも快く手伝ってくれました。

訳者あとがき

本書はディーリア・オーエンズ著 *Where the Crawdads Sing*（二〇一八）の全訳である。

本作品は、出版の翌月には《ニューヨーク・タイムズ》紙のベストセラー・リスト（ハードカバー・フィクション部門）に登場し、翌年一月には第一位を獲得。その後も読者から支持されつづけ、同部門で一位獲得数最多記録を更新した。世界各国でも翻訳され、二〇二三年八月時点では、実に世界売上二千二百万部となっている。二〇二二年には映画化もされた。また日本においても、邦訳版（二〇二〇・単行本）が二〇二一年本屋大賞翻訳小説部門第一位を受賞している（全国の書店員、読者の皆さまに、訳者として改めてお礼申し上げます）。

そして、このまさに世界的大ベストセラーとなった作品が、著者の小説デビュー作であり、出版時に六十九歳だったという事実には、世界中が驚嘆するとともに勇気を与えられたのである。

とはいえ、彼女はこれまでにノンフィクションの著作を三冊――*Cry of the Kalahari*、*The Eye of the Elephant*、*Secrets of the Savanna*――共著で出版しており、そのうち一冊は『カラハリ――アフリカ最後の野生に暮らす』（一九八八、早川書房）として邦訳され、二〇二一年には『カラハリが呼んでいる』（ハヤカワ・ノンフィクション文庫）と改題して文庫化もされている。ディーリア・オーエンズはジョージア大学で動物学の学士号を、カリフォルニア大学デイヴィス校で動物行動学の博士号を取得した野生動物学者であり、二十三年間におよぶアフリカでの調査・研究活動をもとに書かれたのがこれらの既刊本なのだ。『カラハリ――』は、年に一度、もっとも優れたネイチャーライティングに贈られるという米国自然史博物館のジョン・バロウズ賞を受賞しており、彼女の研究論文も《ネイチャー》誌を含めて数多くの専門誌に掲載されている。

ジョージア州出身の著者は、本作の主人公であるカイアと同様、母親に勧められて幼いころからオークの森やそこに生きる動物とふれあい、夏にはノース・カロライナ州の山中に滞在してその地域の自然に親しんだ。アフリカから帰国したのちも自然豊かな土地を探して居を構え、グリズリーやオオカミの保護、湿地の保全活動などに取り組んできた。しかし、著者は子どものころから小説家になる夢ももっていたという。そして、七十歳を目前にしてついにその夢を叶えたというわけである。

活き活きと紙面に再現される動物たちの姿や、繊細でありながら強度のある自然描写は、この作品の大きな魅力のひとつであるが、それを支えているのが著者の専門的なバックグラウンドだということは間違いないだろう。

物語は、一九六九年、ノース・カロライナ州の湿地でチェイス・アンドルーズの死体が発見されるところから始まる。草藪と海に囲まれた小さな村での出来事である。大切に育てられ、高校ではアメフトのスター選手だった彼を殺そうとする人間など、この村にいるのだろうか？　ほどなく疑惑の目は、村人から〝湿地の少女〟と呼ばれ、人語も解さぬ野蛮な者と噂されてきたカイアに向けられるようになる。

カイアは幼いころに家族に置き去りにされ、それからはたったひとりで、未開の湿地に生きていた。偏見や好奇の目にさらされるせいで学校にも通えず、語りかける相手はカモメしかいない。ただ、燃料店を営む黒人夫婦のジャンピンとメイベル、それに、村の物静かな少年テイトだけはカイアの境遇に胸を痛め、手を差し伸べようとする。テイトに読み書きを教わったことでカイアの世界はみるみる広がっていった。しかし、別れや拒絶は宿命のように彼女につきまとう。圧倒的な孤独のなか、カイアは、唯一近づいてきたチェイスに救いを見出すが、その先にはさらなる悲劇が待っていた。

チェイス・アンドルーズを殺したのは誰なのか？　物語は、捜査が行なわれる一九六九年と、カイアの成長を追う一九五二年以降の時代を行きつ戻りつしながら進み、やがて、思いがけない結末へと収束していく。

作品の舞台であるバークリー・コーヴは架空の村だが、カイアが生きる湿地は、ディズマル湿地をモデルにしていると思われる。ヴァージニア州とノース・カロライナ州をまたいで海沿いに広がるこの湿地は、もともとは四千平方キロメートルほどの面積があったようである。だが、のちに初代大統領となるジョージ・ワシントンが一七六三年にこの地で宅地開発事業を始め、干拓や樹木の伐採が進められた。さらに一七九三年からは、伐った丸太などを運ぶためにディズマル湿地運河の建設が始まる。一九七〇年代になると、ようやく湿地の重要性が広く認識されるようになり、七四年には約四百五十平方キロメートルのエリアが国立野生動物保護区に指定された。また、ノース・カロライナ州も五十八平方キロメートルほどの土地を自然保護区にし、現在はディズマル湿地州立公園として一般に開放している。しかし、それまでの開発や自然火災で湿地は大幅に縮小、面積はもとの半分以下にまで減ってしまったとされており、本作品にも、湿地が無惨に破壊される場面が幾度か登場する。

ここで、簡単にではあるが、作中で使われる貧乏白人（ホワイト・トラッシュ）という言葉についても触れておきたい。この蔑称は、単純に〝経済的に貧しい白人〟という意味で用いられるわけではない。南北戦争以前の南部の白人といえば、大勢の奴隷を使用して大農園を営む豊かな地主階級を想像しやすいが、当然ながら白人にも、小規模地主や自営農民といった様々な階層があった。そして、その最下層にいるのが貧乏白人（ホワイト・トラッシュ）と呼ばれる人々だった。彼らは、名誉と美徳を備えた地主階級とは対照的なイメージで捉えられ、自堕落、暴力的、不衛生等々、人格的にも劣る存在とみなされた。この蔑称には、そうした負のイメージがその後も根深く残りつづけたのである。

この作品のジャンルを特定するのは難しい。フーダニットのミステリであると同時に、ひとりの少女の成長譚とも、差別や環境問題を扱う社会派小説とも、南部の自然や風土を描いた文学とも捉えることができる。それほどに奥行きのある作品だということなのだ。

ただし、そこには全篇を貫くひとつの要素を読み取ることができる。それは〝美と醜、優しさと残酷さを併せもつ野生〟という要素である。このテーマは、湿地と沼地を象徴的に対比させるプロローグに始まって、秘密が明かされる最後の章に至るまで、繰り返し現われる。作中には、著者の専門である動物行動学に基づいた描写がたびたび出てくる。子を捨ててしまう母キツネ、傷を負った仲間にいっせいに襲いかかる七面鳥、偽りの愛のメッセージを送るホタル、交尾相手をむさぼり食うカマキリ……。ときにグロテスクとさえ思える野生の本能は、しかし、野生動物だけがもつものではない。著者はカイアにこう語らせる。「その本能はいまだに私たちの遺伝子に組み込まれていて、状況次第では表に出てくるはずよ。私たちにもかつての人類と同じ顔があって、いつでもその顔になれる。はるかむかし、生き残るために必要だった行動をいまでもとれるのよ」そして、こう書く。〝ここには善悪の判断など無用だということを、カイアは知っていた。そこに悪意はなく、あるのはただ拍動する命だけなのだ〟

本作に描き出される、むせかえるほどに濃密な緑、広大無辺の闇、そこに息づく無数の命。その脈動と自分の鼓動を重ねるようにして生きるカイアの姿は、それを読む私たちの心をも震わせる。

この作品を読み終えたかたは、ザリガニの鳴くところとはどこにあるのか、ふと、心の奥に耳を澄ませたくなる瞬間があったのではないだろうか。

著者は現在、新作長篇を執筆中だという。次はどこへ読者を導いてくれるのか、非常に楽しみである。

二〇二三年十月

解説

コラムニスト
山崎まどか

『ザリガニの鳴くところ』は、様々な要素が絡み合う小説だ。まず、その自然描写に圧倒される。殺人事件らしきものの謎を追うミステリーの要素がある。貧困と差別の問題を扱う社会派小説の側面もある。そして何よりも、鮮烈なヒロイン像がある。その吸引力はすごい。最初に読んだ時は、彼女の行く末が気になって、ページをめくる手が止まらなかった。本国で大ベストセラーになったのも納得である。

舞台は一九五〇年代から六〇年代にかけてのノース・カロライナ州近辺だが、この物語における湿地帯の森はどこか異世界のようだ。潟湖を取り囲むパルメットヤシの木や、そこに集まるシラサギ、オオアオサギ、ハチドリといった鳥の数々、水分を含んだ大気。ムッとするような気温。泥の匂いと感触。アメリカ南部の自然は、こんなにも神秘的で、官能と驚きに満ちているものなのか。元々は自然や動物を題材とするノンフィクション・ライターだったという著者のディーリア・オーエンズの描写力には感服するしかない。

この自然の描写はただ美しいだけではなく、切ない。それらが、この土地に抱かれた過酷なヒロインの運命と相まって読者の五感へと入り込んでくるからだ。湿地は未知なる自然と共に、少女の孤独を内包している。彼女は六歳で両親やきょうだいに去られ、たった一人で森の掘立小屋に暮らしている。近隣の町の人々から「湿地の少女」と呼ばれ、奇異な目で見られているそのヒロインの名前はカイア。本来の名前はキャサリンだが、カイアという名前の響きはギリシア神話の地母神ガイアを思わせるところがある。ひとりぼっちで湿地帯の森で暮らし、学校に通うことも叶わず、自然が与えてくれるもので自活していく彼女に相応しい名前かもしれない。

カイアの暮らす湿地帯の近くには小さなコミュニティもある。しかしその共同体は密であるのと同時に排他的でもあり、自分たちよりも貧しい者や人種が違う人々を見下して受け付けない。普通ならば教会や行政などがセーフティネットになるはずだが、こうした小さな町ではそれらは逆に異物を排除するシステムとして働く。アメリカ社会の残酷さだ。カイアのような少女を助けてくれる人はいないのである。

過酷な話だが、悪条件を生き抜いていく少女のサバイバルの物語としても楽しめる。カイアはムール貝や魚を収獲して、それを黒人夫婦が営む店に卸して生活費を稼ぐ。自然から知恵を授かった少女はたくましい。この展開は一九〇九年にジーン・ポーターが発表した少女小説『リンバロストの乙女』を彷彿させるところがある。あの小説の舞台は中西部インディアナ州で、ヒロインのエルノラはやはり沼地に近い森に住んでいた。カイアと違って彼女は母親と二人で暮らしているが、とある理由によってこの母は自分の娘を憎んでいる。ネグレクトされたエルノラは森で珍しい蝶を採集して、学費を捻出する。最終的に鳥の分類スケッチが仕事となるカイアと重なるところもある。彼女はアメリカの少女小説の正統的なヒロインなのだ。

しかし、主人公が最終的に名家の青年と結ばれ、社会的な地位を築くという『リンバロストの乙女』のような幸せな筋書きは、この小説にはない。女性として花開いていく過程で、野生の官能を漂わせた少女は二度までも男性に裏切られ、更に追い詰められていく。これは社会の周縁にいた少女がロマンティックな恋愛を通して、コミュニティに参入にしていく物語ではないのだ。むしろ彼女の恋愛は悲劇を生む。一人の青年が謎の死を遂げ、カイアは町の人々から殺害犯だと決めつけられて、糾弾される。ミステリーの要素が物語に加わって、よりヒロインの神秘性が強調される形になっている。事件が解決しても、彼女がコミュニティに迎え入れられることはない。シビアだ。しかし、そこがより今日的であるとも言える。

カイアは切ない少女だ。人を寄せつけず、一人で生きていくことに慣れているが、同時に人恋しく、愛されることを熱望もしている。そんな彼女に、二人の青年が恋をする。彼女に読み書きを教えてくれるテイトと、町の有力者の息子であるチェイス。テイトにとってカイアはイノセントと独立心の象徴で、大切に守るべきもの。ただ、彼はカイアの美質は湿地と切り離せないことも分かっている。自分が住む人間社会に彼女を連れてきたら、都会の空気に触れた野生の植物のようにあっという間に息絶えてしまうかもしれない。知性を足がかりに、これから社会で地位を築いていこうとする若者にとって、普通の人間からかけ離れた彼女はあまりに重荷だったのだろう。結果的に、テイトはカイアの保護をあきらめて、彼女を湿地に置き去りにしていくことになる。一方、チェイスにとっての彼女は征服すべき獲物である。野原で見つけた花を手折るように、何の躊躇もなくカイアの純潔を奪っていく。カイアは搾取し、破壊しても構わない存在として彼にいいように扱われ、愛は憎しみへと転じていく。

二人の男性とカイアとの関わりの中から、だんだんと彼女が象徴するものが見えてくる。自然や動物の生態系を追ってきた著者にとって、この主人公は自然そのもののシンボルなのだ。人間は自然を、自分たちが好きなようにできる無限のリソースとして利用し尽くしてきた。しかし傷ついた自然は人間に報復する。異常気象を始めとする現在の様々な災害に感じる、蹂躙されてきた自然の側の正当な〝怒り〟。それがカイアの根底にも隠されている。

ずっとカイアに寄り添い、彼女の幸せを願ってきた読者は、もしかしてラストで突き放されたようにも感じるかもしれない。彼女は自分を譲り渡すような人ではなかった。彼女を支えてきた数少ない人々にとっても、一番近くで寄り添ってきたテイトにも、カイアは本当の意味では知り得ぬ存在だったのだ。それは自然の本質でもある。どんなに深く探ろうとしても、本当の彼女は不可侵な存在なのだ。幼い頃のカイアは、誰かが孤独から自分を救い出して、人々の温もりを感じる場所に連れて行って欲しいと願っていたかもしれない。しかし彼女の幸福は、湿地と潟湖が育んだ孤独の中にあった。私たちは「湿地の少女」を再びそこに送り出すしかないのだ。

『ザリガニの鳴くところ』は二〇二二年、女優リース・ウィザースプーンのプロデュース、オリヴィア・ニューマン監督で映画化されている。主演を務めたデイジー・エドガー＝ジョーンズの儚げで神秘的な風情と強い眼差しは、私の考えるカイア像にマッチしていた。原作に惚れ込んだテイラー・スウィフトが書き下ろした暗く哀切な主題歌が幕切れにかかり、胸を締めつける。エンディング近くには老境のカイアが「私は湿地となった」と宣言するモノローグがあり、このストーリーの本質を物語っている。

二〇二三年十一月

本書は二〇二〇年三月に早川書房より単行本として
刊行された作品を文庫化したものです。

アルジャーノンに花束を〈新版〉

Flowers for Algernon

ダニエル・キイス
小尾芙佐訳

32歳になっても幼児なみの知能しかないチャーリイに、夢のような話が舞いこむ。大学の先生が頭をよくしてくれるというのだ。これにとびついた彼は、ネズミのアルジャーノンを相手に検査を受ける。手術によりチャーリイの知能は向上していくが……天才に変貌した青年が愛や憎しみ、喜びや孤独を通して知る心の真実とは？　全世界が涙した名作に、著者追悼の訳者あとがきを付した新版

ハヤカワ文庫

生は彼方に

La vie est ailleurs

ミラン・クンデラ
西永良成訳

生は彼方に
ミラン・クンデラ
西永良成訳
La vie est ailleurs

第二次大戦後、プラハは混乱期にあった。母親に溺愛されて育ったヤロミールは、自分の言葉が持つ影響力に気づき、幼い頃から詩を書き始める。やがて彼は、体制に抗う画家の影響で、芸術と革命活動に身を挺する……絶対的な愛を渇望する少年詩人の熾烈な生と死を鋭い感性で描く。祖国に対する失望と希望の間で揺れる想いを投影したクンデラの原点。仏メディシス賞受賞作

ハヤカワepi文庫

地下鉄道

The Underground Railroad

コルソン・ホワイトヘッド
谷崎由依訳

ピュリッツァー賞、全米図書賞受賞！

十九世紀アメリカ。南部の農園で過酷な生活を送る奴隷の少女コーラは、新入りの少年シーザーから奴隷を逃がす〝地下鉄道〟の話を聞き、逃亡を決意する。冷酷な奴隷狩り人リッジウェイに追われながらも、コーラは地下をひそかに走る鉄道に乗って、人に助けられ、そして裏切られながら、自由が待つという北をめざす。解説／円城塔

ハヤカワepi文庫

わたしを離さないで

Never Let Me Go

ノーベル文学賞受賞

カズオ・イシグロ

土屋政雄訳

優秀な介護人キャシー・Hは「提供者」と呼ばれる人々の世話をしている。育った施設ヘールシャムの親友トミーやルースも「提供者」だった。図画工作に力を入れた授業、毎週の健康診断、教師たちのぎこちない態度——キャシーの回想はヘールシャムの残酷な真実を明かしていく。運命に翻弄される若者たちの一生を感動的に描くブッカー賞作家の新たな傑作。解説／柴田元幸

ハヤカワepi文庫

遠い山なみの光

A Pale View of Hills

ノーベル文学賞受賞
カズオ・イシグロ
小野寺 健訳

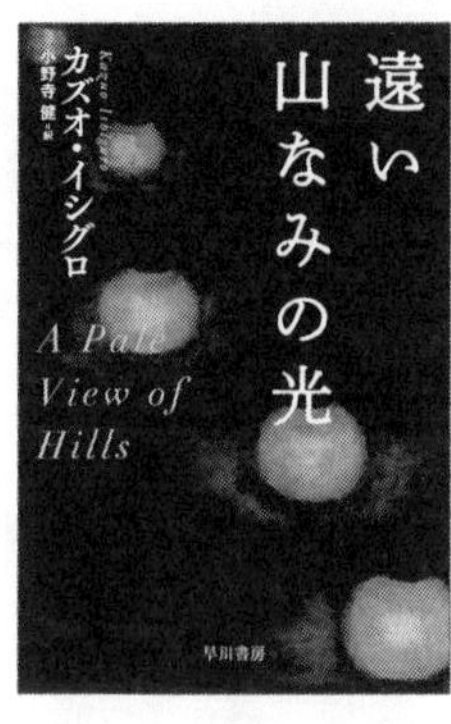

戦後すぐの長崎で、悦子はある母娘に出会った。あてにならぬ男に未来を託そうとする母と、幻覚におびえる娘は悦子の不安をかきたてた。だが、あの頃は誰もが傷つき、何とか立ちあがろうと懸命な時代だったのだ——淡くかすかな光を求めて生きる人々の姿を端正に描く、ブッカー賞作家のデビュー長篇。王立文学協会賞受賞。解説／池澤夏樹。（『女たちの遠い夏』改題）

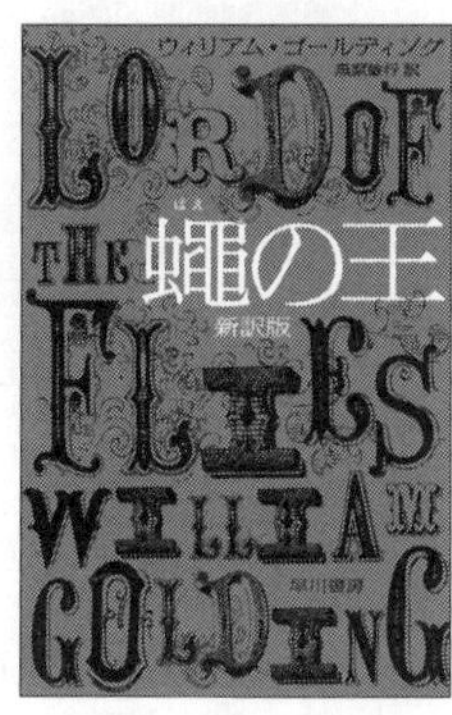

蝿の王〔新訳版〕

Lord of the Flies

ウィリアム・ゴールディング

黒原敏行訳

半世紀ぶりの新訳！

疎開児童を乗せた飛行機が無人島に不時着した。生き残った少年たちは、協力しあい、助けを待つことに決める。しかし、彼らのあいだには次第に苛立ちが広がっていく。そして島の暗闇に潜むという〈獣〉に対する恐怖がつのるなか、ついに少年たちは互いに牙をむいた――。ノーベル文学賞作家の代表作が新訳で登場

ハヤカワepi文庫

訳者略歴　立教大学大学院文学研究科博士課程中退，英米文学翻訳家　訳書『ひとりの双子』ベネット，『タイタン・プロジェクト』『第二進化』リドル（以上早川書房刊）他多数

HM=Hayakawa Mystery
SF=Science Fiction
JA=Japanese Author
NV=Novel
NF=Nonfiction
FT=Fantasy

ザリガニの鳴く（な）ところ

〈NV1519〉

二〇二三年十二月十五日　発行
二〇二四年十一月十五日　十刷

（定価はカバーに表示してあります）

著者　ディーリア・オーエンズ
訳者　友廣（ともひろ）純（じゅん）
発行者　早川浩
発行所　株式会社早川書房

郵便番号　一〇一-〇〇四六
東京都千代田区神田多町二ノ二
電話　〇三-三二五二-三一一一
振替　〇〇一六〇-三-四七七九九
https://www.hayakawa-online.co.jp

乱丁・落丁本は小社制作部宛お送り下さい。送料小社負担にてお取りかえいたします。

印刷・中央精版印刷株式会社　製本・株式会社明光社
Printed and bound in Japan
ISBN978-4-15-041519-8 C0197

本書は活字が大きく読みやすい〈トールサイズ〉です。